Amrûn
ROMANCE

Holly Summer

Master of my Dreams

Master-Reihe Band 3

Jürgen Eglseer, Traunstein

Covergestaltung: ASP Design, Grit Richter
Lektorat & Korrektorat: Simona Turini, Lektorat Turini

ISBN - 978-3-95869-101-8

Besuchen Sie unsere Webseite:
amrun-verlag.de
hollysummer.de

Bibliografische Information der Deutschen Nationalbibliothek:
Die Deutsche Nationalbibliothek verzeichnet diese Publikation in der Deutschen Nationalbibliografie; detaillierte bibliografische Daten sind im Internet unter http://dnb.d-nb.de abrufbar.

216

Für meinen Mann, der alle Höhen und
Tiefen während der Entstehung der
Masterreihe mit mir erlebt hat.

1

Immer wieder fliegt mein Blick auf die Homepage des *Gentleman's Club,* den exklusiven Nachtclub außerhalb von Boston, in den meine beste Freundin mich mitschleifen will. Natürlich bloß auf einen Drink. Denn in der Bar finden keine sexuellen Spielchen statt, wie sie mir auf ihre charmante Art lächelnd versprochen hat. Diese intimen Geschehnisse werden vielmehr in den dafür vorgesehenen Räumen teilweise im Erdgeschoss, aber vor allen Dingen im oberen Stockwerk vollführt.

Als ob ich keine Courage hätte! Ich sehe noch Victorias schelmisches Lächeln vor mir, als sie mir die Wette vorgeschlagen hat, in die ich sofort eingewilligt habe. Das ist wieder mal typisch für mich. Victoria wollte mich mit dem Club nur reizen, da sie mir im Leben nicht zutrauen würde, dass ich auch nur einen Fuß in diesen Sexpalast setzen würde. Und doch habe ich ohne mit der Wimper zu zucken zugestimmt, sie zu begleiten. Ich höre noch ganz deutlich ihre Worte: *Ich wette mit dir um eine Flasche Champagner, dass du dich nicht traust, mit mir an der Bar in einem Sexclub einen Cocktail zu trinken.* Ich habe sie daraufhin nur angelächelt und ihr gesagt, sie soll schon mal den Champagner kaltstellen.

Victoria kennt mich. Sie weiß genau, dass ich nicht ablehnen werde. Wenn ich mich einmal zu einer Sache entschlossen habe, ziehe ich sie durch.

Der Club ist für seine Diskretion bekannt, und nur die beste Gesellschaft verkehrt hinter seinen Mauern. Also, was soll schon passieren? Und trotzdem habe ich ein mulmiges Gefühl dabei. Soll ich wirklich auf die Wette eingehen und Victoria dorthin begleiten? Nachdenklich kaue ich auf dem Bleistift herum. Victoria, dieses Biest. Und sowas nennt sich beste Freundin! Doch im Grunde muss ich darüber schmunzeln, wie ich ihr in die Falle gegangen bin. Um ehrlich zu sein, interessiert es mich schon, was hinter den geschlossenen Türen dieses Etablissements vor sich geht. Und was ist schon dabei? Viele Frauen gehen in Nachtclubs, na und? Ich werde mich doch nur an die Bar setzen, einen Drink bestellen und nach spätestens einer Stunde wieder gehen, so war es abgemacht.

Auf das verführerische Cocktailkleid mit den sexy Dessous darunter habe ich mich nur widerwillig eingelassen. Victoria wollte der Wette damit noch den besonderen Touch geben. Biest! Und doch reizt es mich, den Spaß mitzumachen. Als Victoria mir gestanden hat, dass sie und ihr Freund in diesem Club Mitglied geworden sind, bin ich zuerst vom Glauben abgefallen. Meine beste Freundin hat Sex in aller Öffentlichkeit! Außerdem geschehen dort angeblich Dinge, die mir die Schamesröte ins Gesicht treiben. Doch die Vorstellung, von einem Mann genommen zu werden, während andere um mich herumstehen, erregt mich. Als Victoria mir von den Neigungen erzählt hat, die sie und ihr Freund seit Neustem ausleben, hat mir das schon einen kleinen Stich versetzt.

Ihr neuer Lover ist ein Dom und liebt es, wenn Victoria sich ihm, zumindest beim Sex, unterwirft. Denn in allen anderen Bereichen ist Victoria äußerst selbstbewusst, genau wie ich, und entscheidet ausnahmslos allein über ihr Leben.

Natürlich war ich neugierig und habe die Seite des Clubs gegoogelt, als sie vor einer halben Stunde gegangen ist. Jetzt sitze ich hier und kämpfe mit meinem Gewissen, das Richtige zu tun.

Warum ist Jonathan kein dominanter Alphawolf, in dessen Arme ich mich fallen lassen kann? Victoria kennt meine Sehnsüchte nach einem Mann, dem ich mich bedingungslos hingeben kann, der mich ganz und gar beherrscht.

Etwas, das Jonathan mir nicht geben kann oder will.

Alles, was Victoria zu mir gesagt hatte, war: *Du musst es ausprobieren, um zu wissen, ob du es willst. Oder dein Leben wird in einer Sackgasse enden.* Eine Sackgasse! Sitze ich nicht schon mittendrin?

Falls Jonathan fragt, wo ich hingehe, soll ich einfach sagen, ich gehe mit einer Freundin in eine Bar. Etwas, das für Victoria und mich nicht ungewöhnlich ist. Trotzdem hasse ich es, ihn anzulügen. Das habe ich noch nie getan. Mir wird ganz schlecht bei dem Gedanken, ihm etwas zu verheimlichen.

Natürlich habe ich ihm auch von der Wette nichts erzählt. Er würde mir nur eine Szene machen und um unsere Beziehung steht es ohnehin seit einiger Zeit nicht mehr so gut. Ich kann Jonathan doch nicht betrügen, nur um meine Sehnsüchte zu stillen. Denn darauf wird es doch letztendlich hinauslaufen, wenn ich diesen Club betrete. Unschlüssig lasse ich den Bleistift durch meine Finger gleiten.

Die Sirene eines Krankenwagens vor dem Haus reißt mich aus meinen Gedanken. Ich muss mich verdammt nochmal endlich um den großen Auftrag kümmern und das Angebot für James zusammenstellen. Die Kalkulationen sollten schon fertig sein. Diese Hochzeit ist der größte Fisch, den mein Chef an Land ziehen konnte und wird seine Firma aus den roten Zahlen herausholen. Das Cateringunternehmen läuft seit Monaten nur schleppend, obwohl es einen exzellenten Ruf hat. Die Konkurrenz ist eben einfach billiger. James musste erst letzten Monat zwei seiner Mitarbeiter entlassen, weil er sie nicht mehr bezahlen konnte, und auch meine Stelle stand für kurze Zeit auf wackeligen Beinen. Das wäre eigentlich nicht das Schlechteste, denn dann wäre ich gezwungen, endlich intensiver nach einem Job zu suchen, der meiner Ausbildung gerecht wird. Auf die einzigen beiden Bewerbungen, die ich bis jetzt abgeschickt habe, hat sich bis heute noch niemand gemeldet. Ich gehe davon aus, dass es nicht klappen wird, zumal ich James nicht im Stich lassen kann, bevor er einen Ersatz für mich gefunden hat.

James ist mit Herz und Seele Koch, er zaubert mit den einfachsten Zutaten ein Menü, das einem das Wasser im Mund zusammenlaufen lässt. Aber von Angeboten, Kalkulationen und dem ganzen ›kaufmännischen Kram‹, wie er es nennt, hat er keine Ahnung. Zum Glück musste er bis jetzt mein Gehalt nicht kürzen, was wohl auch ein Grund dafür ist, dass ich in letzter Zeit die Suche nach einer geeigneten Stelle schleifen lassen konnte.

Ich reiße mich zusammen und schließe die Internetseite jetzt endgültig. Trotzdem schwirrt sie immer wieder durch meinen Kopf. Ich kann mich nicht auf meine Arbeit konzentrieren. Mein Körper und meine Gedanken sind nur noch auf eines fixiert: Mich einem Mann vollkommen hinzugeben, mich ihm zu unterwerfen. Dieses Verlangen nach Kontrolle, die ich abgeben möchte und einem Mann übertragen, der mich beherrschen kann, wird von Tag zu Tag stärker. Meine Freundinnen haben mich nur ausgelacht und mir den Vogel gezeigt, als ich ihnen erzählte, was ich am Wochenende vorhabe. Nur Victoria nicht, sie hat mich wissend angelächelt.

Die Beziehung, die ich mit Jonathan führe, ist zu einer immer gleichen Routine geworden. Sie ist zum Stillstand gekommen: Da ist nichts mehr, kein Kribbeln im Bauch, kein Verlangen nach dem anderen, kein sehnsüchtiges Warten, um sich dann ganz ungeniert die Kleider vom Körper zu reißen. Nur noch der triste Alltagstrott.

Habe ich Jonathan jemals wirklich geliebt?, frage ich mich nicht zum ersten Mal. Aber ich sollte nicht ungerecht sein, natürlich habe ich etwas für ihn empfunden, zumindest am Anfang.

Aber jetzt ist da nichts mehr. Selbst der Sex, der höchstens noch zweimal im Monat zwischen uns stattfindet, ist mehr eine Pflichtübung, um unser beider schlechtes Gewissen zu beruhigen. Wir haben uns auseinandergelebt, das steht fest. Leben praktisch nur noch nebeneinander her.

Immer wieder habe ich das überfällige Gespräch mit Jonathan aufgeschoben. Vielleicht, weil unsere Beziehung so bequem und ich nicht bereit war, den ersten Schritt hinaus zu machen. Einfach einen Schlussstrich zu ziehen. Denn im Grunde ahne ich bereits, dass auch er nicht mehr dasselbe für mich empfindet wie früher.

Und doch habe ich Angst, ihn zu verlieren. Ich würde mich nicht wundern, wenn er eine Geliebte hätte. Lächerlich! Jonathan und eine Geliebte! Bei dem Gedanken muss ich unwillkürlich die Mundwinkel nach oben ziehen. Er lebt doch nur für seine Karriere.

Der *Gentleman's Club* ist diesen Samstag für Nichtmitglieder geöffnet und Jonathan ist wieder einmal auf Geschäftsreise. Das Schicksal spielt mir direkt in die Karten. Dass Jonathans Geschäftsreisen in letzter Zeit immer häufiger auf Wochenenden fallen, sollte mir eigentlich Sorgen bereiten. Aber wie so oft schiebe ich diese negativen Gedanken beiseite. Vielleicht bin ich aus diesem Grund auf die Wette eingegangen. Ich will wissen, ob zwischen mir und meinem Freund noch ein Fünkchen von dem alten Feuer ist, das nur darauf wartet, wieder angefacht zu werden.

Will ich Jonathan wirklich eifersüchtig machen? Ist das der richtige Weg, um Klarheit über unsere Gefühle zu bekommen? Der Anlass könnte nicht passender sein, um mir bewusst zu machen, was ich eigentlich vom Leben erwarte. Es ist alles perfekt, als würde das Schicksal nur darauf warten, dass ich zum Telefonhörer greife, um mich anzumelden.

Ich habe weiß Gott versucht, meine Gefühle zu verdrängen.

Habe sogar probiert, Jonathan meine Empfindungen zu erklären, aber er hat mich gar nicht zu Wort kommen lassen und das Ganze als Scherz abgetan. Ich höre noch sein Lachen und seine vernichtenden Worte über diese »Psychopathen«, so hat er sich ausgedrückt. Bin ich vielleicht auch ein Psychopath, nur weil ich das Verlangen habe, mich einem Mann willenlos hinzugeben, einmal die Verantwortung abzugeben? Einen Schritt weiter zu gehen und mich von den Konventionen des Blümchensexes zu lösen? Seit dem Tod meiner Mom habe ich nichts anderes getan, als die Verantwortung zu übernehmen. Erst für meine kleine Schwester und später dann für meinen Dad, der sich mehr und mehr in Selbstmitleid hat fallen lassen.

Jonathan hat mir später nur einen flüchtigen Kuss auf den Mund gedrückt, mich gar nicht ausreden lassen und gefragt, ob ich meine Periode hätte. Ich würde mir zu viele schlechte Filme ansehen und dem Geschmiere in den Büchern von Verlangen und Unterwerfung, die ich regelrecht verschlungen habe, zu viel Wert beimessen. Mit ihm kann ich über solche Themen nicht reden. Er würde vom Glauben abfallen und an meiner Intelligenz zweifeln, wenn ich ihm vorschlagen würde, unserer Beziehung das gewisse Etwas zu geben, so wie Victoria es getan hat. Und wenn es nur ein Spiel ist, das meine sexuellen Sehnsüchte stillen kann.

Die Blicke, die er mir zuwarf, als er die Bücher auf dem Wohnzimmertisch liegen gesehen hat, haben schon gereicht, um mir seine Meinung mitzuteilen. »Pervers« hat er es genannt, wenn eine Frau sich willenlos einem Mann unterwirft. »Abstoßend«, wenn sie sich von ihm den Hintern versohlen lässt und ihn auch noch darum bittet.

Er kann absolut nicht verstehen, wie Menschen sich bestrafen und erniedrigen lassen und dabei auch noch Lust empfinden. So wie Jonathan es darstellt, ist es abstoßend. Aber er versteht rein gar nichts von Leidenschaft. Sex mit Jonathan hat immer den gleichen Ablauf, da ist keine Spontanität mehr, kein wildes

Verlangen. Wir tun es natürlich nur im Schlafzimmer, niemals auf dem Küchentisch oder in der Dusche, geschweige denn an anderen Orten, wie zum Beispiel auf der Motorhaube seines Cabrios – es dürfen keine Kratzer den teuren Lack beschädigen. Das Licht ist in der Regel aus, und es passiert möglichst nur in der Missionarsstellung. Etwas anderes kommt für ihn selten in Frage. Ich fühle mich oft wie ein Ventil, das er benutzt, um sich seines aufgestauten Samendrangs zu entledigen. Das Vorspiel besteht fast immer in der nüchternen Frage *Hast du Lust?*, wenn wir bereits im Bett liegen. Ich nicke dann meistens, um wenigstens ein bisschen Spaß zu haben. Denn es mir ständig selbst zu besorgen und dabei den begehrenswerten Bad Boy immer nur in meine Gedanken zu projizieren, anstatt ihn hautnah zu erleben, ist auf Dauer äußerst deprimierend.

Wenn Jonathan mich dann berührt und später in mich eindringt, verdanke ich es lediglich meinem Kopfkino, dass ich feucht werde und zum Höhepunkt komme. Denn für Jonathan besteht Beischlaf nur darin, sich in mich hineinzubohren und in ruckartigen Bewegungen zum Orgasmus zu kommen. Wenn er dann fertig ist, fragt er meistens, ob es auch für mich schön war. Mehr nicht. Zum Glück komme ich für gewöhnlich vor ihm. Wenn das nicht der Fall ist, entschuldigt er sich, dass er jetzt nicht mehr in der Lage dazu sei, es mir mit der Hand oder der Zunge zu besorgen. Mein Gott, seine Zunge habe ich höchstens in meinem Mund gespürt, vielleicht auf meinem Hals, aber das war es dann auch schon. Er streift das Kondom ab, denn ohne tut er es nie, obwohl ich die Pille nehme. In diesem Punkt ist er übervorsichtig. Dann dreht er sich auf die Seite und schläft fast sofort ein.

Diese Art von Beziehung will ich nicht mehr. Ich bin sechsundzwanzig Jahre alt und noch ist es nicht zu spät, einen Schlussstrich zu ziehen und noch einmal von vorne anzufangen. Mit einem Mann, der mich ganz beherrscht, mit dem ich abtauchen kann in die Tiefen der Lust, der für mich da ist, wenn ich ihn brauche, bei dem ich mich im Rausch fallen lassen kann, der mich auffängt, mich beschützt, wenn ich den Boden unter den Füßen verliere, der mich wieder die begehrenswerte Frau in mir spüren lässt.

Unwillkürlich gleitet mein Blick zur Schublade, und jetzt ziehe ich sie entschlossen auf, hole den Zettel mit der Telefonnummer heraus, den Victoria mir gegeben hat, und wähle die Nummer. Es klingelt, ich bin aufgeregt, mein Herz schlägt schneller. Verdammt. Was soll ich nur sagen? Eine freundliche Männerstimme meldet sich am anderen Ende.

»Hallo?«

Ich atme tief durch und schlucke den Kloß in meinem Hals herunter, der mich fast zu ersticken droht.

»Hallo, mein Name ist Joyce. Victoria Scott hat mir Ihre Telefonnummer gegeben.« Dann stocke ich und warte.

»Hallo Joyce, ich bin Adrian, der Besitzer des Clubs. Was kann ich für dich tun?«

Was er für mich tun kann? Scheiße, ich dachte nicht, dass es so schwierig ist, sich in einem Sexclub anzumelden. Was soll ich jetzt sagen? Sein sympathisches Lachen dringt an mein Ohr. Als ich immer noch nicht antworte, höre ich seine ruhige Stimme.

»Du kommst auf Empfehlung von Victoria Scott?«

Ich höre, wie er auf die Tastatur seines PCs einhämmert, bevor er weiterspricht. »Du warst noch nie bei uns, nehme ich an.«

»Nein, ich war noch nie in einem … Sexclub. Victoria ist eine Freundin von mir«, setze ich noch schnell hinzu.

Sein Schmunzeln dringt durch den Telefonhörer an mein Ohr. »Davon gehe ich aus. Aber das muss dir nicht peinlich sein. Das geht den meisten Neulingen am Anfang so.«

Himmel, woher weiß er, dass mir der Anruf peinlich ist?

»Wir sind ein privater Club und für Nichtmitglieder geschlossen, aber Victoria hat uns informiert. Mitglieder werden nur auf Empfehlung aufgenommen. Wir müssen da sehr vorsichtig sein,

Diskretion ist für uns oberstes Gebot. Sicher hast du von dem Todesfall letzte Woche gehört.«

»Ja, es wurde in der Presse darüber berichtet.«

»Das war leider nicht zu verhindern. Aber du bist herzlich willkommen. Am Samstag ist der Club für Nichtmitglieder geöffnet. Wirst du alleine kommen oder in Begleitung?«

»Allein«, stoße ich aus. »Das heißt, Victoria wird mich begleiten.«

»Okay. Ich notiere deinen Namen und deine Telefonnummer. Die Adresse und wie du zu uns findest, sind dir bekannt?«

»Ja.« Dann gebe ich ihm die Daten durch.

»Gut, dann viel Spaß in unserem Etablissement. Schau dich erstmal in Ruhe um und keine Angst, hier bestimmst immer noch du, wie weit das Spiel gehen wird«, teilt er mir mit, bevor wir uns verabschieden.

Wie weit das Spiel gehen wird? Für mich ist es kein Spiel, und im Grunde habe ich gar nicht vor, mich dort einem Mann hinzugeben. Ganz hinten in der letzten Ecke meines Gehirns ist eine winzige Stimme, die genau das Gegenteil behauptet, mich eine verdammte Lügnerin schimpft und mir unentwegt zuflüstert: *Vielleicht findest du dort den Mann, der deine Sehnsüchte erfüllen und dein Verlangen stillen kann.* Schnell verdränge ich die Stimme. Verdammt, ich bin seit zwei Jahren in einer festen Beziehung. Auch wenn Jonathan mich mehr und mehr vernachlässigt, würde ich ihn nie betrügen. Wir müssen einfach nur wieder zusammenfinden, jede Beziehung hat mal eine Krise, das ist ganz normal, rede ich mir ein. Und doch weiß ich im Grunde, dass es nur noch eine Frage der Zeit ist, bis einer von uns den entscheidenden Schritt tun wird.

Am nächsten Morgen betrete ich aufgekratzt und wie auf heißen Kohlen die Küche von *James' Cateringservice* in der Washington Street. Nachdem ich gestern den Hörer aufgelegt hatte, machte sich ein unsagbar kribbeliges Gefühl in mir breit. Beim Gedanken an Samstagabend habe ich mich das erste Mal seit Monaten wieder lebendig gefühlt. Das schlechte Gewissen Jonathan gegenüber, das immer stärker wird, je näher das Wochenende rückt, verdränge ich.

Er kam gestern spät aus dem Büro, hat sich noch schnell das Essen in der Mikrowelle aufgewärmt und sich eine Dokumentation im Fernsehen angeschaut, bevor er früh zu Bett gegangen ist. Und wieder haben sich Zweifel in mir breitgemacht, ob er der Richtige für mich ist, der Mann, mit dem ich mein Leben teilen will. Jonathan gibt mir Sicherheit, aber ist es das, was ich von einem Mann erwarte? Was ist mit Leidenschaft? Ich habe noch lange neben ihm wach gelegen und mich in Melancholie versinken lassen.

»Guten Morgen, Joyce«, grüßt James.

Mein Chef steht am Herd und rührt in einem Topf. Die Ärmel seiner Jacke sind aufgekrempelt, sodass seine muskulösen, tätowierten Arme zu sehen sind.

»Guten Morgen. Hier sind die Aufstellung und das Angebot. Ich hoffe, dein Auftraggeber ist damit zufrieden?«, sage ich zu ihm, während ich mich über den Topf beuge und den würzigen Duft von frischen Tomaten einatme. »Hm, riecht gut. Ist das für das Probeessen von deinem Klienten? Wie war noch sein Name?«, frage ich interessiert. »Du hast mir seine Daten nicht gegeben, deshalb konnte ich das Anschreiben nicht fertigmachen«, werfe ich ihm mit einem Lächeln vor und stecke einen Löffel in den Topf, um von dem leckeren Tomatensugo zu probieren.

»Finger weg, das ist noch nicht fertig«, maßregelt mich mein Chef mit gespieltem Ernst und haut mir leicht auf die Finger, dabei grinst er mich an.

»McQueen, Matthew McQueen. Er ist ein großes Tier hier in Boston. Ein Unternehmensberater, der Firmen aufkauft, mit einem Fingerschnippen liquidiert und damit ein Schweinegeld verdient.« Dabei schnippt er mit seiner freien Hand in die Luft. »Du hast die Firma sicher schon gesehen, die haben ihren Sitz im Financial District, McQueen & Montgomery. Ich habe dir das Gebäude gezeigt, als wir letzten Monat die Firmengründungsfeier des kleinen Reisebüros mit Essen beliefert haben. Erinnerst du dich?«

Ich nicke wissend.

»Der zahlt verdammt gut und dafür soll er auch den besten Service bekommen. Wenn wir den überzeugen Joyce, glaub mir, dann folgen weitere Aufträge dieser Art, und ich kann Sam und Eddy endlich wieder fest einstellen«, erklärt er mit dem Holzlöffel in der Hand wild gestikulierend. »Die Adresse habe ich hier irgendwo hingelegt«, dabei schaut er sich suchend um. Typisch James, Mr. Chaos persönlich. Ich schüttle nur den Kopf und binde mir die Schürze um, da ich neben meinen administrativen Tätigkeiten aushilfsweise auch noch das Mädchen für alles in seiner Küche spiele.

»Da liegt sie doch«, dabei zeige ich kopfschüttelnd hinter ihn auf das Regal, auf dem sich die Post von zwei Tagen, unbezahlte Rechnungen und Werbung stapelt. »Ich nehme die Rechnungen gleich mit«, dabei greife ich nach den Schreiben.

»Warum erinnerst du mich daran? Warte noch ein paar Tage mit den Überweisungen, McQueen wird in den nächsten Tagen die Anzahlung leisten, dann sind wir aus dem Gröbsten raus.«

»Ich überweise nur das, was fällig ist. Aber lange geht das nicht mehr so weiter«, rede ich ihm ins Gewissen. Er nickt.

»Wenn ich dich nicht hätte. Ach Joyce, halt dir den Samstag in drei Wochen frei. Ich brauche dich beim Servieren«, ruft James mir noch hinterher.

»Klar, wie immer. Wo soll denn diese Megaparty steigen?« Ich bleibe im Türrahmen stehen.

»Unten am Fluss, mit der Skyline im Hintergrund. Riesige Zelte werden dort aufgebaut, eine Liveband, das ganze

Brimborium eben, das zu einer großen Hochzeit dazugehört. Es wird dir gefallen.«

»Mir?«, dabei rolle ich die Augen und hätte beinahe losgelacht. »Ich werde für das ganze Brimborium überhaupt keine Zeit haben, wenn ich mich mit dir um das Buffet kümmern muss. Reich müsste man sein«, seufze ich sehnsüchtig.

James lächelt mich an. »Oder sich einen von diesen Reichen angeln. Für dich ist es noch nicht zu spät, Joyce. Du siehst verdammt gut aus, hast eine hervorragende Ausbildung und bist intelligent, und das weißt du auch. Ich frage mich sowieso, was du an Jonathan findest. Er ist ein Langweiler, kein Mann, mit dem man ans Ende der Welt gehen würde. Für ihn wird immer seine Karriere an erster Stelle stehen und dann erst kommst du. Ach übrigens, hast du die Bewerbung endlich geschrieben? Du kannst dein Leben nicht hier bei mir verplempern.«

»Ich kümmere mich darum, versprochen. Spätestens am Wochenende«, verspreche ich ihm. »Außerdem habe ich noch zwei Anfragen ausstehen«, verteidige ich mich.

James ist nicht nur mein Chef, er ist mein Freund, der Beste, den ich je hatte. Wir beide sind zusammen zur Schule gegangen. Er hat immer ein offenes Ohr für mich. Mit ihm kann ich über alles reden. Im Übrigen ist er stockschwul.

Als er vor einigen Jahren seinen Cateringservice eröffnet hat, war ich die Erste, die er eingestellt hat. Eigentlich sollte es nur für den Übergang sein, bis ich etwas Passenderes gefunden habe. Mit meinem BWL-Studium in der Tasche sollte das kein Problem sein, aber ich kann James mit dem ganzen Papierkram nicht alleine lassen. Auch ein Grund, warum Jonathan und ich uns ständig in den Haaren liegen.

»Meinst du, ich sehe nicht, dass du in deiner Beziehung unglücklich bist? Jonathan ist nur an einem interessiert: die Karriereleiter so schnell wie möglich raufzuklettern und das ohne dich, meine Süße«, dabei schaut er mich mit seinem Hundeblick an, den er genauso perfekt beherrscht wie seinen strengen Blick, der sein Gegenüber sofort in die Schranken weist. »Und dann wird er dich fallen lassen. Dann bist du nicht mehr gut genug für ihn«, redet er jetzt aufgebracht weiter, immer noch mit seinem Sugo beschäftigt. Ich weiß, wie gern James mich hat, und dass er mir nur das Beste wünscht. »Du hast etwas Besseres verdient, jemanden, der dich wirklich liebt und dich nicht so vernachlässigt, wie Jonathan es immer tut. Er soll bloß nicht vergessen, woher er kommt. Er hatte einfach Glück mit dem Job, das ist alles.«

Jonathan ist in ärmlichen Verhältnissen aufgewachsen. Er musste sich alles im Leben hart erkämpfen. Nicht, dass ich aus einem reichen Elternhaus komme. Ganz im Gegenteil. Als jedoch vor einem Jahr meine Lieblingstante, die Schwester meines Dads, verstarb, hat sie mir die Doppelhaushälfte vermacht, in der ich seitdem mit Jonathan lebe.

»Sag mir etwas, das ich noch nicht weiß«, antworte ich augenrollend, denn ich kann mir denken, wohin das Gespräch führen wird.

»Sag du mir, wann er dich das letzte Mal zum Essen eingeladen hat, hm? Oder ins Kino? Hat er dir in den letzten Monaten mal Blumen mitgebracht oder dir gezeigt, dass er dich liebt?«

Ich senke den Kopf, beiße mir auf die Unterlippe – das tue ich häufig, wenn ich unsicher bin und mir die Worte fehlen – bevor ich James' Blick wieder begegne. »Ich weiß es nicht«, flüstere ich leicht genervt.

Jetzt legt James den Kochlöffel aus der Hand und kommt um den Herd herum. Er packt mich an den Armen. »Joyce, noch ist es nicht zu spät. Ich weiß doch, wie sehr du unter dieser Beziehung leidest. Wie oft hast du mir erzählt, dass du dir eine richtige Familie wünschst. Einen Mann, der für dich da ist, und Kinder wolltest du auch immer haben. Wie denkt Jonathan darüber?«

Ich zucke die Achseln. Ich weiß ganz genau, wie Jonathan darüber denkt, aber ich will nicht mit James darüber diskutieren.

Jonathan mag keine Kinder, die durchs Haus rennen, oder Hunde, die bellen.

»Ich weiß, dass ich mit Jonathan reden muss. Ich werde es am Wochenende in Angriff nehmen«, verspreche ich ihm.

»Was heißt reden?«

Ich spüre jetzt ganz deutlich, dass meine Beziehung mit Jonathan am Ende ist. Es musste mir nur jemand sagen. Ein Freund, dem ich wichtig bin, der sich nur das Beste für mich wünscht. Es ist vorbei. Ich sollte einen Schlussstrich ziehen und mich auf das konzentrieren, was mich weiterbringt. Und auf einen Mann, der mir geben kann, wonach ich mich so sehr sehne.

»Am Wochenende«, sage ich emotionslos.

»Warum noch herauszögern, Joyce?«

Weil sich am Samstag mein Leben ändern wird.

2

Jonathan hat vor drei Stunden die Wohnung verlassen und sich mit einem flüchtigen Kuss von mir verabschiedet, wie er es in letzter Zeit häufig tut. Er war aufgeregt, so habe ich ihn lange nicht mehr erlebt, als würde er sich auf ein großes Ereignis freuen. Ich soll mir zwei schöne Tage machen, hat er gesagt, da er erst Sonntag am späten Nachmittag wieder hier sei. Dass ich unsere Beziehung beenden werde, weiß er noch nicht.

Zuerst war ich enttäuscht von der Aussicht, den Großteil des Wochenendes allein in Boston zu verbringen. James ist voll und ganz damit beschäftigt, seine Wohnung zu renovieren, und Victoria jettet durch die Welt; sie ist Stewardess. Mit ihr habe ich mich daher direkt vor dem Club verabredet.

Ein Blick auf die Uhr sagt mir, dass ich mich langsam fertig machen sollte. Ich bin aufgeregt, was für mich völlig untypisch ist. Victoria hat mich gestern am Telefon sogar überredet, mir neue Dessous zu kaufen, als ob sie jemand sehen würde. Ich habe ganz bestimmt nicht vor, mich im Club auszuziehen, und doch war es aufregend, mir vorzustellen, wie ein Mann mir die zarte Wäsche vom Körper streift. Hin- und hergerissen zwischen schlechtem Gewissen und einer erwartungsvollen Neugier schaue ich auf die neuen Sachen, die ich mir bei Agent Provocateur auf der Newbury Street gekauft habe. Sie liegen ausgebreitet auf dem Bett, als würden sie nur darauf warten, vorgeführt zu werden.

Meine Freundin Susan war mit mir zusammen shoppen. Wir hatten einen riesigen Spaß, als ich die verführerischen Dessous anprobierte und sie ihr dann im Umkleidebereich des edlen Geschäfts vorführte. Die Verkäuferin hat uns zwar mit einem strafenden Blick bedacht, aber das war uns egal. Als ich später zwei Stringtangas, einen BH und die passenden Strumpfbänder auf die Theke gelegt und ihr meine Kreditkarte zugeschoben habe, hat sie mich freundlich angelächelt und die Sachen in dünnes rosa Seidenpapier eingewickelt. So viel habe ich in meinem ganzen Leben noch nicht für Unterwäsche ausgegeben. Susan meinte, Jonathan wird es mir verzeihen, wenn er die verführerischen Teile von meinem Körper reißt.

Von meinem Körper reißen, was für ein Hohn.

Jonathan ist nicht nur sparsam, er ist der geizigste Mensch, den ich kenne.

Aber wenn ich ehrlich bin, habe ich beim Kauf der unanständigen Wäsche auch nicht an Jonathan gedacht, sondern an meinen imaginären dunklen Alphawolf. Jonathan hat sich nie viel aus Dessous gemacht, geschweige denn, dass ihm jemals der Gedanke gekommen wäre, sie mir vom Körper zu reißen. Für ihn ist das reinste Geldverschwendung. Er ist und bleibt eben ein nüchterner Marketingmanager. Was würde ich dafür geben, wenn es einmal ein Mann tun würde. Ein Bad Boy, einer von der Sorte, der einen nur ansehen muss, und man verliert den Boden unter den Füßen. Himmel, wenn Susan nur ahnen könnte, für welchen Anlass ich mir diese verflucht sexy Teile gekauft habe, sie würde mich in eine Zwangsjacke stecken lassen.

Aber im Grunde weiß ich doch, dass mein Wunsch, von einem Mann beherrscht zu werden, nur in meiner Fantasie besteht.

Vor mich hinschmunzelnd steige ich unter die Dusche und seife meinen Körper mit meinem Lieblingsduschgel ein, das himmlisch nach Kokosnuss und Vanille duftet. Dabei lasse ich meine Hand verheißungsvoll zwischen meine Beine gleiten und streichle leicht über meine Schamlippen, die sofort mit dem verräterischen Pochen darauf reagieren. Meine Atmung wird schneller, ich schließe die Augen, lasse meinen Kopf nach hinten sinken und spüre das warme Wasser, das wie ein weicher Regenschauer aus der Brause auf mein Gesicht prasselt. Ich weiß genau, wohin das führen wird. Und warum auch nicht, ich bin in der Stimmung, mein Kopfkino übernimmt die Regie.

Jetzt kann ich nicht mehr aufhören und streichle mich immer intensiver, lasse meine Finger zwischen meine Schamlippen gleiten und massiere meine Klit. In meinen Gedanken erscheint die imaginäre Person, die ich nicht greifen kann und die doch da ist. Der Mann, der mich zum Schreien bringt, dem ich mich voller Sehnsucht hingeben kann. Es sind nicht meine Hände, die immer wieder über meine Klit streifen, es sind die Hände dieses Mannes, der mich besitzergreifend in seinen Bann zieht.

Ich stehe unendlich lange unter der heißen Dusche, bis das Badezimmer in einem Nebel von Wasserdampf versinkt, aber ich liebe es, das Gefühl des Wassers auf meiner Haut und das Wissen, dass ich gleich den Gipfel der Lust erklimmen werde, wenn ich es zulasse. Aber ich will den Höhepunkt hinauszögern, das Gefühl der Lust so lange wie möglich genießen, darum lasse ich immer wieder von mir ab. Streichle stattdessen über meine Brüste und kneife mir ganz sanft in die Nippel, bis diese steil emporragen.

Meine Hand gleitet wieder über meinen Venushügel zu meinen Schamlippen. Dieses Mal werde ich es zu Ende bringen. Das Klingeln des Telefons beendet allerdings meine Wunschvorstellungen und reißt mich aus meinem Kokon. Ach verdammt, ich war so kurz davor. Doch dem Anrufer scheint das egal zu sein und plötzlich überkommt mich die Furcht, mit meinem Vater könnte etwas nicht stimmen. Ich stelle schnell die Brause ab, schnappe mir ein großes Badehandtuch und laufe eilig ins Wohnzimmer. Eine Spur von Wassertropfen verfolgt mich. Aber das ist mir egal. Jonathan hasst es, wenn auf dem Parkettboden Wassertropfen verteilt sind, aber er ist nicht da. Ich muss mir immer wieder ins Gedächtnis rufen, dass das hier meine Wohnung ist und ich machen kann, was ich will.

»Hallo«, melde ich mich atemlos.

»Joyce, ich bin es, Jonathan. Was ist denn los? Du hörst dich so abgehetzt an.«

»Du hast mich gerade aus der Dusche geholt«, antworte ich ihm jetzt wieder relaxed.

»Ach so. Ich wollte dir nur sagen, dass ich gut angekommen bin, und dass es morgen doch etwas später werden kann. Das Meeting wurde verschoben, und wir werden danach noch mit einigen Geschäftspartnern essen gehen. Also warte nicht auf mich, es wird sicher spät.«

»Okay. Ach, Jonathan?«, sage ich stockend. Ich fühle mich irgendwie schlecht, als hätte ich ihn betrogen. Jetzt, wo ich seine Stimme höre, fällt es mir gar nicht mehr so leicht, mein Vorhaben in die Tat umzusetzen. Ich hätte doch schon heute mit ihm reden und das unangenehme Gespräch nicht bis Sonntag hinausschieben sollen.

Die Hintergrundgeräusche lassen darauf schließen, dass er nicht allein ist.

»Bist du in deinem Hotelzimmer?«, frage ich misstrauisch.

Das Gelächter einer Frau vermischt sich mit dem tiefen Timbre einiger Männerstimmen, dazu gedämpfte Musik, die an mein Ohr dringt.

»Ähm, ich bin in der Bar des Hotels und warte auf die Geschäftspartner. Was ist denn? Du Joyce, ich muss gleich los … Ah, da sehe ich Mr. Jensen, also, mach dir ein schönes Wochenende, bis Sonntagabend«, versucht er, die Geräusche zu übertönen. Dann legt er auf. Ich flüstere noch in den Hörer: »Ach, nichts«, und lege auf.

Pünktlich um einundzwanzig Uhr hält das Taxi am Straßenrand. Ich wollte nicht mit meinem eigenen Wagen fahren. Die alte Kiste hat mich allein im letzten Monat dreimal im Regen stehen lassen, aber dennoch liebe ich meinen in die Jahre gekommenen Mustang. Ich schlüpfe schnell aus dem Haus und springe förmlich in den Fond des Taxis, sodass ich fast mit meinen High Heels am Türrahmen hängen geblieben wäre. Der Fahrer wirft mir einen missbilligenden Blick im Rückspiegel zu. Aber ich ignoriere ihn selbstbewusst.

Das figurbetonte Kleid liegt sexy auf meiner Haut und ich fühle mich heute einfach nur begehrenswert. Nachdem Jonathan das Haus verlassen hat, habe ich mir unendlich viel Zeit genommen, mir meine Beine und Achseln zu enthaaren. Als ich vor dem Spiegel stand und mich das dunkelblonde Dreieck zwischen meinen Beinen wieder an mein Vorhaben erinnerte, habe ich in einer Anwandlung von Trotz kurzerhand zum Rasierer gegriffen und auch hier alle Haare entfernt. Die Haut meines Venushügels fühlte sich danach zart, empfindlich aber auch hochsensibel an. Allein schon bei dem Gedanken daran, auf der nackten Haut meiner Intimzone von einem Mann berührt zu werden, hat sich dieses elektrisierende Gefühl von Lust in meiner Scham ausgebreitet.

Jonathan würde ausflippen, wenn er wüsste, dass ich seinen Rasierer dafür missbraucht habe. Absichtlich habe ich einige lange Schamhaare darin zurückgelassen, bevor ich ihn wieder an seinen Platz gestellt habe. Seitdem Jonathan einen Bart trägt, benutzt er ihn nicht mehr täglich. Warum ich dieses kindische Verhalten an den Tag gelegt habe, kann ich mir selbst nicht erklären. Was ich mir damit beweisen wollte, weiß ich im Grunde auch nicht. Seit seinem Anruf vor einigen Stunden beschleicht mich wieder das Gefühl, dass Jonathan mich betrügt. Mindestens fünf Mal habe ich seine Telefonnummer gewählt, um mich davon zu überzeugen, dass ich mir das alles nur einrede, aber vor dem ersten

Klingeln habe ich immer wieder aufgelegt. Ich möchte nicht, dass er den Eindruck gewinnt, ich würde ihm nachspionieren.

Ich teile dem Fahrer mein Ziel mit und lehne mich zurück. Sein Blick trifft mich im Rückspiegel.

»Sie wollen zu dem alten Herrenhaus?«, fragt er mich unsicher, dabei fixiert er mich misstrauisch. Er sieht nett und vertrauensselig aus. Wie ein freundlicher Onkel, der es gut mit einem meint. Erwecke ich den Eindruck, als hätte ich Hilfe nötig? Ich bin eine erwachsene Frau und weiß ganz genau, was ich tue. Ich nicke und trotzdem oder vielleicht genau aus diesem Grund fühle ich, wie mir die Röte ins Gesicht steigt. Verdammt, wieso muss er das so betonen? Natürlich weiß er, was für ein Haus das ist. Ich rutsche etwas tiefer in den Sitz und schaue nach draußen, ganz in meine Welt versunken.

Auf dem Weg zu meinem Ziel werde ich nicht zum ersten Mal von Zweifeln befallen. Der Gedanke, Jonathan zu betrügen, schleicht sich einmal mehr aus der hintersten Ecke meines Gehirns in mein Bewusstsein. Auch, wenn ich ihn Sonntag verlassen werde, noch sind wir ein Paar, und ich werde meine Sehnsüchte im Zaum halten. Nein, verdammt, ich will und werde Jonathan nicht betrügen. Ich gehe lediglich mit einer Freundin in eine Bar und mehr nicht. Endlich kommt die lange Auffahrt zu einem Privatgrundstück in Sicht und wieder streift mich der Blick des Taxifahrers im Rückspiegel.

»Das ist die Adresse, die Sie mir genannt haben«, weist er mich erneut auf mein Vorhaben hin. Ich lächle ihn gekünstelt an und nicke. Das große schmiedeeiserne Tor ist weit geöffnet und kleine Lampen säumen den Weg bis zum Herrenhaus, das auf einer Anhöhe sichtbar wird. Rund herum ist ein großer Park angelegt. Das Haus steht gut versteckt, um die Blicke ungebetener Gäste abzuhalten. Draußen ist es ruhig, nur das leise Schnurren des Motors und das Knirschen des Kieses unter den Reifen ist zu hören. Einige teure Autos stehen bereits auf dem Parkplatz.

Der Taxifahrer hält vor der steinernen Treppe, die zu einer großen doppelten Eichentür führt. Links und rechts sind zwei Löwen aus Stein postiert, die erhaben am Eingang lauern und mich auszulachen scheinen, oder mir vielleicht zeigen wollen, wie unerfahren ich in diesen Dingen doch bin. Das ist der Eingang in eine andere Welt. Eine Welt der Lust und Ekstase, der Schmerzen und der Begierde, der ich mich heute entgegenstellen werde. Ich muss über meine lebhafte Fantasie schmunzeln.

Der Taxifahrer wendet seinen Kopf und wirft mir noch einen fragenden Blick zu. »Sind Sie sicher, dass Sie hierher wollten?«

Ich krame in meiner Tasche, ziehe einen Zwanzigdollarschein heraus und reiche ihm das Geld nach vorne. »Der Rest ist für Sie«, murmele ich schnell. Dann springe ich aus dem Wagen. Ich schaue mich suchend auf dem Parkplatz um, kann Victorias kleinen roten Flitzer aber nirgends entdecken. Scheinbar ist sie noch nicht da. Mist, jetzt muss ich hier auf sie warten.

An der Auffahrt neben mir parkt ein schwarzer Aston Martin. Ein wunderschöner Wagen. Ich streiche vorsichtig mit den Fingerspitzen über den teuren Lack und überlege noch, wer wohl der Besitzer dieses traumhaften Schlittens sein mag. Dabei schleicht sich das Gesicht eines dunklen, großen, dominanten Mannes in meine Gedanken, der genauso dynamisch ist wie sein Fahrzeug. Schnell schüttle ich diese idiotischen Überlegungen ab, ziehe mein iPhone aus der Tasche, lasse dabei meinen Blick über die parkenden Autos gleiten, und dann sehe ich *ihn*.

Ich kneife die Augen zusammen, und gehe einige Schritte näher zu dem Wagen, der mir bestens bekannt ist. Es ist Jonathans kanariengelbes Cabrio mit dem schwarzen Verdeck, das unter einem Baum geparkt steht. Ich brauche gar nicht auf das Nummernschild zu schauen, da ich bis jetzt noch keinen Wagen hier in der Gegend gesehen habe, der diese auffälligen Farben miteinander kombiniert. Der Anruf bei Victoria ist vergessen und wie in Zeitlupe läuft ein Film in meinem Kopf ab. Ich blicke mich gehetzt um, aber von Jonathan ist weit und breit nichts zu sehen. Ich muss mich kurz an einer der teuren Karossen festhalten, um nicht das Gleichgewicht zu verlieren. Mein Atem kommt stoßweise. Ich habe das Gefühl, als würde mir jemand die Hand um die Kehle legen und mir die Luft abdrücken. Gleichzeitig spüre ich förmlich, wie mir der Boden unter den Füßen weggezogen wird. Kälte kriecht in mir hoch und mein Herzschlag beschleunigt sich.

Wie kommt sein Wagen hierher? Doch im Grunde sollte ich mich fragen: Was macht Jonathan hier? Und plötzlich fügt sich das Puzzle Stück für Stück zusammen. Kein Wunder, dass er es am Telefon so eilig hatte. Wie oft hat er diesen Club bereits besucht? Und vor allen Dingen mit wem? Verdammter Mistkerl!

Ich schlucke, drehe mich um und gehe wie in Trance auf das Gebäude zu, das hell erleuchtet daliegt, aber die undurchsichtigen weißen Vorhänge halten geheim, was hinter diesen Mauern geschieht. Der Eingang sowie der Parkplatz vor dem Haus sind mit großen Fackeln geschmückt. An der Tür, die sich hinter der großen Treppe öffnet, steht ein Diener in Livree, der die Gäste herzlich begrüßt. Seine Aufmachung kann nicht darüber hinwegtäuschen, um welche Art von Etablissement es sich hier handelt. Auch wenn der Eindruck entstehen soll, ich würde die Stufen zu einem Opernhaus emporsteigen. Es wirkt geradezu kitschig und aufgesetzt, wenn ich daran denke, um was es in diesem Club eigentlich geht. Sex!

Der Kies knirscht unter meinen hohen Schuhen und ein Gefühl von Enttäuschung und Verrat legt sich über meine Seele. Jonathan betrügt mich. Diese drei Worte bohren sich wie eine spitze Klinge in mein Inneres und reißen eine klaffende Wunde auf. Wo bleibt Victoria nur? Ich ziehe mein iPhone wieder aus der Tasche und versuche sie zu erreichen. Nach einigen Sekunden meldet sie sich.

»Joyce?«

»Ja, ich bin's. Wo bleibst du denn? Ich stehe schon hier vor dem Club.«

»Tut mir so leid, Süße. Unsere Maschine hatte Verspätung, und jetzt stehe ich im Stau. Vor mir hat es einen Unfall gegeben. Aber geh nur schon rein und setz dich einfach an die Bar. Ich bin in spätestens zwanzig Minuten da«, verspricht sie mir.

»Spinnst du? Ich kann doch da nicht alleine reingehen. Außerdem hatten wir klar ausgemacht, dass ich nur auf einen Drink mit dir dahin gehe und mehr nicht«, betone ich noch einmal.

Ich höre sie fluchen, da die Straße vor ihr verstopft ist, und sie lässt die Hand auf das Lenkrad klatschen. »Bist du mit deinem Wagen da? Dann warte dort auf mich«, schlägt sie mir vor. »Vollidiot, du bist nicht der Einzige, der es eilig hat«, höre ich sie fluchen.

»Nein, ich bin mit einem Taxi gekommen. Stell dir vor, Jonathans Wagen steht hier auf dem Parkplatz.«

Ich höre sie scharf die Luft einziehen, bevor sie antwortet. »Dann stimmt es also doch, was ich gehört habe.«

Ich bin im ersten Moment sprachlos, eine lähmende Kälte macht sich in mir breit. Ich fühle eine negative Energie in mir aufsteigen. »Was hast du gehört, Victoria?«

»Nichts Konkretes. Lass uns gleich darüber reden, okay?«, versucht sie, mich zu beruhigen. Ein schrecklicher Verdacht nimmt in mir Gestalt an.

»Victoria, wenn du etwas weißt, das ich wissen sollte, dann sag es jetzt.« Meine Stimme wird immer lauter. Dabei lächle ich einem Herrn in einem teuren Smoking gekünstelt zu, der gerade an mir vorbeigeht und die Treppe betritt. Sein Blick gleitet über meinen Körper und ich fühle mich nackt.

»Ich habe es aufgeschnappt, als ein Bekannter Andeutungen gemacht hat, dass Jonathan ein Verhältnis mit der Tochter seines Chefs haben soll. Aber es war nur ein Gerücht, Joyce. Zieh keine falschen Schlüsse. Rede erst mal mit ihm, okay?« Ihre Stimme wirkt gehetzt.

Ich kann es nicht glauben, meine beste Freundin weiß, dass Jonathan mich betrügt, und hält es nicht für nötig, es mir mitzuteilen. Was ist denn verdammt nochmal hier los? Ich beiße mir auf die Lippen und versuche die Tränen, die mir vor Zorn und Enttäuschung in die Augen schießen, zu unterdrücken. Meine Finger halten verkrampft das Smartphone in der Hand, das ich am liebsten im hohen Bogen gegen Jonathans Wagen geschleudert hätte.

»Das ist jetzt nicht dein Ernst, Victoria«, flüstere ich mit zitternder Stimme.

»Joyce, es tut mir leid. Aber ich …«

»Weißt du was, Victoria, ich scheiß auf eine Freundin wie dich. Du hättest es mir sagen müssen«, meine Stimme wird immer brüchiger. Verzweiflung macht sich in mir breit. Ich nehme die Worte, die sie stammelt, gar nicht mehr wahr. Ich will nichts mehr hören, ich will nur noch den Schmerz, der mich zu zerreißen droht, im Alkohol ertränken.

Abrupt beende ich das Gespräch, werfe voller Wut das Handy in meine Handtasche und blinzle die Tränen weg. Was für eine Ironie. Ich habe Gewissensbisse, weil ich mit meiner Freundin in eine Bar gehe und mein Freund vergnügt sich ganz freizügig genau dort mit seiner Geliebten. Aber jetzt ist Schluss damit.

»Bitte nach Ihnen«, dringt die markante Stimme eines Mannes an mein Ohr. Ich drehe mich erschrocken um und versuche, eine unverfängliche Miene aufzusetzen. Es ist der Mann, der mir vor einigen Minuten schon diese anzüglichen Blicke zugeworfen hat. Er lässt mir keine Wahl und schiebt mich praktisch Richtung Treppe zum Eingang. Jetzt steht mein Entschluss fest. Jetzt werde ich Jonathan betrügen, wenn sich eine Gelegenheit ergibt, denn er tut es bereits und das sicher nicht erst seit heute.

Vor mir betritt ein Pärchen das Haus. Der Mann in einem teuren Abendanzug, die Frau geht mit leicht gesenktem Kopf hinter ihm her. Ihr Kleid ist aus schwarzem Leder und sehr kurz, aber es wirkt auf seine Art edel. Es verdeckt praktisch nichts. Das Oberteil ist eine Art Korsage, die über dem Bauch und der Brust mit Schnüren zusammengehalten wird und den Ansatz von zwei perfekten Brüsten zum Vorschein kommen lässt. Der Rock schmiegt sich enganliegend und kurz um ihre Hüften. Und ich könnte schwören, dass sie kein Höschen darunter trägt. Ich höre das Lachen des Mannes, dessen Finger besitzergreifend auf dem Schulterblatt seiner Partnerin liegen, während seine Begleitung ihm einen liebevollen Blick zuwirft. Er nimmt daraufhin ihre Hand und verteilt kleine Küsse darauf, während seine Finger immer tiefer zu ihrem Po wandern. Er schiebt ihren Rock gerade so weit nach oben, dass der Ansatz ihrer Pobacken zu sehen ist.

Verdammt, ich hatte Recht. Sie ist darunter nackt. Aber das scheint den beiden überhaupt nichts auszumachen.

Irgendwie wünschte ich, ich wäre die Frau an seiner Seite. Dieser Mann würde seine Partnerin sicher nicht betrügen, er würde sie beschützen.

Als ich das Haus betrete, habe ich das Gefühl, in einer anderen Zeit gelandet zu sein. Der Boden ist mit weißem Marmor bedeckt, die Beleuchtung besteht aus einem überdimensionalen Kronleuchter, der mitten im Raum hängt und der Atmosphäre eine geheimnisvolle Note verleiht.

Eine einladende Treppe führt in den ersten Stock, sie ist mit einem dicken roten Teppich bedeckt und verschluckt sämtliche Geräusche von klackernden Schuhen. Vom Foyer zweigen jeweils rechts und links von mir große Flügeltüren in die angrenzenden Räume ab, in denen bequeme Clubsofas stehen. Der Club wirkt mondän und exklusiv. Selbst die Wände sind mit exquisiten Seidentapeten bezogen und überall stehen kleine Lampen verteilt, die dem Ambiente noch den letzten Touch geben. Aber all das interessiert mich nicht. Ich bin voller Erwartungen auf diesen Abend hierhergekommen, wollte ein wenig Spaß mit meiner Freundin haben und jetzt fühle ich nur noch Leere und Verrat.

Ich will nur eins: mich sinnlos betrinken.

»Guten Abend«, werde ich von einem Angestellten begrüßt, der hinter einem antiken Schreibtisch sitzt. Er ist passend zu dem ganzen Ambiente hier mit einem Abendanzug bekleidet. Nichts lässt auf den ersten Blick darauf schließen, wo ich mich hier befinde.

Der Computer vor ihm steht im totalen Gegensatz zu der Einrichtung, die eher an das 18. Jahrhundert erinnert.

»Guten Abend, mein Name ist Joyce Hamilton.«

»Guten Abend und herzlich willkommen, ich bin Al. Ich habe Sie hier noch nie gesehen, sind Sie Mitglied?«, will er wissen.

»Nein, ich begleite eine Freundin. Sie ist allerdings noch nicht da. Ich habe mich telefonisch angemeldet.«

Er nickt, tippt meinen Namen ein und lächelt mich an.

»Ah, ja, Sie haben mit dem Chef persönlich gesprochen.« Es ist mehr eine Feststellung als eine Frage. »Sie sind noch nicht mit unserer Hausordnung vertraut, nehme ich an?«

Ich schüttle den Kopf. »Nein, ich bin zum ersten Mal hier.« Aber vielleicht nicht zum letzten Mal.

Er nickt. »Wenn Sie eine Frage haben, können Sie mich jederzeit ansprechen.« Dann schiebt er mir ein Stück Papier über den Schreibtisch zu. Ich greife nach dem Stück Papier, falte es einmal zusammen und lasse es in meiner Tasche verschwinden. »Das sind die Regeln hier in unserem Haus. Wenn Sie etwas nicht möchten oder Ihnen etwas unangenehm ist, sagen Sie einfach nein. Dieses Wort hat hier jeder zu akzeptieren, alles klar?«, dabei zwinkert er mir freundschaftlich zu.

»Alles klar.«

»Dann wünsche ich viel Spaß. In diesem Raum rechts ist eine Bar, auf der anderen Seite wird heute Abend getanzt«, teilt er mir noch mit, während er mir meine Jacke abnimmt.

Leise, gedämpfte Musik dringt an mein Ohr.

»Wo sind die Toiletten?«

»Gleich hier vorne.« Er deutet auf zwei Türen in der Nähe des Eingangs. Ich drehe mich um und gehe auf den Raum zu. Als die Tür hinter mir zufällt, bin ich alleine. Ich schließe kurz die Augen und atme tief durch. Mein Leben liegt in einem Scherbenhaufen vor mir. Mein Freund betrügt mich, meine beste Freundin entpuppt sich als falsche Schlange, der ich nicht mehr vertrauen kann, und ich stehe hier im Waschraum eines exklusiven Nachtclubs. Die Situation wäre fast zum Lachen, wenn ich mich nicht so elend fühlen würde.

Verdammt, wie konnte mein Leben nur innerhalb von Minuten so aus den Fugen geraten? Oder tue ich Jonathan unrecht, interpretiere ich zu viel in irgendetwas hinein, das gar nicht so ist, wie es scheint? Ich sollte mir ein Taxi rufen, nach Hause fahren, Jonathan später anrufen und ihn zur Rede stellen. Am liebsten würde ich ihm direkt hier eine Szene machen, aber diese Blöße werde ich mir nicht geben.

Die Tür öffnet sich und zwei leichtbekleidete Frauen betreten den Raum. Beide tragen Lederkorsagen und kurze Hotpants, dazu kniehohe enge Lederstiefel. Sie lächeln mich freundlich an, sodass ich nicht anders kann als zurückzulächeln. Ihren Gesprächsfetzen kann ich entnehmen, dass sie sich über die »Herren«, wie sie ihre Partner nennen, austauschen, dabei wirken sie absolut glücklich und zufrieden.

»Schau dir den an«, dabei hält die dunkelhaarige Schönheit ihre Hand provozierend in die Höhe und wedelt mit einem fetten Diamantring am Finger vor dem Gesicht der anderen herum.

»Wow, ist der von John?«

»Hm, habe ich heute bekommen. Ist er nicht süß?« Dabei verzieht sie verträumt die Mundwinkel nach oben.

»Süß? Dafür wird er dich bezahlen lassen. Ich kenne doch John. Er wird sich sicher schon eine Möglichkeit ausgedacht haben, wie er dich später oben vor Lust erniedrigen kann.«

»Das will ich hoffen«, dabei dreht sie sich zu mir um und lächelt wieder, diesmal peinlich berührt, bevor die beiden den Waschraum verlassen. Ist es das, was ich will? Mich erniedrigen lassen und dafür teure Geschenke bekommen? Ganz sicher nicht.

Wieder etwas beherrschter öffne ich die Tür und höre das mir sehr bekannte Lachen von Jonathan, der gerade im Begriff ist, mit einer bildhübschen jungen Frau im Arm die Treppe nach oben zu erklimmen. Seine Hand liegt besitzergreifend auf ihrem Po und sein Mund flüstert ihr etwas ins Ohr, das ich nicht verstehen kann. Ihr Lachen versetzt mir einen Stich, sodass ich für einige Sekunden die Augen schließe. Verrat und ein beklemmendes Gefühl, nicht mehr zu ihm zu gehören, einfach vor der geschlossenen Tür zu stehen, während sie mit ihm dahinter ist, breitet sich in mir aus. War ich es nicht, die mit ihm Schluss machen wollte? Und trotzdem tut es verdammt weh, ihn hier mit einer Fremden im Arm zu sehen. Ich bleibe wie angewurzelt in der Tür stehen, sodass er mich nicht sehen kann, und blicke dem Mann hinterher, dem ich zwei Jahre meines Lebens geschenkt habe, dem ich vertraut habe, mit dem ich mein Leben verbringen wollte.

Jetzt ist es klar, Jonathan hat ein Verhältnis und das sicher schon eine ganze Weile. An was muss er gedacht haben, wenn er auf mir gelegen, seinen Schwanz in mich gebohrt hat? Kein Wunder, dass er keine Lust mehr auf Sex hatte. Für den Spaß hat eine Andere gesorgt. Die vielen späten Meetings nach Feierabend, seine Geschäftsreisen, die immer häufiger wurden. Ich hätte es merken müssen.

»Geht es Ihnen nicht gut?«, dringt die Stimme von Al an mein Ohr. Er kommt auf mich zu. Wie aus einer Trance erwacht, wende ich den Kopf zu ihm.

»Nein, nein, alles in Ordnung«, winke ich ab. »Ich habe nur gerade erkannt, was ich im Leben wirklich will.«

Jonathan gehört der Vergangenheit an. Al unterbricht mein Schweigen. »Hier bleiben keine Wünsche offen. Ich würde Ihnen vorschlagen, erstmal einen Drink an der Bar zu nehmen. Sie sehen etwas blass aus«, dabei nickt er zu dem angrenzenden Raum, aus dem die samtige Stimme von Barry White dezent aus den Lautsprechern dringt.

Jetzt wieder gefasst, lächle ich ihn an, drehe mich um und betrete die Bar, mit dem einen Wunsch, mich meinen Bedürfnissen und Wünschen ohne schlechtes Gewissen hingeben zu können, und wenn es nur für diese eine Nacht ist.

3

Die Atmosphäre erinnert an eine Party längst vergangener Zeiten, als die Männer noch Kavaliere waren und die Frauen mit Respekt und Anerkennung behandelt wurden. Eine Träne drängt sich in meinen Augenwinkel, um mit träger Grazie über meine Wange zu laufen. Schnell wische ich sie weg, hebe den Kopf und betrete selbstbewusst den Raum.

Auf den Clubsesseln sitzen bereits einige attraktive Herren, und ich spüre, wie ihre Blicke bewundernd über meinen Körper streifen. Sie tragen alle dunkle Anzüge und wirken mondän. Gerade in diesem Moment tut es gut, das Gefühl zu haben, begehrt zu werden, es ist das, was ich heute Abend will. Aber vor allen Dingen will ich den Schmerz vergessen. Ich atme noch einmal tief durch und gehe zielstrebig auf die Bar zu. Es ist nur noch ein Platz zwischen zwei extrem sexy Gentlemen frei, sodass ich mich entschlossen auf den Barhocker gleiten lasse.

»Was darf's sein, Lady?«, fragt der Kellner hinter der Bar, während er ein benutztes Glas vor mir wegnimmt und über die Theke wischt.

»Ähm, ich …« Mein Blick schweift zu der Karte, die in rotes Leder gebunden ist. Bevor ich antworten kann, hat bereits einer der beiden Herren neben mir die Bestellung für mich aufgegeben. Ich ziehe fragend die Augenbrauen hoch und schaue ihn überrascht an. Daran sollte ich mich wohl in Zukunft gewöhnen, dass ein anderer für mich die Bestellung aufgibt. Eine Eigenschaft, die ich bei Jonathan tatsächlich vermisst habe.

Die Antwort des Unbekannten ist nur ein überlegenes Lächeln. »Die Rechnung geht selbstverständlich auf mich, *Lady*.«

Ich nicke stumm. Jonathan hat auf solche Gesten nie großen Wert gelegt. Im Gegenteil, gerade in Situationen, in denen es um die Bezahlung ging, bestand er regelrecht auf der Emanzipation der Frau und hat mich die Rechnung begleichen lassen.

»Ich habe dich hier noch nie gesehen. Bist du das erste Mal hier?«, fragt der Unbekannte und dreht meinen Hocker ganz selbstverständlich zu sich herum, sodass ich zwischen seinen langen Beinen sitze. Seine Hände liegen dabei besitzergreifend neben meinen Schenkeln, aber er berührt mich nicht. Ich schaue in sein Gesicht. Er ist begehrenswert. Ich schätze ihn auf Anfang dreißig, vielleicht ein paar Jahre älter. Ich greife zu dem Glas, das der Barkeeper auf die Theke gestellt hat, und proste meinem Gegenüber verhalten zu. Er grinst mich über den Rand seines Drinks an, während er den Blick keinen Moment von meinem Mund nimmt.

Manchmal hasse ich meine vollen Lippen, die, wie Victoria es immer betont, jeden Mann in den Wahnsinn treiben. Könnte er der Mann sein, dem ich mich hingeben werde? Jetzt nur nicht die Nerven verlieren. Du hast es nicht anders gewollt. Ich bin doch sonst nicht auf den Mund gefallen. Wo ist mein Selbstvertrauen? Was habe ich mir denn vorgestellt, wie die Kommunikation hier ablaufen wird?

»Ja, aber ich denke, ich bleibe nicht lange. Ich warte auf eine Freundin«, sage ich so selbstsicher, wie es mir möglich ist, und schaue mich suchend nach irgendeiner imaginären Person um.

Ich muss meine Unsicherheit überspielen, wenn ich hier nicht gleich eine Panikattacke riskieren und schreiend den Raum verlassen will. Reiß dich zusammen, ermahne ich mich stumm. Was ist denn schon dabei, wenn ich mich von einem extrem attraktiven Mann zu einem Cocktail einladen lasse? Das bedeutet noch lange nicht, dass er irgendeinen Anspruch auf mich hat. Und noch bin ich mir nicht sicher, ob ich es wirklich fertigbringe, mich einem völlig Fremden, und wenn er auch noch so attraktiv ist, hinzugeben.

»Das werden wir noch sehen«, dabei lächelt er mich herausfordernd an und ich bin sicher, er hat meine Nervosität gespürt. Als der Kellner erneut einen Drink, diesmal ist es ein Caipirinha, vor mich stellt, nimmt auch mein Gegenüber sein Glas und prostet mir wieder zu.

»Deine Freundin scheint wohl nicht mehr zu kommen«, sagt er nach einiger Zeit.

Ich schaue auf meine Armbanduhr, Victoria wollte schon vor zehn Minuten hier sein. Scheinbar hat sie es sich nach unserem Telefongespräch anders überlegt. Das kann ich für sie nur hoffen.

»Sieht ganz so aus.«

Er nickt schmunzelnd. Sicher denkt er, dass die Freundin nur ein Vorwand war und ich alleine hier bin. Er soll bloß nicht denken, ich bin dem Ganzen hier nicht gewachsen. Ich greife wieder zu meinem Glas und trinke es aus. Dass Victoria wohl in der Versenkung verschollen bleibt, ist jetzt auch egal.

Der unbekannte Fremde ist charmant, keine Frage. Wirkt dominant, aber nicht überheblich. Ob ihm der schwarze Luxuswagen da draußen gehört? Ihn könnte ich mir hinter dem Steuer vorstellen. Über was soll ich mich nur mit ihm unterhalten? Verdammt, ich hätte nach Hause fahren und meinen Kummer dort im Alkohol ertränken sollen. Das hier ist doch alles sinnlos. Hier werde ich keinen Mann fürs Leben finden. Hier finde ich nur eins: SEX, und das in jeder Variante.

Mein Gegenüber beobachtet mich, scheint meine Aufregung zu spüren, und endlich bricht er das unangenehme Schweigen zwischen uns.

»Entspann dich, du musst hier nichts tun, was du nicht willst.« Dabei schaut er mich abschätzend an. »Wieso bist du allein hier, ohne Begleitung?«, fragt er und nippt wieder an seinem Drink.

Er nickt dem Barkeeper zu, mir noch einen Drink zu mixen. Ich sollte aufhören, aber ich tue es nicht. Meine Anspannung lässt nach. Soll ich ihm die Wahrheit sagen? Dass ich auf der Suche nach einem Mann bin, der mich beherrscht? Jetzt, wo ich weiß, dass Jonathan mich betrügt, kann ich es doch tun. Ich zögere kurz und beschließe dann, lieber für mich zu behalten, dass ich genau diesen Kick, den Rausch der Gefahr, den Nervenkitzel des Unbekannten gesucht habe.

In meiner Aufregung trinke ich den Cocktail, der ziemlich viel Alkohol enthält, viel zu schnell. »Bin ich das?«, antworte ich, dabei lasse ich meinen Blick durch den Raum mit den attraktiven Männern gleiten, jetzt schon etwas selbstsicherer. Mein Gegenüber lacht anzüglich, als hätte er verstanden.

»Was hast du dir vorgestellt?«, dabei lehnt er sich zu mir und fasst nach meinem Kinn, hebt es ein Stückchen hoch, sodass mir gar nichts anderes übrig bleibt, als ihm direkt in die Augen zu schauen, die mich regelrecht aufspießen wollen. Ich halte kurz den Atem an und spüre das aufgeregte Kribbeln in meinem Bauch, als er mir mit seiner Geste signalisiert, dass er mich will. Mein Gott, die Gefühle, die ich seit Wochen zu unterdrücken versuche, sind genau in diesem Moment so stark, dass ich kurz die Augen schließe, um meinen schnellen Herzschlag unter Kontrolle zu bekommen. Ich zucke mit den Schultern, da ich im Grunde gar nicht weiß, was ich will und schlucke heute schon zum zweiten Mal den Kloß im Hals hinunter. Sein Grinsen wird breiter.

»Ich kann dir geben, wonach du verlangst«, flüstert er mir ins Ohr. Sein warmer Atem streift mich.

»Woher willst du wissen, wonach ich verlange?«

»Du wirst es mir sagen.«

Werde ich das wirklich? Von gewissen Dingen zu träumen, sie sich in Gedanken vorzustellen, ist eine Sache, aber offen, dazu noch mit einem völlig Fremden, darüber zu sprechen, eine ganz andere. Und sie zu tun, den Sprung über den eigenen Schatten zu wagen, fast unvorstellbar.

Seine Finger streichen beruhigend über meinen nackten Arm, sodass ich kurz zusammenzucke. »Also, erzähl mir von dir«, ermuntert er mich.

»Was willst du wissen?«

»Zum Beispiel, was du hier so ganz alleine machst?«

»Ich war einfach neugierig«, gebe ich schulterzuckend zu.

»Neugierig auf was?«

Mein Gott, was will er denn von mir hören? Soll ich ihm meine Gefühle wie auf einem Silbertablett servieren? Ich atme langsam aus und dann sage ich ihm, was ich mir vorstelle. »Ich war neugierig, wie es sich anfühlt, von einem Mann dominiert zu werden, das ist alles.« Nachdem ich den Satz ausgesprochen habe, ist es mir gar nicht mehr so peinlich. Der Fremde grinst mich an.

»Ich bin Darren«, stellt er sich vor.

»Joyce«

»Okay, Joyce. Du willst dich mir also hingeben?«

Will ich das? Die ganze Sache kommt mir viel zu nüchtern vor, so, als würden wir über einen Geschäftsabschluss verhandeln.

»Ich würde gerne noch etwas trinken«, versuche ich, Zeit zu gewinnen.

»Jake, mix der Lady noch einen Drink«, wendet er sich an den Barkeeper. »Ich nehme an, dein Freund ist zu dieser Art von Sex nicht bereit?«

Ich drehe erschrocken den Kopf zur Seite. Woher weiß er das? Und wie kommt er darauf, dass ich einen Freund habe?

»Nein, oder vielmehr, ja, allerdings nicht mit mir. Er betrügt mich gerade in einem der oberen Räume.« Ich lasse meine Finger am Rand des Cocktailglases herauf und heruntergleiten und starre in Melancholie versunken auf meinen Drink.

»Und jetzt willst du es ihm heimzahlen?« Sein verhaltenes Lachen lässt mich aufblicken.

»Nein, ich will körperlichen Schmerz spüren, damit ich die Verletzung in meinem Inneren vergessen kann.«

»Eine sehr gute Lösung, wenn man gerade verletzt wurde.«

Erschrocken schaue ich auf. Darren wirkt, als wäre er mit seinen Gedanken weit weg. Als er meine Unsicherheit spürt, schenkt er mir wieder seine volle Aufmerksamkeit.

»Ich schätze, wir werden noch viel Spaß haben«, verspricht er mir und greift nach meinem Arm. »Es wird Zeit, deinen Wissensdurst zu stillen. Deswegen bist du doch schließlich gekommen«, sagt er mit leiser Stimme und schaut mir dabei tief in die Augen.

Himmel, wie ist es dazu gekommen, dass ich ihm doch von meinen Sehnsüchten erzählt und dazu auch noch meinen Namen verraten habe? *Joyce, das geht zu schnell!*, ermahne ich mich stumm.

»Worauf stehst du? Magst du es sanft oder lieber auf die harte Tour? Hier ist fast alles erlaubt. Ich wette, du suchst nach einem Alphatier, das es dir so richtig besorgen kann«, dabei lacht er mich leise an, ohne eine Antwort von mir abzuwarten, und ich folge ihm in den angrenzenden Raum. Die Tür fällt leise ins Schloss und wir sind allein.

Es war eine arbeitsreiche Woche und Greg hat heute nur noch einen Wunsch: mit Kay einen Drink an der Bar zu nehmen und dann früh nach Hause zu fahren. Er hat sie für den Junggesellenabschied seines besten Freundes Matthew engagiert. Die Striptänzerin tritt hier in diesem exklusiven Nachtclub auf, in dem er immer noch Mitglied ist, aber an dem er schon lange das Interesse verloren hat. Er ist heute nur hier, um mit Kay über ihren Auftritt zu sprechen.

»Guten Abend, Al. Noch nicht viel los heute Abend, was?«, begrüßt er den Mann hinter dem antiken Schreibtisch, als er das Foyer betritt.

»Guten Abend, Mr. Montgomery. Die Stammkunden kommen noch.« Gregs Blick schweift in den Raum, während Al ihm die Jacke abnimmt. Auf den Clubsofas sitzen zwei Pärchen, die bereits in angeregter Stimmung sind und einige Herren, denen er zunickt, stehen lässig in Unterhaltungen verstrickt im Raum. An der Bar erkennt er Darren, der besitzergreifend seine Hand unter das Kinn einer jungen Frau gelegt hat, die ihm ehrfürchtig zu Füßen zu liegen scheint, und doch kann er Angst in ihrer Körpersprache erkennen. Oder ist es Verzweiflung, die er in ihren Augen liest, als Kay auf ihn zukommt?

»Kay, schön, dass du Zeit hast«, begrüßt er die dunkelhaarige Frau mit der Figur einer Nymphe und küsst sie flüchtig auf beide Wangen, ohne den Blick von der Frau an der Bar zu nehmen, deren Anwesenheit sofort sein Interesse geweckt hat. Greg kennt Kay schon lange. Vor einigen Jahren musste er sie aus einer brisanten Situation befreien und seitdem sind sie Freunde.

»Für dich und Matthew tue ich das doch gerne. Ich habe gehört, Terry ist wieder nach England zurückgegangen?«, lässt Kay die Frage im Raum stehen, bevor beide auf einer Ottomane Platz nehmen. Greg wirkt verletzt. Dann schaut er Kay direkt an. »Ja, wir haben uns getrennt. Es ist mir wohl nicht vergönnt, glücklich zu sein«, antwortet er betrübt.

»Hey, ich weiß genau, dass die Richtige noch irgendwo auf dich wartet. Du brauchst eine Frau, die es mit dir aufnehmen kann, die dir Kontra bietet, und Terry war einfach nicht der Typ für einen Mann wie dich. Du wirst sehen. Schau dir Matthew an. Soweit ich weiß, wollte er nie wieder heiraten und dann kommt Vivien und zack«, dabei schnippt sie mit den Fingern, »ist er ihr mit Haut und Haaren verfallen. Das hast du mir selbst erzählt.«

»Wahrscheinlich hast du Recht. Vivien ist ein Engel. Ich weiß immer noch nicht, womit dieser Schweinehund so eine Frau verdient hat«, sagt er im Scherz. Dabei gleitet sein Blick immer wieder zu der blonden Frau an der Theke, deren lange Haare wie ein Fächer über ihren entblößten Rücken fallen. Sie wirkt unsicher und schüchtern. Sie beißt sich ständig auf ihre vollen Lippen, die ihm sofort aufgefallen sind. Lippen, die von einem Mann in Besitz genommen werden sollten. Dabei senkt sie beschämt den Blick.

In ihr scheint ein Gefühlschaos zu toben, dafür hat Greg einen Blick. *Was ist mit ihr los?,* überlegt er. Ob sie Darrens derzeitige Gespielin ist? Sie macht auf ihn nicht den Eindruck, als wäre sie der Typ für Darrens perverse Spielchen.

»Greg, hörst du mir überhaupt zu?«, dringt Kays Stimme wie aus einem Nebel zu ihm.

»Tut mir leid, ich bin heute nicht ganz bei der Sache. Was sagtest du?«, dabei fasst er liebevoll ihre Hand.

Kay schüttelt schmunzelnd mit dem Kopf. »Ich weiß ganz genau, wo du mit deinen Gedanken bist.« Dabei nickt sie in Richtung Bar. »Bei der süßen Kleinen, an die Darren sich gerade ranmacht.«

Greg dreht wieder den Kopf zu der Unbekannten. »Kennst du sie etwa?« Kay schüttelt den Kopf. »Nein, sie muss neu sein. Ich habe sie noch nie gesehen.«

»Ich frage mich, was so eine sensible junge Frau mit einem Typen wie Darren zu schaffen hat.« Kay dreht den Kopf zu den beiden und zuckt nur mit den Schultern, bevor sie ihr Gespräch mit Greg fortsetzt.

Greg beobachtet Darren und die junge Frau weiter. Als Darren seinen Arm um die unbekannte Schönheit legt und sie etwas zu abrupt vom Stuhl hochzieht, versteinert seine Miene. Seine Hand greift um die Lehne der Ottomane. Doch bevor er aufstehen kann, hält Kay ihn an seinem Arm zurück. »Greg, lass es. Du kennst die Regeln«, beschwört sie ihn.

»Ich hasse Typen, die einer Frau nicht den nötigen Respekt entgegenbringen. Er muss doch sehen, dass die Kleine völlig hilflos und verunsichert ist«, zischt er Kay leise zu. »Sie wirkt abwesend, als hätte sie zu viel getrunken. Das kann selbst ich spüren«, setzt er noch hinzu, beruhigt sich aber augenblicklich wieder.

»Sie muss einfach nur nein sagen. Hab ein Auge auf die beiden und wenn du merkst, dass Darren sein Spiel zu weit treibt, kannst du immer noch eingreifen. Es ist doch nichts passiert, okay?«

»Vielleicht hast du Recht. Ich hatte heute einen anstrengenden Tag und habe etwas überreagiert. Also, lass uns über Matthews Junggesellenabschied sprechen«, lenkt er jetzt das Gespräch in andere Bahnen.

Die junge Frau, die den Raum nebenan betreten hat, ist schon beinahe aus seinem Gedächtnis verschwunden. Aber nur beinahe.

Ich folge Darren in den angrenzenden Raum. Wir sind allein. Der Alkohol, den ich mittlerweile in Mengen konsumiert habe, verfehlt seine Wirkung nicht. Ich fühle mich leicht, aber meine Bewegungen sind schleppend und meine Gedanken verschwimmen immer mehr.

In der Mitte des Zimmers steht ein großes Bett, das mit rotem Samt bezogen ist und den Raum beherrscht. An den Bettpfosten hängen schwarze Ledermanschetten und darüber ist eine Art Gitter angebracht, von dem Karabinerhaken baumeln. Ich schließe kurz die Augen und stelle mir vor, wie ich mit verrenkten Gliedern an diesem Gestell hänge. *Joyce hör auf!*, ermahne ich mich. Ich lasse meinen Blick weiter durch den Raum schweifen, auch die Wände und die Bezüge des alten Chesterfieldsofas sind aus rotem Samt.

Der Raum wirkt klischeehaft, wie eine Lasterhöhle, und doch

auch auf seine Art ansprechend. Ich fühle mich ins 18. Jahrhundert zurückversetzt. Mit ein bisschen Fantasie könnte man annehmen, ich wäre eine Marquise, die hier mit ihrem Geliebten in seinem Sexschloss eine Verabredung zu einem Tête-à-tête hätte.

Im gedämpften Licht sehe ich an den Wänden Seile in verschiedenen Stärken, Flogger, Gerten, Peitschen in allen Größen und andere Dinge hängen, deren Namen mir nicht bekannt sind. Eine Gänsehaut breitet sich auf meiner Haut aus, als ich meinen Blick schon leicht benommen durch das Zimmer gleiten lasse, bis zu der Bank in der hinteren Ecke. Auch diese ist mit Ledermanschetten an den Beinen ausgestattet. Für was die wohl benutzt wird?

Einige sehr präzise Aktbilder, auf denen Frauen in erniedrigenden Posen gezeigt werden, die sich unter lustvollen Qualen ihren Peinigern hingeben, schmücken die Wände. Plötzlich spüre ich, wie Darrens Hände mir von hinten eine dunkle Maske über meine Augen legen. Ich zucke kurz zusammen. Darren sieht verdammt gut aus, aber er hat etwas Hartes an sich, das ich nicht einzuschätzen weiß. Ich fühle mich irgendwie schutzlos ausgeliefert. Er wird die Situation doch hoffentlich nicht ausnutzen. Vielleicht war ich an der Bar doch zu freizügig mit meinen Sprüchen. Wir haben gar nicht darüber gesprochen, wie weit das Spiel gehen wird. Der ganze Hass auf Jonathan kommt wieder hoch.

»Ruhig, kleine Lady. Wir waren uns doch einig«, haucht mir Darren ins Ohr. Über was waren wir uns einig? Er wollte mir die Welt von Dominanz und Unterwerfung zeigen.

Er greift nach meinem Arm und führt mich durch den Raum zu der Bank, die in der hinteren Ecke steht. Und jetzt fällt es mir wie Schuppen von den Augen: Diese Bank wird für Spankingspiele benutzt. Als er mich loslässt, bleibe ich stehen und lausche, aber es sind nur seine Lederschuhsohlen auf dem Parkettboden zu hören, als er den Raum durchquert. Mein Herz schlägt schneller. Ist es das, was ich wollte? Habe ich mir eine Beziehung von

Dominanz und Unterwerfung so vorgestellt? Will ich es wirklich zulassen, mir von einem Unbekannten seinen Stempel aufdrücken zu lassen? Will ich ihm erlauben, seine Spuren auf meinem Körper zu hinterlassen, indem er einen dieser Gegenstände an der Wand benutzt und mir damit rote Striemen beibringt?

Aber ich muss den Schmerz spüren, um die Verletzungen, die mein Inneres zu zerreißen drohen, vergessen zu können. Das ist nicht die Beziehung, die ich mir vorgestellt habe. Darren ist nur Mittel zum Zweck. Er ist ein Werkzeug, das mir hilft, über die Klippe zu springen und den ganzen aufgestauten Frust loszuwerden, der mich schon seit Wochen quält. Der Mann, dem ich mich hingeben will, dem ich meine Seele schenken würde, muss zuerst mein Vertrauen gewinnen, und das ist nicht Darren. Ich würde es spüren, wenn er vor mir stünde. Auch, wenn Darren attraktiv ist, er kann das Gefühl von absoluter Hingabe in mir nicht wecken. Was weiß ich denn von ihm? Ich kenne ihn nicht und trotzdem überlasse ich ihm bedingungslos meinen Körper. Aber eben nicht meine Seele.

Ich höre ein Zischen, als würde jemand einen Weidenstock durch die Luft sausen lassen und ziehe unwillkürlich die Schultern nach oben. Sein teuflisches Lachen dringt an mein Ohr. Ich spüre seine Hände auf meinen Schultern. Seine Lippen streifen sehnsüchtig über meinen Hals, sodass ich unwillkürlich den Kopf zur Seite lege.

»Ich will dich nackt sehen«, knurrt er und greift zum Reißverschluss meines Kleides, den er mit einem schnellen Ruck nach unten zieht, mir die Träger von den Schultern gleiten lässt, sodass ich nur noch in meinem roten Spitzentanga, BH und Strümpfen samt Schuhen vor ihm stehe. Seine Finger greifen nach meinem BH, den er mir gierig von den Schultern streift und einfach auf den Boden fallen lässt. Sofort schiebt er seine Finger in meinen Stringtanga. Er zieht daran, als wollte er ihn mir vom Körper reißen, und als der Stoff nicht nachgibt, höre ich ihn ärgerlich fluchen.

Er gibt mir einen kleinen Schubs, sodass ich auf das Gestell vor mir falle. Erschrocken schreie ich leise auf, was mir sofort einen festen Schlag mit seiner Hand auf meinem Po einbringt. Die Stelle fängt augenblicklich an zu brennen. Aber darüber nachzudenken, gibt er mir keine Zeit. Mit einer schnellen Bewegung reißt er mir jetzt entschlossen den Stringtanga bis zu den Knien herunter. Die dünnen Bändchen schneiden mir in die Haut, doch er lässt das Höschen einfach an meinen Kniekehlen hängen.

Er gibt ein zufriedenes Knurren von sich. Ich spüre das kalte Leder unter meinem Bauch, als er mich über die Bank legt, meinen Oberkörper nach unten drückt und meine Arme nach vorne zieht, um sie an dem Gestell zu fixieren. Das gleiche macht er auch mit meinen Beinen, sodass ich ihm vollkommen ausgeliefert bin. Ich muss ein erniedrigendes Bild abgeben, wie ich hier auf dieser Bank mit heruntergelassenem Höschen und in die Luft gestrecktem Po festgebunden liege. Warum konnte er es mir nicht wenigstens ausziehen? Es ist beschämend, mich ihm so zu präsentieren. Die Maske, die meine Augen bedeckt, taucht alles um mich herum in ein schwarzes Nichts und trotzdem schließe ich die Augen, warte auf den Schmerz, der sicher gleich folgen wird, um mich von den Verletzungen in meinem Inneren zu befreien.

Wie schlimm es allerdings werden wird, habe ich mir im Traum nicht vorgestellt.

Die kurzen Schreie, die sich aus dem Nebenzimmer durchdringend an Gregs Ohr drängen, sind wie Pfeile, die sich in seinen Magen bohren. Es sind keine Lustschreie, wie er sie von seinen Partnerinnen kennt. Diese Laute spiegeln Angst und Entsetzen wider. Er wechselt schnell einen besorgten Blick mit Kay und springt von der Ottomane auf. Mit einigen zügigen Schritten betritt er den Nebenraum.

Was er sieht, lässt seine Gesichtszüge augenblicklich zu einer grimmigen Maske erstarren. Die junge Frau, die er an der

Bar beobachtet hat, liegt bäuchlings auf dem Spanking-Hocker, die Arme und Beine am Gestell angebunden, und ihr hübscher runder Po ragt in die Luft. Ihre Augen sind mit einer Maske bedeckt, sodass sie nicht sehen kann, was mit ihr geschieht. Sie kann es nur fühlen und was sie fühlt, kann sicher nicht in ihrem Interesse liegen. Greg hat sofort ein mulmiges Gefühl verspürt, als er sie mit Darren an der Bar gesehen hatte. Sie wirkte so verletzlich und unsicher auf ihn. Jeder erfahrene Dom konnte sehen, dass etwas mit ihr nicht in Ordnung war.

Das ist das oberste Prinzip für jeden Dom, die Stimmung seiner Sub einzuschätzen. Er soll sie beschützen und ihr Lust bereiten, aber niemals Angst und Entsetzen hinterlassen. Könnte er nur einen Blick in ihre Augen werfen, er würde wissen, wie es um sie steht. Was hat Darren, dieser gottverdammte Idiot, sich nur dabei gedacht?

Als Greg näherkommt, sieht er die roten Striemen auf ihrem Hintern, die sich quer darüberziehen und Darren, der vergeblich versucht, sie in den Arsch zu ficken. Er hat sich nicht einmal die Mühe gemacht, sie langsam auf seine harten Schläge vorzubereiten. Er sollte sie behutsam heranführen. Mit einem sanften Aufwärmen daran gewöhnen, was noch auf sie zukommt, falls sie ihm überhaupt die Erlaubnis dazu gegeben hat.

Denn eins ist Greg klar: Diese Frau hat sich noch nie auf derartige Spiele eingelassen. Wieder dringt ein Schrei an sein Ohr, als Darren den Stock dieses Mal quer über ihren Rücken sausen lässt und jetzt ist es endgültig mit Gregs Beherrschung vorbei. Er könnte sich ohrfeigen, nicht früher eingegriffen zu haben. Mit drei großen Schritten durchquert er den Raum, zerrt Darren am Arm von seinem Opfer weg und verpasst ihm einen Kinnhaken, sodass er nach hinten taumelt. Die blanke Wut spiegelt sich in Gregs Gesicht wider. Das Blut, das Darren unmittelbar aus seiner aufgeplatzten Lippe herunterläuft, interessiert ihn nicht.

»Du verfluchter Mistkerl. Was denkst du, was du hier tust?«, schreit Greg und greift sofort wieder nach ihm, packt ihn am Kragen seines teuren Designeranzuges, bevor er ihn mit einem zweiten Schlag ins Gesicht auf den Boden befördert. Darren wischt sich nur den Mundwinkel ab und schaut verärgert auf das Blut an seiner Hand, bevor er aufsteht.

»Halt dich da raus, Montgomery. Das geht dich nichts an.«

Greg reißt die Augen auf, geht einen Schritt auf Darren zu und setzt zum nächsten Schlag an. »Das geht mich nichts an? Weißt du eigentlich, was du hier tust? Für mich sieht das wie eine handfeste Vergewaltigung mit Misshandlung aus«, spuckt er ihm entgegen.

Das leise Wimmern der Frau hält ihn zurück, Darren den nächsten Schlag zu verpassen.

»Verschwinde, Greg«, faucht Darren zurück, während er wieder versucht, sich an Joyce zu vergreifen. »Du hast mir schon mal Ärger bereitet. Dieses Mal gehst du zu weit. Die Kleine wollte es nicht anders. Sie hat sich mir regelrecht aufgedrängt und jetzt bekommt sie, was sie verlangt.«

»Du mieses Schwein, wenn du sie noch einmal anfasst, dann schwöre ich, wirst du diesen Raum nur noch auf einer Bahre verlassen.« Gregs Worte sind jetzt leiser, aber von solcher Kälte, dass Darren kurz zurückzuckt.

»Was ist hier los?« Adrian betritt bestürzt den Raum, und auch Kay und ein paar andere Gäste stehen in der Tür und verfolgen die Szene sprachlos. Das Schauspiel, das sich ihnen hier bietet, spricht Bände. »Darren! Greg! Was ist hier los, verdammt nochmal?«, brüllt Adrian in den Raum. Mit ein paar scharfen Worten schickt er Kay und die anderen Gäste aus dem Zimmer.

»Das fragst du am besten dieses Schwein«, antwortet Greg und wendet sich jetzt endgültig der jungen Frau zu. Er öffnet vorsichtig die Manschetten an ihren Hand- und Fußgelenken, zieht die Maske von ihren Augen und hilft ihr von dem Gestell.

»Alles ist gut, kleine Lady. Ich werde dir nicht wehtun. Ruhig, komm meine Kleine. Nicht weinen. Ich kümmere mich um dich, okay?«, spricht er beruhigend auf die völlig aufgelöste Frau ein, die sich sofort erleichtert in seine Arme fallen lässt.

4

Die aggressive Stimme, die wie ein Peitschenknall in den Raum dringt, lässt mich noch mehr erzittern. Nein, bitte nicht noch einer, ist das Einzige, was in diesem Moment durch meinen Kopf schwirrt. Wollen sie jetzt zu zweit über mich herfallen? Ich muss total den Verstand verloren haben, als ich mich auf dieses verruchte, perverse Spiel eingelassen habe.

Warum konnte ich mir nicht einfach ein Taxi rufen, nach Hause fahren und Jonathan zur Rede stellen, anstatt hier meinen Träumen nachzulaufen, die sich wie eine Seifenblase in Luft aufgelöst haben?

Es gibt keinen Mann, der zärtlich und einfühlsam und gleichzeitig dominant sein kann, so wie es in den Romanen beschrieben wird. Und der Schmerz, den mir dieser Mistkerl zufügt, übertrifft alles, was ich mir vorgestellt habe. Jedes Mal, wenn der Stock meine Haut berührte, dachte ich, es könnte nicht schlimmer werden. Und doch nahm das beißende Brennen bei jedem weiteren Hieb zu, besonders dann, wenn er eine bereits malträtierte Stelle erneut traf. Hatte ich etwa geglaubt, es würde mich erregen, wenn er meine Haut mit einem Rohrstock traktiert? Der durchdringende Schmerz ist stärker, als ich es je für möglich gehalten hätte. Bei jedem Schlag beiße ich mir auf die Lippen, um nicht laut aufzuschreien, aber nach dem vierten bin ich nicht mehr fähig, ruhig zu bleiben.

Die ganzen Bücher über Unterwerfung und Hingabe waren Lügen, und ich bin jetzt endlich mit einer Bruchlandung aus meinem verrückten Traum aufgewacht. Wieder versucht dieser Mistkerl, in mich einzudringen, und ich spüre den Schmerz jetzt auf meinem Rücken, als ich vergeblich versuche, mich zu wehren.

»Neeeeiiin!«, schreie ich aus Leibeskräften. Mein Hintern brennt bereits fürchterlich und zum Glück ist es ihm noch nicht gelungen, in mich einzudringen. Schon allein bei dem Gedanken, dass er mich an einer Stelle nimmt, die absolut indiskutabel ist, bricht mir der kalte Schweiß aus. Da mich seine vergeblichen Versuche, mich mit seinen Schlägen zu erregen, nur in einen Zustand der Angst versetzt haben, bin ich vollkommen trocken. Er kann doch unmöglich seinen Schwanz in meinen Po bohren! Mit seiner freien Hand greift er in meine langen Haare und zieht meinen Kopf zurück, sodass ich erneut schmerzerfüllt aufschreie. Endlich lässt er von mir ab, als wieder die harten Worte einer dritten Person im Raum an mein Ohr dringen, und dieses Mal bin ich ganz sicher, dass der Unbekannte mir nicht an die Wäsche will. Im Gegenteil, er scheint meine Rettung vor dem Monster hinter mir zu sein.

Das Nächste, das ich mitbekomme, sind die beruhigenden Worte und die Hände, die vorsichtig an meine Fesseln greifen, um mich davon zu befreien. Ich werde langsam nach oben gezogen und finde mich in den Armen eines Mannes wieder, der mir die Sinne raubt. Das gibt es doch nicht; die Wirkung, die dieser Fremde auf mich hat, kann unmöglich real sein. Ich sollte schreiend diesen Ort verlassen, aber ich tue es nicht. Es muss an meinem diffusen Gefühlschaos liegen, das mich durchgeschüttelt hat. Ich glaube, ich stehe kurz vor einem Nervenzusammenbruch.

Völlig ausgelaugt von den schrecklichen Ereignissen lasse ich mich an seine Brust sinken und den Tränen jetzt ganz ungeniert freien Lauf. Er hebt mich auf seine Arme. Ich spüre seine Muskeln an meinen Oberschenkeln, lege ganz selbstverständlich die

Arme um seinen Hals und lasse meinen Kopf erschöpft auf seine Schulter sinken. Die Worte, die er sagt, sind Balsam auf meiner verwundeten Seele. Der Geruch, der von ihm ausgeht, wirkt im ersten Moment beruhigend auf mich. Er riecht ganz anders als Darren. Darrens Parfum war süß und aufdringlich. Der Geruch des Mannes, auf dessen Armen ich aus dem Zimmer getragen werde, ist herb und frisch.

Immer wieder redet er mit beruhigenden Worten leise auf mich ein. Ich höre Stimmengemurmel hinter mir, aber ich lasse die Augen fest geschlossen. Ich will niemanden sehen und schäme mich fürchterlich für das, was hier gerade geschehen ist. Ich weiß nicht, wo er mich hinbringt, aber es ist mir egal. Ich schluchze leise an seiner Schulter und halte mich einfach nur wie an einem Rettungsanker an ihm fest, während er mit mir den Raum durchquert, weiter durch das Foyer geht und einen der Räume im hinteren Teil des Hauses ansteuert. Hier ist es ruhig.

»Ich setze dich jetzt ab, okay? Dann bringe ich dir eine Decke«, höre ich wenig später seine sanften Worte, als die Tür hinter uns ins Schloss fällt. Das Licht hier im Raum ist angenehm hell. Die kleinen Lampen, die überall verteilt sind, verbreiten ein beruhigendes Ambiente. Ich hebe den Kopf und schaue jetzt das erste Mal direkt in seine blauen Augen. Augen, die so tief und dunkel sind wie ein See. Wieso habe ich das Gefühl, diesem Fremden vertrauen zu können? Mein Herz schlägt schnell in meiner Brust, aber nicht, weil er mir Angst macht. Im Gegenteil, in seiner Gegenwart verspüre ich ein ganz anderes Gefühl. Das Gefühl, mich direkt in seine Arme werfen zu müssen und mich an ihn zu schmiegen.

Das ist doch verrückt. Als hätte jemand die Welt angehalten, schauen wir uns einfach nur an. Ich bin wie elektrisiert und in seinen Bann gezogen, kann meinen Blick nicht von ihm lösen. Völlig ruhig steht er da, seine kräftigen Arme unter meinen Oberschenkeln. Sein Griff ist fest, aber nicht unangenehm, im

Gegenteil, ich habe das Gefühl, er will mich beschützen. Aber vor was?

Warum setzt er mich nicht endlich ab? Ich kann seinen Herzschlag spüren, der sich kein bisschen verlangsamt, ich habe vielmehr das Gefühl, er passt sich meinem an, der jetzt wie im Sprint davonrast.

»Ist Darren dein Dom?«, bricht er das elektrisierende Schweigen zwischen uns und ich spüre, dass diese Frage nicht leicht über seine Lippen kommt. Es scheint ihn zu schmerzen.

Fragend schaue ich ihn an und der Unbekannte verstärkt nun seinen Griff.

»Mein was?«, frage ich verwirrt.

Er rollt die Augen und zeigt mir zum ersten Mal sein Lächeln, das mich augenblicklich beruhigt. »Darren, der Mann, dem du dich hingegeben hast, hat er irgendwelche Ansprüche an dich?«

Ich schüttle verneinend den Kopf. »Nein, hat er nicht. Eigentlich kenne ich ihn gar nicht.« Ich höre, wie er erleichtert ausatmet.

»Du kennst ihn nicht? Und dann lässt du ihn solche Dinge mit dir tun?«, fragt er zweifelnd. Dabei zieht er die Mundwinkel ein wenig nach oben. Er wirkt fast belustigt, wenn er nicht fassungslos den Kopf schütteln würde. Meine einzige Verteidigung dazu ist nur ein kurzes Schulterzucken.

»Wieso hast du das Safeword nicht benutzt?«

Safeword? Verdammt, darüber habe ich mir überhaupt keine Gedanken gemacht, geschweige denn haben wir vorher darüber gesprochen, wie weit er gehen darf. Ich könnte mich wirklich ohrfeigen für meine Naivität und zucke wieder die Schultern.

»Wir haben keins vereinbart«, gestehe ich leise.

Erneut höre ich ihn scharf einatmen. »So etwas habe ich mir fast gedacht«, murmelt er mehr zu sich selbst. »Das ist gegen die Regeln, verdammt«, stößt er barsch aus. Beruhigt sich aber sofort wieder, als er spürt, dass mein Körper sich anspannt. Er schaut mich einfach nur an, als würde die Antwort auf seine Fragen in meinen Augen stehen.

»Ich bin Greg«, stellt er sich jetzt vor und lässt sich mit mir auf den breiten Sessel vor dem Schreibtisch sinken. Scheinbar ist das hier ein Büro. Es ist mit antiken Möbeln ausgestattet, genau wie der ganze übrige Club. Dunkle Regale ziehen sich bis unter die Decke. Der Raum erinnert eher an eine Bibliothek, sodass ich fast vergesse, wo ich mich eigentlich befinde.

Die Tür öffnet sich und wieder betritt ein Unbekannter den Raum. Seine Miene drückt Verärgerung und Bestürzung aus, als er die Tür energisch schließt.

»Ist alles in Ordnung, Greg? Ich habe Darren rausgeworfen und ihm Hausverbot erteilt. Das hätte ich schon längst tun sollen.« Mit zwei Schritten ist der Mann, der mit seinen breiten Schultern, die sich unter dem weißen Hemd abzeichnen, wie ein Bodybuilder wirkt, bei uns.

Ich schrecke kurz zusammen. Greg scheint es sofort gespürt zu haben. Er streichelt zärtlich über meinen Arm und drückt meinen Kopf sachte an seine Schulter, und ich lasse ihn gewähren. Aber das freundliche Lächeln, das der Fremde mir schenkt und das überhaupt nicht zu seiner Fassade zu passen scheint, lässt mich augenblicklich meine Anspannung verlieren.

Und warum verflucht noch mal beruhigt mich diese zärtliche Geste von Greg und lässt meine ganze Anspannung von mir abfallen? Das ist doch völlig absurd. Ich sollte sehen, dass ich von hier fortkomme, und nicht weiter auf dem Schoß des Mannes sitzen, der meine Sinne vollkommen vernebelt.

»Ich bin Adrian und du musst Joyce sein«, spricht der Inhaber des Sexpalastes beruhigend auf mich ein. »Wir haben miteinander telefoniert.« Er kommt näher und gibt mir die Hand. Die Situation könnte nicht unpassender sein. Ich sitze immer noch bis auf die Strümpfe nackt auf dem Schoß eines Mannes, der mir vollkommen fremd ist, aber dem ich auf eine mir unerklärliche

Art vertraue und begegne dem Chef des Etablissements, der sich mir ausgesucht höflich vorstellt. Er scheint meine Beschämung zu spüren und reicht mir eine Decke.

»Hier, Joyce. Ich hole deine Sachen, dann kannst du dich anziehen. Es tut mir furchtbar leid, was hier heute Abend passiert ist. So etwas darf unter keinen Umständen geschehen. Ich kann mich nur entschuldigen.«

»Ich hatte ja zum Glück Hilfe«, dabei hebe ich leicht den Kopf und schaue Greg in die Augen. Ein warmes Gefühl macht sich in meinem Inneren breit, und ich wünschte, ich hätte Greg früher kennengelernt und nicht in dieser peinlichen Situation. Die aufgeladene Atmosphäre zwischen uns lässt mich für einen Moment vergessen, dass wir uns nicht allein im Zimmer befinden.

Dann wendet sich Adrian an Greg. »Kannst du kurz bei ihr bleiben, Greg? Bis ich ihre Kleider geholt habe?«

»Selbstverständlich, glaubst du, ich lasse sie in ihrem Zustand allein?«

Adrian nickt, dann dreht er sich um und geht, um meine Kleider zu holen. Greg wickelt beschützend die Decke um mich, während er weiterhin die Arme um meinen Körper schlingt.

»Wo ist dein Begleiter? Du willst mir doch nicht erzählen, dass du ganz allein hier aufgekreuzt bist.« Seine Stimme ist immer noch sanft, aber doch überlegen.

»Ich bin allein hier«, gestehe ich. Er zieht die Augenbrauen hoch.

»So, so. Und was hast du dir dabei gedacht, hier ohne Partner aufzutauchen? Du machst auf mich nicht den Eindruck, als wärst du auf schnellen Sex aus.«

Ich senke beschämt den Kopf und beiße mir auf die Unterlippe. Dieses Gespräch ist irrational. Ich sollte aufstehen und nicht weiter wie ein verschrecktes Reh auf seinem Schoß sitzen. Aber ich tue es nicht.

Er legt seinen Zeigefinger unter mein Kinn und hebt sanft meinen Kopf, sodass ich ihn wieder ansehen muss. Und dieses Mal verspüre ich ein ganz anderes Prickeln im Bauch als bei Darren. Es ist vielmehr das warme Empfinden von Geborgenheit, das ich gerade schon einmal gefühlt habe. Aber da ist noch etwas anderes, das mir einen wohligen Schauer über die Haut jagt.

»Hey, das muss dir nicht peinlich sein. Es war nicht deine Schuld. Darren ist ein erfahrener Dom, er sollte wissen, was er tut. Es tut mir leid, wenn ich dich mit meiner Aussage verschreckt habe. Ich wollte dir auch nicht zu nahe treten.«

Noch näher und wir haben Sex. Mein Gott, welche Gedanken habe ich nur.

»Ich kann mir nicht vorstellen, dass du gewollt hast, was in dem Raum geschehen ist, oder?«

Ich schüttle wieder verneinend mit dem Kopf, unfähig etwas zu sagen, während er mich anschaut, als wollte er in meine Seele vordringen.

»War es dein erstes Mal?«

Ich nicke.

»Du bist also alleine hier? Warum?«

»Das willst du sicher nicht hören«, antworte ich sarkastisch.

»Und wenn ich es doch hören möchte? Ich bin ein guter Zuhörer.«

Wenn er mich mit diesem Blick anschaut, setzt mein Verstand aus und schaltet sofort auf Standby. Dieser Mann hat etwas an sich, das mich völlig kopflos werden lässt. Außerdem hat er mich aus dieser schrecklichen Situation gerettet, warum sollte ich mich ihm nicht anvertrauen? Er scheint im Moment der Einzige zu sein, der es ehrlich mit mir meint.

»Okay, aber nicht hier«, entscheide ich. In diesem Moment betritt Adrian den Raum.

»Hier sind deine Kleider.« Er wirkt erstaunt, dass ich immer noch auf Gregs Schoß zwischen seinen gespreizten Beinen sitze.

»Greg, wir warten draußen«, bestimmt er. Ich schaue Greg an und etwas, das ich nicht zu bestimmen weiß, zwingt mich regelrecht, meine Arme weiter um seinen Hals zu schlingen. Ich will ihn nicht loslassen. Er schließt für eine Sekunde die Augen und nimmt meine Arme von seinen Schultern. Das Lächeln, das er mir schenkt, wirkt beruhigend auf mich.

»Zieh dich an. Ich warte draußen auf dich«, sagt er in einem Ton zu mir, der keine Widerrede duldet, und doch sind seine Worte sanft. Ich nicke völlig paralysiert. Er steht mit mir auf und lässt mich auf die Füße sinken, ganz langsam streife ich dabei an seinem Körper entlang. Unsere Blicke können sich nicht voneinander trennen. Ich hänge sprichwörtlich an ihm wie eine Klette, bis mich ein Räuspern hinter mir wieder klar denken lässt.

Ich löse mich peinlich berührt von dem Mann, der meine Gefühle in ein noch größeres Chaos verwandelt, als sie es sowieso schon sind. Warum war es nicht Greg, der an der Bar gesessen hat, als ich den Club betreten habe? Ihm hätte ich mich hingeben können, denn ich bin sicher, Greg hätte mir niemals Schmerzen zugefügt. Im Gegenteil, bei seinen Berührungen wäre ich Wachs in seinen Händen gleich zerschmolzen. Er hätte alle negativen Erinnerungen an Jonathan ausgeschaltet. Allein schon, wie er mich mit seinen Augen verschlingt, spottet jeder Beschreibung. Wie muss es sich erst anfühlen, von ihm in Besitz genommen zu werden. Greg beugt sich vor, unterbricht meine vollkommen verrückten Ideen und küsst mich zärtlich auf die Stirn.

»Bis gleich.« Er schiebt meine Arme von sich und verlässt den Raum.

Ich höre die leisen Stimmen von Greg und Adrian vor der Tür, während ich mir vorsichtig den Stringtanga über meine geschundene Haut streife. Hinter mir hängt ein Spiegel. Ich drehe mich um und sehe voller Entsetzen die Male, die mir Darrens grobe Behandlung beigebracht hat. Mit noch leicht zittrigen Fingern versuche ich, den BH zu schließen, was mir natürlich nicht gelingt. Ich lasse ihn einfach aus, schlüpfe in das Kleid, das mir mittlerweile verhasst ist, und steige in meine hohen Schuhe.

Mein Augen-Make-up ist verlaufen und meine Locken fallen mir zerzaust über den Rücken. Entschlossen nehme ich meine Handtasche vom Schreibtisch, auf dem Adrian sie abgelegt hat, stopfe meinen BH hinein und verlasse das Büro des Clubs, den ich in meinem ganzen Leben nie wieder betreten will.

Greg unterbricht sein Gespräch mit Adrian, als ich die Tür leise öffne. Er sieht aus, als wolle er mich beschützen. Als ich vor die Tür trete, streckt Greg sofort seinen Arm nach mir aus, und will mich an seine Seite ziehen. Aber im letzten Moment beherrscht er sich und greift nur nach meiner Hand, die er leicht drückt, um mir zu signalisieren: *Ich bin für dich da.* Die Geste rührt mich. Dennoch will ich so schnell wie möglich dieses Haus verlassen.

»Joyce, ich kann mich nur noch einmal wiederholen. Es tut mir aufrichtig leid, was da vorhin passiert ist«, entschuldigt sich Adrian erneut bei mir. Mein Blick fliegt automatisch zu Greg, der mir ein zärtliches Lächeln schenkt.

»Sie wird keinen Staatsakt daraus machen, habe ich recht?«, wendet Greg sich mir zu.

»Nein, natürlich nicht«, verspreche ich ihm.

»Noch mehr schlechte Publicity können wir uns im Augenblick wirklich nicht leisten«, setzt Adrian noch hinzu.

»Hast du alles?«, fragt Greg. Ich nicke. »Dann lass uns gehen. Adrian, man sieht sich«, verabschiedet Greg sich, legt jetzt doch den Arm um meine Taille und verlässt mit mir den Club. Ich höre Al, der uns nachruft und meine und Gregs Jacken in der Hand hält. Greg nimmt ihm die Kleidungsstücke ab und legt meine Jacke über meine nackten Schultern. Als wir draußen vor der Tür stehen, regnet es leicht. Sofort zieht Greg mich schützend an sich.

»Bist du mit deinem Auto hier?«, fragt er.

»Nein, ich bin mit dem Taxi gekommen.«

»Gut, dort drüben steht mein Wagen.« Sein Blick fällt auf meine hohen Schuhe und das kurze Kleid, sodass er kurzerhand seine Hände unter meine Knie schiebt, mich auf seine Arme hebt, was mir ein überraschtes Lächeln entlockt und mit schnellen Schritten zu seinem Wagen läuft.

»Was hast du vor?«

»Wonach sieht es denn aus? Ich bringe dich von hier weg. Außerdem möchte ich nicht, dass du dich noch mehr verletzt und noch krank wirst in dem dünnen Kleid.«

Seine Fürsorge rührt mich schon wieder. Greg ist anders als Darren und ganz anders als Jonathan, das habe ich sofort gespürt, als er mich auf seinen Armen aus dem düsteren Raum getragen hat.

»Greif bitte in meine Jackentasche, da ist der Autoschlüssel drin«, bittet er mich. Ich fasse in sein Sakko und ziehe den Schlüssel heraus. Mit einem Ping entriegeln sich die Türen. Er geht ein wenig in die Knie, sodass ich die Autotür zu fassen bekomme, ohne dass er mich absetzen muss. Dabei rutsche ich ein Stück von seinen Armen, sodass ich mich erschrocken an ihm festklammere und einen kleinen erstickten Schrei von mir gebe. Er lacht. Sein Lachen wirkt ansteckend. Und zum ersten Mal an diesem Abend fühle ich mich von einer Last befreit. Darren, Victoria, ja sogar Jonathan sind für den Moment wie durch Zauberhand aus meinen Gedanken verschwunden.

»Keine Angst, ich lasse dich nicht fallen«, seine Worte sind sanft wie Balsam auf meiner verwundeten Seele.

Als er mich auf den Sportsitz gleiten lässt, verziehe ich kurz das Gesicht. Er hat es natürlich bemerkt und streicht mir liebevoll mit den Fingern über die Wange. Ich habe fast das Gefühl, als würde er meinen Schmerz fühlen. Dann geht er um den Wagen herum und steigt ein. Er drückt den Knopf und startet den Motor, bevor er den Kopf zu mir dreht.

»Ich kenne eine ruhige Bar in der Stadt. Dort ist es um diese Uhrzeit nicht sehr voll. Aber ich glaube, das Sitzen fällt dir heute schwer«, stellt er fest, dabei grinst er mich frech an, sodass ein Grübchen sichtbar wird, während ich versuche, eine einigermaßen bequeme Sitzhaltung einzunehmen, indem ich vorsichtig auf dem Sitz herumrutsche.

»Bleib einfach ruhig sitzen und bewege dich nicht zu viel.«

Mein Gott, ist dieser Mann attraktiv, er ist ein Herzensbrecher, wie ich ihn mir immer erträumt hatte. Er ist fürsorglich, sieht fantastisch aus, strahlt Stärke aber auch eine unglaubliche Ruhe aus, die mich sofort entspannen lässt. Und sicher ist er ein Tier im Bett.

»Ich fahre dich besser nach Hause, dann kann ich mir deine Verletzungen anschauen.«

Er will sich meine Verletzungen anschauen? Ist er etwa Arzt? Das heißt, ich soll mich vor ihm ausziehen? Warum entsetzt mich dieser Gedanke? Aber wenn ich ehrlich bin, ist es ein ganz anderes Gefühl: Ich bin eher beschämt, obwohl er mich bereits nackt gesehen hat, und zwar in einer Pose, die mir jetzt noch die Schamesröte ins Gesicht treibt. Außerdem hat er mich auch schon berührt.

Aber ich will nicht, dass er die Spuren von Darren auf meiner Haut sieht. Scheinbar hat er meine Gedanken gelesen. Er greift nach meiner Hand und führt sie an seine Lippen. »Keine Angst, ich werde dir niemals wehtun.«

Ich fühle mich ihm vertraut, obwohl ich ihn kaum kenne.

»Bist du Arzt?«, frage ich neugierig.

Er lacht leise. »Nein. Wie ist deine Adresse?«

»Sydney Street in Cambrightport«, antworte ich. Er schaltet das Autoradio ein und mein Lieblingssong von Years & Years klingt leise durch die Lautsprecher, sodass ich ganz in Gedanken die Musik etwas lauter stelle. Er grinst mich an.

»Gut, die Fahrt dauert etwa zwanzig Minuten, bis dahin könntest du mir erzählen, warum du heute in diesem Club warst.«

In dem Moment fällt mir alles wieder ein. Jonathan, der mich mit einer anderen Frau betrügt, Victoria, meine Freundin, der ich immer vertraut habe. Ich drehe mein Gesicht zur Fensterscheibe und schaue in den Regen hinaus, während mir unaufhaltsam die Tränen die Wangen hinunterlaufen.

»Joyce, bitte nicht weinen. Wenn du nicht möchtest, dann bringe ich dich einfach nur nach Hause. Aber ich denke, es ist besser, wenn du dir alles von der Seele redest. Meinst du, ich spüre nicht, dass dich irgendetwas beschäftigt? In dieser Verfassung kann ich dich unmöglich allein lassen.«

Ich drehe mich zu ihm um und schniefe. »Du willst wissen, warum ich heute in diesem verfluchten Club war?« Meine Stimme ist brüchig und doch voller Aggression.

Er wirft mir einen erwartungsvollen Blick zu, dann konzentriert er sich wieder auf die Straße. »Ja, ich will es wissen. Damit ich demjenigen, der für dein katastrophales Gefühlschaos verantwortlich ist, mal so richtig in den Arsch treten kann. Denn ich glaube, Darren war nicht der Auslöser.«

Seine Worte sind hart, und obwohl ich ihn überhaupt nicht kenne, jagt mir sein Vorhaben einen Schauer über den Rücken. Dieser Mann weiß genau, was er will. Er würde Jonathan wirklich in den Arsch treten.

Das kann jetzt alles nicht wahr sein. Ich beschließe, ihm nichts von Jonathan zu erzählen. Ich möchte mir nicht noch mehr vorkommen wie ein verschrecktes Reh, das auf seine Hilfe angewiesen ist. Allein, wie er Darren zugerichtet hat, genügt für einen Abend. Ich sollte endlich die Heulnummer beenden und mein starkes Ich wieder aus der Versenkung hervorholen.

»Ich habe eine Wette verloren und meiner Freundin versprochen, mit ihr hier einen Drink an der Bar zu nehmen, das war alles.«

»Das war alles? Und wo war deine Freundin?«, fragt er belustigt und schüttelt den Kopf.

»Sie ist nicht gekommen«, antworte ich wahrheitsgemäß.

Dass Jonathan mich hier in diesem Club betrogen hat, behalte ich besser für mich, das geht niemanden etwas an und schon gar nicht diesen verdammt attraktiven Mann. Der Abend war schon peinlich genug. Ich will dieses Erlebnis einfach vergessen, aus meinem Gedächtnis streichen. Aber das kann ich nicht, solange ich nicht mit Jonathan geredet habe.

»Wie lautete die Wette? Dich einem Mann hinzugeben? Oder wolltest du ausprobieren, wie weit du gehen würdest?«, reißt er mich aus meinen Gedanken.

»Nein, so war es nicht«, antworte ich schnell. Was soll er von mir denken?

»Warum ausgerechnet dieser Club, in dem BDSM praktiziert wird? Bist du vertraut damit?«, will er wissen und spricht das Thema ganz offen an.

»Nein, das bin ich nicht. Aber ich wollte wissen, wie es sich anfühlt«, gestehe ich.

»Du wolltest wissen, wie es sich anfühlt?«, wiederholt er lächelnd und schüttelt dabei zum zweiten Mal sprachlos den Kopf. Gott, ist mir das alles peinlich. Er muss ja denken, ich bin eine dumme, naive Kuh.

»Warum?«, dringt er weiter in mich.

»Weil, ich …«, verflucht, wie soll ich ihm meine Gefühle nur erklären? Will ich es ihm überhaupt erklären?

»Weil …?«, hakt er nach. Er lässt nicht locker. Er wird mich so lange fragen, bis ich mein Inneres nach außen gekehrt habe. Kurz schließe ich die Augen, bevor ich sie wieder öffne und ihn direkt anschaue.

»Weil ich schon lange den Wunsch habe, mich einem Mann auf diese Weise hinzugeben«, sage ich jetzt selbstbewusst und zupfe an einem imaginären Faden auf meinem Kleid.

»Du meinst, dich ihm zu unterwerfen, die Kontrolle abzugeben?«, bringt er es auf den Punkt.

»Ja, das ist es, was ich gemeint habe.«

»Und dazu gehst du in einen Club? Hast du etwa geglaubt, hier so einen Mann zu finden?« Er schüttelt nur ungläubig den Kopf, dann spricht er weiter. »Joyce, was du suchst, das wirst du hier nicht finden. Dazu braucht es Vertrauen, gegenseitiges Vertrauen. Jemandem seinen Körper und seine Seele zu überlassen, ist ein großer Schritt. So etwas entscheidet man doch nicht aus einer Laune heraus.«

»Das habe ich auch schon festgestellt«, gebe ich resigniert zu.

Er reicht mir ein Papiertaschentuch aus dem Handschuhfach, damit ich mir die restlichen Tränen abwischen kann.

»Was soll ich nur mit dir machen?«, spricht er seine Gedanken laut aus. Sein Blick ist dabei nach vorne auf die Straße gerichtet. »Wenn du meine Freundin wärst, hättest du es verdient, dass ich dir den Hintern versohle, und ich würde nicht lange zögern. Aber dafür hat bereits ein anderer gesorgt und das nicht zu knapp«, stellt er grimmig fest.

Ich schaue sprachlos zu ihm herüber. Scheiße, er ist ebenfalls ein Dom! Ich habe es fast befürchtet. Als er meinen Blick spürt, dreht er den Kopf zu mir und schenkt mir ein Lächeln, das mich sofort wieder beruhigt. Mein Gott, dieser Mann ist wie Feuer und Wasser. Ich fühle mich zu ihm hingezogen und gleichzeitig geborgen, obwohl ich ihn nicht kenne, und er weckt in mir Gefühle, für die ich mich schämen sollte.

Soll ich ihn wirklich in meine Wohnung bitten? Aber wenn ich es nicht tue, sehe ich ihn vielleicht nie wieder.

»Es ist das Haus da vorne«, zeige ich ihm den Weg, als er in die Straße einbiegt. Er parkt den Wagen vor dem Grundstück, steigt aus und hält mir die Tür auf. Dann streckt er mir die Hand entgegen.

Ein Gentleman ist er auch noch. Verdammt, ich bin auf dem besten Weg, mein Herz an einen Mann zu verlieren, den ich gar nicht kenne, das ist doch verrückt.

Und wenn ich ehrlich bin, habe ich mich bereits in ihn verliebt.

Allem Anschein nach lebt er einen Lifestyle von Dominanz und Unterwerfung, der mir gänzlich unbekannt ist und, doch würde ich alles darum geben, diesen Pfad mit ihm zu gehen. Ich sollte am Boden zerstört sein von den traumatischen Ereignissen dieses Abends, aber ich bin es nicht. Ich fühle mich plötzlich leicht und irgendwie befreit, nachdem ich ihm meine geheimsten Wünsche offenbart habe. Er hat mich nicht ausgelacht, wie Jonathan es getan hat. Er hat mir zugehört. Schweigend betreten wir das Grundstück.

Greg nimmt mir die Haustürschlüssel aus der Hand und schließt die Tür auf, dann lässt er mich zuerst das Haus betreten. Ich schalte das Licht ein, lasse meine hohen Schuhe neben den großen Schrank im Flur fallen und drehe mich zu ihm um. »Danke.«

»Wofür?« Er wirkt verwirrt und runzelt die Stirn, dabei lässt er die Schlüssel lässig auf die Konsole fallen, sodass ich das Gefühl habe, er gehört hierher. Als wäre es sein Zuhause.

»Ich habe mich noch nicht mal dafür bedankt, dass du mir aus dieser …«, ich muss kurz lächeln, »… dieser *Situation* herausgeholfen hast.«

»Das hätte jeder getan.«

Ich schüttle ungläubig den Kopf.

»Hier drüben ist das Wohnzimmer. Ich ziehe mir nur noch schnell etwas anderes an«, sage ich und verschwinde ins Schlafzimmer. Vor dem großen Spiegel bleibe ich stehen und drehe mich zur Tür um. Was mache ich eigentlich? Ich nehme einen mir völlig Fremden mit in meine Wohnung. Doch ich *habe* nicht das Gefühl, dass Greg mir fremd ist.

Ich streife das verhasste Kleid ab und lasse es achtlos am Boden liegen. Als Nächstes folgt der Stringtanga. Schnell schlüpfe ich in meine Jogginghose und ein weites Sweatshirt. Auf

Unterwäsche verzichte ich. Ich könnte jetzt nichts Enges auf meiner Haut vertragen.

Als ich das Wohnzimmer betrete, sehe ich ihn am Fenster stehen, er hat die Hände in den Hosentaschen seines Anzugs vergraben und schaut hinaus. Ich räuspere mich kurz, da dreht er sich um. Sein Lächeln ist sanft.

»Möchtest du etwas trinken?«, frage ich. Etwas Besseres fällt mir nicht ein, um die unangenehme Stille zu vertreiben.

Er schüttelt verneinend den Kopf.

»Komm her«, befiehlt er mir leise. Er hält mir seine Hand entgegen, ich gehe ein paar Schritte auf ihn zu und greife wie in Trance danach. Wieso folge ich seinen Befehlen widerstandslos? So etwas habe ich doch noch nie getan.

»Dreh dich um und zieh den Pulli nach oben.«

Es ist keine Bitte. Es ist ein liebevoller Befehl. Mein Herzschlag beschleunigt sich und das warme Gefühl ist wieder da. Es zieht sich bis in meine Scham; verdammt, das gibt es doch nicht!

»Joyce, ich will mir deine Verletzungen ansehen, mehr nicht«, redet er weiter, als ich zögere.

Ich drehe ihm den Rücken zu und ziehe langsam das Sweatshirt nach oben. Seine Finger streichen zärtlich über meine verletzte Haut, sodass sich sofort eine Gänsehaut bemerkbar macht. Dann zieht er die Jogginghose ein Stück nach unten. Ich halte erschrocken die Luft an und verkrampfe kurz die Hände.

»Ruhig, Joyce, ich werde dir nicht wehtun.« Ich will mich zu ihm umdrehen, doch er hält mich fest.

»Bleib stehen«, befiehlt er mir sanft, aber doch bestimmt und ich tue es. Er streicht auch hier mit seinen Fingern leicht über meinen Po. Die Berührung ist zart, sodass ich die Augen schließe und das wohlige Gefühl sofort wieder in meine Scham schießt.

»Hast du eine Salbe gegen Blutergüsse? Außerdem solltest du ein Schmerzmittel einnehmen. Das muss höllisch wehtun«, höre ich seine Stimme.

Er zieht mir vorsichtig die Jogginghose wieder über die Hüften und lässt das Sweatshirt nach unten gleiten.

»Ich glaube schon, im Badezimmerschrank.«

»Wo ist das Bad?«

»Die zweite Tür links.«

»Okay, ich bin gleich wieder da«, verspricht er mir.

Kurze Augenblicke später steht er mit der Salbe, meinem Zahnputzbecher mit Wasser und den Schmerztabletten in der Hand in der Tür. Er kommt näher, und ich ziehe ganz selbstverständlich das Sweatshirt nach oben, nachdem ich eine Schmerztablette hinuntergeschluckt habe. Er verteilt zuerst die Salbe auf meinem Rücken, über den sich ein dünner roter Streifen schlängelt, dann zieht er mir die Jogginghose ganz nach unten und trägt auch hier äußerst vorsichtig die Salbe auf.

»Okay, das dürfte reichen. Die Verletzungen sind nicht allzu schlimm. Du wirst in den nächsten Tagen noch ein wenig Probleme beim Sitzen haben, aber in einer Woche wirst du nichts mehr davon sehen«, verspricht er mir. »Ich gehe jetzt, aber ich lasse dir meine Telefonnummer hier. Ruf mich an, wenn du reden willst, egal wie spät es ist. Hast du verstanden?«, setzt er noch nachdrücklich hinzu.

Ich nicke und speichere seine Telefonnummer in mein iPhone, dann dreht er sich um und geht zum Ausgang. An der Tür schaut er sich noch einmal um.

»Und Joyce. So einen Unsinn machst du nicht noch einmal, klar? Sonst komme ich höchstpersönlich vorbei und lege dich übers Knie. Das ist ein Versprechen«, er zeigt mit dem Zeigefinger auf mich, zwinkert mir zu und dann ist er weg.

5

Als die Tür hinter ihm ins Schloss fällt, schaue ich mich im Wohnzimmer um. Seit er gegangen ist, fühlt sich der Raum leer und kalt an. Es ist ruhig, zu ruhig und jetzt bricht der ganze aufgestaute Frust über mir zusammen. Völlig kopflos lasse ich mich auf das Sofa fallen und möchte am liebsten laut schreien. Aber ich tue es nicht.

Stattdessen hämmere ich wie wild mit der Faust auf den Stoff ein. Mein starrer Blick ist zur Wohnungstür gerichtet. Ich muss eine Entscheidung treffen, und zwar so schnell wie möglich. Als Erstes werde ich sämtliche Sachen von Jonathan entfernen. Entschlossen stehe ich vom Sofa auf und zucke kurz bei dem stechenden Schmerz zusammen. Aber ich ignoriere ihn einfach, bis das Schmerzmittel endlich wirkt. Ich gehe ins Badezimmer, greife nach der erstbesten Kulturtasche und schmeiße sämtliche Artikel, die Jonathan gehören, hinein. Als ich nach seinem Rasierer greife, sehe ich meine Schamhaare, die sich darin verfangen haben und muss insgeheim lächeln. Soll er nur merken, wofür ich seinen Rasierer benutzt habe. Das Ergebnis wird er nie sehen.

Aber Greg hat es bereits gesehen. Als ich den Reißverschluss schließe, kommt mir ein Gedanke. Greg war hier und hat Jonathans Rasierer und all die anderen Dinge gesehen, die ihm gehören. Hat er sich deshalb so schnell verabschiedet? Weil er wusste, dass ich ihn angelogen und ihm nichts von meiner

Beziehung erzählt habe? Nach dem, was im Club vorgefallen ist, musste er davon ausgehen, dass ich Single bin.

Jetzt noch mehr in Rage betrete ich unser Schlafzimmer, reiße einen Koffer nach dem anderen vom Schrank und stopfe alle seine perfekt gebügelten Hemden hinein. Das Gleiche mache ich mit seinen Anzügen, die ordentlich im Schrank hängen. Seine Unterwäsche und Socken schmeiße ich mit seinem Kulturbeutel in die Sporttasche, die er auf dem Bett vergessen hat und greife nach dem iPhone. Voller Wut schreibe ich ihm eine Nachricht.

Es ist aus. Ich weiß, dass du mich betrügst. Ich habe dich im Club gesehen. Joyce

Das muss genügen. Ich schaue noch eine Weile auf den kurzen Text, hin- und hergerissen, und dann drücke ich auf senden. Ich atme tief durch und fühle mich wie von einer Last befreit, als es an meiner Haustür klingelt. Verdammt, wer um alles in der Welt ist das? Ich möchte niemanden sehen. Bei dem Gedanken, dass Greg zurückgekommen ist, eile ich dennoch in den Hausflur und öffne die Wohnungstür. Vor mir steht allerdings nicht Greg, sondern die völlig aufgelöste Victoria, die sofort in die Wohnung stürzt und mich in die Arme nimmt.

»Joyce, was war denn los?«, fragt sie. »Adrian hat so merkwürdige Andeutungen gemacht, als ich im Club auftauchte. Du seist bereits mit einem Mann gegangen, hat er gesagt. Was um Himmels willen war das für ein Mann?«

Die Panik steht ihr ins Gesicht geschrieben. Sie wirkt gehetzt, ihre Wangen sind gerötet und an ihrer hysterischen Stimme höre ich, dass sie – völlig untypisch für sie – alles andere als entspannt ist.

In diesem Moment kann ich ihr einfach nicht mehr böse sein, denn ich weiß, sie hat sich wirklich Sorgen gemacht und muss wie eine Wahnsinnige hierher gerast sein. Außerdem brauche ich jetzt dringend eine Freundin.

»Victoria, es ist so einiges passiert. Aber warum hast du mir das von Jonathan nicht erzählt? Es wäre deine Pflicht gewesen«, halte ich ihr trotz alledem vor, während ich die Tür hinter ihr schließe.

»Joyce, ich hatte doch gar keine Beweise. Ich kann doch nicht einfach eine Behauptung aufstellen, die vielleicht gar nicht stimmt. Ich hätte es dir gesagt, sobald ich sicher gewesen wäre.«

Sie hat recht, ich habe überreagiert. Aber kann sie mir das übelnehmen? Ich war verletzt, fühlte mich von allen verraten. »Es tut mir auch leid, dass ich dich so angeschrien habe. Aber in dem Moment, als ich Jonathans Wagen auf dem Parkplatz gesehen habe, wollte ich es nicht glauben, und als du meinen Verdacht auch noch bestätigt hast, bin ich total ausgeflippt.«

»Das kann ich verstehen. Hast du Jonathan gesehen?«, will Victoria wissen und lässt sich auf das Sofa fallen. Ich setze mich vorsichtig neben sie und nicke resigniert.

Victoria entgleiten sämtliche Gesichtszüge. »Du hast ihn mit seiner Geliebten gesehen, wie sie gerade dabei waren?«, fragt sie ungläubig.

»Nein, natürlich nicht. Ich habe sie gesehen, wie sie Arm in Arm die Treppe betreten haben, um sich wahrscheinlich in einem der oberen Räume zu vergnügen. Das hat mir gereicht.«

»Und du hast ihn nicht zur Rede gestellt? Das verstehe ich nicht. Ich hätte ihm eine Szene gemacht.«

»Ich war wie in einer Schockstarre. Glaubst du etwa, ich gebe mir die Blöße und spreche ihn an, wenn er gerade dabei ist, sich wie ein verdammtes Arschloch zu benehmen?«

»Wahrscheinlich hast du recht. Dem musst du es anders heimzahlen«, bestimmt Victoria und nickt, um ihren Worten noch mehr Nachdruck zu verleihen. »Joyce, das tut mir so leid. Es war alles meine Idee mit dem Club, und ich war nicht da, um dich zu trösten. Eine schöne Freundin bin ich.«

»Victoria, vergiss es. Dafür hat ein anderer gesorgt«, murmle ich.

»Was? Wovon redest du?«

»Wenn du erst erfährst, was noch passiert ist, dann kannst du mit deinem schlechten Gewissen ringen.«

»Wieso? Bist du nicht nach Hause gefahren? Und was meinte Adrian damit, dass du den Club mit einem Mann verlassen hast?«

»Das hätte ich mal besser getan.« Oder auch nicht, dann hätte ich Greg nicht kennengelernt.

»Jetzt erzähl schon«, drängt Victoria ungeduldig.

»Ich habe deinen Rat befolgt und ausprobiert, wie es sich anfühlt, wenn man sich einem Mann unterwirft.« Nur leider war es der Falsche.

Victorias Lächeln wirkt geheimnisvoll. »Du hast es ausprobiert?« Sie kann es scheinbar nicht glauben und grinst mich scheinheilig an. »Und, wie war es?«, dabei beugt sie sich auf dem Sofa vor und angelt sich ein Gummibärchen aus der Tüte, die ich heute Abend achtlos auf dem Wohnzimmertisch liegen gelassen habe. Gummibärchen und Ben & Jerry's Eis, das ist unsere Geheimwaffe, wenn es darum geht, Probleme durchzuhecheln.

»Es war schrecklich, Victoria.« Ich berichte ihr in groben Zügen, was passiert ist.

»So ein mieser Typ«, entfährt es ihr kopfschüttelnd.

»Ein DummDom«, klärt sie mich auf. »Solche Typen triffst du immer wieder. Sie sind die reinste Pest. Ich hoffe, du hast Ben & Jerry´s Eis im Haus. Heute ist definitiv ein Anlass für eine Fressorgie.«

»Ich glaube nicht. Du musst dich schon mit den Gummibärchen begnügen. Ich könnte jetzt sowieso nichts essen.«

»Und dieser Greg, wer war das?«, will sie wissen, dabei stopft sie sich gleich mehrere von den kleinen Bärchen in den Mund.

Schon allein, wenn Victoria seinen Namen ausspricht, wird mir ganz kribbelig im Bauch.

»Ich weiß es nicht, er war einfach da. Ein Mitglied des Clubs nehme ich an. Er hat mich auf den Arm genommen und sich um mich gekümmert, genauso, wie ich es mir immer erträumt hatte. Victoria, dieser Typ geht mir nicht mehr aus dem Sinn. Er ist exakt der Mann, der mich um den Verstand bringen könnte«, gestehe ich. »Er sieht verdammt gut aus, ist ein echter Gentleman und sowas von heiß.«

Meine Freundin wirft mir einen neckenden Blick zu.

»Joyce, dich hat es ja richtig erwischt«, stellt sie fest und gibt mir einen kleinen Schubs in die Seite. Ich bestrafe sie mit meinem fiesesten Blick.

»Aber findest du nicht, dass es etwas zu schnell geht?«

Ich zucke mit den Schultern. Wahrscheinlich werde ich ihn sowieso nicht wiedersehen. Aber allein der Gedanke daran, tut weh. Ich *will* ihn wiedersehen.

»Ach was, ich war einfach überwältigt. Und außerdem weiß ich nichts von ihm. Weder seinen vollständigen Namen noch seine Adresse. Er ist sicher liiert. Zu allem Überfluss sieht er wie ein Gott aus. Ganz zu schweigen von seinen Manieren. Greg ist so ein Gentleman, das kannst du dir nicht vorstellen und trotzdem hat er etwas Verruchtes an sich. Er ist unwahrscheinlich stark. Es hat ihm nichts ausgemacht, mich zu tragen, und ich hatte kurz das Gefühl, dass auch er etwas für mich empfinden könnte. Er ist nicht so ein Bürohengst, wie Jonathan einer ist. Er arbeitet sicher ziemlich hart, wenn ich an seine Muskeln denke«, sage ich verträumt.

»Hey, Joyce, komm wieder auf die Erde«, ermahnt mich meine Freundin.

»Victoria, ich bin einfach total durcheinander. Ich habe ihn in die Wohnung mitgenommen, weil er mich nicht allein lassen wollte. Außerdem hat er sich meine Verletzungen angesehen. Das war mir schon peinlich. Aber ich habe ihm nicht widersprochen, mich einfach seinen Anweisungen gefügt. Ist das nicht verrückt?«, rede ich in Gedanken an ihn weiter.

Victoria schüttelt den Kopf und hört mir weiter zu.

»Er hat eine Salbe aus dem Bad geholt und meine Verletzungen behandelt. Ich dachte, er bleibt da, aber so schnell, wie er in mein Leben getreten ist, ist er auch wieder verschwunden. Und ich kann mir auch denken, warum: Er hat Jonathans Rasierer und den anderen Kram gesehen. Da hat er sicher seine Schlüsse gezogen. Bevor er gegangen ist, hat er mir zu verstehen gegeben, dass er mich nicht mehr in diesem Club sehen will, sonst würde er dafür sorgen, dass ich die nächsten Tage nicht sitzen kann«, sage ich belustigt. »Und dann war er weg. Einfach so. Sicher ist ihm eingefallen, dass seine Freundin zu Hause auf ihn wartet.«

»Ich würde sagen, da hast du dir einen richtigen Alphawolf ausgesucht, aber einen von der Sorte, der dich mit Haut und Haaren vereinnahmen wird. Entweder ist er ein Blender, der es nur auf ein Abenteuer abgesehen hat, oder ein kompletter Irrer«, sagt sie lachend.

Meine Freundin zieht ihre Unterlippe zwischen die Zähne, das tut sie oft, wenn sie nachdenkt. Dann steht sie auf, geht ein paar Schritte durch den Raum, bevor sie sich zu mir umdreht.

»Warum rufst du ihn nicht an? Er hat dir schließlich seine Telefonnummer gegeben. Dann wirst du sehen, ob er dich verarschen wollte oder nicht.«

»Nein, das glaube ich nicht. Er hat nicht den Eindruck eines Irren, wie du dich ausdrückst, oder eines Blenders hinterlassen. Und wenn er nur auf Sex aus gewesen wäre, warum hat er dann so schnell die Wohnung verlassen?«

»Vielleicht hatte er Angst, überrascht zu werden. Er musste doch damit rechnen, dass du hier nicht alleine wohnst, nachdem er aus dem Badezimmer kam. Er wird sich mit dir sicher nicht hier vergnügen wollen, wo er jederzeit gestört werden könnte. Also, ich würde ihn anrufen. Was hast du zu verlieren?«

»Nein, das werde ich nicht tun. Das ist nicht mein Ding, das weißt du auch«, lasse ich sie bestimmt wissen, bevor ich weiterrede. »Was soll ich denn sagen? Hallo, ich bin die Kleine aus dem

Club, und ich bin scharf auf dich. Kannst du es mir so richtig besorgen? Das ist kein Mann zum Heiraten, Victoria.«

Der Blick, den Victoria mir zuwirft, sagt alles aus; sie würde nicht lange zögern, sich Klarheit zu verschaffen. Aber das ist nicht mein Ding.

»Wer sagt denn, dass du ihn heiraten sollst. Hab einfach ein bisschen Spaß. Wenn er sich darauf einlässt, warum nicht?«, dabei zuckt sie mit den Schultern. »Das ist doch genau die Beziehung, die du haben willst. Keine Verpflichtungen. C'est la vie.«

»Was redest du denn da? Natürlich will ich eine richtige Beziehung, nur nicht mehr auf die langweilige und monotone Art, wie ich sie mit Jonathan geführt habe. Ich will die Leidenschaft spüren, das Feuer, wenn du verstehst, was ich meine.« Jetzt angle ich mir auch eins von den Gummibärchen und kaue energisch darauf herum.

»Natürlich weiß ich, was du meinst. Aber warum solltest du dir nicht auch mal ein Abenteuer gönnen. Besonders jetzt nach dieser Erfahrung mit Jonathan. Ich sag dir was: Wenn er dich will, dann tu es.«

»Ich weiß nicht. Obwohl ich nach dieser Erfahrung mit Jonathan heute Abend wirklich die Schnauze gestrichen voll habe. Vielleicht sollte ich es ausprobieren und zur Abwechslung mal à la carte leben.«

Doch im Grunde weiß ich, dass diese Lebenseinstellung überhaupt nichts für mich ist. Was ich suche, ist ein Mann, an dessen Schulter ich mich anlehnen, dem ich vertrauen kann, mit dem ich aufregenden Sex erlebe und der in jeder Situation zu mir steht. Der genauso tickt wie ich.

»Vielleicht sollten wir noch einmal den Club aufsuchen. Dieses Mal fahren wir aber gemeinsam hin. Ich habe nächstes Wochenende frei. Was hältst du davon?«

»Ich weiß nicht. Nach dem, was dort passiert ist, bin ich absolut nicht scharf darauf, diesen Sexpalast noch mal zu betreten.

Außerdem muss ich jetzt erstmal das Problem Jonathan in Angriff nehmen. Ich habe ihm eine Nachricht geschickt und Schluss gemacht.« Ich nehme mein iPhone vom Tisch und zeige Victoria den Text.

»Das hast du geschrieben? Warum hast du die Nachricht nicht an Jonathan geschickt, sondern an eine andere Nummer?«, fragt sie verständnislos.

Ich nehme ihr das Smartphone aus der Hand und schaue irritiert auf das Display. Im ersten Moment ist mir der Empfänger unbekannt, doch dann halte ich erschrocken die Luft an. Ich habe die Nachricht nicht an Jonathan, sondern an Greg geschickt. Mein Gott, was soll er von mir denken? Mit einem Ping kündigt sich eine neue Mitteilung an. Sie ist von dem Mann, der meine Nerven zum Glühen bringt. Kurz und bündig schreibt er:

Du kannst nicht mit mir Schluss machen, wenn wir gar nicht zusammen sind. Aber das können wir gerne ändern.

»Scheiße!«

»Was ist los?« Victoria nimmt mir erschrocken das Smartphone aus der Hand. Als sie plötzlich losprustet, schaue ich sie verständnislos an.

»Du hast sie an Greg geschickt?« Sie kriegt sich kaum noch ein vor Lachen und hält sich den Bauch, während sie sich halb auf das Sofa fallen lässt.

Ich rolle die Augen und beiße mir auf die Lippen. Diesen Tag möchte ich einfach nur noch aus meinem Gedächtnis streichen, verdammt.

»Ja, verflixt. Oh Gott, er muss ja denken, ich bin völlig im Eimer.«

»Wieso? Das zeigt ihm nur, dass du jetzt frei bist. Der Schachzug war gar nicht so schlecht«, überlegt Victoria. »Was willst du ihm antworten?«, fragt sie neugierig und nimmt noch ein Gummibärchen.

»Gar nichts werde ich antworten«, sage ich entschlossen und werfe das iPhone verärgert auf das Sofa. Als Victoria feststellt, dass die Gummibärchentüte leer ist, hebt sie sie vom Tisch auf und schaut sehnsüchtig hinein, sodass ich nicht anders kann, als ebenfalls laut loszuprusten.

6

Am Montagmorgen betrete ich wie gerädert James' Küche. Er sitzt am Tresen und trinkt seinen ersten Kaffee, wie er es jeden Morgen tut, bevor er sich so richtig in die Arbeit schmeißt.

»Guten Morgen, Süße«, begrüßt er mich.

»Morgen«, murmle ich. Wir sind allein, sein Team ist noch nicht da.

»Was ist los? Hast du endlich mit Jonathan geredet? Ziehst du deswegen so ein Gesicht?«

Ich winke ab und hole mir eine Tasse aus dem Schrank, um mit James die anstehenden Termine zu besprechen.

»Hey, Joyce, würdest du bitte mit mir reden«, beschwert er sich.

Schuldbewusst drehe ich mich zu ihm um und rolle genervt die Augen. »Gib mir zwei Minuten, okay? Aber falls du es nicht abwarten kannst, ja, ich habe mit Jonathan gesprochen«, gebe ich genervt zu. Wenn man unseren Streit als Reden bezeichnen will. »Ich habe Schluss gemacht. Bist du jetzt zufrieden?«

Bei James' überraschtem Grinsen kann auch ich nicht mehr ernst bleiben und lächle ihn jetzt an. Er steht von seinem Hocker auf. »Du hast echt Schluss gemacht?«

»Würdest du mit einem Typen zusammenbleiben, der dich nach Strich und Faden betrügt?« Ich rühre in meinem Kaffee und setze mich zu ihm an die Theke.

»Wenn Joe das tun würde, glaube mir Süße, den würde ich in Grund und Boden ficken, damit er weiß, wohin er gehört. Aber das tut jetzt nichts zur Sache. Woher weißt du, dass Jonathan dich betrügt?«

»Ich habe ihn mehr oder weniger in flagranti erwischt.«

»Bei euch zu Hause?«

»Nein, in einem Sexclub«, gestehe ich nicht mal peinlich berührt und doch kann ich James dabei nicht in die Augen sehen. Dass James damit kein Problem hat, ist mir klar. Und schon zeigt er mir sein hinterhältiges Lächeln.

»Du in einem Sexclub?« Dabei zeigt er mit dem Finger auf mich, da er es scheinbar nicht glauben kann und das Ganze auch noch komisch findet. »Was wolltest du da?«, fragt er grinsend, nimmt seine Tasse, setzt sich verkehrt herum auf den Stuhl, sodass er seine Arme auf der Rückenlehne aufstützen kann, und schenkt mir jetzt interessiert seine volle Aufmerksamkeit.

»Was tut man wohl dort? Frag nicht so blöd. Ich war eben da, und dann habe ich ihn gesehen, wie er mit seiner Tussi Arm in Arm und wild knutschend in einen der Räume abgeschwirrt ist.«

»Diesen Kerl bringe ich um«, spuckt James aus.

»Vergiss es. Ich hab ihn rausgeworfen. Seine Koffer standen gepackt vor der Wohnungstür, als er Sonntagnacht nach Hause kam. Außerdem habe ich ihm eine Nachricht geschickt, dass es aus ist.«

Bei dem Gedanken daran, wie Jonathan gegen die Haustür gepoltert hat, könnte ich jetzt noch aus der Haut fahren. Ich habe ihm letztendlich doch die Tür geöffnet, damit er nicht die ganze Nachbarschaft aus den Betten reißt. Der kurze aber heftige Streit, der dann folgte, war wie eine Erlösung für mich. Wie ein Regenschauer, der nach einem gewitteraufgeladenen Tag die Luft reinigt.

Es war das Ende einer Beziehung, die ich schon viel zu lange ertragen habe. Die für mich wie eine Last war, der ich mich endlich entledigen konnte, als er die Tür geräuschvoll hinter sich zugeschmissen hatte.

»Dieser Mistkerl wollte mir doch tatsächlich einreden, dass es rein geschäftlich war, und er zum stellvertretenden Geschäftsführer ernannt werden soll, wenn er sich mit dieser Kundin einlässt«, schnaube ich erbost. »Dabei war das die Tochter des Chefs, mit der er schon seit längerer Zeit ein Verhältnis hat. Ich bin nur froh, dass meine Nachbarin Margaret nichts von dem Streit mitbekommen hat.«

»Ich glaube, ich bringe ihn doch um. Das hätte ich schon längst tun sollen. Jonathan ist ein Arschloch, von der billigen Sorte«, sagt James kopfschüttelnd.

»Vielleicht war es ganz gut so. Manchmal muss man erst ganz unten ankommen.« Dabei muss ich wieder an Greg denken, der mir immer noch im Kopf herumspukt. Jetzt weiß ich endlich, was ich will, und dass es nicht Jonathan ist, mit dem ich mein Leben verbringen möchte.

»Was wirst du denn jetzt tun?«

»Mich in die Arbeit stürzen und meine Freiheit genießen, was sonst.«

»Okay, dann kannst du gleich das Angebot zu McQueen bringen. Er wartet bereits darauf.« James hält mir den Umschlag entgegen.

»Gerne.« Dabei fällt mir ein, dass mein Mustang heute Morgen wieder einmal gestreikt hat. »Der Mustang macht mir wieder Probleme.«

»Nimm meinen Wagen, er steht um die Ecke.« James greift auf die Ablage hinter sich und drückt mir die Autoschlüssel in die Hand. »Und Joyce«, ruft er mir noch nach. Ich drehe mich zu ihm um. »Kopf hoch, das wird schon wieder.«

»Hm«, dabei schenke ich ihm ein Lächeln und trete aus dem Laden. Als ich den Lieferwagen erreiche, stöhne ich genervt auf. Er steht eingeparkt zwischen einem teuren SUV und einem

Sportwagen, der so dicht an der Stoßstange von James' Fahrzeug geparkt hat, dass keine Hand mehr dazwischen passt. Sicher gehört dieser Wagen einem arroganten Arschloch von Millionär. Mich juckt es in den Fingern, mit dem Schlüssel über den teuren Lack zu fahren, was ich natürlich niemals tun würde. Stattdessen parke ich mühsam und laut fluchend den Wagen aus der engen Parklücke aus und fädle mich in den fließenden Verkehr ein.

Irgendwie geht mir der Sportwagen nicht mehr aus dem Sinn. Je länger ich darüber nachdenke, desto deutlicher schleicht sich das Gesicht von Greg in meine Gedanken. Er hat auch so einen, zumindest glaube ich, mich daran erinnern zu können. Obwohl ich in jener Nacht nur Blicke für den Mann hinter dem Steuer hatte.

Mein Ziel ist nur einige Häuserblocks entfernt und vor dem imposanten Gebäude ist tatsächlich noch ein Parkplatz frei. Ich setze den Blinker und will die Spur wechseln, als ich von rechts überholt werde und genau der Sportwagen, der mich vorhin eingeparkt hat, mir den letzten Parkplatz vor der Nase wegschnappt. Verdammt! Genervt schlage ich mit der flachen Hand auf das Lenkrad. »Arschloch«, schreie ich aus dem halboffenen Fenster und fahre weiter. Da die Fenster abgedunkelt sind, kann ich den Fahrer nicht erkennen.

Ich hätte zu Hause bleiben sollen, die Decke über den Kopf ziehen und einfach ignorieren, dass heute Montag ist. Man sollte diesen Tag in *Black Monday* umbenennen. In einer Seitenstraße habe ich Glück und entdecke eine Parklücke, die groß genug ist, um bequem einzuparken.

Als ich vor dem großen Gebäude stehe, fällt mein Blick auf das Firmenschild: »McQueen & Montgomery International Consulting«. Ich bin beeindruckt. Ein älterer Herr hält mir die Glastür auf und ich schlüpfe schnell hinein. Das Gebäude aus Glas und Stahl vermittelt mir einen Eindruck von Macht und Reichtum. Ein beeindruckendes Foyer begrüßt mich. Ich gehe auf den Empfang zu, um mich anzumelden, als ein dunkles Lachen an mein Ohr dringt. Ich habe ihn zwar nur einmal gesehen, aber dieses Lachen werde ich nie wieder vergessen. Wie in Trance bleibe ich stehen, um mich zu der Stimme umzudrehen, die mir schon wieder eine Gänsehaut über den Körper jagt. Das gibt es doch nicht, dass ich ihn ausgerechnet hier wieder treffe! Mein Herz macht einen kleinen Sprung und ich fühle mich in den siebten Himmel katapultiert.

Als ich mich umdrehe, werde ich allerdings genauso blitzschnell wieder auf den Boden zurückgeholt. Es ist tatsächlich Greg, der mit einer blonden, jungen Frau am Aufzug steht und ihr zärtlich die Wangen küsst. Die Aufzugstüren öffnen sich und er legt besitzergreifend die Hand auf ihre Schulterblätter, um sie hineinzuschieben. Meine eben noch so euphorische Stimmung rutscht schlagartig in den Keller.

Ich bin so eine blöde Kuh, natürlich ist er nicht allein, wie auch. Der Mann ist ein Gott, den jede Frau an die Leine nehmen würde, damit keine andere ihre Krallen nach ihm ausstrecken kann. Die Aufzugstüren schließen sich, ich sehe noch sein sexy Lächeln und gehe jetzt entschlossen zum Empfang.

»Guten Morgen, was kann ich für Sie tun?«, dringt die freundliche Stimme der Angestellten an mein Ohr.

»Ich habe etwas für Mr. McQueen abzugeben«, teile ich ihr mit.

»Möchten Sie es persönlich bei seiner Sekretärin abgeben? Oder soll ich es für Sie nach oben schicken?«, bietet sie mir an. Da ich heute sowieso einen meiner schwärzesten Tage durchlebe, entscheide ich mich dafür, es hier am Empfang abzugeben. Ich will nicht riskieren, Greg noch einmal über den Weg zu laufen. Sie nimmt mir den Umschlag ab und ich bin entlassen.

Greg steht am Aufzug und wartet auf Vivien, um mit ihr in die Büroräume von McQueen & Montgomery zu fahren. Er muss dringend mit Matthew sprechen. Die junge Frau, die er am Samstagabend in dem Nachtclub aufgegabelt hat, geht ihm nicht mehr aus dem Kopf. Die besitzergreifenden und fürsorglichen Gefühle, die er sofort für sie empfunden hat, haben ihn vollkommen aus dem Gleichgewicht gebracht.

Verdammt, er muss sie vergessen, sie lebt nicht allein. Doch sollte er ihre Nachricht richtig interpretieren, hat sie sich von ihrem derzeitigen Freund getrennt. Er wusste doch sofort, dass sie etwas Schwerwiegendes beschäftigt hat. Das Arschloch hat sie betrogen und sie wollte es ihm heimzahlen. Von wegen, verlorene Wette. Sicher war es nur eine Kurzschlussreaktion und die beiden sind wieder glücklich vereint. Sonst hätte sie ihm doch auf seine Nachricht geantwortet. Sie muss sich mit ihm gestritten haben und war deshalb am Samstagabend so durcheinander. Er sollte sie schnellstens aus seinen Gedanken streichen, sinniert Greg, während er auf Vivien wartet.

»Hi Greg«, reißt ihn die liebliche Stimme von Vivien aus seinen Gedanken. Sie ist die Verlobte seines besten Freundes und Geschäftspartners, Matthew McQueen. Die beiden werden bald heiraten und Vivien ist noch auf der Suche nach einem passenden Hochzeitsgeschenk für Matthew. Dass sie für ihn das größte Geschenk ist, konnte Greg ihr bisher nicht klarmachen.

Greg dreht sich zu ihr um und küsst sie liebevoll auf beide Wangen, eine Angewohnheit, die Matthew ihm niemals übel nehmen würde. Greg und Matthew verbindet eine ganz besondere Freundschaft. Sie sind nicht nur Geschäftspartner, sie sind Freunde fürs Leben und Vivien gehört nun dazu. Jeder würde für den anderen durchs Feuer gehen.

Wieder schleicht sich Joyce in seine Gedanken. Auch für sie war er da. Aber das reicht ihm nicht. Er will jeden Tag für sie da sein, jede Stunde mit ihr verbringen und sie beschützen. Etwas, wozu ihr derzeitiger Freund, oder was immer er auch darstellt, wohl nicht in der Lage ist, geht es ihm immer und immer wieder durch den Kopf. Wäre sie sein Mädchen, sie würde nicht einmal im Traum daran denken, einen Nachtclub aufzusuchen, und dazu noch allein. Dafür hätte er ihr keine Gelegenheit gegeben, geschweige denn überhaupt das Bedürfnis in ihr erweckt. Würde sie ihm gehören, würde er dafür sorgen, dass sie keinen Gedanken mehr an einen anderen Mann verschwenden könnte.

Sie soll in einer aufreizenden Pose auf ihn warten, sich ihm unterwerfen, sinniert er weiter. Waren das nicht ihre Worte? War sie nicht auf der Suche nach einem Mann, der sie ganz in Besitz nimmt? An einer tiefergehenden Beziehung scheint sie nicht interessiert zu sein. Sie hat auf seine Nachricht nicht reagiert. Er sollte sie schnellstens vergessen, sagt er sich stumm.

Die Aufzugtüren öffnen sich. Greg legt die Hand zwischen Viviens Schulterblätter und gemeinsam betreten sie den Fahrstuhl. Als er sich umdreht und seinen Blick kurz durch das Foyer schweifen lässt, kann er gerade noch den resignierten Blick der Frau erkennen, die für sein chaotisches Gefühlsleben verantwortlich ist.

Verdammt, was macht sie hier?

»Greg, ich schaue kurz bei Carol vorbei. Wir treffen uns in zwanzig Minuten bei Matthew im Büro, okay?«, holen ihn die Worte von Vivien aus seinen Gedanken.

»Klar, mach das, ich habe mit Matthew noch einiges zu besprechen.«

Greg begrüßt Matthews Sekretärin und geht, ohne anzuklopfen, in das Büro. Sein Geschäftspartner blickt von seinem Schreibtisch auf. Dann schaut er auf die Uhr.

»Guten Morgen, Greg. Du bist spät«, stellt er fest.

»Guten Morgen. Ich hatte noch etwas zu erledigen und du kennst ja die Verkehrslage um diese Zeit. Zum Glück konnte ich mir schnell noch einen Parkplatz vor dem Gebäude sichern. So ein Lieferwagen hatte es bereits darauf abgesehen, aber ich war schneller«, stellt er zufrieden fest.

Matthew schüttelt nur den Kopf. »Wir haben Parkplätze in der Tiefgarage, schon vergessen?«

Greg geht auf die kleine Spitze seines Freundes nicht ein. »Vivien habe ich unten getroffen. Sie ist in zwanzig Minuten hier.«

»Gut. Würdest du heute mit ihr essen gehen? Ich habe noch einiges zu erledigen und schaffe es nicht. Du weißt, wie sehr Vivien es hasst, alleine in einem Restaurant zu sitzen.«

»Natürlich werde ich dich würdevoll vertreten«, frotzelt Greg und lacht Matthew dabei provozierend an.

»Nur Essen«, knurrt Matthew. »Für den Rest bin ich bei meiner Kleinen zuständig«, lässt er seinen Freund grinsend wissen. Dann lenkt er das Gespräch auf aktuelle Themen.

»Ich war gestern den ganzen Tag unterwegs und habe deine Nachricht erst heute Morgen auf dem Anrufbeantworter abgehört. Was war denn los?«

»Was los war? Ach, du meinst meinen Anruf von gestern Abend?«, beginnt Greg. Matthew nickt.

»Darren wurde endlich aus dem Club geworfen.«

»Du warst wieder im Club? Ich dachte, das wäre vorbei.« Matthew steht hinter seinem Schreibtisch auf und mustert Greg fragend.

»Nicht, was du denkst. Ich hatte etwas zu erledigen, das ist alles. Aber Darren hat sich an einer Frau vergriffen und sie schändlich behandelt.«

»Aha.«

»Nichts aha. Ich bin dazwischen gegangen und was soll ich sagen, das Mädchen hat in mir ein Gefühl geweckt, das mir fast unheimlich ist. Ich habe sie beruhigt und mit ihr den Club verlassen. Als ich sie fragte, was sie alleine dort zu suchen hat, hat sie mir geantwortet, sie wollte mal ausprobieren, wie sich das anfühlt, sich einem Mann zu unterwerfen. Das ist doch nicht zu fassen.«

Matthew verzieht die Mundwinkel zu einem wissenden Lächeln.

»Ach, sieh mal an. Hat es doch mal eine Frau geschafft, dich aus der Reserve zu locken?«

»Red keinen Blödsinn. Ich wollte sie nur beschützen. Die Kleine tat mir einfach nur leid. Sie war mit der Situation völlig überfordert. Man konnte ihr ansehen, dass sie so etwas noch nie getan hat. Außerdem hat sie irgendwas bedrückt, aber sie wollte mir nicht die Wahrheit sagen.«

»Kennst du sie?«, will Matthew wissen.

Greg schüttelt verneinend mit dem Kopf.

»Ist sie hübsch?«, fragt Matthew interessiert weiter.

»Sie ist nicht nur hübsch. Ihre vollen Lippen sind geradezu dafür geschaffen, einen Mann glücklich zu machen.«

»Und, hast du es ihr besorgt? Hast die Wahrheit aus ihr herausgefickt?«, entfährt es Matthew grinsend.

»Ich glaube, ich hätte es tun können«, sagt Greg nachdenklich. »Aber nein, als ich in ihre Wohnung kam, war mir schnell klar, dass sie nicht allein lebt. Das Badezimmer war perfekt ausgestattet, mit allem, was ein Mann braucht. Außerdem war sie verletzt. Ich würde so eine Situation niemals ausnutzen, das weißt du. Du hättest sehen sollen, wie das Schwein sie zugerichtet hat«, spuckt er erregt aus.

Es klopft an der Tür und Matthews Sekretärin betritt den Raum. »Matthew, das hier wurde gerade für Sie abgegeben.«

»Danke, Jane.«

»Das sind die Unterlagen von dem Cateringservice«, teilt er Greg mit, nachdem er den Umschlag geöffnet hat. Die Informationsbroschüren legt er zur Seite.

»Was willst du also weiter unternehmen?«, fragt Matthew, während sein Blick über die Aufstellung fliegt.

»Sie hat meine Telefonnummer.«

Jetzt schaut Matthew auf.

»Greg, wenn sie keine Schlampe ist, wird sie nicht anrufen.«

»Sie ist keine Schlampe«, antwortet Greg aufgebracht. »Sie ist die Frau, die es mit mir aufnehmen könnte.«

»Willst du sie als deine Gespielin, oder sind da dieses Mal tiefergehende Gefühle mit im Spiel?«, fragt Matthew, immer noch mit seiner Aufstellung beschäftigt.

»Sie war auf der Suche nach einem Mann, der sie beherrscht, dem sie sich unterwerfen kann, was immer sie auch darunter versteht. Denn dass sie weiß, worauf sie sich bei einer Beziehung, die auf Dominanz und Unterwerfung basiert, einlässt, kann ich mir nicht vorstellen. Sie ist nicht der Typ, der sich wehrlos hingibt.«

»Und du willst dieser Mann sein?«, stellt Matthew fest.

»Es würde mich reizen, ja.«

»Wenn du mit ihr weiterkommst, bring sie auf die Hochzeit mit. Aber wie willst du das Problem mit ihrem Lover lösen?«

»Hm, ich glaube, das hat sie ganz allein gelöst.«

»Na dann, auf was wartest du noch, Greg?«, dabei grinst Matthew über das ganze Gesicht.

»Ich habe sie unten im Foyer gesehen. Ich frage mich, was sie hier wollte. Mir ist sie in diesem Gebäude noch nie aufgefallen. Eine Angestellte wird sie nicht sein. Sie hat mich angeschaut und ihr Blick hat mir einen Stich versetzt.«

Matthew lehnt sich demonstrativ vor Greg auf den Schreibtisch. »Dann kann ich dir nur empfehlen: Schnapp sie dir, bevor es ein anderer tut.«

7

Heute ist mein freier Tag. Ich muss dringend raus und den Kopf frei bekommen, wenn morgen bei dem Catering für McQueen alles klappen soll. Wie konnte ich nur den Zucker mit dem Salz verwechseln, ein dummer Schnitzer, der bei so einem wichtigen Auftrag auf keinen Fall passieren darf. Ein typisches Zeichen für meinen konfusen Gemütszustand. James hat mich nur liebevoll angelächelt, die Schüssel mit dem Dessert in den Ausguss geschüttet und das Soufflé selbst noch einmal zubereitet. Ich bin nun mal keine Köchin, das habe ich ihm gleich gesagt; nur, weil ich in meiner Studentenzeit häufiger in Restaurants ausgeholfen habe, macht mich das noch lange nicht zur Kaltmamsell.

Ich sollte vielleicht doch mit Victoria noch einmal diesen Club aufsuchen oder einfach die Nummer wählen, die Greg mir gegeben hat, um endgültig Klarheit zu bekommen. Warum geht mir dieser Mann nicht aus dem Kopf? Da mein Besuch in dem Sexschloss allerdings bereits einige Tage zurückliegt und Greg sich nicht mehr gemeldet hat, schwinden meine Hoffnungen von Minute zu Minute, jemals wieder etwas von ihm zu hören. Ich zwinge mich, nicht mehr an ihn zu denken und seine Telefonnummer zu löschen. Ich werfe noch einen letzten Blick auf die Zahlenkombination, aber ich schaffe es nicht, sie endgültig zu eliminieren.

Ich ziehe meine Laufschuhe an, stecke mein iPhone in die Hosentasche und verlasse das Haus. Ein kühler Wind weht bereits die ersten Blätter von den Bäumen und kündigt den nahenden Herbst an. Mein Lieblingssong *King* von Years and Years trällert in meinen Ohren, sodass ich den Sound noch etwas lauter stelle und nichts mehr um mich herum wahrnehme. Ich laufe zum Charles River über die Brücke Richtung Back Bay und lasse mich vollkommen von meinen Gedanken an den Mann, der meine Gefühle leitet, dahintragen. Nach einigen Metern fühle ich mich besser. Es tut gut, den ganzen aufgestauten Frust beim Laufen abzuschütteln.

Ich muss viel härter trainieren, wenn ich den Marathon laufen will, sage ich mir. Das wird mich von meinen bohrenden Gedanken an Greg abbringen. Ich konzentriere mich jetzt auf das Hochzeitsessen und gehe in Gedanken noch einmal alle Schritte durch, die wir mit James besprochen haben, als mich plötzlich zwei starke Arme von hinten fest umschließen und zu Boden zerren.

Im ersten Moment bin ich völlig irritiert. Ich spüre, wie ich den harten Asphalt berühre, und höre eine Stimme, die mir irgendwie bekannt vorkommt, laut meinen Namen rufen. Der harte Aufprall auf den Betonboden jagt sofort einen dumpfen Schmerz durch meine Schulter, sodass ich erschrocken aufschreie. Ich weiß immer noch nicht, was geschehen ist, und ziehe mir jetzt völlig paralysiert die Ohrstöpsel aus den Ohren. Lautes Stimmengewirr um mich herum lässt mich aufblicken. Als Erstes sehe ich einen Mann mit einem gelben Helm und einem blauen Overall, der mir mit erschrockenem Gesichtsausdruck die Hand entgegenhält. Er spricht entschuldigende Worte und will mir aufhelfen. Aber ich kann nicht aufstehen, etwas hält mich am Boden fest. Als ich mich umdrehe, sehe ich die Ursache dafür. Hinter mir liegt ein Mann, der mich umklammert.

Als er den Kopf zu mir dreht, schaue ich in dieselben blauen Augen, die mich schon einmal in ihren Bann gezogen haben. Es ist Greg, der wild fluchend versucht, mit mir aufzustehen, aber scheinbar sind unsere Beine ineinander verheddert, sodass ich im ersten Moment schmunzeln muss.

Doch sofort ändert sich meine Stimmung. Was soll dieser Blödsinn, mich einfach mitten im Laufen umzurennen und zu Boden zu befördern? Meine Schulter pocht und auf meinem Po dürfte sich bereits ein dicker blauer Fleck ausbreiten. Ich versuche, mich von Greg zu lösen, aber er fasst besitzergreifend um meine Taille und zieht mich mit sich hoch. Ich komme direkt an seiner Brust zum Stehen und reibe mir meinen verletzten Arm. Bevor ich etwas sagen kann, fährt er mich auch schon an.

»Verdammt, hast du denn den Mann nicht gehört?«, schreit er.

Ich bin verwirrt. Was meint er? Er sollte mir lieber erklären, wieso er mich mitten in der Stadt zu Boden zerrt. Ist das etwa seine Art, mich anzumachen? Seit über zwei Wochen habe ich nichts von ihm gehört und jetzt taucht er hier auf und führt sich auf wie ein Irrer.

»Außerdem darfst du dich hier überhaupt nicht aufhalten, verdammt. Hast du die Absperrung nicht gesehen?«, donnert er weiter. Seine Augen sprühen vor Zorn und eine kleine Falte breitet sich auf seiner Stirn aus. Er trägt heute einen Dreitagebart, was ihm ein verwegenes Aussehen verleiht. Hätte er noch die passende Lederkluft an, ich hätte ihn nicht wiedererkannt. Im Moment wirkt er eher wie ein draufgängerischer Bad Boy, nicht wie der Gentleman, als den ich ihn kennengelernt habe.

Ich schließe kurz die Augen, um die Situation, in der ich mich befinde, begreifen zu können. Was will er von mir? Da dringt erneut die Stimme des Bauarbeiters an mein Ohr. »Miss, ich habe Ihnen zugerufen, aber Sie haben mich anscheinend nicht gehört. Sie sind direkt in die Absperrung gelaufen. Mein Kranführer hat die Kontrolle verloren. Die Holzbalken hätten Sie töten können, wenn der freundliche Herr nicht eingegriffen und Sie zur Seite gezogen hätte. Das hätte nicht jeder getan«, dabei nickt er Greg dankend zu. »Das wäre ein schlimmer Unfall geworden«, setzt er noch hinzu. Ich blicke mich um und sehe schwere Holzstücke neben uns liegen. Einige Schaulustige haben sich um uns versammelt und sehen mich neugierig an.

Erst jetzt begreife ich die ganze Situation. Ich befinde mich tatsächlich mitten in einer Baustelle und habe gar nicht bemerkt, wie ich durch die Absperrung gelaufen bin. Tief in Gedanken versunken habe ich nichts um mich herum wahrgenommen und bin einfach stur geradeaus gerannt. Die Blicke von Greg durchbohren mich verärgert und doch sehe ich auch die Angst, die sich darin widerspiegelt. Er hält mich immer noch an den Oberarmen fest. Sein Herzschlag spielt mit meinem in derselben Liga.

»Greg, was machst du hier?« Etwas Blöderes fällt mir in diesem Moment nicht ein. Ich habe mich wieder mal in eine absolut dumme Situation gebracht und Greg war da, um mir zur Seite zu stehen. Werde ich ihm und seiner Stärke immer nur in gefährlichen Momenten begegnen?

»Verflucht«, höre ich ihn. Dann dreht er kurz den Kopf zur Seite und ruft dem Arbeiter zu, dass alles in Ordnung ist. Ich höre den Mann noch kurz von Versicherung und Personenschäden brummeln, aber Greg winkt ab und signalisiert ihm, dass ja keinem etwas passiert ist. Auch die Schaulustigen setzen ihren Weg fort. Greg zieht mich zur Seite.

»Ist alles in Ordnung? Hast du Schmerzen?«, fragt er jetzt ganz ruhig. Ich schüttle den Kopf. Bis auf einige blaue Flecken ist mir nichts geschehen. Mein Unterschenkel hat ein paar Kratzer abbekommen. Zum Glück habe ich die lange Hose angezogen und nicht die Hotpants, wie ich es oft tue.

»Ich glaube nicht. Meine Schulter tut etwas weh«, sage ich und reibe wieder über die schmerzende Stelle.

»Sicher geprellt, tut mir leid. Ich konnte unter den gegebenen Umständen keine Rücksicht darauf nehmen, wie du fällst. Es war schon so schwer genug, mich nicht auf dich fallen zu lassendem, will etwas sagen, irgendetwas, aber mein Kopf ist völlig leer. Ich spüre bei dieser zärtlichen Berührung nur ein warmes Gefühl in meinem Bauch und das Verlangen, mich ihm einfach in die Arme zu werfen, aber ich tue es nicht. Stattdessen schaue ich ihn bei seinen Worten genauer an. Auch er trägt Jogginghose und T-Shirt. Seine Haare glänzen feucht, sein Shirt ist von Schweißspuren gezeichnet und trotzdem duftet er verführerisch. Als mein Blick auf seine Unterarme fällt, ziehe ich erschrocken die Luft ein. Sie sind aufgeschrammt und Blut sickert langsam hervor.

»Greg, du bist verletzt.«

»Vergiss es, das sind doch nur Kratzer«, wiegelt er schnell ab. »Muss ich dich schon wieder aus einer gefährlichen Situation retten? Du solltest keine Gewohnheit daraus machen, Joyce. Du legst es geradezu darauf an, von mir bestraft zu werden.« Jetzt sind seine Worte sanft. »Trinken wir einen Kaffee zusammen«, bietet er mir an.

Was soll ich tun? Wenn ich jetzt mit ihm gehe, werde ich es spätestens morgen bitter bereuen. Er ist nicht frei. Ist er wie all die anderen Männer, die ihre Freundin betrügen? Warum interessiert er sich für mich? Weil er mich nicht haben kann? Oder sollte ich sagen, noch nicht? Ich weiß nicht, wie lange ich standhaft bleiben könnte und schüttle verneinend den Kopf.

»Tut mir leid, aber ich muss los«, sage ich schnell, befreie mich aus seinem Griff, drehe mich um und laufe die Beacon Street hinunter, weit weg von dem Mann, der in mir die wildesten Emotionen freisetzt. Ich bin durcheinander. Solche starken Gefühle habe ich noch nie für jemanden empfunden, es macht mir beinahe Angst. Aber Greg ist nicht der Richtige für mich. Für ihn bedeutet eine Beziehung nichts anderes, als eine Frau zu dominieren und doch oder gerade deswegen ist er es, der mein Herz zum Rasen bringt und meine Emotionen wie in einer Achterbahn herauf- und herunterrauschen lässt. Als ich mich umdrehe, ist er verschwunden.

Es ist Freitagmorgen. Der Tag und James' Motoren laufen bereits auf Hochtouren. Mein Chef ist voll in seinem Element. In der Küche stehen fünf seiner Mitarbeiter und geben alles, um das Hochzeits-Buffet für den heutigen Abend perfekt auf den Punkt zu bringen. Weitere Aushilfen sind bereits gebucht und werden heute Abend das Servieren übernehmen.

Aber das alles nehme ich nur am Rande wahr. Ich arbeite mechanisch, jeder Handgriff sitzt, aber mit meinen Gedanken bin ich bereits bei morgen Abend. Victoria hat mich am Ende doch noch überredet, diesen Club noch einmal aufzusuchen. Werde ich Greg dort wiedersehen? Ich habe mindestens zehnmal mein iPhone in die Hand genommen und auf seine Telefonnummer gestarrt. Mehr als zwanzig Nachrichten habe ich verfasst, aber keine davon abgeschickt. Ich habe sie alle wieder gelöscht, weil ich mir dumm vorkam. James' Stimme reißt mich aus meinen Überlegungen.

»Joyce, was ist mit dem Fisch?«, ruft er quer durch die Küche. »Josie, pass auf das Rinderfilet auf. Wenn es zu trocken wird, kannst du dich warm anziehen«, ruft er seiner Souschefin zu, die als Antwort nur die Augen rollt und mir mit dem Zeigefinger an ihrer Schläfe zu verstehen gibt, dass sie sich die Kugel gibt, sofern James sich nicht gleich beruhigt. Ich grinse sie nur an und schüttle den Kopf; wir alle kennen James und wissen, wie er reagiert, wenn er unter Druck arbeiten muss. Aber am Ende eines solchen Tages ist er wieder versöhnlich wie ein großer Knuddelbär.

»Alles fertig, mach dir keine Gedanken, das wird toll«, verspreche ich ihm. Ich spüre schon den ganzen Morgen seine Anspannung. James ist Perfektionist. Er gibt sich nur zufrieden, wenn alles hundertprozentig funktioniert. Er wuselt wie ein aufgeschreckter Gockel durch die Küche, probiert hier, gibt dort Ratschläge und hat die Sache voll im Griff.

Am frühen Abend beladen wir den Lieferwagen und fahren zum Charles River, um das Buffet aufzubauen. Als wir das

Gelände, das für die Party gemietet wurde, betreten, bin ich beeindruckt. Zwei weiße Zelte lassen ahnen, welche Megaparty heute Abend hier abgehen wird. Das Sicherheitspersonal läuft geschäftig hin und her. Überall stehen bereits mit weißen Hussen bezogene Stühle an großen, in Weiß eingedeckten Tischen, auf denen rote Rosen im Überfluss verteilt werden. Weiße Kronleuchter hängen von der Decke und verleihen dem Ambiente eine romantische Note. Große Bildschirme wurden angebracht, sodass man auch von den hinteren Plätzen das Geschehen auf der Bühne miterleben kann.

In einem der beiden Zelte findet gerade die Trauung statt, und die Band auf der Bühne spielt sich ein, um das Brautpaar und die Gäste mit Musik zu begrüßen. Die untergehende Sonne verleiht dem Ganzen eine poetische Atmosphäre. Hier stehen für über zweihundert Gäste Tische mit Stühlen und gerade wird die überdimensionale Hochzeitstorte gebracht. Ich bin begeistert.

James schubst mich an. »Joyce, könntest du dich kurz losreißen und mir hier mit dem Fleisch helfen?«

»Klar, tut mir leid. Aber das hier ist echt der Hammer.«

»Sagte ich doch«, dabei schaut er kurz auf, bevor er sich wieder komplett seinem Job widmet. In Turbogeschwindigkeit haben wir mit seinem Team das Buffet aufgebaut. Die Kellner stehen zum Servieren der Getränke bereit, das Essen dampft in den dafür vorgesehenen Vorlagen, die Vorspeisenplatten brillieren mit dem Dessert um die Wette. Alles ist perfekt.

James ist aber immer noch nicht zufrieden und rückt hier und da noch eine Schüssel, richtet die Bestecke noch einmal aus und wirft zum Schluss noch einen prüfenden Blick über das Gesamtbild. Unsere Arbeit ist getan, gerade rechtzeitig, denn jetzt setzt die Musik ein und das Brautpaar betritt das Zelt. Mein Blick wird zuerst von dem großen, unfassbar gutaussehenden Mann am Arm seiner Braut in den Bann gezogen, er beugt sich zu ihr hinunter und flüstert ihr etwas ins Ohr, das ihr sofort ein Lächeln entlockt. Das ist also Mr. McQueen, einer der Geschäftsführer dieses bedeutenden Unternehmens in Boston.

Ich habe ihn mir viel älter und weniger attraktiv vorgestellt. Eher in den Fünfzigern, mit dickem Bauch und dünner werdenden Haaren. Aber dieser Mann ist weit davon entfernt. Er strahlt eine Dynamik aus, die alles in den Schatten stellt. Beeindruckend. Verliebt schaut seine Braut zu ihm auf und da erkenne ich sie wieder. Es ist die Frau, die ich mit Greg vor den Aufzügen gesehen habe. Sie trägt ein extravagantes Kleid aus weißer Seide, das vollkommen mit champagnerfarbenen Perlen überzogen ist und eng an ihrem Körper anliegt. Der extrem tiefe Rückenausschnitt des Kleides, der fast schon unanständig aussieht, aber bei ihr einfach nur sexy wirkt, setzt ihre schlanke Figur erst so richtig in Szene.

Mein Gott, sie ist gar nicht mit Greg liiert, sondern mit unserem Auftraggeber. Ist Greg am Ende auch hier irgendwo? Ich schaue an mir herunter. Ich trage die schwarze Hose und das schwarze Poloshirt mit dem Logo des Cateringservice. Ich fühle mich erhitzt, einzelne Haarsträhnen fallen mir aus meinem Zopf, sodass ich sie schnell hinter das Ohr streiche. Und dann sehe ich ihn, wie er hinter dem Brautpaar aus dem Zelt tritt. Greg trägt einen Abendanzug, ein weißes Hemd und eine rosa Fliege. Er ist definitiv genauso aufregend wie Mr. McQueen. Die beiden Männer strahlen Stärke und Selbstbewusstsein aus, dass es mir kurz den Atem raubt.

Ich blicke Greg wie hypnotisiert an und nehme mit Genugtuung zur Kenntnis, dass an seinem Arm keine hübsche High-Society-Lady hängt. Die Gäste kommen jetzt in Scharen in das Zelt, die Musik ist gedämpft und das Lachen und die Glückwunschbekundungen scheinen kein Ende zu nehmen. Fotografen schwirren um das Brautpaar herum, Securityleute laufen geschäftig mit ihrem Knopf im Ohr umher, aber das scheint den beiden nichts auszumachen, sie haben nur Augen füreinander. Liebevoll streichelt der Bräutigam seiner Frau über die Wange, sein Lächeln könnte zärtlicher nicht sein und trotzdem spürt man an seiner Ausstrahlung, dass er ein Mann ist, der genau weiß, was er will und dass die Frau an seiner Seite für ihn das Kostbarste ist.

Greg steht bei dem Brautpaar, er ist umgeben von Menschen in teurer Abendgarderobe. Während die anderen Gäste sich bereits an die Tische zurückziehen, beobachte ich ihn verstohlen. Ich werde mit meinem Chef hinter dem Buffet stehen, das Rinderfilet in dünne Scheiben schneiden, es den Gästen reichen, und dann wird er mich sehen.

»Joyce, der Mann neben dem Bräutigam ist sein Teilhaber. Greg Montgomery«, flüstert mir James ins Ohr.

Ich schließe kurz die Augen und möchte am liebsten im Boden versinken. Er ist ein reicher Geschäftsmann, ja klar, hätte ich mir doch denken können. McQueen & Montgomery, eines der größten Wirtschaftsunternehmen in Boston. Es hieß sogar, sie wollten expandieren und in San Francisco eine Zweigstelle eröffnen. Ich habe schon einige Artikel in den Zeitungen gelesen, aber nie ein Bild von den beiden Geschäftsführern gesehen. Nie im Leben hätte ich vermutet, dass sich hinter dem Unternehmen zwei so verdammt gutaussehende, dynamische Typen verbergen.

Greg ist kein Mann, der sein Geld mit harter Arbeit verdient und einen Spleen für teure Autos hat. Dieser Mann hat nur mit mir gespielt. Er ist kein Dom. Er ist ein Geschäftsmann, der sich nimmt, wonach ihm der Sinn steht. Sicher hat er sich über meine Vorlieben lustig gemacht. Ich möchte nur noch weg, mich irgendwo verkriechen.

»Hey, Joyce, geht es dir nicht gut? Du bist plötzlich so blass«, höre ich James' Stimme an mein Ohr dringen.

»Was? Nein, nein, alles okay. Ich muss mal für kleine Mädchen. Kann ich dich kurz allein lassen?«, entschuldige ich mich. James nickt.

Auf dem Weg zur Toilette überlege ich, wie ich dem ganzen Spuk hier entgehen kann. Ich könnte sagen, mir ist schlecht geworden oder ich habe schreckliche Kopfschmerzen, das habe ich häufiger, wenn ich zu wenig getrunken habe. Aber James mit allem hier allein lassen, das bringe ich dann doch nicht übers Herz. Zumal zwei seiner Aushilfen wegen Krankheit kurzfristig abgesagt haben. Dieser Auftrag ist so wichtig für ihn. Ich kann ihn nicht im Stich lassen.

Was soll ich nur tun? Also laufe ich weiter zum Lieferwagen, hole mir eine Baseballkappe und ziehe sie mir tief ins Gesicht. James wird nichts dagegen haben und es als zusätzliche Werbung für seine Firma ansehen. Wenn ich die Kappe nur tief genug ins Gesicht ziehe, wird Greg mich sicher nicht erkennen. Außerdem wird er für das Personal sowieso keinen Blick übrig haben. Als ich mich umdrehe, laufe ich fast gegen einen Mann, der direkt hinter mir steht.

»Oh, tut mir leid«, entschuldige ich mich, ohne aufzuschauen.

»Joyce?«

Verdammt. Es ist die Stimme, die mein Herz schneller schlagen, die mich vollkommen kopflos werden lässt. Es ist seine Stimme. Es ist Greg, der vor mir steht. Langsam hebe ich den Kopf und blicke in seine verführerisch blauen Augen.

»Hi.« Mehr bringe ich nicht heraus und grinse ihn an.

»Was machst du hier?«, fragt er irritiert.

»Ich arbeite, sieht man das nicht?«, antworte ich schulterzuckend.

Er tritt einen Schritt zurück und schaut mich an. In diesem Moment höre ich die aufgebrachte Stimme einer unglaublich attraktiven Frau hinter ihm.

»Greg Montgomery! Du hast mir den ersten Tanz versprochen. Was machst du hier draußen?«, fragt sie und mustert mich mit einem abwertenden Blick von oben bis unten.

Greg dreht sich zu ihr um und ich ergreife die Möglichkeit, schnellstens von hier zu verschwinden, aber er gibt mir keine Gelegenheit dazu, sondern hält mich weiter am Arm fest.

»Deborah, ich möchte dir jemanden vorstellen. Das ist Joyce. Joyce, Deborah ist eine gute Freundin von mir«, stellt er uns vor, dabei schaut er mir tief in die Augen, als wollte er meine Gedanken lesen.

Die dunkle Schönheit wirft einige misstrauische Blicke zwischen uns hin und her, dann nickt sie mir zu, fasst besitzergreifend Gregs Arm und will ihn wegziehen. Mir wird siedend heiß klar, dass ich nicht hierhergehöre in diese Welt von Glamour und Reichtum. Ich stehe draußen und sie drinnen bei ihm, dem Mann, der meine geheimsten Wünsche kennt, der mich nackt gesehen, der mich berührt und mir in die Seele geblickt hat.

Aber Greg beugt sich zu mir runter. »Wir sehen uns später. Da ist noch eine Sache, die zwischen uns geklärt werden muss. Du bist mir noch eine Antwort schuldig«, flüstert er mir ins Ohr und bei seinen Worten legt sich wieder ein kribbliger Schauer über meine Haut.

Was soll das? Von welcher Sache spricht er, um Himmels willen? Ich setze mein schönstes Lächeln auf, auch wenn es gekünstelt wirken muss und meine Mundwinkel sich nur widerwillig nach oben ziehen.

»Ja, dann … einen schönen Abend. Ich habe zu tun«, rette ich mich aus der unangenehmen Situation, drehe mich um und laufe Richtung Zelt.

Ich brauche mich gar nicht umzusehen, ich kann regelrecht spüren, wie seine Blicke mich verfolgen und sich wie brennende Pfeile in meinen Rücken bohren. Als ich zurückkomme, sind die Tische zum größten Teil besetzt und das Buffet gut besucht. James lächelt. Sein Kunde scheint zufrieden zu sein, er bedankt sich gerade für das gelungene Buffet, bevor er sich wieder seiner Braut zuwendet. Als ich mich neben meinen Chef stelle, knurrt er mich an. »Wo warst du so lange? Weiß du, dass wir hier über zweihundert Gäste zu bewirten haben? Die sind es nicht gewohnt, zu warten.«

Ich zucke entschuldigend mit den Schultern, nehme ihm den Teller aus der Hand und reiche ihn an einen der Gäste weiter, während er das Fleisch tranchiert.

Der Abend scheint kein Ende zu nehmen. Die Hochzeitsgäste sind in ausgelassener Stimmung, das Buffet fast leergeräumt, die Hochzeitstorte angeschnitten und jetzt bewegt sich alles auf die vorbereitete Tanzfläche, die in kürzester Zeit einem Hexenkessel gleichen wird. Die Band ist fantastisch und spielt jetzt ausnahmslos die neusten Songs aus den Charts. Mr. McQueen führt seine Frau über die Tanzfläche, sie schmiegt sich glücklich an seine Schulter. Seine Hand liegt auf ihrem nackten Rücken, was sie sehr zu genießen scheint. Dann reicht er sie an Greg weiter, der sie lächelnd in seinen Armen begrüßt. Was würde ich dafür geben, mit ihm über die Tanzfläche zu schweben! Aber das wird heute wohl nur ein Wunschtraum bleiben.

Greg ist irgendwo in der Menge abgetaucht, sodass ich mich jetzt unbemerkt verdrücken kann. Jedes Mal, wenn mein Blick zufällig in seine Richtung fiel, hat er mich nachdenklich angeschaut.

»Joyce, mach Schluss für heute, den Rest erledige ich mit den Jungs. Fahr nach Hause, du fällst ja fast um vor Müdigkeit«, holt James mich aus meinen Gedanken. Ich bin ihm dankbar, denn ich bin tatsächlich furchtbar müde und irgendwie stehe ich den ganzen Abend schon unter Strom.

»Danke, James. Wir sehen uns dann am Montag«, verabschiede ich mich gähnend von ihm und verschwinde in der dunklen Nacht.

8

Adrian hat sich vor Höflichkeit fast überschlagen, als Victoria ihm angekündigt hat, dass sie und ich heute noch einmal seinen Club besuchen werden. Ihr Freund wird auch anwesend sein und Adrian hat mir versprochen, ständig ein Auge auf mich zu haben.

Ich hatte keine Chance, Victoria die Sache mit dem Club auszureden. Mein Nein hat sie nicht akzeptiert. Und dass ich Greg auf der Hochzeit wiedergesehen habe, wollte ich ihr nicht erzählen.

Was wollte Greg mit mir besprechen? Ich hätte nicht völlig kopflos weglaufen sollen. Und doch bin ich überzeugt, das Richtige getan zu haben. Ich muss ihn schnellstens aus meinen Gedanken streichen. Dieser Mann spielt in einer anderen Liga als ich. Aber es fällt mir so schwer, ihn zu vergessen. Die halbe Nacht lag ich wach und habe auf mein iPhone gestarrt, das allerdings schwieg. Bis auf die Nachricht, die mich am Morgen geweckt hat. Sie war von ihm, Greg. Die wenigen Worte haben mein konfuses Inneres noch mehr in Aufruhr versetzt.

Warum entziehst du dich mir? Heute Abend wird endgültig Schluss damit sein! Greg

Warum? Weil wir nicht zueinander gehören!, hätte ich ihm am liebsten zurückgeschrieben, aber ich tat es nicht. Er lebt in einer völlig anderen Welt. Einer Welt, in der ich mich niemals wohlfühlen werde. Einer Welt mit Menschen, die mich nicht akzeptieren würden. Unsere Leben trennt ein Universum. Er ist ein einflussreicher Geschäftsmann, der in der Öffentlichkeit steht, und ich bin nur eine Angestellte in einem Cateringunternehmen.

Ich kann nur hoffen, ihn heute Abend nicht wiederzusehen. Denn wenn ich seine Nachricht richtig verstanden habe, will er sich mit mir treffen. Vielleicht dort, wo alles begann? Kopfschüttelnd verdränge ich meine konfusen Gedanken. Wieso sollte er annehmen, dass ich heute Abend im Club auftauchen werde? Wenn er wirklich Absichten hätte, mich wiederzusehen, warum hat er nicht angerufen?

Als ich mir die Haare trockenfrottiere, klingelt es bereits an der Haustür. Ich schaue auf meine Armbanduhr, die auf dem Bett liegt, und ziehe einen Schmollmund. Victoria ist zwanzig Minuten zu früh. Typisch für meine Freundin, entweder kommt sie zu spät oder zu früh. Wann ist sie jemals pünktlich? Das Badehandtuch um meinen Körper gewickelt, öffne ich gedankenlos die Tür. »Victoria, du bist …«, dann stocke ich. Es ist nicht Victoria, die sich unaufhaltsam Einlass gewährt. Es ist Jonathan, der mit gequältem Blick auf mich herunterschaut.

»Was willst *Du* hier?«

»Joyce, wir müssen reden.«

»Es gibt nichts mehr zu sagen«, fauche ich ihn an.

»Verdammt, das hier ist auch meine Wohnung«, knurrt er.

Mir bleibt vor Empörung der Mund offen stehen. »Wie bitte? Das hier ist zufällig meine Wohnung und nicht deine.«

»Also schön, aber die Möbel habe ich zum größten Teil bezahlt.«

Natürlich musste er das zur Sprache bringen. Dafür hat er hier mehrere Jahre mietfrei gewohnt, verdammter Mistkerl. »Du bist wirklich das Letzte«, fahre ich ihn an.

Jonathan kommt näher und fasst mich an den Armen. Ich schlinge das Badetuch fester um mich.

»Nimm deine Hände weg«, zische ich durch die Zähne.

»Es tut mir leid. Joyce, ich bitte dich, lass uns über alles reden, okay?« Er scheint seine Taktik geändert zu haben.

Ich schüttle den Kopf. »Sorry, Jonathan, aber ich bin nicht mehr allein.«

Oh Gott, warum habe ich das gerade gesagt? Er schaut mich irritiert an, dann lässt er abrupt los, als hätte er sich die Finger verbrannt. Seine Augen verziehen sich zu kleinen Schlitzen.

»Du hast schon wieder einen anderen?«, spuckt er mir in seinem Entsetzen, oder ist es Wut, die ich spüre?, förmlich entgegen. Ich verziehe keine Miene, öffne die Haustür und deute auf den Ausgang. Diese Geste dürfte ja wohl klar genug sein.

»Bitte geh, mein Freund wird gleich hier sein. Ich möchte nicht, dass du dann noch da bist.«

»Du bist eine elende Schlampe. Das wird dir noch leidtun, verlass dich drauf. Ich bin mit dir noch nicht fertig.« Dann dreht er sich um und lässt die Tür laut ins Schloss fallen.

»Aber ich mit dir«, sage ich leise zu der geschlossenen Tür. Ich beiße mir kurz auf die Lippen und atme langsam durch, bis sich mein Herzschlag etwas beruhigt. Was würde ich dafür geben, wenn Greg jetzt wirklich vor der Tür stehen würde. Aber das wird nur ein Wunschtraum bleiben. Wieder beherrscht betrete ich das Schlafzimmer, streife mir die Unterwäsche über und gehe ins Bad, um mir die Haare zu föhnen. Nach zwanzig Minuten bin ich tatsächlich fertig angezogen und geschminkt.

Ich checke noch schnell meine E-Mails, als es auch schon klingelt. Dieses Mal ist es Victoria, die in einem aufreizend kurzen Kleid vor meiner Tür steht.

»Hey Süße.« Sie umarmt mich. »Bist du fertig? Ash wartet unten im Wagen.« Ash ist Pilot bei der gleichen Fluglinie, bei der Victoria als Stewardess angestellt ist. Er fliegt nur die großen Maschinen, die auf den schwierigsten Flughäfen der Welt landen.

»Klar, ich hole nur noch meine Tasche.«

»Und keine Angst, Ash wird heute Abend auf zwei Frauen aufpassen. Hat er mir versprochen«, ruft sie mir noch nach.

Vor dem Haus parkt ein teurer Range Rover. Der Mann hinter dem Steuer ist Victorias neuer Lover. Als wir das Gebäude verlassen, steigt er aus und öffnet uns die Autotüren, was sofort mit einem liebevollen Lächeln von Victoria belohnt wird.

»Joyce«, begrüßt er mich und haucht mir auf beide Wangen einen Kuss.

»Ash, schön dich zu sehen.«

»Ich habe schon von deinem Abenteuer gehört. Es tut mir leid, dass du an den falschen Mann geraten bist. Aber ihr solltet niemals ohne Begleitung in einen Nachtclub gehen. Victoria habe ich das schon klargemacht. Dabei waren meine Anweisungen ganz eindeutig, oder Victoria?«

Dabei wirft er ihr einen strengen Blick zu. Victoria errötet leicht, sagt aber kein Wort und ich möchte gar nicht wissen, wie er es ihr klar gemacht hat, und schmunzle leise vor mich hin. Dann schiele ich zu Victoria rüber.

»Wieso hast du Ash von Samstag erzählt?«, zische ich ihr leise zu, als er um den Wagen herumgeht. Sie zuckt nur mit den Schultern und das Gespräch ist beendet, da Ash sich auf den Fahrersitz schwingt und rasant die Straße hinunterfährt. Ich werde sanft in den Sitz gepresst und bereue den heutigen Abend jetzt schon. Das wird alles in einem einzigen Desaster enden, dafür habe ich ein Gespür.

Als wir die lange Auffahrt erreichen, kommen die ganzen negativen Gefühle wieder hoch. Ich verkrampfe mich und könnte mir in den Hintern beißen, Victorias Drängen nachgegeben zu haben und mich noch einmal auf dieses Abenteuer einzulassen. Allerdings kann mir heute nichts passieren, solange Ash an unserer Seite ist. Vor Typen wie Darren kann er mich bewahren, aber nicht vor den starken Gefühlen, die ich immer noch für Greg empfinde.

Was soll ich nur tun, wenn er auch dort ist?

Als Ash den Wagen geparkt hat, fliegt mein Blick über den Parkplatz, und ich empfinde gerade wieder dieses Gefühl, ein Déjà-vu zu haben. Ein bisschen beruhigt, aber auch irgendwie enttäuscht, schaue ich zum Gebäude. Victoria hat meinen Blick sofort erkannt und lächelt mir aufmunternd zu.

»Die Damen«, weist Ash uns an, das Portal zuerst zu betreten.

Es hat sich nichts verändert. Die gleiche geheimnisvolle Atmosphäre, die im Raum schwebt. Der gleiche Geruch nach teurem Parfüm, der leicht in der Luft liegt. Der große Kronleuchter, der die Eingangshalle in ein gedämpftes Licht taucht. Leise Stimmen aus den angrenzenden Räumen und Al, der am Empfang hinter seinem antiken Schreibtisch sitzt und uns begrüßt.

Ash nimmt Victoria und mir die Jacken ab und bringt sie zur Garderobe, während Al uns einen schönen Abend wünscht. An der Bar ergattern wir noch drei Plätze. Es sind dieselben Barhocker, auf denen alles begann. Ash sitzt zwischen uns, um ganz klar sein Gebiet abzustecken. Ich muss darüber schmunzeln und lasse meinen Blick durch das Zimmer gleiten.

Hier sitzen und stehen einige Paare, die in leise Gespräche vertieft sind und immer wieder an ihren Cocktails nippen. Wenn ich es nicht besser wüsste, könnte ich glauben, mich hier bei einer privaten Party zu befinden, anstatt an einem Schauplatz der Begierden und Lüsternheit. Als ein lautes Lachen hinter mir an mein Ohr dringt, drehe ich mich um und sehe noch, wie die Hand eines attraktiven Mannes unter den Rock der Frau an seiner Seite gleitet, was sie wiederum veranlasst, laut zu kichern.

»Joyce, was möchtest du trinken?«, reißt Ash mich aus meinen Gedanken.

»Ich nehme den Clubmix-Spezial«, antworte ich. Was immer das auch sein mag.

»Wenn du meinst. Dieser Cocktail enthält allerdings besonders viel Alkohol. Also beschwer dich später nicht, ich hätte dich nicht gewarnt. Das Zeug geht unwahrscheinlich in die Birne«, klärt Ash mich auf.

»Mir kannst du auch so einen Clubmix-Spezial bestellen«, wirft Victoria ein. Er nickt und kann sich ein Kopfschütteln nicht verkneifen, bevor er sich dem Barkeeper zuwendet. »Jake, misch den beiden Mädchen zwei Clubmix-Spezial. Für mich einen Kaffee.«

»Gern, Mr. Kinney.«

Ash hat nicht zu viel versprochen, das Zeug schmeckt klasse nach Erdbeeren, aber nach dem ersten Drink merke ich bereits, wie stark der Cocktail ist, und dass ich besser auf Softdrinks umsteigen sollte, wenn ich den Abend über die Kontrolle behalten will.

»Jake, ich nehme noch so einen«, sage ich stattdessen und halte ihm das leere Glas entgegen, als wären wir bereits alte Freunde. Langsam fühle ich mich in diesem Etablissement wohl. Der dunkelhäutige Mann, der mittlerweile am Flügel im hinteren Teil des Raumes Platz genommen hat, spielt leise Soulmusik, die mich augenblicklich entspannen lässt. Ich kichere und albere mit Victoria herum und auch Jake hinter der Bar kann sich ein Grinsen in unsere Richtung nicht verkneifen, während er routiniert die Cocktails mixt. Immer wieder fliegt sein Blick zu Ash, der nur den Kopf schüttelt, um Jake zu signalisieren, dass er die Situation im Griff hat.

Aber mich wird niemand mehr im Griff haben, weder Ash, noch Jonathan oder Darren, dieser Hurensohn, noch nicht einmal Greg, nur ich selbst. Niemand wird mir mehr sagen, was ich zu tun oder zu lassen habe. Und plötzlich genieße ich das Gefühl, frei zu sein.

Ash zieht eine Augenbraue hoch. »Meinst du nicht, Joyce, du solltest lieber auf antialkoholische Getränke umsteigen?«

Ich schüttle den Kopf. »Nein, das denke ich nicht«, sage ich überzeugt.

Ash ist Victorias Dom, nicht meiner. Und ich spüre, wie er sich zurückhalten muss, seine dominante Art zu zügeln. Meine Freundin zieht Ash von seinem Barhocker, weil sie tanzen will. Er flüstert ihr etwas ins Ohr, was sie sofort mit einem lächelnden Blick beantwortet.

»Können wir dich hier kurz allein lassen, Joyce?«, fragt Ash an mich gewandt.

»Selbstverständlich, geht und habt Spaß. Ich kann auf mich aufpassen. Ich bin schon groß«, lasse ich ihn bestimmt wissen.

Ich bin ganz Herrin meiner Sinne, auch wenn Ash das bezweifeln mag. Sein fragender Blick deutet das zumindest an.

»Bitte Ash, ich bin kein Kind mehr, okay?« Er nickt, nimmt meine Freundin am Arm und verschwindet ins Foyer.

»Joyce?«, höre ich meinen Namen in einem scharfen Ton, der mich zusammenzucken lässt, als wäre ich plötzlich aus einer Art Dämmerschlaf erwacht. Er ist da. Greg ist da und ich bin gerade im Begriff, mit einem mir völlig fremden Mann an der Bar anzubändeln. Warum ist mir das peinlich? Warum habe ich das Gefühl, mich von ihm bei etwas Verbotenem ertappt zu fühlen? Ich schließe kurz die Augen, mein Begleiter dreht sich zu mir um und schaut mich fragend an, bevor er Greg mustert. Ich zucke nur mit den Schultern und ignoriere Greg ganz vorsätzlich.

»Joyce! Würdest du dich bitte umdrehen, wenn ich mit dir rede!«, dringt Gregs Stimme an mein Ohr. Ganz langsam drehe ich mich auf dem Barhocker in seine Richtung. Mir wird speiübel. Gregs Gesichtszüge sind alles andere als entspannt. Sie wirken im Gegenteil entgleist. Er presst die Lippen fest zusammen und seine Augen sprühen Funken. Warum regt er sich so auf? Er hat schließlich kein Exklusivrecht auf mich. Noch nicht.

Blödsinn, er wird es nie haben.

»Joyce, verdammt, was machst du hier?«

»Sieht man das nicht?«, dabei proste ich meinem Gesprächspartner zu und kichere etwas zu laut. Ein typisches Zeichen für mich, dass ich definitiv die Grenze erreicht habe und jetzt doch auf antialkoholische Getränke umsteigen sollte. Aber irgendetwas sagt mir, dass es dazu heute nicht mehr kommen wird.

»Das sehe ich allerdings. Verdammt«, flucht er. »Was soll das werden? Warum tust du so etwas Dummes? Das hast du doch nicht nötig«, setzt er noch einmal an und jetzt wird mir bewusst, wie albern ich mich eigentlich aufführe.

»Ich …«

Scheiße, jetzt ist er da. Ist es nicht das, was ich mir im Geheimen gewünscht habe? Mein Herz macht einen Sprung. Ich atme kurz durch, bevor ich noch mal versuche, es ihm zu erklären. Ja, was eigentlich? Wie soll ich ihm das erklären?Wieso muss ich ihm überhaupt irgendetwas erklären? Seine schneidende Stimme reißt mich aus meiner Überlegung.

»Joyce! Würdest du bitte deinen Hintern zu mir bewegen!«

Er spricht ruhig und beherrscht, aber ich kann die Wut in jedem einzelnen Wort spüren. Mein Begleiter sieht fragend zu Greg und dann zu mir. Ich zucke nur unwissend mit den Schultern.

»Greg, was soll das? Du kennst die Regel. Ich habe die Kleine zuerst angesprochen. Also halt dich zurück und such dir gefälligst eine andere Gespielin für heute Abend«, blafft ihn mein Begleiter an und will mich am Arm zurückhalten.

»Halt's Maul.« Diese beiden Worte reichen, um ihn in seine Schranken zu verweisen. Abrupt lässt er meinen Arm los, als wäre ich ein ekliges Insekt. Dann richtet Greg seinen Blick auf mich.

»Weißt du noch, was ich an dem Abend vor zwei Wochen zu dir gesagt habe? Was passieren wird, wenn ich dich noch einmal hier antreffe?«

Seine Stimme ist leise aber doch intensiv dominant. Wie macht er das bloß, dass ich jegliche Vernunft vergesse und mich wie hypnotisiert fühle? Ich nicke mechanisch, als sich seine Worte siedend heiß in mein Gedächtnis schleichen.

»Meine Versprechen löse ich immer ein.«

Will er mir jetzt etwa drohen? Und doch ist da wieder dieses Gefühl, das sich bis in meine untere Körperhälfte zieht und einen wohligen Schauer über meine Haut schickt, wenn er in diesem Ton mit mir spricht.

Jetzt greift Greg entschlossen nach meinem Arm und zieht mich vom Barhocker zu sich runter. Ein kleiner Schrei entfährt mir, fast wäre ich gestolpert, und ich lande unschicklich an seiner Brust. Mit dieser Reaktion von ihm hätte ich weiß Gott nicht gerechnet. Ich bin völlig überrumpelt und löse mich aus seinem Griff.

Mein Blick ist fest auf seine Augen gerichtet, die mich wie unter Strom an ihn ketten. Das kleine Zucken in seinen Mundwinkeln verrät mir sofort, dass er nicht ernsthaft böse auf mich ist. Ich sollte auf mein Gefühl hören, das mir unablässig signalisiert, dass dieser Mann mir guttut. Aber diese resolute Art, mit der er hier auftritt, sollte er sich schnellstens abgewöhnen. Ohne ein weiteres Wort greift er wieder meinen Arm, führt mich ins Foyer zur Garderobe und lässt sich meine Jacke geben. Das böse Schnauben meines Flirts an der Bar verhallt in meinen Ohren. Ich bin immer noch viel zu perplex, um Greg in seine Schranken zu verweisen. Dann nickt er Al zu und schiebt mich zielstrebig zum Ausgang. Verdammt, was soll das? Ich drehe mich verärgert zu ihm um. Wie kann er es wagen, mich so demütigend zu behandeln?

»Greg, was soll das?«, funkle ich ihn an, als wir bereits die Treppe betreten und die Tür hinter uns geschlossen wird. Ich stolpere vor ihm her.

»Halt deinen Mund, ich bin viel zu sauer auf dich, um jetzt mit dir zu streiten. Das werden wir bei mir zu Hause tun. Vielleicht habe ich mich bis dahin wieder beruhigt. Das kann ich für dich nur hoffen, meine Süße«, verspricht er mir und schiebt mich weiter zu seinem Wagen. Jetzt geht er aber zu weit. Ich reiße mich von ihm los und fauche ihn gereizt an. »Ich bin mit Freunden hier. Du kannst dich nicht aufführen wie ein komplettes Arschloch. Ich bin nicht dein Spielzeug. Und wer gibt dir überhaupt das Recht, mich zu behandeln wie ein ungezogenes Kind?«, schreie ich ihn an.

Jetzt entspannen sich seine Gesichtszüge und endlich schaut er mich an. »Ich bin froh, dass du das auch so siehst. Denn so hast du dich in der Tat verhalten und entsprechend werde ich dich behandeln, oder sollte ich sagen bestrafen? Darauf kam es dir doch heute Abend an, oder nicht?« Er zeigt mir sein unwiderstehliches Lächeln, bevor er weiterspricht.

»Und wer mir das Recht dazu gibt?«, fragt er provozierend.

Ich nicke.

»Du selbst, Joyce.«

Ich bin sprachlos. Diese Antwort habe ich nicht erwartet. »Ich? Wieso?«

»Warst du nicht auf der Suche nach einem Mann, der dich beherrscht? Das war doch der Grund, warum du heute Abend wieder hier warst. Versuch erst gar nicht, es abzustreiten. Aber das besprechen wir bei mir zu Hause«, lässt er mich wissen und schiebt mich weiter zu seinem Wagen.

»Wieso sollte ich mit zu dir nach Hause fahren?« Aber im Grunde spüre ich, wie mein Widerstand immer schwächer wird.

»Weil das scheinbar der einzige Weg ist, wie du mir nicht davonläufst.«

Die Türen entriegeln sich mit einem Ping, Greg öffnet mir die Beifahrertür und ich lasse mich auf den Sitz gleiten. Dieses Mal ohne Schmerzen und nicht von seinem Arm. Wieso lasse ich ihn nicht einfach stehen und gehe wieder zurück in den Club? Doch im Grunde weiß ich, dass ich das nicht kann. Er steigt neben mir in den Wagen und wirft die Tür geräuschvoll zu.

»Denk an deine Sicherheit und schnall dich gefälligst an«, knurrt er. »Oder soll ich es tun?« Dabei lehnt er sich zu mir herüber und wirft mir einen provozierenden Blick zu.

Ich schüttle den Kopf, und kaum habe ich den Gurt einklicken lassen, fährt er in halsbrecherischem Tempo die Allee hinunter. Seine Augen sind starr nach vorne auf die Straße gerichtet, seine Hände umfassen das Lenkrad, sodass die Knöchel weiß hervortreten. Ich weiß nicht, was ich von alledem halten soll und hülle mich in Schweigen. Plötzlich fällt mir Victoria ein.

»Ich habe Victoria nicht Bescheid gesagt«, entfährt es mir erschrocken.

»Victoria? Ist das deine imaginäre Freundin?«, stellt er verächtlich fest.

»Victoria ist nicht imaginär. Ich bin mit ihr und ihrem Partner hier«, entgegne ich etwas zu zickig.

Er wirft mir sein iPhone auf den Schoß. »Ruf sie an.«

Was soll ich ihr denn sagen? Mein Mr. Loverboy hat mich entführt? Aber er hat Recht, also greife ich nach dem Smartphone und tippe ihre Nummer ein. Die Mailbox geht an und ich hinterlasse ihr eine kurze Nachricht, damit sie sich keine Sorgen um mich macht.

»Wo fährst du mit mir hin?«, versuche ich, ein Gespräch zu führen, und lege das iPhone in das Fach in der Mittelkonsole.

»Joyce, ich sagte dir bereits, wir werden das bei mir zu Hause besprechen, wenn ich mich etwas beruhigt habe.«

»Was werden wir besprechen?«, fahre ich ihn an.

Ich höre sein Schnauben, dann schüttelt er verständnislos den Kopf, den Blick immer noch nach vorne auf die Straße gerichtet.

Da er mir nicht antworten wird, drehe ich mich demonstrativ zur Seite und lasse die hell erleuchteten Straßen an mir vorbeiziehen. Wieso war er ausgerechnet heute in diesem Club? Er wollte mich treffen, fällt es mir wieder ein. War er am Ende bei mir zu Hause und hat seine Schlüsse gezogen? Ich bin verwirrt.

Ich verstehe die Veränderung nicht, die in ihm vorgeht. Und doch will ich bei ihm sein. Wenn wir alleine sind, vergesse ich, dass er ein einflussreicher Geschäftsmann ist. Ich weiß, ich kann ihm vertrauen, er wird mich nicht verletzen.

Nach einer schweigenden Fahrt neben dem Mann, der trotz seiner schlechten Laune meine Nerven in Unruhe versetzt, halten wir vor einem Stadthaus in Back Bay. Er parkt den Wagen vor der Garage, steigt aus und öffnet mir die Tür. »Komm«, befiehlt er und hält mir die Hand entgegen.

»Selbstverständlich, oder glaubst du, ich möchte hier im Auto sitzen bleiben?«

Sein Blick streicht kurz über mein Gesicht und jetzt muss ich doch lächeln. Meine üble Stimmung ist wie weggewischt und eine erwartungsvolle Unruhe macht sich in mir breit. Was hat er mit mir vor? Ich will wieder den charismatischen Mann, der er in jeder Situation war, in der ich ihm bisher begegnet bin. Ein leichtes Zucken um seine Mundwinkel überzeugt mich davon, dass auch seine schlechte Laune auf dem besten Wege ist, sich in Luft aufzulösen. Ich greife nach seiner Hand und steige aus, dabei halte ich die ganze Zeit den Blickkontakt mit ihm und folge ihm schweigend ins Haus.

Es ist groß, aber ich habe keinen Blick für die Einrichtung. Er führt mich die große Treppe nach oben, über eine Galerie in einen Raum, der beherrscht wird von einem großen Bett, dann fällt die Tür hinter uns ins Schloss.

9

Setz dich!« Seine Worte sind jetzt ruhig, aber bestimmt. Ich gehorche erwartungsvoll und lasse mich auf das Bett sinken. Mein Blick gleitet durch den Raum, während er sich von seinem Sakko befreit und es auf den Sessel wirft. Das Zimmer wirkt einladend. Eine schwere Kommode aus dunklem Holz, zwei Ohrensessel und das große, mit einigen Kissen bestückte Bett beherrschen es. Weiße, lange Gardinen umranden die bodentiefen Fenster, die nur wenig Licht von den Straßenlaternen in den Raum lassen. Kleine Lampen, die auf der Kommode und neben den Sesseln arrangiert sind, verwandeln den Raum in eine Oase der Entspannung. Aber ich bin alles andere als entspannt.

Mein Blick gleitet wieder von dem Aktgemälde einer wunderschönen Frau zu Greg. Er steht einfach nur da und schaut mich an. Die Stille wirkt nicht gerade beruhigend auf mich. Warum sagt er nichts? Warum hat er mich in sein Schlafzimmer gebracht? Wird er mich jetzt verführen? Darüber brauche ich nicht lange nachzudenken, denn Greg kommt sofort zum Punkt.

»Über mein Versprechen reden wir später, wenn wir alles Vertragliche geregelt haben«, lässt er mich wissen. Ich runzle die Stirn. Er spricht in Rätseln.

»Du willst einen Vertrag mit mir?«, frage ich verständnislos. Das ist nun wirklich das Letzte, was ich erwartet hätte.

»Keinen echten Vertrag; nein, ich möchte nur vorher die Fronten klären, das ist alles.« Er lacht. »Du siehst zu viele schlechte Filme, Honey. Unsere Beziehung wird auf Vertrauen basieren. Nur Liebe, die erwarte nicht von mir.«

Ich schlucke und fühle mich sofort ernüchtert. Wie bin ich nur in diese Situation gekommen? Von welcher Beziehung spricht er? Es ging alles so schnell. Ich wusste doch, dass Greg nicht der Mann ist, für den ich ihn gehalten habe. Jetzt sitze ich hier im Schlafzimmer mit der Person, die mich emotional überwältigt. Und er bietet mir eine Beziehung an, die auf Vertrauen basiert. So, als ob er über einen Geschäftsabschluss verhandelt. Denn etwas anderes ist es doch nicht, oder? Er bietet mir das an, was ich wollte, zumindest das, was ich ihm signalisiert habe. Einen Partner, dem ich mich hingeben kann. Wie konnte ich nur glauben, er empfindet etwas für mich.

Nein, das ist nicht die Art, wie ich mir eine Beziehung vorstelle. Es sollte romantisch, knisternd und leidenschaftlich geschehen, aber das hier ist alles andere als romantisch. Es ist nüchtern und sachlich. Soll ich einwilligen? So habe ich mir den Abend bestimmt nicht vorgestellt. Nicht so emotionslos. Was erwartet er in so einer Beziehung? Das Kribbeln in meinem Bauch macht einem kalten Klumpen Platz, der mich zu erdrücken droht. Ich will aufstehen und sein Haus verlassen, doch Greg schiebt mich sofort auf das Bett zurück. »Bleib!«

Also gut, Mr. Machoman, reden wir. »Wie stellst du dir diese Beziehung denn vor? Wirst du mich zu bestimmten Zeiten zu dir bestellen und mich als dein Spielzeug benutzen?«, frage ich jetzt angefressen und streiche eine Falte in der Decke glatt.

Er wirkt entsetzt und beugt sich zu mir herunter, sodass sein Gesicht nur noch Millimeter von meinem entfernt ist. Sein Duft hüllt mich ein. Ich verliere immer mehr die Kontrolle über meine Gefühle. Wenn er so weitermacht, bin ich Wachs in seinen Händen und willige zu allem ein.

»Du bist kein Spielzeug. Das war keine Frau für mich. Diese Art von Beziehung gefällt mir nicht. Ich bin kein Dom wie Darren, der dich vierundzwanzig Stunden am Tag unterwerfen würde. Ich habe nur gern die Fäden in der Hand, das ist alles. Ich bin es gewohnt, beim Sex dominant zu sein. Aber ich werde dich immer mit Respekt behandeln. Zweifelst du etwa daran?«

Ich schüttle den Kopf und beiße mir auf die Unterlippe, will meinen Kopf senken, aber er greift bestimmt nach meinem Kinn, sodass ich direkt in seine blauen Augen sehen muss. Verdammt, er hat mich!

»Im Grunde willst du doch gar keine BDSM-Beziehung«, sagt er mir auf den Kopf zu. »Du weiß überhaupt nicht, auf was du dich da einlässt. Ich habe dich im Club beobachtet, habe deine Reaktion genau gesehen. Was du willst, ist ein bisschen mehr als Blümchensex. Vielleicht hier und da einen leichten Schmerz, ein wenig unterwürfiges Verhalten, Dominanz richtig dosiert, aber doch nicht mehr. Hat es dich etwa erregt, wie Darren dich behandelt hat? Wie er diesen Stock eingesetzt hat, um dir Schmerzen zuzufügen, anstatt Lust? Wie er dich gedemütigt hat und das in aller Öffentlichkeit? Sag mir, wenn es das ist, was du willst und dann fahre ich dich nach Hause.«

Ich schüttle nur den Kopf, unfähig, etwas zu sagen, denn er kennt meine Wünsche scheinbar genau. Diese Art von Beziehung ist wirklich nichts für mich. Er hat vollkommen Recht. Es ging mir nicht um den Schmerz. Ich wollte mich hingeben, einfach fallen lassen. Mich von einem Mann führen lassen und trotzdem meinen eigenen Willen behalten.

»Was du gelesen hast, waren Dinge, die in einer BDSM-Beziehung sicher nicht so praktiziert werden, wie du es dir vielleicht vorstellst. Ich spreche von echten Schmerzen, die der submissive Partner empfindet, die er gerne empfindet, die ihn antörnen, ihn stimulieren und Lust bereiten. Und im Grunde ist nicht der submissive Partner schwach, im Gegenteil, er ist der starke Part in der Beziehung, denn er gibt seinen Körper und seine Seele hin, setzt die Grenzen. Vertraut seinem Herrn und Meister, der damit umzugehen weiß. Demütigungen und Schmerzen können für bestimmte Menschen etwas Wunderschönes sein, aber nicht für dich. Du bist nicht der Typ, der darauf steht, von Malen gezeichnet zu sein, die dein Dom dir beibringt. So ein Verlangen steckt in einem drin oder nicht. Und ich bin nicht der Mann, den es erregt, wenn er einer Frau extreme Schmerzen zufügt, sie demütigt. Ich bin kein Sadist. Was du erwartest, kann ich dir geben. Wir können gemeinsam deine Grenzen ausloten, wenn du das möchtest.« Dabei schaut er mich abschätzend an, als warte er auf eine Antwort. Ich nicke nur. »An den Tagen kannst du tun, was du möchtest. Aber die Nächte und die Wochenenden gehören ausnahmslos mir.« Er mustert mich, versucht, meine Gedanken zu erraten, dann spricht er weiter.

»Ist das für dich akzeptabel?«

Ob das für mich akzeptabel ist? Verdammt, ich würde alles tun, nur um mit ihm zusammen zu sein. Aber nicht als seine Gespielin, sondern als die Frau an seiner Seite. Völlig überwältigt nicke ich. »Als Erstes möchte ich dir erklären, warum ich in dieser beschissenen Stimmung bin.« Seine Stimme wird bei den letzten Worten immer lauter, sodass ich zusammenzucke und auf meine verschränkten Finger schaue.

»Schau mich an, wenn wir reden«, knurrt er mich an und mein Kopf fliegt sofort nach oben. Ich begegne seinem Blick und kneife verärgert die Augen zusammen.

»Wie süß du aussiehst, wenn du schmollst, Honey«, schmeichelt er mir und streicht zärtlich über meine Wange. »Ja, der Name passt zu dir. Ich werde dich Honey nennen«, bestimmt er liebevoll.

Ich kann nicht anders und schmiege mein Gesicht in seine offene Hand, dabei schließe ich kurz die Augen. Als ich sie öffne, lächelt er mich an, dann wird er wieder ernst. »Ich bin verärgert, weil ich dich heute Abend wieder in diesem Club vorgefunden habe. Hast du meine Nachricht denn nicht erhalten? Hast du vergessen, was vor zwei Wochen dort passiert ist? Ich hatte dir gesagt ...«

Endlich finde ich mein Selbstbewusstsein wieder und antworte ihm. »Nein, durchaus nicht. Aber ich weiß nicht, was ...«, unterbreche ich ihn gereizt. Er lässt mich nicht ausreden, indem er wieder näher kommt, die Hand unter mein Kinn legt und meine Nerven zum Glühen bringt. Mein Kopf ist plötzlich leer. Nur die immer stärker werdenden Gefühle für ihn kontrollieren mich noch.

»Du sollst mich nicht unterbrechen, ist das klar?«, knurrt er mich lächelnd an und doch schwingt in seiner Stimme der kleine Befehl mit, der mich sofort in meine Schranken weist. Er ist bereits dabei, meine Grenzen zu testen. Ich lächle ihn an. Er zieht mich in seinen Bann, allein, wenn er mich mit seinem Raubtierblick anschaut. Gleichzeitig scheint er mich liebevoll zu verführen. Ich nicke. Verdammt, selbst wenn ich es wollte, ich *kann* gar nicht mehr gehen. Wie schafft er es nur, dass ich mich ihm so rasch mit Haut und Haaren hingebe?

»Wenn du einen Mann suchst, an den du die Kontrolle abgeben, dem du dich unterwerfen kannst ... Kurz und gut, nennen wir es einen Mann, der die Kontrolle übernimmt, der dich beherrscht, dann werde ich das sein und kein anderer.»

Dabei hebt er provozierend den Zeigefinger und lässt mein Kinn endlich wieder los. Sofort akzeptiere ich Greg als meinen Gebieter. Schon als ich ihn das erste Mal sah, wusste ich, dass er der Mann ist, der meine Sehnsüchte erfüllen kann, dem ich bedingungslos vertrauen kann. Seit ich ihn kenne, will ich mehr. Und noch während ich diesen Gedanken nachhänge, wird es mir wie aus heiterem Himmel klar: Ich will seine Liebe, nicht nur seine Dominanz, denn ich bin bereits bis über beide Ohren in ihn verliebt.

Nein, das ist es nicht. Ich *liebe* ihn. Mein Körper reagiert auf ihn. Er braucht mich nur mit diesem Ich-will-dich-Blick anzusehen und ich schmelze dahin. Und wenn er mich berührt, in diesem beherrschenden Ton mit mir spricht, spüre ich sofort ein verräterisches Pochen in meiner Scham. Die verwirrenden Gefühle sind sofort wieder da und kriechen in meinem Bauch nach unten.

»Ist es das, was du mir auf der Hochzeit deines Freundes sagen wolltest?«, stoße ich aus.

»Ja, nur hast du mich ganz schön im Regen stehen lassen und dich weggeschlichen wie ein Dieb in der Nacht.« Ich öffne den Mund und will etwas sagen, da unterbricht er mich schon wieder. »Ich gehe davon aus, dass die Sache mit deinem Freund, oder was immer er auch war, vorbei ist?«

»Du hast die Nachricht doch gelesen. Falls du jetzt denkst, ich hätte dir diese Mitteilung absichtlich geschickt, dann …«, rede ich aufgebracht auf ihn ein.

»Joyce! Joyce, hey, komm wieder runter, okay? Er war also der Grund für deinen katastrophalen Gemütszustand an jenem Abend, habe ich recht?«

Ich nicke. »Er hat mich betrogen, genau in diesem Club«, gestehe ich.

»Und dann wolltest du es ihm heimzahlen und hast dich auf Darren eingelassen«, stellt er fest.

»Nein, ganz so war es nicht. Darren war nur Mittel zum Zweck. Ich wollte einfach nur den Schmerz vergessen.«

»Und da hast du geglaubt, mit körperlichen Schmerzen kannst du deinen seelischen Schmerz abschalten und hast dich einem völlig Fremden hingegeben, ihm vertraut?«

Ich nicke.

»Wenn es das ist, was du willst, Honey, dann kann ich dir geben, wonach du verlangst.«

Ob ich das will? Nichts habe ich mir seit der ersten Begegnung mit ihm mehr gewünscht.

Greg ist der Mann, dem ich bedingungslos vertrauen könnte, dem ich mich hingeben würde.

»Wie lautet deine Antwort?« Sein Blick bohrt sich tief in meine Augen, als wollte er mich hypnotisieren.

Ich zögere kurz.

»Ich werde dich niemals verletzen. Aber ich werde an deine Grenzen gehen«, setzt er noch hinzu, als ob er das sagen müsste. »Vielleicht werde ich auch eines Tages einen anderen Mann oder eine andere Frau zu einer Session dazunehmen, aber ich werde es sein, der dich in Ekstase versetzt. Der dich nimmt. Wärst du auch dazu bereit?« Dabei schaut er mich erwartungsvoll an.

Ich weiß nicht, was er sich vorstellt. Wird diese dritte Person nur zusehen, wie er mich vögelt, oder wird sie an unserem Spiel beteiligt sein? Fragen über Fragen, aber ich schiebe sie beiseite.

»Okay.« Dieses eine Wort kommt leise aus meinem Mund und ich sehe, wie er die Anspannung verliert.

Er wirkt jetzt ruhig, geht ein paar Schritte durch den Raum und ich schaue ihm aufmerksam hinterher. Als er vor mir steht, greift er meinen Arm und zieht mich entschlossen vom Bett hoch, sodass ich schon wieder an seiner Brust lande. Ich schlucke den Kloß im Hals runter und bin wie hypnotisiert von seiner Spontanität.

»Solange du mir gehörst, werde ich dir keine Gelegenheit mehr geben, überhaupt nur einen Gedanken an einen anderen Mann zu verschwenden. Den einzigen Namen, den du dir merken musst, ist Greg. So wirst du mich anreden. Und diesen Namen wirst du schreien, wenn ich dich zum Höhepunkt bringe, immer und immer wieder.« Dabei fixiert er mich, beobachtet meine Reaktion.

Ich fühle, wie die Hitze in mir hochsteigt. Mein Herzschlag beschleunigt sich rasant und das Verlangen, von ihm berührt zu werden, ist so stark, dass ich den Kopf an seine Schulter lehne. Sofort greift er in meinen Nacken, lässt seine Finger an meinem

Hinterkopf entlanggleiten. Er fasst in meine langen Haare, wickelt sich eine dicke Strähne um seine Hand und zieht meinen Kopf nach hinten, sodass ich ihn anschauen muss. Ich kann nichts dagegen tun. Ich keuche und öffne leicht die Lippen, dann lecke ich mit der Zunge darüber.

»Diese Lippen haben mich schon damals gefesselt, als ich dich an der Bar mit Darren gesehen habe. Sie sind dafür geschaffen, geküsst zu werden, Joyce, und gehören ab jetzt mir.«

Einen weiteren Beweis, dass ich ihm verfallen bin, brauche ich nicht mehr. Sein Mund berührt meine Lippen. Er küsst mich hart, zwingt mich, die Lippen zu öffnen, um mich ganz in Besitz zu nehmen. Ich schließe die Augen und werde von den immer höher aufwallenden Gefühlen davongetragen. Das erotische Spiel mit seiner Zunge lässt mich alles um mich herum vergessen. Ich klammere mich an ihn, lasse meine Hände über seinen Rücken wandern. Und was ich spüre, sind harte Muskeln, die sich unter seinem Hemd anspannen. Oh Gott, wie sehr ich ihn will.

Langsam drängt er mich zum Bett zurück, löst sich von mir und ich lasse mich nach hinten fallen. Er steht vor mir. Das Hemd spannt sich über seine breiten Schultern und sein Schwanz drückt hart gegen den Stoff seiner Hose. Ich stütze mich auf die Unterarme und beobachte ihn verhalten.

Greg ist für mich der Inbegriff eines Sexgottes, der mich in meinen Träumen verfolgt hat. Seine dunkelbraunen Haare sind mit Gel zur Seite frisiert. Ein Dreitagebart bedeckt seine untere Gesichtshälfte. Seine Gesichtszüge sind markant, aber nicht hart und seine blauen Augen scheinen bis tief in meine Seele vordringen zu wollen. Ganz langsam öffnet er seine Manschettenknöpfe, ohne den Blick von mir zu nehmen. Er löst seinen Gürtel, zieht ihn durch die Schlaufen und lässt ihn schwungvoll auf den Parkettboden fallen. Bei dem Aufprall zucke ich kurz zusammen. Dann zieht er das Hemd aus der Hose. Als er es langsam über seine Schultern streift, kann ich zum ersten Mal seinen nackten

Oberkörper sehen. Ich bin wie geblendet. Beiße mir auf die Unterlippe, was ihm ein teuflisches Lächeln entlockt. Seine makellose, leicht gebräunte Haut raubt mir fast den Atem. Kein Haar bedeckt seine Brust, nur Muskeln beherrschen seinen Körper.

Jetzt kommt er näher, stützt die Hände rechts und links neben meinem Körper auf und fixiert mich mit seinen Augen. Sein herber, frischer Duft steigt mir in die Nase, lässt mich alles um mich herum vergessen. Und jetzt fällt mir zum ersten Mal die kleine Narbe über seiner rechten Augenbraue auf. Bevor ich noch Zeit habe, darüber nachzudenken, woher er sie haben könnte, schiebt er meine Beine mit seinem Knie auseinander und zwängt sich dazwischen. Er nimmt meine Hände, legt sie angewinkelt neben meinen Kopf und ich überlasse mich seiner Führung.

»Du rührst dich nicht«, befiehlt er mir. Ich nicke erwartungsvoll. Seine Finger gleiten zu meinen Oberschenkeln und schieben mein Kleid ein Stück hoch. Ich schließe die Augen und genieße das Gefühl, das seine Hände auf meiner Haut hinterlassen, als er zärtlich mit den Fingerspitzen die empfindliche Haut der Innenseite meiner Oberschenkel berührt.

»So geht das nicht«, flucht er, steht auf und zieht mich mit sich hoch. »Ich will dich sehen. Nackt. Dreh dich um«, kommandiert er und befreit mich von dem dünnen Stück Stoff, das er achtlos auf den Boden fallen lässt.

Seine Hände wandern von hinten über meine Schultern zu meinen Brüsten bis hinunter zum Bauch. Als er den Rand meines Höschens erreicht, ziehe ich leise die Luft ein, schließe die Augen und lasse meinen Kopf an seine Schulter sinken. Ich will ihn spüren, seine Hände auf meiner Pussy. Ich schmiege mich an ihn, reibe meinen Po an seinem harten Schwanz, was ihm ein leises Stöhnen entlockt.

»Was wird das, Honey?«, knurrt er hinter mir. »Weißt du nicht, dass du dich deinem Herrn gegenüber respektvoll benehmen sollst?«

Ich höre das Lächeln in seiner Stimme. Er tritt einen Schritt zurück und das Nächste, was ich spüre, ist seine Hand, die mit einem gezielten Hieb auf meinem Po landet. Aber es ist nicht unangenehm, im Gegenteil, es heizt mich nur noch an.

»Kleine Vergehen bestrafe ich sofort«, raunt er mir zu. Sein leises Lachen ermuntert mich, meine Arme um seinen Hals zu legen und ihn noch näher an mich zu ziehen. Ich liebe das Spiel um die Macht jetzt schon. Und ich werde es dir ganz bestimmt nicht leicht machen, Mr. Montgomery. Seine Lippen berühren meinen Hals, was mir sofort einen wohligen Schauer über den Körper jagt.

»Das reicht«, bestimmt er und löst sich von mir. Mein BH fliegt zu Boden und jetzt stehe ich nur noch in meinem Höschen vor ihm. Er dreht mich um und schiebt mich wieder Richtung Bett.

»Heute Nacht werde ich dich sanft lieben. Hier in meinem Bett«, verspricht er mir.

»Und sonst?«

»Sonst? Werde ich dich *ficken*. In allen Facetten. An allen erdenklichen Orten. Aber niemals hier im Bett. Wir werden keinen Blümchensex haben, das kann ich dir versprechen. Hier im Bett bin ich für dich da, wenn du dich an mich kuscheln willst. Hier wirst du in meinen Armen liegen und mehr nicht.«

Bevor ich etwas darauf erwidern kann, schiebt er sich über mich und beißt mir spielerisch in die Lippe. Seine Hand wandert von meinen Brüsten hinunter zu meinem Slip. Seine Finger finden sofort die Stelle zwischen meinen Schamlippen, die Stromstöße gleich Wellen der Lust durch meinen Körper jagen. Ich möchte den dünnen Stoff meines Höschens am liebsten vom Körper reißen, um seine Finger auf meiner empfindlichen Haut zu spüren.

»Greg«, stöhne ich in seinen Mund.

»Du lernst schnell und du bist perfekt für mich. Ich habe dich kaum berührt und du bist schon nass.« Dabei streicht er immer wieder über mein Höschen, lässt seine Finger über dem

Slip zwischen meine Schamlippen gleiten. Warum zieht er mir das verdammte Ding nicht endlich aus? Ich winde mich unter ihm, will ihn näher an mich ziehen und endlich weicht er zurück, greift in den Bund meines Höschens und zieht es mit einem Ruck herunter, sodass ich Stoff reißen höre. Scheiße, ist der Mann impulsiv. Schelmisch lächelt er mich an, lässt sich weiter nach unten gleiten und versenkt seine Zunge zwischen meinen Schamlippen. Ich schreie auf, biege mich ihm entgegen. Reflexartig greife ich in seine Haare und will ihn festhalten.

»Hände!«, befiehlt er sofort. Ich ziehe erschrocken die Hände aus seinen Haaren und lege sie wieder neben meinen Körper.

»Warum darf ich dich nicht berühren?«

Bevor er sein Spiel mit meiner Klit fortsetzt, schaut er mich mit einem sexy Blick an. »Weil ich es so will.«

Mit dieser Antwort hatte ich fast gerechnet und ich will jetzt nicht darüber nachdenken. Für Machtkämpfe ist jetzt nicht der Augenblick. Jetzt will ich ihn nur fühlen. Das Einzige, was in diesem Moment zählt, ist seine Zunge, die sich unaufhaltsam einen Weg zwischen meine Schamlippen bahnt und mich in halsbrecherischem Tempo dem Höhepunkt näher bringt. Ich spüre bereits, wie sich alles in mir zusammenzieht, als er von mir ablässt, meine Knöchel fasst und meine Beine spreizt.

»Nimm die Beine nach oben. Und halte sie fest«, befiehlt er mir.

Ich gehorche. Er zieht mich bis an den Rand des Bettes und jetzt kniet er vor mir. Ganz langsam lässt er einen Finger in meine Pussy gleiten und zieht ihn wieder heraus, dabei beobachtet er mich. Und ich weiß, er kann in meinem Gesichtsausdruck meine Gefühle lesen.

Bittend schaue ich ihn an. Er zieht den Finger aus mir heraus und schiebt ihn in seinen Mund. Ich will ihn schon zurückhalten, als er zwei Finger in mir versenkt. Mein Gott, ist das erotisch. Ich lasse mein Becken kreisen, will mehr von ihm spüren. Wenn er jetzt meine Klit berührt, bin ich verloren. Aber er tut es nicht. Er zögert meinen Höhepunkt immer weiter hinaus. Dieser Mistkerl. Bei jedem harten Stoß mit seinen Fingern katapultiert er mich ein Stückchen näher zum erlösenden Orgasmus, nur um gleich darauf wieder von mir abzulassen.

»Ich will dich schreien hören, Joyce«, raunt er mir ins Ohr. »Du bist viel zu ruhig.«

Oh Gott, ich habe beim Sex noch nie geschrien. Aber lange kann ich mich nicht mehr zurückhalten. Mein Stöhnen wird lauter und ich lasse meinen Gefühlen jetzt freien Lauf, als er mich mit drei Fingern fickt.

»Meinen Namen, Joyce«, knurrt er.

Das nennt er sanft? Immer wieder stößt er hart zu. Ich spüre seine Hand an meinem Schambein, wenn er seine Finger tief in mir versenkt. Und immer wieder holt er mich von der Klippe, bis ich endlich seinen Namen schreie. Ich lasse meine Beine los und greife in die Laken, winde mich auf dem Bett, aber Greg legt nur beruhigend eine Hand auf meinen Bauch und drückt mich zurück.

»Noch nicht, Honey«

»Greg, verdammt, lass mich kommen, bitte.« Ich höre nur sein Lachen, ehe er sich wieder zu mir herunterbeugt, meine Knöchel fasst, die Beine spreizt und ganz sachte mit seiner Zunge über meine Klit streicht. Der Lustschweiß läuft mir mittlerweile am Po herunter. Ich schreie auf, biege ihm mein Becken entgegen und endlich fängt er wieder an mich mit harten Stößen und seiner Zunge, die unaufhörlich mit meiner Klit spielt, zum Höhepunkt zu treiben. Das Zusammenspiel zwischen der Härte seiner Bewegungen und der zarten Berührung seiner Zunge gibt mir genau den Kick, den ich brauche, um mich fliegen zu lassen. Als ich das köstliche Gefühl verspüre, mit dem sich meine Beckenbodenmuskeln zusammenziehen, schließe ich die Augen und lasse mich fallen.

»Meinen Namen, Joyce!«, raunt Greg, während ich jenseits vom Hier und Jetzt die Kontrolle über mich verliere. Seine Finger finden meine Klit und ich zucke unter ihm, bis die letzten Wellen verebben. Ganz langsam zieht er seine Finger aus mir heraus und rutscht zu mir aufs Bett.

»Okay?«, fragt er mich. Ich nicke nur leicht. Ich bin völlig erledigt.

Greg streicht mir eine Haarsträhne aus meinem schweißnassen Gesicht, dann dreht er meinen Kopf zu sich.

»Schau mich an«, befiehlt er in seinem liebenswerten Befehlston, dem ich nicht widerstehen kann. Ich öffne die Augen und schaue in seine, die vor Begehren so dunkel sind wie ein See. »Das war erst der Anfang, Honey. Willkommen in meinem Leben.«

»Der Anfang?«, flüstere ich immer noch atemlos und kuschle mich an ihn. Er streicht über meine Brüste und küsst mich zärtlich auf den Mund. Ich will ihn ganz nah an mir spüren, also lege ich ein Bein über seine Hüfte und Greg zieht mich zu sich.

»Das war Blümchensex«, haucht er mir ins Ohr. »Du wirst heute Nacht noch öfter kommen, das kann ich dir versprechen.«

Oh Gott, noch so einen Multiorgasmus und er kann mich vom Boden aufkratzen. Nach einer gefühlten Ewigkeit löst er sich von mir, obwohl ich fast in seinen Armen eingeschlafen wäre.

»Ich mache dir jetzt erst mal ein Bad«, verspricht er und drückt mir noch einen liebevollen Kuss auf die Stirn, bevor er sich vom Bett schwingt.

»Hast du Hunger?«, ruft er mir aus dem Bad zu.

»Nein, vielleicht später.«

Ich zwinge mich, von dem weichen Bett aufzustehen, und folge ihm in ein supermodernes Badezimmer, das im totalen Kontrast zu dem alten Stadthaus steht. Im Türrahmen bleibe ich stehen und beobachte, wie er duftendes Öl in das Wasser laufen lässt. Er muss mich bemerkt haben, denn jetzt dreht er sich um und lächelt mich an.

»Willst du nicht auch baden?«, frage ich, während ich mir mit einem Haargummi die Locken hochstecke.

Als er seine Hose langsam zu Boden gleiten lässt, ist meine Frage bereits beantwortet. Er ist nackt darunter.

»Auf Unterwäsche stehst du offenbar nicht besonders«, entfährt es mir, als sein harter Schwanz mir entgegenspringt.

Er ist groß, viel größer als Jonathans. Auch seine untere Körperhälfte ziert kein einziges Haar. Die Haut um seinen Schwanz ist glatt wie ein Babypopo. Mein Höschen liegt in zwei Fetzen zerrissen auf dem Boden vor dem Bett. Wenn er das immer so macht, wird das verdammt teuer.

Er hält mir auffordernd die Hand entgegen und ich zögere nicht lange und steige vor ihm in die große Badewanne. Als ich ihn hinter mir spüre, zieht er mich sofort zwischen seine gespreizten Beine, nimmt den Naturschwamm und streicht zärtlich über meine Brüste bis hinunter zum Bauch. Ich lasse meinen Kopf an seine Brust sinken und genieße seine Berührungen, die mich schon wieder in einen Zustand der Lust versetzen. Meine Hände streicheln zärtlich über seine Beine, mit denen er mich umklammert und jetzt kann ich es mir tatsächlich vorstellen, unter seiner Regie ein zweites Mal zu kommen.

»Greg?«

»Hm?«

»Was meintest du, als du sagtest, ›wenn das Vertragliche erledigt ist‹?«

»Du willst eine Beziehung, die auf Dominanz und Unterwerfung basiert. Zumindest in der Form, die für uns beide akzeptabel ist. Davor müssen wir einige Dinge besprechen, damit das zwischen uns klappt«, erwidert er ganz geschäftsmäßig. Warum sage ich ihm nicht, dass ich viel mehr von ihm will? Die Antwort liegt klar auf der Hand: Ich habe Angst ihn zu verlieren, wenn ich ihm meine Liebe gestehe. Greg ist ein Mann, dem die Frauen nur so zu Füßen liegen.

»Deine Beziehungen«, beginne ich.

»Was ist damit?«

»Du sagtest, Liebe werde ich von dir nicht bekommen. Warum? Waren deine Beziehungen immer auf dieser Basis?«

»Ja, ausnahmslos. Liebe, das ist nichts für mich«, flüstert er mir ins Ohr, sein Gesicht ist in meinen Haaren vergraben. »Was ich dir gebe, ist viel mehr: Vertrauen. Ich verspreche dir, solange du dich mir hingibst, wird es keine anderen Frauen geben.«

»Warum, Greg?«

»Das ist die einzige Verbindung, die mich interessiert. Warum hast du dich für diese Art Beziehung entschieden? Doch nur, weil du enttäuscht wurdest«, stellt er die Gegenfrage. »Und das wurde ich auch, vor langer Zeit«, setzt er leise hinzu.

Ich bin froh, in diesem Moment mit dem Rücken zu ihm zu sitzen, denn so kann er meinen glasigen Blick nicht sehen. Ich schlucke schnell die Tränen hinunter, die sich unaufhaltsam ankündigen. Was ist mit ihm los? Warum hat er eine Mauer um sich aufgebaut, die so undurchdringlich wirkt, dass es mir beinahe Angst macht? Von wem wurde er enttäuscht? Vielleicht von einer Frau? Auch ich wurde von Jonathan betrogen und trotzdem würde ich mich immer wieder auf das prickelnde Spiel einlassen, das Liebe heißt. Werde ich jemals einen Weg finden, in sein Herz vorzudringen? Denn das ist mein größter Wunsch: In seine Seele zu blicken, genauso wie ich ihm mein Inneres gezeigt habe, als ich ihm von Jonathan und meinen Sehnsüchten erzählt habe.

»Du bist so still, Honey«, dringt seine Stimme an mein Ohr.

Ich atme tief durch und drehe mich jetzt entschlossen zu ihm um, dabei lächle ich ihn an. »Du hast vollkommen recht. Das ist genau die Beziehung, die ich mir wünsche. Welche Dinge willst du mit mir besprechen?« Ich bin selbst überrascht, wie schnell ich die negativen Gedanken ablegen und in den Gute-Laune-Modus wechseln kann.

Er grinst mich an. »Also gut, das Verhältnis zwischen uns ist klar. Regel Nummer eins: Ich bin in der dominanten Position, während du dich mir unterwirfst. Das bezieht sich allerdings nur auf unser Sexualleben. Regel Nummer zwei: Du wirst mich niemals mit Kosenamen ansprechen, ausschließlich mit Greg. Verhältst du dich, wie ich es von dir verlange, werde ich dich belohnen, tust du es nicht …«, er stockt kurz und seine Mundwinkel ziehen sich verräterisch nach oben.

»Was ist dann?«

»Nun, dann werde ich dich bestrafen. Das ist es doch, was du willst.«

Ich nicke.

»Du fragst nicht, wie?«

»Nein. Was noch?«

»Du gibst dich äußerst nüchtern, was dieses Thema betrifft. Aber ich sagte dir bereits: Wir haben keinen Vertrag. Alles läuft auf freiwilliger Basis. Alles, was ich will, ist, dir Lust zu bereiten.«

»Genau das will ich auch.«

»Dann lass uns zum praktischen Teil übergehen, Honey. Alles Weitere wird sich finden.« Dabei packt er mich an der Hüfte, dreht mich zu sich um, sodass das Badewasser aus der Wanne schwappt, und hebt mich auf seinen Schoß. Ich klemme mit meinen Beinen zwischen der Wanne und seinen muskulösen Oberschenkeln. Seine Hand greift in meinen Nacken und drückt mich an ihn. Ich spüre seinen Schwanz an meiner Scham. Er ist groß. Ich habe fast Angst, dass er zu groß ist.

»Entspann dich, Joyce. Ich sagte dir bereits: Du bist perfekt für mich. Du wirst ihn aufnehmen können.«

»Wieso kannst du meine Gedanken lesen?«

Sein Lachen lässt mich sofort entspannen. »Du zeigst deine Gefühle so offensichtlich. Als ich dich mit meinem Schwanz an deiner Pussy berührt habe, hast du die Luft eingezogen und dein Blick wirkte entsetzt.«

»Dann beweise es mir«, stachle ich ihn an.

»Mit Vergnügen, Madam. Ich mag deine herausfordernde Art. Wir werden noch viel Spaß miteinander haben.« Greg fasst mich an der Taille und hebt mich hoch. Ganz langsam lasse ich mich auf seinen erigierten Schwanz sinken, der mich regelrecht aufspießt. Das Gefühl ist intensiv. Er füllt mich komplett aus und doch ist es nicht unangenehm. Es ist erregend ihn in mir zu spüren.

»Beweg dich, Joyce.«

Ich halte mich an seinen Schultern fest, lasse mich leicht nach hinten gleiten und genieße das Gefühl, eins mit ihm zu sein. Genauso habe ich es mir vorgestellt. Ein Mann, der mich den Boden unter den Füßen verlieren lässt. Gregs Hände liegen auf meinen Brüsten, während das stimulierende Gefühl seines Schwanzes in mir schon wieder meine Lust auf ihn anfacht. Jedes Mal, wenn er wieder in mich gleitet, seinen Schwanz jetzt ganz in mir versenkt, und ich meine Klit an ihm reibe, steigert sich meine Erregung, sodass ich das Tempo beschleunige.

Greg zieht den Haargummi aus meinen Locken. Dann greift er in meine Haare, wickelt sich eine dicke Strähne um seine Faust und zieht meinen Kopf nach hinten. »Schau mich an«, befiehlt er, und ich tue es. Sein Blick ist verhangen, auch er ist über alle Maßen erregt. Jetzt beugt er sich zu mir vor und beißt spielerisch in meine Nippel, die sich sofort aufrichten. Ich schreie bei dem leichten Schmerz kurz auf und doch steigert es meine Erregung ins Unermessliche. Seine Hände fassen um meinen Po und jetzt ist es Greg, der das Tempo bestimmt.

Er stößt hart zu, aber genau das brauche ich jetzt. Das Wasser schwappt bei jeder Bewegung über. Mit jedem Stoß schaut er mir in die Augen, scheint meine Gefühle und Empfindungen genau einschätzen zu wollen. Ich stöhne bei seinem Vordringen auf, was ihm ein befriedigtes Lächeln ins Gesicht zaubert. Meiner Sinne völlig beraubt, lasse ich mich jetzt an seine Brust sinken und lege den Kopf auf seine Schulter. Als er meine Pobacken spreizt und mit einem Finger meinen Anus streichelt, ist es um mich geschehen.

»Ich will dich hören, Joyce. Lass los, lass dich gehen.«

Verdammt, das Gefühl ist intensiv. Ich spüre, wie ich kurz davor bin, schon wieder die Kontrolle über mich zu verlieren. Noch ein paar Stöße von ihm und ich explodiere.

»Baby, komm für mich.«

Ich will loslassen, aber ich kann nicht. Und dann ist es sein Finger, der sich jetzt ein kleines Stück in meinen Po bohrt. Ich zucke kurz zurück, will ihn abwehren. Aber ich empfinde keinen Schmerz. Im Gegenteil, durch das Wasser gleitet sein Finger problemlos in meine Rosette.

»Lass los, Joyce«, befiehlt er und jetzt tue ich es.

Ich werde mitgerissen in einem Strudel der Erfüllung. Meine Hände klammern sich an seinem Rücken fest und ich erschrecke fast selbst vor meinem Schrei. Der Orgasmus, der mich überrollt, ist intensiver als alles, was ich bisher erlebt habe. Greg stößt noch einige Male kraftvoll zu, bevor er sich aus mir zurückzieht und sein warmer Saft sich im Badewasser verteilt.

Ich zittere am ganzen Körper, aber Greg drückt mich weiter an sich. Streichelt beruhigend über meinen Rücken, bis meine Atmung ein normales Level erreicht. Scheiße, war das schnell und intensiv. Greg steigt mit mir aus der Wanne und ich klammere mich wie eine Ertrinkende an ihn. Dieser Mann ist alles, was ich brauche. Er setzt mich auf der Marmorablage des Waschtisches ab, nimmt eines der großen, weichen Handtücher aus dem Regal und trocknet mich liebevoll ab. Ich bin nicht fähig, etwas zu sagen, aber das brauche ich auch nicht. Allein die zärtlichen Blicke, die er mir zuwirft, die mich regelrecht verschlingen, bestätigen mir, dass ich ihm verfallen bin und er mir. Der Gedanke daran, Greg irgendwann einmal gehen zu lassen, ist fast unerträglich für mich.

»Du bist müde«, stellt er fest. Ich nicke. »Bevor ich dich jetzt ins Bett bringe, solltest du noch etwas essen.«

»Das ist nicht nötig. Lass mich einfach nur schlafen.«

»Was nötig ist oder nicht, bestimme ich, alles klar? Schon vergessen, wer hier das Sagen hat?«

Dabei lächelt er mich an, legt seine Arme um meinen Po und hebt mich von der Ablage, langsam gleite ich an seinem Körper hinunter, wie ich es schon einmal nach der schrecklichen Erfahrung mit Darren getan habe. Bevor ich mit den Füßen den Boden erreiche, hat er bereits seine Arme unter meine Oberschenkel geschoben und mich hochgehoben.

»Ich nicht, aber du vielleicht. Waren das nicht deine Worte: Unser Spiel findet nur auf sexueller Ebene statt«, dabei grinse ich ihn verschmitzt an. Seine Antwort ist nur ein verruchtes Knurren. Diese Runde ging eindeutig an mich.

»Nächstes Gebot: Du widersprichst mir niemals«, belehrt er mich mit strengem Blick und doch kann er seine Belustigung kaum verbergen.

Am liebsten würde ich ihm widersprechen, tue es aber nicht. Es ist nun mal Teil unseres Spiels, auf das ich mich mit Vergnügen einlassen werde. Er verlässt mit mir das Badezimmer und trägt mich nackt, nur mit einem Handtuch bedeckt, die Treppe hinunter in seine Küche. Auf dem Hocker an der Theke setzt er mich ab.

»Nicht weggehen«, befiehlt er mir lächelnd, dreht sich um und verschwindet wieder die Treppe nach oben Richtung Schlafzimmer.

Mein Gott, dieser Mann bringt mich wirklich um den Verstand. Ich schaue ihm hinterher und das warme Gefühl, das sich in meinem Inneren ausbreitet, ist unbeschreiblich intensiv. Es ist wie eine unsichtbare Macht, die mich in ihren Bann zieht, mich wie einen Meteoriten in der Erdatmosphäre verbrennen lässt. Einige Minuten später kommt er mit einem flauschigen Bademantel in der Hand zurück. Er selbst hat sich nur Boxershorts übergezogen und lenkt meine Aufmerksamkeit sofort auf seinen perfekten Körper.

»Hier, zieh den an. Ich werde uns schnell etwas in der Pfanne braten.« Ich kuschle mich in den Bademantel, der nach seinem Aftershave riecht, während Greg bereits den Kühlschrank öffnet, um den Inhalt zu prüfen. Dabei streckt er mir sein knackiges Hinterteil entgegen, das sich unter den Boxershorts abzeichnet. Dieser Mann ist einfach göttlich. Er ist perfekt. Warum er noch frei herumläuft, kann ich mir schon denken. Welche Frau lässt sich schon gerne auf eine Beziehung ein, in der Liebe keinen Platz hat? Und doch will ich ihn. Gerade seine ablehnende Haltung gegen die Liebe macht ihn erst interessant und spornt mich an, alles in meiner Macht Stehende zu tun, um ihn dazu zu bringen, mir sein Herz zu öffnen.

»Was hältst du von Garnelen? Dazu einen Salat?«

Mir ist alles egal. Ich bin unwahrscheinlich müde und erschöpft, aber ich bin auch unbeschreiblich glücklich.

»Mir ist alles recht, solange es schnell geht und mich nicht anschaut. Ich falle gleich um vor Müdigkeit.«

»Das ist verständlich. Es ist ein Uhr in der Nacht«, sagt er, als er einen Blick auf die Uhr an dem supermodernen Hightech-Herd wirft.

»Du bist Vegetarierin«, stellt er fest. Ich nicke. »Was ist mit Fisch?«

»Fisch ist okay.«

»Wie harmoniert das mit deinem Job in der Küche?«

»Das ist kein Problem. Außerdem arbeite ich fast ausschließlich im Büro und mache die Buchhaltung, Termine und solche Sachen. Gestern habe ich nur ausgeholfen. Der Job bei James ist auch nur vorübergehend, bis ich was anderes gefunden habe.«

»Aha. In welcher Richtung?«

»Ich habe Betriebswirtschaft studiert.«

Jetzt dreht sich Greg überrascht um. »Du hast studiert und da arbeitest du im Büro eines Cateringservice?«, fragt er ungläubig und runzelt die Stirn.

»Ich sagte ja schon: Nur solange, bis ich was Besseres gefunden habe.«

»Du kannst sofort einen Job bei mir haben, der deinen Qualifikationen entspricht. In der Buchhaltung ist eine Stelle frei. Soweit ich weiß, hat die Personalabteilung noch keine Zusage vergeben. Diese Dinge müssen immer erst mit mir oder Matthew abgestimmt werden«, bietet er mir an.

Ich schüttle den Kopf. Das kommt auf keinen Fall in Frage. »Danke, aber das möchte ich nicht. Außerdem warte ich jeden Tag auf eine Antwort von zwei Firmen hier in Boston.«

»Welche sind das?«, will er wissen, während er geschickt die Garnelen in der Pfanne wendet.

»Boston Consulting und Boston Financial.«

»Hm, Konkurrenz von uns. Es sind kleine Firmen, aber sie haben einen guten Ruf. Boston Consulting kommt uns einmal im Jahr in die Quere, aber sie sind zu klein, um wirkliche Konkurrenz darzustellen. Ich kenne den Personalleiter von Boston Financial, soll ich mal mit ihm reden? Ich könnte da sicher …«

Ich unterbreche ihn sofort.

»Nein, Greg. Untersteh dich. Keine Protektion, okay?«

Er zieht überrascht die Augenbrauen hoch. »Okay, okay. Keine Protektion. Mein Mädchen schafft das auch ganz alleine.« Dabei kommt er näher und küsst mich zärtlich auf den Mund. Seine Bartstoppeln kitzeln mich. »Das gefällt mir, Honey.«

Greg betrachtet mich einen Moment nachdenklich, ehe er sich umdreht, um sich um die Garnelen zu kümmern, dann nickt er lächelnd. »Na gut, aber wenn das nicht klappt, sagst du mir Bescheid, klar?«

Dabei zeigt er mit dem Pfannenwender auf mich und ich wechsle schnell das Thema.

»Wer kocht für dich?« Es muss eine wahre Freude sein, in dieser Küche zu kochen. Sie ist mit allem Schnickschnack ausgestattet.

»Ich selbst.«

»Du kannst kochen?« Ich bin überrascht. Aber irgendwie doch nicht. Greg ist ein Mann, bei dem man auf alles gefasst sein sollte. Ich hätte es mir fast denken können. Er hat mich schon wieder beeindruckt.

Er stellt zwei Gläser auf die Theke und nimmt eine Flasche Mineralwasser aus dem Kühlschrank, dabei lächelt er mich wieder an, mit diesem Blick, der Stromstöße in mir auslöst. Verdammt, wie macht er das bloß? Gierig trinke ich das ganze Glas in einem Zug aus, während er die Garnelen, die lecker nach Knoblauch und frischen Kräutern duften, in dem heißen Fett wendet.

»Fertig.« Er stellt zwei Teller vor mir ab und kommt um die Theke herum. Als er an mir vorbeigeht, greift er mich besitzergreifend von hinten an der Taille, dreht den Hocker zu sich um und küsst mich leidenschaftlich, dass mir fast die Luft wegbleibt. Seine Hände sind in meinen Haaren vergraben und seine Bartstoppeln streichen erregend über meine Haut, bevor er wieder von mir ablässt.

»Was ist? Iss, bevor alles kalt wird. Dann will ich dich oben in meinem Schlafzimmer.«

Ich kann nur den Kopf schütteln, drehe mich um und probiere von dem leckeren Essen.

»Wegen der Verhütung«, beginnt er das Gespräch und räuspert sich dabei. Scheinbar ist ihm das Thema unangenehm.

»Kein Problem, ich nehme die Pille«, antworte ich ihm kauend.

»Okay, das beruhigt mich. Lass uns am Montag einen Termin bei einem Arzt machen, nur um sicher zu sein, dass alles in Ordnung ist. Normalerweise spreche ich solche Dinge vorher ab. Das gerade eben in der Badewanne wird dann nicht mehr vorkommen. Ich will in dir kommen.«

Sein Blick ist wie verhext auf meine Lippen gerichtet, während ich langsam den Mund öffne und mir eine Garnele hineinschieben will. Er hält meine Hand fest, legt die Gabel weg und nimmt meine Lippen mit seinen in Besitz. Seine Zunge drängt sich in meinen Mund und vollführt einen erotischen Tanz. Als er von mir ablässt, fühlen sich meine Lippen geschwollen an, während er wieder seine Hände in meinen Haaren vergräbt und mich aussehen lässt, als hätte er mich bereits die ganze Nacht durchgevögelt.

»Bist du immer so spontan?«

»Nur bei dir, Honey.« Mein Herz macht einen kleinen Sprung. Ich bringe ihn aus dem Konzept. Aber kann ich auch sein Herz gewinnen? Seine Lust auf mich ist mir nicht genug. Ich will seine Seele.

Nachdem wir das Geschirr in die Spülmaschine geräumt haben, hebt Greg mich wieder auf seine Arme und trägt mich nach oben ins Schlafzimmer, wo er mich noch einmal zum Schreien bringen will, wie er mir angedroht hat.

10

Die Schlafzimmertür fällt leise ins Schloss und Greg setzt mich vor dem Bett ab. Der Luftzug, der durch die offenen Fenster weht, lässt mich frösteln. Langsam streift er mir den Bademantel von den Schultern und lässt ihn achtlos auf den Boden fallen. Im Raum ist es ruhig, so ruhig, dass man eine Stecknadel fallen hören könnte. Was hat er mit mir vor? Meine Müdigkeit ist spurlos verschwunden und eine angenehme Unruhe macht sich in mir breit.

Seine Finger streichen gefühlvoll von meinem Hals hinunter zu meinem Schlüsselbein und weiter durch das Tal zwischen meinen Brüsten. Ich schließe die Augen und lasse mich einfach treiben. Ich schaudere, als er den Rand meines Venushügels erreicht und über die stoppelige Haut streicht.

»Das nächste Mal, wenn ich dich hier berühre, will ich nichts mehr spüren. Nur deine glatte Haut.«

Ich ziehe scharf die Luft ein, als er mit seinem Daumen meine Schamlippen spreizt. Wellen der Lust durchströmen meine untere Körperhälfte. Ich spüre, wie ich feucht werde, und dränge mich seiner neckenden Hand entgegen, die unaufhörlich mit meiner Klit spielt. Die Erregung ist so stark, dass ich unwillkürlich anfange zu zittern. Greg merkt es natürlich und zieht sofort seine Finger zurück. Enttäuscht öffne ich die Augen und schmachte ihn flehend an. Er tritt einen Schritt zurück, dreht sich halb um und sein Blick fliegt zu seinem Gürtel, der immer noch achtlos auf dem Boden liegt. Dann zieht er in seiner arroganten Art die Augenbrauen hoch und ich ahne, was jetzt passiert. Das kann er doch nicht machen?

»Heb ihn auf!«, befiehlt er mir in ruhigem Ton, der allerdings keinen Widerspruch duldet. Langsam gehe ich an ihm vorbei und weiter bis zur Tür, dann drehe ich mich zu ihm um. Er beobachtet mich genau. Als ich keine Anstalten mache, mich zu bücken und seinen Gürtel aufzuheben, nickt er mir aufmunternd zu. Sein Lächeln, das nur in seinen Augen sichtbar wird, animiert mich nun doch, den Gürtel vom Boden aufzuheben und in seine ausgestreckte Hand zu legen.

»Ich werde dich jetzt bestrafen. Du hast es verdient. Du hast dich meinen Anweisungen widersetzt, als du den Club ein zweites Mal betreten hast.«

Ich bin wie hypnotisiert und das Pochen in meiner Scham nimmt wieder zu. Am liebsten möchte ich meine Hand zwischen meine Schenkel schieben und mich zum Höhepunkt bringen. Doch das ist ausgeschlossen. Greg hat diese Situation genau geplant. Ich wollte es so, denn ich weiß, dass er mir niemals einen Schmerz zufügen wird, wie Darren es getan hat. Wenn er mir Schmerzen zufügt, dann werden es Lustschmerzen sein.

»Stell dich ans Fenster, mit dem Rücken zu mir«, dringen seine leisen aber sehr bestimmten Worte an mein Ohr.

Ich bin aufgeregt und hadere noch mit mir, mich seinem Willen zu unterwerfen, und doch wünsche ich mir nichts sehnlicher, als mich ihm hinzugeben. Wie in Trance gehe ich auf das Fenster zu und bleibe stehen.

»Hände auf den Fensterrahmen und beug dich nach vorne«, kommt schon sein nächster Befehl. Meine Atmung wird schneller, mein Puls erhöht sich, ich spüre das Pochen meines Herzens in meiner Brust. Ich stelle mich in Position und schließe die Augen, warte auf den ersten Schlag, der aber nicht kommt. Alles, was ich spüre, sind seine warmen Hände auf meiner Haut und das kalte Glas unter meinen Fingern. Beruhigend streicht er von meinem Rücken über meinen Po bis hin zu den Oberschenkeln, immer wieder und wieder, bis meine Atmung ein normales Level erreicht.

»Ruhig, es wird dir nichts passieren«, verspricht er mir.

»Was ist mit einem Sicherheitswort?«, entfährt es mir, als mir die Situation mit Darren wieder in den Sinn kommt.

»Das wirst du nicht brauchen. Ich bin Profi.« Arrogant ist er überhaupt nicht. Ich keuche kurz. »Aber ein klares Nein von dir und das Spiel ist sofort beendet. Sieh es als Safeword an, wenn du magst.« Mit einem Ruck zieht er mich noch ein Stück nach hinten und spreizt meine Beine weiter, sodass er ungehindert meine Schamlippen mit seinen Fingern erreichen kann, um mich wieder in kürzester Zeit in Ekstase zu versetzen.

Ungeniert strecke ich ihm meinen Hintern entgegen, um ihm noch näher zu sein, ihm Zugang zu meiner empfindlichsten Stelle zu gewähren.

»Wenn du glaubst, ich werde dich hier und jetzt kommen lassen, meine Schöne, dann hast du dich getäuscht.«

Er zieht seine Hand zurück und lässt sie auf meinen Hintern klatschen, wieder und wieder, bis ich vor unbefriedigter Lust aufstöhne. Seine Schläge, die er gekonnt so weit unten platziert, dass er fast meine Scham berührt, aber nur fast, katapultieren mich wie in einer Spirale immer weiter dem erlösenden Höhepunkt entgegen. Ich stöhne, keuche, winde mich am Fenster, aber Greg setzt sein Spiel fort, bis ich ihn förmlich anflehe, mich endlich kommen zu lassen. Ich fühle mich wie ein Luftballon, der bei der richtigen Berührung platzen wird.

»Ich denke, du bist jetzt bereit für deine Strafe.«

Was meint er damit? Aber darüber brauche ich nicht lange nachzudenken, denn jetzt spüre ich das Leder auf meiner Haut. Ganz sanft lässt er den Gürtel über mich gleiten, sodass ich ihm am liebsten entgegenschreien möchte: *Mehr! Gib 's mir!* Ich drehe den Kopf zu ihm und flehe ihn stumm an, mir seine Dominanz zu zeigen. Als hätte er nur darauf gewartet, verzieht er die Lippen zu einem Grinsen, dass es mir heiß und kalt wird. Ich sehe noch, wie er den Gürtel über seine Schulter schwingt und dann auf meinen Po sausen lässt. Ich schließe die Augen und beiße mir auf die Lippen, warte auf den intensiven Schmerz, den ich bereits unter Darren erfahren musste, der aber ausbleibt. Im Gegenteil, das kurze, beißende Ziehen ist mir willkommen, als er zum ersten Mal zuschlägt. Ich strecke ihm meinen Hintern entgegen, um endlich die Erlösung zu finden, auf die ich warte. Beim zweiten Schlag ziehe ich kurz die Luft ein, als ich ein leichtes Brennen verspüre, aber die Erregung ist stärker. Die Intensität der Schläge wird heftiger. Beim fünften und sechsten stöhne ich gequält auf und endlich lässt der den Gürtel fallen, der mit einem dumpfen Geräusch den Boden berührt. Ich drehe mich zu ihm und sehe, wie er sich ein Kondom überstreift und mich zu sich zieht. Er spießt mich im wahrsten Sinne des Wortes auf. Sein Schwanz gleitet problemlos in meine nasse Pussy und hämmert erbarmungslos in mich. Ich schreie vor Lust auf, meine Hände klammern sich wie bei einer Ertrinkenden am Fensterrahmen fest, bis die Knöchel weiß hervortreten. Einige Haarsträhnen kleben in meinem schweißnassen Gesicht. Ich drehe den Kopf zu ihm. Greg steht hinter mir, er hat die Augen geschlossen, das Gesicht vor Lust verzogen, während er mich hart rannimmt. Ich spüre, wie sich alles in mir zusammenzieht, der Augenblick der Erlösung zum Greifen nah ist.

»Honey, wie nah bist du? Beweg dich«, ächzt er hinter mir. Ich lasse mein Becken kreisen, passe mich seinen harten Stößen an. Verdammt, ist das geil. Meine Hand findet den Weg zu meinen Schamlippen. Ich spreize sie und massiere meine Klit im gleichen Rhythmus, in dem er weiter in mich hineinpumpt. Seine Hände liegen fest auf meinen Hüften, um mich so zu dirigieren, wie es ihm beliebt. Als ich den nahenden Orgasmus spüre, verliere ich die Kontrolle über mich. Ich winsele, schreie und verfluche ihn im gleichen Atemzug, während meine Hand immer schneller meine empfindlichste Stelle massiert. Der Höhepunkt überschwemmt mich, reißt mich wie eine Welle davon, ich schreie meine Lust hinaus, dass mir sogar die Tränen kommen, meine Beine fangen an zu zittern und ich spüre, wie auch Greg Erlösung findet.

Bevor ich unter ihm zusammenbrechen kann, legt er sofort seine Arme um meine Taille und zieht mich an seinen Oberkörper. Sein Atem kommt schwer, als er mich auf die Arme hebt. Mein Kopf fällt an seine Brust, ich bin vollkommen erledigt, aber noch nie in meinem Leben war ich so befriedigt und glücklich. Das Letzte, das ich mitbekomme, ist seine Umarmung, und wie er mich an seinen durchtrainierten Körper zieht, dann falle ich in einen tiefen, ruhigen Schlaf.

Den Sonntagvormittag verbringen wir zum größten Teil faulenzend im Bett. Greg ist heute besonders aufmerksam. Aber wann war er das denn mal nicht, sollte ich mich eher fragen. Als ich wach werde, steigt mir der Duft von frischem Kaffee und Pancakes in die Nase.

»Guten Morgen, Schlafmütze«, begrüßt er mich mit einem Tablett in der Hand, das er auf einem kleinen Tisch neben dem Fenster abstellt. Ich räkle mich im Bett, drehe mich auf den Bauch, sodass mir die Decke vom Körper rutscht, und lächle ihn an.

»Guten Morgen. Du hast Frühstück gemacht! Daran könnte ich mich gewöhnen.« Er zieht die Decke ganz von meinem Körper und ich folge seinem Blick. »Was ist?«

»Alles in Ordnung.«

»Warum sollte denn nicht alles in Ordnung sein?« Als ich mich allerdings auf den Rücken drehe, spüre ich einen leichten Schmerz und verziehe das Gesicht. Greg lacht mich aus.

»Darum«, entgegnet er mir. »Ich hoffe, es war nicht zu viel für dich. Ich habe mich zurückgehalten, als ich gespürt habe, dass es dich mehr schmerzt als erregt. Es war schließlich dein erstes Mal. Die Sache mit Darren zählt nicht. Ich hatte recht, du stehst nicht auf wirkliche Schmerzen. Du liebst das Spiel mit der Macht. Zwischen Demut, Hingabe und Dominanz.«

»Nein, du warst fantastisch. Es hat mich erregt, zumindest am Anfang.«

»Das freut mich. Mich hat es auch erregt. Sehr sogar. Aber ich kann dir jetzt schon sagen, weiter werde ich nicht gehen. Das war schon hart an der Grenze«, dabei beugt er sich zu mir herunter und küsst mich liebevoll auf den Mund.

»Wirst du das jedes Mal tun, wenn ich gegen deine Regeln verstoße?«

Greg zieht die Mundwinkel nach oben und grinst mich hinterhältig an. »Nein, es gibt noch weitaus mehr Möglichkeiten, dich zu bestrafen.«

»Welche?«, frage ich neugierig.

Er greift nach meiner Hand und zieht mich zu sich hoch. Ich lande an seiner nackten Brust. Sein Aftershave nimmt mich sofort gefangen. Er hat schon geduscht, seine Haare glänzen noch feucht und seine Haut riecht verführerisch nach seinem Duschgel. Ich schließe die Augen, lege den Kopf in den Nacken und gebe mich seiner Berührung hin. Er lässt seine Hand durch meine langen Haare wandern, streichelt zärtlich über meine Kinnlinie, während er mich nachdenklich mustert. Ich bin schon wieder Wachs in seinen Händen. Als ich leise aufstöhne, greift er in meine Haare, wickelt sich eine dicke Strähne um die Faust und zieht leicht daran, sodass ich ihm direkt in seine blauen Augen schauen muss.

»Provoziere mich und du wirst es spüren«, verspricht er mit einem liebevollen Grinsen im Gesicht.

Bei seinen Worten wird mir heiß und kalt und verdammt, das leichte Pochen zwischen meinen Beinen verrät meinen

Gefühlszustand. Verfallen auf ganzer Linie. Ich winde mich aus seiner Umklammerung.

»Sollten wir nicht frühstücken? Der Kaffee wird sonst kalt.« Etwas Blöderes fällt mir auch nicht ein. Als ob es ihn interessieren würde, ob der Kaffee kalt wird. Dann macht er einfach frischen. Aber er lässt mich gewähren. Beobachtet mich, wie ich nackt zu dem kleinen Tisch gehe, die Tasse in die Hand nehme und sie ihm reiche.

»Ich muss dringend heute trainieren. Mir fehlt es an Kondition, wenn ich beim Boston Marathon mitmachen will«, versuche ich, die Unterhaltung auf ein anderes Thema zu bringen, denn sonst weiß ich nicht, wo das hier noch enden wird. Ich brauche nach dieser Nacht dringend eine Pause. Dreimal hat er mich im wahrsten Sinne des Wortes durchgevögelt und er selbst sieht aus, als hätte er damit überhaupt kein Problem. Bei den meisten Männern ist nach dem ersten Mal schon Schluss, aber bei ihm ist alles möglich. Ich sollte ihn niemals unterschätzen.

»Du läufst den Boston Marathon?«, fragt er überrascht und stellt seine Tasse auf dem Tisch ab.

»Ich versuche es zumindest. Es ist mein erstes Mal.«

Er überlegt kurz. »Ich habe im Keller ein kleines Fitnessstudio eingerichtet. Ein paar Geräte und einen Crosstrainer. Aber meistens gehe ich zu Arnie in den Sportclub zum Trainieren. Wenn du willst, melde ich dich dort an. Matthew und Vivien sind auch Mitglieder. Du wirst die beiden sowieso kennenlernen, sobald sie aus den Flitterwochen zurück sind«, verspricht er mir. »Matt und Vivien sind die beiden wichtigsten Menschen in meinem Leben«, setzt er noch nachdenklich hinzu.

Ich hoffe, die beiden sind nicht so arrogant, wie die meisten reichen Leute, die ich bisher kennengelernt habe. Aber Greg ist ganz anders. Er lässt seinen Reichtum nicht raushängen und doch spürt man, dass er verdammt wohlhabend ist. Was ist wohl mit seinen Eltern? Seiner Familie? Er hat mir bis jetzt noch nichts über sich erzählt. Dann kommt er näher und zieht mich wieder in seine Arme.

»Wenn das so ist, mein Mädchen, werde ich mit dir trainieren. Du wirst es schaffen. Ich glaube an dich.«

Er lässt sich mit mir aufs Bett fallen, zieht mich unter sich, legt meine Hände über meinen Kopf und spießt mich mit seinem Blick geradezu auf.

»Und wir werden gleich heute damit beginnen«, verspricht er mir.

»Wo denn? Hier auf dem Bett?« Ich muss kichern, denn ich kann mir denken, was er damit meint.

»Warum nicht? Aber dazu kommen wir später. Jetzt jage ich dich erstmal durch die Stadt, am Charles River entlang bis in den Park. Mal schauen, wie viel Training du brauchst.« Ich konnte mir ja denken, dass er auch in dieser Disziplin ausdauernd ist.

Eine Stunde später stehe ich in meiner engen Sporthose, -shirt und Turnschuhen in seiner Küche. Auch Greg hat sich in seine Laufkleidung geschmissen. Und jetzt ärgere ich mich, dass ich nicht noch einige Sachen von zu Hause mitgenommen habe, als Greg mich kurz hingefahren hat. Ich habe mir einfach meine Sporttasche geschnappt und bin wieder zu ihm ins Auto gesprungen. Denn er hat ganz klar gesagt, das Wochenende gehöre ihm.

»Bist du bereit, Honey?«

»Wann immer du es bist«, antworte ich herausfordernd.

»Also, dann los.«

Er schnappt sich die Schlüssel von der Theke und wir verlassen das Haus. Die Sonne scheint und es weht ein leichter Wind. Das Wetter könnte nicht besser sein zum Laufen. Greg hält sich immer dicht hinter mir. Er passt sich meinem Tempo an und spricht kein Wort, sodass ich mich ganz auf meine Atmung konzentrieren kann. Es ist ein schönes Gefühl, ihn bei mir zu wissen. Jonathan hätte das niemals für mich getan. Für ihn war das nur unnötige Zeitverschwendung. Aber Greg gibt mir sofort das Gefühl, dass ich es schaffen kann. Mit ihm habe ich die Gewissheit, *alles* schaffen zu können. Er gibt mir die Kraft, die ich brauche.

Nach einer Stunde Joggen merke ich, dass meine Kondition noch um einiges ausbaufähig ist. Die frische Luft brennt mir in der Lunge, ganz zu Schweigen von dem leichten Stechen, das sich schon seit einiger Zeit in meinem Inneren breitmacht. Meine Beine fühlen sich an, als hätte ich zusätzlich Gewichte daran gehängt.

Ich werde langsamer, bleibe stehen, beuge mich mit auf die Knie gestützten Händen nach vorne und sauge gierig die frische Luft ein. Sofort ist er an meiner Seite.

»Was ist los, Honey?« Ich schaue nach oben und verziehe gequält das Gesicht. Schweiß läuft mir den Rücken hinunter, aber Greg scheint noch ganz frisch zu sein.

»Bleib nicht stehen. Geh langsam weiter, okay?«, empfiehlt er mir. »Wir werden noch viel trainieren müssen. Aber du schaffst das.« Mein Blick spricht Bände. Ich knurre ihn gequält an, richte mich auf und jogge langsam weiter.

»Kontrolliere deine Atmung, langsamer, Joyce«, höre ich ihn hinter mir in strengem Ton. Das ist genau, was ich brauche. Nach weiteren gefühlten zehn Kilometern breche ich auf der Wiese im Charlesbank Park zusammen. Greg legt sich neben mich und zieht mich in seine Arme.

»Joyce, das war nicht schlecht. Geht es dir gut?«, fragt er und streicht mir eine Haarsträhne aus meinem schweißnassen Gesicht. Ich nicke und schnappe nach Luft.

»Wie viel?«, ich unterbreche mich, atme ein paar Mal ein und aus, bevor ich noch einmal ansetze. »Wie viele Kilometer waren das?«

»Ungefähr zwanzig«

»Verdammt, das ist zu wenig«, fluche ich verärgert.

»Das ist genug«, lässt er mich in strengem Ton wissen. »Du hast noch einige Monate Zeit, dein Ziel zu erreichen und zusammen werden wir es erreichen, alles klar?«

Ich nicke, jetzt wieder etwas gefasster. Er hat recht, ich sollte mir nicht zu viel zumuten. Dann steht er auf, greift meine Hand und zieht mich zu sich hoch.

»Zurück werden wir mit dem Taxi fahren und dann werde ich dich verwöhnen.«

Völlig erschöpft schmiege ich mich an seine Schulter. Dieser Mann ist noch mein Untergang und das ganz sicher nicht im negativen Sinne. Greg legt den Arm um mich und wir schlendern langsam zur Hauptstraße zurück. Er winkt einem vorbeifahrenden Taxi und ich lasse mich voller Vorfreude auf den restlichen Tag neben ihn auf den Rücksitz fallen.

11

Das penetrante Hupen eines Autos vor dem Haus holt mich aus meinen verworrenen Träumen. Noch immer erschöpft versuche ich, mich aus den Armen meines Sexgottes zu befreien, der mich wie eine Schlingpflanze umklammert. Ich öffne die Augen und greife nach meinem iPhone, das auf dem Boden vor dem Bett liegt. Schlaftrunken blinzle ich auf das Display. Neun Uhr, verdammt. In einer halben Stunde muss ich bei James sein. Jetzt rutsche ich komplett unter Greg hervor. Ein leises Knurren von ihm ist die einzige Antwort darauf.

»Greg! Greg, wach auf, ich muss zur Arbeit. Ich habe verschlafen.« Müde öffnet auch er die Augen und blinzelt mich an.

»Wie spät ist es?«

»Drei Minuten nach neun Uhr. Ich muss in exakt siebenundzwanzig Minuten auf der Arbeit sein, sonst reißt mir James den Kopf ab.«

»Verdammt, um zehn Uhr habe ich eine Konferenz mit den Investoren für ein neues Projekt, das Matthew angeleiert hat«, fällt ihm ein. »Die Vorgespräche sind eigentlich sein Part, aber er ist ja nun mal nicht da«, erklärt Greg. »Du bringst mich ganz schön aus dem Gleichgewicht. Okay, Honey, du unter die Dusche. Ich werde in der Zeit schnell Frühstück machen.« Dabei zieht er mich vom Bett hoch. Er sieht mit zerzausten Haaren und dem Bartschatten noch unwiderstehlicher aus, als er es sowieso schon ist.

»Zum Frühstücken habe ich keine Zeit mehr. Außerdem habe ich nichts zum Anziehen, nur das Cocktailkleid von Samstagabend und die verschwitzten Sportklamotten. Ich muss nach Hause und mich umziehen«, versuche ich ihm zu erklären, während er mich an der Taille packt und an seinen Körper zieht.

»Du widersprichst mir?« Seine Hand greift an meinen Hintern und drückt leicht zu. »Perfekt, einfach perfekt für mich. Ich kann es kaum erwarten, dir noch einmal deinen süßen Hintern zu versohlen«, droht er mir frech grinsend.

»Dazu muss ich dir erst einmal Gelegenheit geben, mein Schatz.«

»Regel Nummer zwei«, knurrt er mich an.

Verdammt, was war noch einmal Regel Nummer zwei? Schlagartig fällt es mir wieder ein, ihn niemals mit Kosenamen anzusprechen. Mist. Genervt blicke ich ihn mit einem Hundeblick an.

»Du siehst, du gibst mir ständig Gelegenheit, nur habe ich jetzt keine Zeit mehr dazu.«

Ich will mich aus seiner Umarmung befreien, denn ich spüre bei seinen Worten schon wieder dieses verräterische Ziehen im Unterleib. Er will, dass ich mich ihm willenlos hingebe, als ob ich das nicht schon längst getan habe.

»Ich fahre dich, dann kannst du dich zu Hause umziehen.«

Ich schüttle den Kopf und suche meinen Slip, der zerrissen auf dem Sessel liegt, zusammen mit meinem Kleid. Ich schnappe mir die Sachen und laufe schnell ins Badezimmer.

»Nein, ich nehme den Bus. Du bist sowieso schon zu spät. Lass deine Investoren nicht warten. Das ist unhöflich«, rufe ich ihm hinterher.

»Regel Nummer drei: Widersprich mir niemals. In diesem Kleid und ohne Höschen fährst du ganz bestimmt nicht mit dem Bus. Das kommt nicht in Frage. Du hast jetzt noch exakt acht Minuten, dann bin ich im Bad. Nimm dir eine Jogginghose und ein T-Shirt von mir aus dem Schrank«, bietet er mir an, dann dreht er sich um und sprintet nach unten.

»Okay, wo finde ich sowas?«, rufe ich ihm noch nach. Er bleibt auf der Treppe stehen. »Hinter dem Bad ist ein begehbarer Schrank, such dir aus, was du willst.«

»Okay«, antworte ich und betrete einen kleinen Raum. Ich taste an der Wand entlang, bis ich den Lichtschalter finde. Wow! So einen Schrank habe ich mir immer gewünscht. Seine Hemden hängen pedantisch genau auf einer langen Stange, darunter die Stoffhosen. Auf der anderen Seite sind Schränke mit vielen Schubladen und kleinen Fächern eingebaut. Das ist kein Kleiderschrank, das ist der Verkaufsraum einer edlen Herrenboutique.

Ich ziehe eine der großen Schubladen auf und entdecke seine Unterwäsche, die mir genauso ordentlich entgegenspringt, wie alle anderen Dinge in diesem Raum. Alles ist nach Farben sortiert. Ich ziehe eine von den weißen Boxershorts heraus, öffne eine zweite Schublade und schnappe mir ein weißes T-Shirt und eine Sporthose. Auf dem Weg ins Bad fällt mein Blick in den Spiegel. Mein Gott, wie sehe ich denn aus? Victoria würde vermutlich sagen, »durchgevögelt von einem extrem scharfen Bad Boy«.

Meine Haare stehen nach allen Seiten ab und müssten dringend gewaschen werden, aber dazu reicht mir die Zeit nicht. Ich krame in meiner Handtasche nach einem Haargummi und wickle mir die langen Strähnen zu einem Dutt, fertig. Für James' Küche ist das gut genug. Dann springe ich grinsend unter die Dusche. Ich kann nicht behaupten, dass diese Art von Beziehung mir nicht gefällt. Ein Sexgott, bei dem ich mich fallen lassen kann, der mich verwöhnt, der für mich da ist, wenn ich ihn brauche und doch schätzt er auch meine Selbstständigkeit. Was will ich mehr? Ich muss leise lachen, als ich an unser kleines Machtspiel gerade im Schlafzimmer denken muss.

Hat er seinen Gespielinnen, oder was auch immer das für Beziehungen waren, die er in der Vergangenheit hatte, die Entscheidungen abgenommen? Bei mir wird das nicht passieren. Beim Sex kann er gerne den dominanten Part geben, aber in allen anderen Bereichen sind wir gleichgestellte Partner. Auf Augenhöhe, Mr. Montgomery! Ich freue mich jetzt schon, dieses Spiel mit ihm zu spielen. Vor mich hinschmunzelnd, schlüpfe ich in seine Jogginghose, die mir natürlich viel zu groß ist und sein T-Shirt, das mir locker um den Körper fällt, und ich kann nicht behaupten, mich nicht gerne auf den Machtkampf mit ihm einzulassen. Im Gegenteil, ich freue mich regelrecht darauf, ihn herauszufordern.

»Joyce?«, höre ich seine Stimme von unten.

»Ich komme.«

In der Küche duftet es herrlich nach frischem Kaffee, genau das Richtige, um wach zu werden. Greg schaut mich grinsend an, als ich versuche, die Jogginghose am Bund umzukrempeln, damit sie mir nicht von den Hüften rutscht.

»Hör auf zu grinsen«, beschimpfe ich ihn und werfe mit dem Küchenhandtuch nach ihm. Er fängt es auf und legt es auf die Arbeitsplatte.

»Du gefällst mir in meinem T-Shirt. Hast du etwa auch eine von meinen Unterhosen an?«, grinst er immer noch und kommt näher, greift nach dem Bund der Hose und will einen Blick hineinwerfen. Ich haue ihm gespielt ärgerlich auf die Finger und drehe mich um.

»Würdest du dich bitte um das Frühstück kümmern. Ich muss los. Greg, ich sollte wirklich den Bus nehmen, sonst kommst du zu spät zu deinem Meeting. Ich muss mich auch noch umziehen. Das dauert viel zu lange.«

Jetzt kommt er entschlossen näher, fasst mich unter dem Kinn und hebt meinen Kopf zu sich hoch. Mein Herz galoppiert im Sprint davon, wenn er das tut. »Zerbrich dir mal nicht dein hübsches Köpfchen, Honey. Ich fahre dich. Ende der Diskussion.«

Dann dreht er sich um und verlässt die Küche.

Da er in diesem Punkt nicht nachgeben wird, schnappe ich mir einen Toast, schmiere Butter und Marmelade darauf und lasse mich auf den Küchenhocker sinken. Diese Runde ging eindeutig an ihn. Wenn ich James erzähle, wie mein Wochenende verlaufen ist, wird er ausflippen. Und Victoria erst, sinniere ich weiter. Kurze Zeit später steht Greg mit feuchten Haaren und in seinem Businessanzug in der Tür. Er schließt die Manschettenknöpfe, greift zu seinen Schlüsseln, die auf der Küchentheke liegen und steckt sich ein Toast zwischen die Zähne, das ich ihm vorbereitet habe.

»Kommst du?«, bittet er mich undeutlich und hält mir die Hand entgegen. Ich nicke und springe vom Hocker. Zusammen verlassen wir sein Haus, das bei Tageslicht noch viel größer wirkt. Im Hof begegnen wir Gregs Haushälterin, die uns freundlich begrüßt.

»Tilda, könnten Sie meine Anzüge aus der Reinigung holen?«, ruft er ihr zu.

»Selbstverständlich, Mr. Montgomery.«

»Ach, das ist übrigens Joyce Hamilton. Sie wird jetzt häufiger hier sein«, stellt er mich im Vorbeigehen vor. Tilda lächelt mich freundlich an, während Greg mich schon eilig zum Auto schiebt.

»Hat mich auch gefreut«, rufe ich Tilda zu und werfe Greg kopfschüttelnd einen strengen Blick zu, was er völlig ignoriert. Er öffnet mir galant die Beifahrertür seines Mercedes AMG und ich steige ein. Der Wagen gefällt mir ausnehmend gut. Jonathan hatte sich zu der Zeit, als meine Tante verstorben war, einen Prospekt schicken lassen. Als ich die Preise sah, wurde mir schon ein wenig schwindlig.

»Es gibt nicht viele, die so ein Auto fahren«, stelle ich fest.

»Nein, ich glaube nicht. Warum?«

»Ach, nur so«, beende ich das Thema und Greg fädelt sich rasant in den Vormittagsverkehr ein und ich könnte schwören, dass es sein Sportwagen war, der zuerst James' Lieferwagen eingeparkt und mir dann noch den schönen Parkplatz vor der Nase weggeschnappt hat. Doch dieser Montag ist nur noch eine schattenhafte Erinnerung, die weit hinter mir liegt.

Greg gibt ordentlich Gas und ich werde in den Sitz gepresst. Eine weiße Zahnreihe blitzt auf, als er mich frech von der Seite angrinst. Ich lächle zurück und wieder wird mir klar: Ich liebe diesen Mann. Aber ich darf ihn nicht lieben, er wird mir nie die gleichen Gefühle entgegenbringen, das hat er ganz klar zum Ausdruck gebracht.

»Du hast fünf Minuten, um dich umzuziehen. Lässt du mich länger warten, hast du dir bereits deine nächste Strafe eingehandelt«, reißt er mich aus meinen Gedanken. Dabei greift er meine Hand und haucht einen zärtlichen Kuss darauf.

»Fünf Minuten? Kein Problem«, bestätige ich und grinse ihn dabei schelmisch an. Sein Gesichtsausdruck nimmt einen verruchten Zug an.

»Ich habe gerade entschieden, die Zeit auf drei Minuten zu reduzieren.«

»Du legst es wohl darauf an, mich zu demütigen. Aber das wird dir nicht gelingen.«

»Sei dir nicht so sicher, Honey. Wenn ich wollte, würde ich hunderte von Gründen finden, dich zu bestrafen oder zu demütigen. Und bevor ich dich heute Abend um den Verstand vögle, wirst du über meinen Knien liegen und mich um Gnade anflehen«, verspricht er mir lächelnd.

In halsbrecherischem Tempo erreichen wir mein kleines Reihenhaus in der Sydney Street. Meine Nachbarin, eine ältere Frau, die allerdings kein Blatt vor den Mund nimmt und sagt, was sie denkt, kommt uns gerade mit ihrem Mischlingshund auf dem Bürgersteig entgegen, als ich die Tür aufreiße.

Völlig perplex schaut sie mich an.

»Joyce? Gut, dass ich dich sehe. Dein Freund war am Wochenende des Öfteren hier. Er hat mir richtig Angst gemacht. Wie ein Irrer hat er sich aufgeführt, als er merkte, dass du nicht da warst. Was ist denn passiert?«, fragt sie mich aufgeregt.

»Können wir später darüber sprechen, Margret? Ich habe es furchtbar eilig. Lass uns in den nächsten Tagen mal wieder einen Kaffee trinken. Dann bringe ich dich auf den neuesten Stand, okay?«

Sie lächelt mich liebevoll an und wirft noch einen prüfenden Blick ins Wageninnere, bevor sie ihren Weg fortsetzt. Ihr schelmisches Grinsen ist mir nicht entgangen. Margret ist zwar alt, mindestens fünfundsiebzig – ihr wahres Alter hat sie nie verraten – aber sie hat es faustdick hinter den Ohren. Ich springe aus dem Wagen, laufe die kurze Auffahrt hinauf, öffne die Haustür und stolpere über meine Turnschuhe, die vor der Schlafzimmertür liegen.

Kurzentschlossen ziehe ich das erstbeste T-Shirt und eine Jeans aus dem Schrank. Mein Blick fällt auf die Kommode mit der Unterwäsche. Ich ziehe die Schublade auf und greife nach einem Baumwollslip. Als ich das Höschen in der Hand halte, geht mir ein verruchter Gedanke nicht mehr aus dem Kopf. Kurzentschlossen lasse ich den Slip wieder in der Kommode verschwinden. Während ich mich noch in die Hose zwänge, laufe ich bereits mit der Zahnbürste im Mund Richtung Wohnzimmer und schaue nach draußen.

Greg steht mit dem Rücken an seinen Mercedes gelehnt und hält sich provozierend die teure Armbanduhr vors Gesicht. Als hätte er gespürt, dass ich ihn beobachte, schaut er zu mir rauf und gibt mir ein Zeichen, dass meine Zeit in einer Minute abgelaufen ist. Vor mich hingrinsend hechte ich ins Badezimmer und wäre fast auf dem Teppich ausgerutscht. Ich spucke den Schaum der Zahnpasta ins Waschbecken und spüle mir den Mund unter dem laufenden Wasserhahn aus. Fertig. Der harte Jeansstoff reibt leicht an meinen Schamlippen, aber irgendwie fühlt es sich auch erregend an. Ich greife nach meinen Turnschuhen, schnappe mir die Schlüssel und laufe zurück zu meinem verrückten Sexgott, der mein Leben innerhalb von einem Wochenende total auf den Kopf gestellt hat.

»Fünf Minuten und dreißig Sekunden. Schachmatt«, sagt er mit emotionsloser Stimme.

Ärgerlich schubse ich ihn an. »Wenn du nicht gleich schachmatt bei deinen Geschäftspartnern sein willst, sollten wir jetzt fahren.«

Bei dem Gedanken daran, mich ihm heute Abend zu ergeben, steigt sofort wieder das Gefühl von Begehren in mir hoch. Auf sein Gesicht bin ich jetzt schon gespannt, wenn er sieht, dass auch ich unter meiner Jeans kein Höschen trage, dass er mir vom Körper reißen kann.

Mit nur einer Viertelstunde Verspätung hält Greg vor dem Gebäude, in dem James' Cateringservice untergebracht ist.

»Wann soll ich dich abholen?«

Er lässt die Fensterscheibe herunter und ich lehne mich zu ihm in den Wagen. »Ich ruf dich an, okay?«

Greg beobachtet mich nachdenklich, dann nickt er, schenkt mir noch sein sexy Lächeln und fädelt sich rasant in den morgendlichen Berufsverkehr ein. Ich bleibe noch einige Sekunden auf dem Bürgersteig stehen und schaue ihm nach. Ich kann es immer noch nicht glauben, dass ich jetzt ein Verhältnis mit einem der einflussreichsten Geschäftsmänner von Boston habe.

»Träumst du, Joyce?«, reißt mich die Stimme meines Chefs aus meinen Gedanken. Erschrocken drehe ich mich zu ihm um. Er winkt mir von der Tür aus zu.

»Ich komme schon«, rufe ich ihm entgegen und sprinte in bester Laune über den Bürgersteig. »Guten Morgen, James«, begrüße ich ihn, nachdem ich das Gebäude betreten habe, und nehme ihm die Tasse mit dem dampfenden Kaffee ab, die er mir entgegenhält.

Sein Blick spricht Bände. Neugierig mustert er mich. James hat natürlich den superteuren Sportwagen gesehen, aus dem ich ausgestiegen bin. Er zieht mich in mein Büro und schließt die Tür hinter uns, damit seine Angestellten unser Gespräch nicht mithören können.

»Du bist spät.«

»Ich weiß, tut mir leid.«

»Ist das einer aus dem besagten Club?«, fragt er mich ganz nebenbei. Dabei weiß ich, dass es ihm unter den Nägeln brennt, mehr zu erfahren.

»Du meinst den Typ in dem Sportwagen?«

Er nickt.

»Das ist Greg. Mein Lover.«

James zieht beeindruckt die Augenbrauen hoch. »Ach, seit wann denn?«

Ich schaue auf meine Armbanduhr. »Seit exakt fünfundzwanzig Stunden und neun Minuten, wenn du es genau wissen willst.«

»Lass den Sarkasmus. Wer ist der Typ? Wo hast du ihn kennengelernt?«

»Im Club«, antworte ich wahrheitsgemäß und kann mich kaum zurückhalten, laut loszulachen. James sieht mich mit zweifelhaftem Blick an. Er wirkt beunruhigt. »Hey, James«, stachle ich ihn an. »Zerbrich dir mal nicht dein Köpfchen.«

Oh mein Gott, habe ich das gerade wirklich gesagt? Waren das nicht exakt die Worte, die Greg gerade erst heute Morgen zu mir gesagt hat? Jetzt nehme ich schon seine Gewohnheiten an, das gibt's doch nicht. Innerlich schüttle ich den Kopf über mich.

»Joyce, übertreib es mal nicht. Was ist eigentlich los mit dir? So leichtsinnig habe ich dich noch nie erlebt. Hat das etwas mit dem Mann in dem Sportwagen da draußen zu tun?«

»Hm, hm«, lächle ich ihn mit einem Honigkuchenpferdgrinsen an.

»Aber diese Typen, wollen doch nur das eine von dir. Meinst du, der ist der Richtige für dich? Lass dich doch nicht von dem teuren Auto blenden. Komm wieder auf den Boden. Du musst jetzt nicht in das Gegenteil verfallen, nur weil Jonathan ein Langweiler war und dich auf solche Typen einlassen, die dich doch nur als Sexobjekt sehen.« Jetzt ist es um mich geschehen. Ich stelle schnell die Tasse ab und pruste los. »Hey, was ist denn hier eigentlich los, verdammt?«

»Du solltest deinen Blick sehen«, bringe ich heraus. »Greg ist nicht so einer. Außerdem kenne ich ihn schon länger.«

»Aha«, ist das Einzige, was er sagt.

»Komm, ich erzähle dir von ihm«, biete ich an, während er in dem Besucherstuhl vor meinem Schreibtisch Platz nimmt und ich mich auf meinen Stuhl fallen lasse. »Du kennst ihn übrigens auch«, beginne ich das Gespräch und lasse meine Finger spielerisch am Henkel meiner Tasse hinauf- und hinuntergleiten.

James legt den Kopf schräg, lehnt sich zurück und verschränkt die Arme vor dem Körper. »Ach ja, wer ist es?«

»Greg Montgomery. Der Geschäftspartner von deinem Auftraggeber McQueen.«

»*Der* Montgomery? Er soll ein verdammt guter Anwalt sein, wie man so hört. Ich kenne ihn ja auch nur flüchtig über Arnie. Joyce, ist der nicht eine Nummer zu groß für dich? Der Typ ist verdammt reich, und soweit ich weiß, hatte er nie lange Beziehungen. Es ist ein verdammter Playboy. Ist es das, was du willst?«

Ich schüttle den Kopf. »Ich weiß nur eins, er ist ein verdammt guter Liebhaber.« Als mein Handy klingelt, steht James auf und verschwindet mit besorgtem Blick in der Küche. »Hallo?«, melde ich mich.

»Miss Hamilton?«, höre ich die nette Frauenstimme.

»Ja.«

»Hier ist Jenny Parker von Boston Consulting.«

»Guten Morgen«, antworte ich überrascht, setze mich jetzt in meinem Bürostuhl auf und nehme die Beine vom Tisch. Als ob sie mich sehen könnte.

»Miss Hamilton, ich freue mich, Ihnen mitteilen zu können, dass wir uns für Sie entschieden haben. Könnten Sie in den nächsten Tagen oder auch gerne heute schon vorbeikommen, damit wir alles schriftlich fixieren könnten?«

Heute ist scheinbar mein Glückstag. Ich bestätige ihr den Termin für heute in meiner Mittagspause, bevor wir das Gespräch beenden und ich freudig beschwingt meine Bürotür öffne. James wird alles andere als begeistert sein, aber schließlich war er es doch, der mich gedrängt hat, mir einen Job zu suchen, der meinen Qualifikationen entspricht.

»James«, rufe ich in die Küche.

Er steht an der Theke und geht mit Ellen seine Einkaufslisten durch. Als er meine Stimme hört, hebt er den Kopf.

»Was ist los? Haben wir die Rechnungen nicht bezahlt?«

»Ich hab den Job bei Boston Consulting«, forme ich leise mit den Lippen, sodass nur er es hören kann. Ich kann meine Freude kaum zurückhalten, wippe aufgeregt mit den Füßen vor und zurück und winke ihn zu mir ins Büro.

James kommt auf mich zu, schiebt mich in den Raum zurück und schließt die Tür hinter uns. »Joyce, das ist fabelhaft. Wann?«

»Das wird dir weniger gefallen. Schon nächsten Monat.«

»Mach dir mal keine Gedanken. Ich finde schon jemanden. Ich freue mich für dich.«

Ellen, James' Souschefin, öffnet die Tür zum Büro und steckt den Kopf herein. »Joyce, entschuldigt bitte, falls ich störe, aber da draußen steht ein Kurierfahrer mit einem Päckchen. Er sagt, du musst es quittieren.«

Ich zucke unwissend die Achseln und verlasse das Büro, James folgt mir. »Wer schickt mir denn Päckchen hierher?«, frage ich leise im Laufen an James gewandt.

»Sind Sie Joyce Hamilton?«, fragt mich der Kurierfahrer und überreicht mir die Schachtel, als ich zustimmend nicke.

»Sie müssen mir das hier quittieren. Ich darf die Lieferung nur an Sie persönlich aushändigen.«

Ich nehme ihm den Stift aus der Hand und unterschreibe den Lieferzettel. Wer schickt mir denn Päckchen in die Firma und dann auch noch per Boten? Völlig sprachlos nehme ich ihm den Karton ab. Die neugierigen Blicke meiner Kollegen verfolgen mich regelrecht, als ich ins Büro verschwinde und die Tür hinter mir schließe. Ungeduldig reiße ich das schwarze Papier von dem Karton. Ich brauche gar nicht auf die Karte zu schauen, die mir entgegenfällt. Ich weiß auch so, von wem die Lieferung stammt. Ich öffne die rosa Schachtel, auf der mit verschnörkelter schwarzer Schrift *Agent Provocateur* geschrieben steht und zum Vorschein kommt ein winziger Spitzenstring mit passendem BH samt Strümpfen und Strumpfbändern. Ich schüttle belustigt den Kopf und nehme die Karte aus dem Umschlag.

Als Wiedergutmachung für den zerrissenen Slip. Ich möchte dich morgen Abend in dem Outfit sehen. Greg

Das Klingeln des Telefons reißt mich aus meinen Gedanken. Ich packe schnell die verführerischen Dessous in die Schachtel und verstaue sie in der Schreibtischschublade, bevor ich den Hörer abnehme. Es ist Victoria.

»Joyce? Gott sei Dank geht es dir gut«, sprudelt sie schon los. »Was war denn? Ich habe das ganze Wochenende bei dir angerufen. Warum gehst du nicht ans Telefon, verdammt? Jonathan hat mich mit seinen Anrufen zur Weißglut gebracht.« Sie klingt besorgt.

»Reg dich ab, ich war bei Greg und hatte mein Handy aus. Mir geht es gut.«

»Das ganze Wochenende? Mein Gott, muss der Mann gut sein.«

Ich lächle in den Hörer. »Hm, ist er auch.«

»Aha! Nun erzähl schon«, drängt sie mich.

Ich lehne mich auf dem Schreibtischstuhl zurück und blicke wahrscheinlich heute zum zweiten Mal verliebt wie ein Honigkuchenpferd, als ich ihr antworte.

»Er ist ein Sexgott«, flüstere ich ins Telefon.

»Ihr habt es also schon einmal getan. Das ging ja schnell.«

»Einmal, Victoria?«, antworte ich lachend und schaue den Stapel ungeöffneter Briefe durch.

»Verschon mich mit den Einzelheiten. Ich habe meine Periode und Ash ist heute Morgen nach Tokyo geflogen und kommt erst in einer Woche zurück«, antwortet sie gequält. »Es hat also geklappt.«

»Nicht nur das hat geklappt. Stell dir vor, ich habe den Job bei Boston Consulting«, sprudele ich raus. Victoria gratuliert mir, bevor sie sich wieder dem Thema zuwendet, das sie brennend interessiert. »Wann lerne ich dieses Prachtexemplar von Mann denn mal kennen?«

»Ich werde ihn fragen.«

»Okay, mach das.«

Dann beenden wir das Gespräch, schließlich sollte ich endlich mit meiner Arbeit beginnen.

Greg gibt ordentlich Gas, während er sich in den Verkehr einordnet, um noch rechtzeitig zu seinem Termin zu erscheinen. Seine Gedanken sind allerdings nicht auf die Fusion gerichtet, sondern schwelgen irgendwo zwischen Samstagnacht und heute Morgen umher.

Wieso hat er Joyce diesen Mist aufgetischt? Natürlich wünscht er sich nichts sehnlicher, als eine Beziehung, die auf Liebe basiert, unverhüllter Liebe. Und Joyce ist genau die Richtige dafür. Sie ist bodenständig, weiß, was sie will und sieht verdammt gut aus. Sie teilt mit ihm den Hang zu Dominanz und Unterwerfung und doch ist sie rebellisch. Das gefällt ihm an ihr ganz besonders.

Sie ist die erste Frau in seinem Leben, für die er mehr empfindet, als nur Lust auf ihren Körper. Joyce ist die Frau, die in ihm das Bedürfnis wachruft, sie zu beschützen, für sie da zu sein, und doch imponieren ihm ihre Stärke und ihre Willenskraft, die sie allerdings sofort verliert, wenn er sie auch nur unsittlich berührt. Dann schmilzt sie förmlich unter seinen Händen dahin. Diese Frau ist das Beste, was ihm jemals passiert ist.

Sie ist eine Kämpfernatur und wird sich ihm niemals komplett unterwerfen, sinniert er weiter. Genau diese Eigenschaft liebt er an ihr. Sie ist eine Frau, die sich mit ihm messen kann. Keine von den verwöhnten reichen Partygirls, die sich ihm an den Hals schmeißen. Und keine, die labil zusammenfällt, wenn er nur die Stimme erhebt. Joyce hat Charakter und einen verdammten Sturkopf. Er kann es kaum erwarten, das Geräusch zu hören, das seine Hand auf ihrem Hintern macht, wenn er sie bestraft. Ob sie sich ihm wieder willenlos ergeben wird? Oder wird sie dieses Mal gegen ihn rebellieren? Wogegen er nicht das Geringste einzuwenden hätte. Wie weit wird er bei ihr gehen können? Ob sie wirklich bereit sein wird, sich auch einem anderen Mann hinzugeben, natürlich nur unter seiner Regie? Es wäre nicht das erste Mal, dass er ein Arrangement dieser Art eingehen würde. Und doch quält ihn der Gedanke, Joyce von einem anderen Mann berühren zu lassen. Bei ihr ist alles anders. Für sie empfindet er ganz andere Gefühle, die ihm fremd sind.

Um kurz vor zehn Uhr erreicht er das Firmengebäude, steigt aus und überreicht dem Fahrer seine Wagenschlüssel, um sein Auto in der Tiefgarage parken zu lassen. »Guten Morgen, Harry«, begrüßt er den Fahrer, dann verschwindet er schnell im Gebäude.

Als er sein Vorzimmer betritt, steht Anne, seine Sekretärin, bereits hinter ihrem Schreibtisch auf und drückt ihm die Post in die Hand.

»Greg, Ihre Gesprächspartner werden sich um eine halbe Stunde verspäten.«

»Guten Morgen, Anne. Das passt mir sehr gut. Suchen Sie mir bitte die Telefonnummer von Agent Provocateur hier in Boston heraus und die Nummer von dem Kurierdienst, den wir immer beauftragen«, bittet er sie und verschwindet eilig in seinem Büro.

»Natürlich. Wie sieht es mit Kaffee aus?«, ruft sie durch die offene Tür. Greg schließt seine Bürotür selten.

»Später, Anne.«

»Ist gut. Dann hat Mr. White angerufen und gefragt, ob die Verträge in Ordnung seien. Sie sollen ihn dringend heute noch zurückrufen.« Ein leises Stöhnen entringt sich ihm. Greg verdreht die Augen und antwortet seiner Sekretärin.

»Rufen Sie ihn bitte zurück und sagen Sie ihm, dass wir uns Ende der Woche bei ihm melden. Er soll die Füße stillhalten, er hängt doch nur mit ein paar Hunderttausend im Geschäft mit drin. Das Risiko liegt ganz bei uns.«

»Mir brauchen Sie das nicht zu erzählen, Chef. Aber Sie kennen doch White. Vielleicht sollten Sie besser selbst das Gespräch führen.«

»Also gut, dann verbinden Sie mich mit ihm. Aber erst suchen Sie mir die Telefonnummer des Dessousgeschäftes raus und informieren Sie den Kurierfahrer.«

»Was immer Sie wollen, Chef«, murmelt Anne, bevor sie die Telefonnummer heraussucht.

Währenddessen wählt Greg die Telefonnummer seines Arztes, um sich seine neuesten Blutergebnisse zuschicken zu lassen.

Als Greg in dem Konferenzraum seinen Gesprächspartnern gegenübersitzt, kann er sich kaum auf die Fakten konzentrieren. Immer wieder schleicht sich das Gesicht von Joyce in seine Gedanken, wie sie völlig aufgelöst in Ekstase, das Gesicht vor Lust verzogen, schreiend zum Höhepunkt kommt. Wie sie sich vor ihm windet, ihm ihr ganzes Gefühlsleben offenbart. Und dann ihr verhangener Blick, wenn sie die Augen wieder öffnet und ihn verliebt anlächelt.

Er sollte sich keine zu großen Illusionen machen. Joyces Reaktion auf seine nüchterne Beschreibung ihrer Beziehung hat ihm ganz klar zu verstehen gegeben, dass sie an keiner tiefergehenden Beziehung interessiert ist. *Er* war es, der ihr genau diese Form der Beziehung angeboten hat. Der Sex ist für sie die Verbindung, genau wie für ihn. Aber das ist ihm nicht genug. Dieses Mal nicht. Dieses Mal ist es anders. Der Scheißkerl, mit dem Joyce einige Jahre ihres Lebens verbracht hat, dürfte an der Situation nicht ganz unschuldig sein.

»Mr. Montgomery, die Fakten liegen auf dem Tisch. Wir können natürlich verstehen, dass Sie ein wenig Bedenkzeit benötigen. Es geht hier schließlich um einige Millionen, wenn Sie in das Geschäft einsteigen werden. Das Gebiet an der Waterfront ist geradezu prädestiniert für einen großen Bürokomplex«, reißt ihn einer der Herren aus seinen Gedanken.

Schnell schaltet Greg wieder in den smarten Geschäftsmannmodus. Er ist Profi. »Wir werden uns innerhalb der nächsten Tage bei Ihnen melden, sobald die Liquidität der Firmen geprüft wurde.«

Einer seiner Gesprächspartner nickt ihm lächelnd zu. »Ja, sicher. Sie und Mr. McQueen sind dafür bekannt, nichts dem Zufall zu überlassen. Also, von unserer Seite steht das Angebot. Wir würden uns freuen, wenn McQueen & Montgomery mit einsteigen würde.«

Damit erheben sich die drei Herren, verabschieden sich und verlassen den Konferenzraum.

12

Ich habe nach dem Wochenende mit Greg gestern sofort bei meinem Frauenarzt angerufen und für heute einen Termin ergattern können, damit ich die schon lange überfällige Kontrolluntersuchung wahrnehmen kann. Greg hat mir gestern bereits bestätigt, dass bei ihm alles in Ordnung sei. Wir haben uns nur kurz gesehen, da er in einigen Projekten steckt, die dringend erledigt werden müssen. Aber heute Abend gehört er wieder mir. Auf dem Weg zur Arbeit bin ich Margaret begegnet, sodass ich sie kurzfristig zu einem Kaffee eingeladen habe, um sie auf den neuesten Stand zu bringen. Jetzt sitzen wir in meinem Wohnzimmer und Margaret ist gerade dabei, sich das zweite Eclair vom Kuchenteller zu nehmen.

»Das ist also der Mann, der dich wieder strahlen lässt, Joyce«, sagt Margret zu mir, während sie sich noch eine Tasse Tee einschenkt. Ich habe ihr von Greg erzählt, von unserem Wochenende und wie ich ihn kennengelernt habe. Sie hat mich in ihrer charmanten Art ausgelacht, sodass ich gar nicht anders konnte, als über mich selbst und meine Naivität zu schmunzeln.

Margaret und ich haben so gut wie keine Geheimnisse. Seitdem ich hier eingezogen bin, hat sie so etwas wie eine Mutterfunktion übernommen. Sie ist der ehrlichste und offenste Mensch, den ich jemals kennengelernt habe. Was sie denkt, sagt sie ihrem Gegenüber direkt ins Gesicht. Diese Eigenschaft schätze ich sehr an ihr. Ich kann mich noch gut erinnern, als sie sich mir vorgestellt hat. Ihr erster Satz war: *Damit du gleich Bescheid weißt, mir hat früher mal ein Bordell gehört. Die Leute hier meiden mich deshalb. Ich hoffe, du hast damit kein Problem?* Sie hat mir das Du angeboten und ich habe sie sofort in mein Herz geschlossen.

Jetzt steckt sie sich das zweite Eclair in den Mund. Sie liebt diese Dinger, die sie sich einmal die Woche von dem Konditor um die Ecke liefern lässt.

»Und mit Jonathan ist es aus?«, fragt sie, während sie sich die Sahne um die Mundwinkel mit der Serviette abwischt. Ich nicke.

»Würdest du mit einem Mann zusammenbleiben, der dich betrogen hat?«

»Ich konnte den Typ sowieso nie leiden. Süße, du kennst mich. Ich hatte Dutzende von Männern, aber so etwas hätte sich keiner erlaubt. Trotz meines Rufs habe ich immer Wert auf korrektes Verhalten und Anstand gelegt. Na, auf jeden Fall weiß ich jetzt Bescheid. Der soll sich hier nicht mehr blicken lassen«, meint sie und ich kenne Magaret, sie ist zu allem fähig. »Du hast schon viel zu viel Zeit mit diesem Langweiler verschwendet. Es wird Zeit, dass du dich auf den richtigen Mann konzentrierst. Und was du mir so erzählt hast, glaube ich, könnte das dein Greg sein. Dieser Wagen, den er fährt, wow«, dabei verdreht sie die Augen und wedelt mit der Hand in der Luft herum. »Aber jetzt muss ich gehen. Ich bin mit George verabredet. Du kennst ihn doch. Seine Frau ist vor einem halben Jahr gestorben und wie es scheint, hat er ein Auge auf mich geworfen.«

Ich kann nur den Kopf schütteln. Margaret lässt wirklich nichts anbrennen.

Es ist bereits kurz vor sieben Uhr. Margaret hat vor einer Stunde das Haus verlassen und Greg hat mich kurz danach angerufen, um mir mitzuteilen, dass er mich gleich abholen wird. Ich freue mich wie ein Teenager, der zu seinem ersten Date verabredet ist.

Ich trage meine Lieblingsjeans, die mir hauteng am Körper klebt und einen Kaschmirpullover, den ich mir letztes Jahr von meinem Weihnachtsgeld geleistet habe.

Die Dessous, die Greg mir gestern ins Büro hat liefern lassen, liegen ordentlich zusammengelegt in meiner Handtasche. Ich habe sie bewusst nicht angezogen. Ich bin gespannt, wie Greg darauf reagieren wird. Mein Gott, ich will ihn tatsächlich herausfordern. Ich sprühe noch schnell meinen Lieblingsduft auf, Chloé, mit dem ich besonders sparsam umgehe, und prüfe noch einmal mein Aussehen im Spiegel, als es an der Tür klingelt.

Es ist Greg, der mich sofort in seine Arme zieht, meinen Mund stürmisch mit seiner Zunge erobert und mich an die Wand drückt. Die Tür fällt hinter ihm zu, während er schon seine Hände unter meinen Pullover gleiten lässt, nur um festzustellen, dass ich keinen BH darunter trage. Seine Finger finden sofort meine Nippel, die er erst sanft massiert, bis ich ein Stöhnen nicht mehr unterdrücken kann, um dann gefühlvoll zuzudrücken, was mich noch mehr in Ekstase versetzt. Er lässt von mir ab und grinst mich provozierend an. Bevor ich auch nur ein Wort sagen kann, greift er nach meinem Gürtel, öffnet ihn, zieht den Reißverschluss meiner Jeans herunter und schiebt die Hose ein Stück nach unten. Ich bin darunter nackt. Aufmerksam beobachte ich seine Reaktion.

»Schachmatt«, flüstert er mir zu. Ich schaue ihm herausfordernd in die Augen. Sein Lächeln ist für mich Bestätigung genug, dass er seine Versprechen immer wahr machen wird. Ohne ein Wort zu sagen, zieht er den Gürtel aus den Schlaufen, schiebt mir die Jeans bis zu den Knöcheln herunter, tippt auf die Innenseiten meiner Oberschenkel, damit ich die Beine weiter spreize. Er hebt mein Kinn mit seinem Zeigefinger zu sich hoch und mein Herz setzt einen Schlag aus. Fast bestrafend küsst er mich hart. Zwingt meine Lippen auseinander und dringt tief mit seiner Zunge in meinen Mund ein, während sich seine andere Hand in meinen Haaren vergräbt und meinen Kopf leicht zurückzieht.

»Dreh dich um. Hände an die Wand«, dringt sein leiser Befehl an mein Ohr.

Verdammt, ich weiß, was jetzt kommt und ja, bei dem Gedanken daran, wie er mich bestrafen wird, werde ich schon wieder feucht. Ich tue also, was er sagt, drehe mich langsam um und stelle mich in Position. Strecke ihm meinen Hintern entgegen. Zärtlich streichen seine Finger über meine Oberschenkel bis zu meinem Po. Ich ziehe die Luft ein und stöhne bei seiner sinnlichen Berührung, warte auf den leichten, erregenden Schmerz. Ich beiße mir auf die Lippen, als er seine Hand zwischen meine Pobacken zu meiner empfindlichsten Stelle gleiten lässt. Er spreizt meine Schamlippen und massiert in erregendem Tempo meine Klit. Immer wieder und wieder lässt er seine Finger darüber gleiten. Ich stöhne und biege mich ihm entgegen, um ihn noch intensiver zu spüren. Wenn er in diesem Tempo weitermacht, werde ich direkt in seiner Hand kommen.

»Greg, bitte«, flehe ich. Ich spüre, wie sich alles in mir zusammenzieht. Wie ich kurz vor dem erlösenden Höhepunkt stehe, der mich jeden Moment davontragen wird. Noch einmal, nur noch einmal muss er meine Klit durch seine Finger gleiten lassen und es ist um mich geschehen. Aber nichts dergleichen passiert. Greg zieht seine Hand zurück, verpasst mir noch einen ordentlichen Schlag mit seiner flachen Hand auf den Po, sodass sicher seine fünf Finger zu sehen sind, zieht mir die Jeans wieder nach oben und schließt den Reißverschluss. Das glaube ich jetzt nicht. Das ist nicht sein Ernst. Schwer atmend und enttäuscht drehe ich mich zu ihm um. Fragend blicke ich ihn an.

»Greg«, flehe ich.

Er verzieht keine Miene und greift meine Hand, nimmt die Schlüssel und meine Handtasche von der Konsole, gibt sie mir und wir verlassen wortlos das Haus. Ich werde ihn nie wieder provozieren, nehme ich mir vor. Das ist die reinste Folter. Verdammt, dieser Mistkerl. Jetzt weiß ich, was er meinte, als er sagte, er hätte noch andere Methoden, mich zu bestrafen. Das hier ist eine davon und ich kann nicht behaupten, dass mir das gefällt. Mit jeder Strafe hätte ich gerechnet, nur damit nicht.

Ich presse die Beine zusammen, aber auch das nützt nichts. Völlig frustriert folge ich ihm zu seinem Wagen und mir wird schlagartig bewusst, dass ich niemals eine Chance gegen ihn haben werde. Ich werde das Spiel gegen ihn immer verlieren.

Schweigend sitzen wir im Auto. Ich könnte schreien vor unbefriedigter Lust. Ein Blick zu ihm herüber zeigt mir, wie sehr er mit sich zufrieden zu sein scheint. Seine Hand liegt locker auf meinem Oberschenkel, während er mit der anderen seinen Wagen durch die dunkle Stadt lenkt. Er ist gerade wieder so richtig dabei, meine Grenzen auszuloten. Und im Grunde ist es doch genau das, was ich wollte. Jetzt verstehe ich, was er damit meinte, als er sagte, ich sei nicht der Typ, mich ihm oder irgendeinem Mann komplett zu unterwerfen. Ich will ihn dominant, aber genauso will ich die Kontrolle nicht vollständig abgeben.

Ist es seine Art, mir zu zeigen, wie falsch ich liege? Wäre ich eine unterwürfige Sub, wäre ich zufrieden mit dem, was er mir gibt, aber das bin ich nicht. Ich bin frustriert. Immer wieder lässt er seine Hand über meinen Oberschenkel gleiten, seinen Blick geradeaus auf die Straße gerichtet. Das leichte Zucken seiner Mundwinkel zeigt mir nur zu deutlich, wie viel Spaß ihm das Spiel mit meiner Lust bereitet.

»Zieh den Pullover nach oben«, dringt seine dunkle Stimme zu mir. Mein Kopf fliegt zu ihm herüber. »Was?«

»Du hast mich verstanden. Ich wiederhole mich nicht.«

Immer noch schaut er mich nicht an. Scheint ganz auf den abendlichen Verkehr und die dunkle Straße vor uns konzentriert zu sein. Langsam schiebe ich meinen Pullover hoch und komme mir etwas albern vor, hier mit nacktem Busen im Wagen zu sitzen. Aber es ist dunkel draußen, niemand kann mich sehen. Als er Richtung Highway abbiegt, schaue ich ihn fragend an.

»Wo fahren wir hin?«

Anstatt mir zu antworten, befiehlt er mir: »Streichle deine Brüste. Stell dir vor, es sind meine Hände, die du fühlst.« Ich schlucke und zögere. »Warum fängst du nicht an?«

Autos, Verkehrsschilder und dunkle Umrisse fliegen nur so an mir vorbei. Bei dem Gedanken daran, mich hier vor ihm in seinem Wagen zu streicheln, steigt wieder das wohlige Gefühl in mir auf. Das Pochen in meiner Scham nimmt zu, sodass ich jetzt doch vorsichtig mit einer Hand auf meiner Haut entlangfahre, bis ich meine Brust berühre. Ich zucke leicht, als ich meine Nippel anfasse, die sich sofort hart zusammenziehen. Als ich leicht zudrücke, kann ich ein Stöhnen nicht unterdrücken. Ich schließe die Augen und lehne den Kopf an die Rückenlehne. Vergesse, wo ich mich befinde, und gebe mich dem köstlichen Gefühl der Lust hin.

»Spiel mit deinen Nippeln, so wie ich es tun würde. Stell dir vor, es sind meine Hände, die dir Lust bereiten«, kommt Gregs nächster Befehl und ich tue es ganz instinktiv.

Ich fasse mich härter an. Nicht so zaghaft, wie ich es tun würde, sondern fest, so wie Greg es immer tut, um mich vor Lust leiden zu lassen. Ich rutsche in dem Sportsitz weiter nach unten, spreize meine Beine, soweit das hier möglich ist. Der enge Jeansstoff drückt sich gegen meine Schamlippen, reibt an meiner leicht vorstehenden Klit, denn ich bin schon wieder unsagbar erregt.

Am liebsten würde ich mir die Hose vom Körper reißen, meine Hand zwischen meine Schenkel schieben, meine Schamlippen spreizen und meine Klit reiben, bis mich der Höhepunkt küsst. Aber das ist unmöglich. Ich räkle mich auf dem Sitz. Meine Hände wandern zwischen meine Beine, streichen immer wieder über den störenden Jeansstoff, bis Gregs Stimme an mein Ohr dringt.

»Öffne den Reißverschluss und streichle deine Schamlippen, aber nicht mehr.«

Als hätte er meine Gedanken erraten. Ich ziehe den Reißverschluss nach unten, aber die Jeans sitzt so tief, dass ich nur meinen Venushügel berühren kann. Vergeblich versuche ich, meine Hand tiefer in die Hose zu schieben, um zumindest einen Teil meiner Schamlippen zu berühren, was mich nur noch mehr in den Wahnsinn treibt.

»Wir sind da.«

Ich habe total vergessen, wo ich mich befinde. Er schiebt diskret meinen Pullover nach unten, schließt den Reißverschluss meiner Jeans, nimmt meine Hand, haucht Küsse darauf und lächelt mich an. Völlig desorientiert öffne ich die Augen und werde von der blinkenden Leuchtreklame eines Fitnessclubs geblendet. Greg ist auf einen dunklen Parkplatz hinter mehreren Gebäuden gefahren, sodass niemand mich sehen konnte.

»Geht es dir gut?« Dabei grinst er mich schelmisch an.

»Ich fühle mich wie ein Vulkan kurz vor dem Ausbruch.«

Sein Lachen beantworte ich mit zusammengekniffenen Augen und einem trotzigen Schnauben. Er zieht mich an sich und küsst mich in seiner feurigen Art, sodass ich gar nicht anders kann, als ihm zu verzeihen, denn ich weiß, wir werden später das zu Ende bringen, was er bereits in meiner Wohnung angefangen hat. Es ist ein Spiel, das er mit mir spielt. Sein Spiel. Er stellt die Regeln auf.

»Lass uns eine Kleinigkeit essen. Dieser ganze Komplex an der Waterfront soll abgerissen werden und große Bürogebäude sollen hier entstehen. Die Firma, der diese Häuser gehören, ist insolvent. Wenn wir den Zuschlag erhalten, ist das ein einträgliches Geschäft. Das Management ist marode. Leider sind hier noch andere kleinere Firmen untergebracht, für deren Weiterbestand wir sorgen müssen«, dabei zeigt Greg über die ganze Häuserfront. Ich kann mir nicht vorstellen, dass die kleinen Lokale hier verschwinden und stattdessen Büros die Waterfront schmücken sollen.

»Wir überlegen, in das Projekt einzusteigen. Die Investoren werden langsam unruhig.«

»Hier geht es doch nur um Profit«, rufe ich ärgerlich aus.

Ich liebe diese kleinen Geschäfte und Restaurants und finde es furchtbar, dass alles verschwinden soll. Aber das ist nun mal Gregs Job. Damit verdient er sein Geld.

Er bleibt stehen und blickt nachdenklich auf die Rückseite der Häuserfront. »Natürlich geht es darum, Geld zu verdienen. Aber manchmal gibt es auch andere Wege dazu«, stellt er seine Erklärung in den Raum. »Komm, das Restaurant soll sehr gut sein und dann, meine Süße, werde ich dich zum Schreien bringen«, verspricht er lachend.

Hand in Hand laufen wir über den Parkplatz und durch eine Seitenstraße bis zur Waterfront. Als wir das Fischrestaurant betreten, löse ich mich aus seinem Arm und laufe schnell auf die Tür zu, hinter der sich die Toiletten verbergen. Greg schüttelt nur den Kopf.

»Was ist?«, fauche ich ihn lächelnd an. »Ich will mich nur ein wenig frisch machen, okay?«

Er nickt und wartet am Eingang auf mich. »Wage es ja nicht«, schickt er mir noch hinterher. »Deine Lust gehört allein mir.«

Ich bin froh, dass wir allein sind und uns niemand hören kann. Dann verschwinde ich schnell hinter der Tür, die in den Waschraum führt. Vor dem Spiegel bleibe ich stehen und schaue in mein Gesicht, das mich glücklich anlächelt. Ja, verdammt, dieser Mann macht mich glücklich, auch wenn ich ihn gerade verfluchen könnte. Schnell spritze ich mir etwas kühles Wasser ins Gesicht, wasche mir die Hände und bin wieder völlig beherrscht. Ich verlasse den Waschraum, als Greg gerade ein Telefongespräch beendet. Er hält mir grinsend die Hand entgegen und wir betreten das Restaurant.

In der hinteren Ecke am Fenster ist noch ein letzter Tisch frei. Greg nimmt mir die Jacke ab und hängt sie über meinen Stuhl, dann nimmt er mir gegenüber Platz. Ich habe keinen Blick für das noble Restaurant, nur für Greg. Er greift meine Hand und hält sie einfach nur fest, dabei grinst er mich verliebt an. Verliebt? Was würde ich dafür geben, wenn das alles hier kein Spiel wäre. Er erzählt mir kurz von seinem Tag im Büro, bevor er mir seinen Plan erklärt, wie ich bis zum Bostonlauf meine Kondition steigern kann.

»Mindestens dreimal die Woche solltest du laufen gehen, und dich von Woche zu Woche steigern. Du musst Kontinuität reinbringen. Achte auf deine Ernährung, das ist wichtig«, rät er mir, als ob ich das nicht wüsste. Dann schiebt er mir über den Tisch ein kleines Kästchen zu.

»Was ist das?«, frage ich neugierig.

»Mach es auf.«

Ungeduldig öffne ich die Schachtel. Es ist ein Herzfrequenzmessgerät.

»Das solltest du beim Laufen tragen«, empfiehlt er mir. »Es zeigt dir alle wichtigen Daten an. Unter anderem auch den Kalorienverbrauch und deine Herzfrequenz, es hat auch einen Schrittzähler. Hier habe ich die Informationsbroschüre über den Sportclub, in dem ich auch Mitglied bin. Arnie, der Besitzer, ist ein guter Freund von mir und Matthew. Schau dir den Club doch einfach mal an«, sagt er und reicht mir den Prospekt. Ich nehme ihm den Flyer aus der Hand und blättere ihn kurz durch. Der Club sieht exklusiv aber sehr einladend aus. Ich glaube schon, dass ich mich dort wohlfühlen würde. Aber als ich auf die Preise schaue, muss ich doch schlucken.

»Die Preise brauchst du nicht zu beachten. Du bekommst Sonderkonditionen«, wendet er sofort ein.

Ich schaue überrascht auf. »Dein Einfluss ist wirklich grenzenlos, was?«

»Ich sagte dir doch, Arnie ist ein guter Freund von mir und mehr nicht, okay?«

Ich nicke. »Okay. Aber die Mitgliedschaft werde ich bezahlen, damit das klar ist.« Er nickt. Dann lächle ich ihn wissend an. »Warum fragst du mich nicht, ob etwas geklappt hat?«

»Hat was geklappt? Was meinst du?«, fragt er irritiert.

»Ich habe die Stelle bei Boston Consulting«, teile ich ihm stolz mit.

»Gratuliere! Wie viel zahlen sie?«

»Genug.«

»Du hast nicht verhandelt?«, fragt er und legt den Kopf ein wenig schräg.

»Das war nicht nötig. Das Angebot hat meine Vorstellungen übertroffen.«

»Aha.« Er wirkt nachdenklich. »Wer ist dein Vorgesetzter?«

»Ist mir noch nicht vorgestellt worden. Er ist zur Zeit noch im Urlaub. Ich werde ihn an meinem ersten Arbeitstag kennenlernen. Aber die Personalchefin hat nur Gutes über ihn erzählt.«

»Na, darauf sollten wir trinken.« Greg dreht sich um, winkt dem Kellner und bestellt Champagner.

Dann greift er wieder meine Hand und lässt seinen Daumen über meine Handfläche gleiten. Diese Berührung ist sinnlich und erregend zugleich. »Warum erzählst du mir nicht ein wenig mehr über dich?«

»Was willst du wissen?«

»Alles«, kommt prompt seine Antwort.

»Ein bisschen viel für den Anfang. Also gut. Ich bin sechsundzwanzig Jahre alt, habe eine jüngere Schwester, meine Mutter starb vor acht Jahren an Krebs, nach meinem Abi habe ich Betriebswirtschaft studiert und war zwei Jahre mit einem langweiligen Marketingmanager liiert. Das Haus habe ich von meiner Lieblingstante geerbt, als sie starb. Außerdem leide ich an Klaustrophobie. Nichts wirklich Interessantes.«

Er unterbricht mich. »Du leidest an Klaustrophobie? Warum?«

»Ich wurde als Kind mal in einem dunklen Keller eingesperrt.«

»Von wem? Und warum?«

»Hör mal Greg, das ist so lange her. Ich kann mich nicht mehr richtig erinnern«, versuche ich, diese grauenhafte Erfahrung zu verdrängen.

»Das glaube ich dir nicht.«

»Also schön, es war ein Irrer. Mein Vater war damals noch Kriminalbeamter. Er arbeitete an einem Fall und man drohte ihm, sich an ihm zu rächen. Mein Vater hat nach dem Vorfall den Dienst quittiert. So genau kann ich mich nicht erinnern. Es ist fast fünfzehn Jahre her. Ich weiß nur, dass mein Dad seinen Job nicht mehr weitermachen wollte oder konnte. Es hat ihn ziemlich mitgenommen, als der Beschuldigte Selbstmord beging. Den Drahtzieher hat man nie gefasst. Ich war vierundzwanzig Stunden in diesem Verlies eingesperrt, bevor sie mich fanden. Können wir das Thema jetzt beenden?«

»Tut mir leid, ich wollte keine alten Wunden aufreißen«, entschuldigt er sich.

»Ist schon gut. Das ist alles lange her. Wie sieht es bei dir aus? Welche dunklen Geheimnisse verbirgst du?«, frage ich neugierig und lehne mich provozierend über den Tisch.

Er grinst mich an. »Wieso glaubst du, dass ich ein dunkles Geheimnis hüte?«

Ich zucke mit den Schultern. »Du redest nicht viel über dich. Ich weiß noch nicht einmal, wie alt du bist.«

»Ich bin vierunddreißig. Fast fünfunddreißig, im nächsten Monat.« Eine kleine Information, das ist alles. Muss ich denn nach allem explizit fragen? Warum erzählt er nichts von sich?

»Warst du schon mal verheiratet?«

»Nein«, kommt seine prompte Antwort. Immer noch grinst er mich an.

»Hm, hm, wie sieht es mit deiner Familie aus? Hast du Geschwister?«

Und jetzt verdüstert sich sein Blick. Sein Grinsen ist wie weggewischt. Er wirkt, als wäre er in seinen Gedanken weit weg von hier. »Greg? Was ist?«, frage ich bestürzt und fasse seine Hand, die zur Faust verkrampft auf dem Tisch liegt.

»Was sagtest du?«

»Nichts«, dabei lächle ich ihn an. Ich will den schönen Abend nicht verderben und nehme dem Kellner, der gerade an unseren Tisch getreten ist, die Speisekarte ab, die er mir entgegenhält. Wir bestellen beide die gegrillten Garnelen und dazu einen großen Salatteller. Während des Essens unterhalten wir uns über belanglose Dinge. Ich erzähle Greg von meiner Studienzeit und Victoria und jetzt ist er wieder ganz der sexy Liebhaber, der Mann, der mich zum Lachen bringt. Über unsere Vergangenheit verlieren wir beide kein Wort mehr.

Als mein Handy klingelt, schaue ich kurz auf die Nummer. Es ist Jonathan. Fast täglich ruft er mich an, aber ich nehme die Gespräche nie entgegen.

»Warum gehst du nicht ran?«

»Nicht wichtig. Es ist Jonathan, er ruft fast jeden Tag an.«

»Belästigt er dich?«

Ich schüttle den Kopf. »Nein, er hat scheinbar nur noch nicht verstanden, dass es aus ist.«

Greg winkt dem Kellner und verlangt die Rechnung. Meine Hand spielt mit dem Salzstreuer auf dem Tisch, während mein Fuß unablässig an Gregs Bein entlang streift. Er trägt heute enge Jeans, sodass es mir unmöglich ist, mit dem Fuß unter die Hose zu kommen, aber selbst diese harmlose Geste bringt wieder dieses Funkeln in seine Augen. Ein Zeichen, wie sehr er mich begehrt. Immer wieder lasse ich meine Hand an dem kleinen Gefäß herauf- und herunterwandern. Ich will ich provozieren. Ich öffne ganz leicht den Mund und streiche mit dem Finger über meine

Lippe, bevor ich ihn hineingleiten lasse und spielerisch daran sauge.

Gregs Atem, der sich in den letzten Minuten beschleunigt hat, bestätigt sein Verlangen nach mir. Sein Blick fliegt zwischen meinem Mund und meiner Hand auf dem Tisch hin und her, die weiter unablässig mit dem Salzstreuer spielt. Unruhig wippt er mit dem Bein. Als der Kellner endlich an unseren Tisch kommt, schiebt er ihm schnell die Kreditkarte zu, ohne ihn zu beachten. Seine Aufmerksamkeit gilt allein mir.

»Wir haben es eilig«, lässt er den Kellner noch wissen.

»Selbstverständlich, Sir.«

Dann sind wir wieder allein, wenn man das in einem vollbesetzten Restaurant so nennen darf. Aber weder ihn noch mich stört es, dass viele Menschen um uns herumsitzen. Die meisten sind Geschäftsleute, die ganz auf ihre Gespräche konzentriert sind und uns nicht beachten. Nur das Pärchen neben uns, ein älterer Herr und seine Begleiterin, haben mir in den letzten zwanzig Minuten immer wieder empörte Blicke zugeworfen.

»Willst du mich verführen, du kleine Hexe?«, murmelt Greg.

»Ich will dich provozieren«, hauche ich ihm leise über den Tisch zu, dabei beuge ich mich nach vorne und lasse meine Zunge über die Lippen gleiten. Seine ganze Aufmerksamkeit ist auf meinen Mund gerichtet. Und wieder dringt das entrüstete Schnauben der Frau vom Nebentisch an mein Ohr.

Der Kellner kommt zurück, zieht die Kreditkarte durch das Lesegerät und reißt den Beleg ab. Greg unterschreibt geistesabwesend, ohne auf den Betrag zu schauen. Ich muss ihn ganz schön aus dem Gleichgewicht bringen. Er, ein erfolgreicher Rechtsanwalt aus Boston, lässt sich von einer Frau vollkommen aus dem Konzept bringen. Kaum hat der Kellner sich von unserem Tisch entfernt, erhebt Greg sich, greift nach meinem Arm und zieht mich vom Stuhl hoch, sodass mir der Salzstreuer aus der Hand fällt. Ich will danach greifen, ihn ordentlich auf den Tisch zurückstellen, aber Greg zerrt mich an seine Brust, greift nach meiner Jacke und führt mich schnell aus dem Restaurant.

Als die Tür hinter uns ins Schloss fällt, drückt er mich auch schon gegen die Hauswand. Zum Glück ist es hier dunkel und es sind kaum noch Menschen auf den Straßen unterwegs. Aber das hätte ihn auch nicht gestört. Er schiebt meine Arme über meinen Kopf, fixiert sie mit einer Hand und drückt mich mit seinem Gewicht an das kalte Mauerwerk. Alles, was ich spüre, sind harte Muskeln und die Hitze seines Körpers. Seine Zunge zwingt meine Lippen auseinander und ich schmiege mich an ihn, schließe die Augen und lasse mich von den aufwallenden Gefühlen davontragen. Ich spüre seinen harten Schwanz an meinem Bauch. Seine Muskeln sind angespannt.

»Greg«, stöhne ich zwischen seinen Küssen. Er umfasst mein Gesicht und ich sehe das Begehren in seinem Blick.

»Ich weiß, Honey. Es tut mir leid. Ich werde dich nie wieder mit Sexentzug bestrafen. Du weiß gar nicht, wie sehr du mich da drinnen angetörnt hast. Am liebsten hätte ich dich direkt dort auf dem Tisch genommen.«

Seine Hände greifen unter meinen Pullover und ich schmiege mich noch enger an ihn, lege mein Bein um seinen Oberschenkel und sofort hebt Greg mich auf seine Hüfte und drückt mich hart zwischen sich und die Wand. Wie zwei Ertrinkende klammern wir uns aneinander, bis das empörte Räuspern des älteren Herrn aus dem Restaurant an mein Ohr dringt. Seine Begleiterin hat sich diskret in den Hintergrund zurückgezogen.

»Greg!«, rufe ich erschrocken. Aber mein Sexgott ist viel zu sehr mit mir und meinen Brüsten beschäftigt, um meine Unruhe wahrzunehmen. »Greg!«, versuche ich noch einmal, ihn davon abzuhalten, es mir direkt hier an einer Hauswand zu besorgen und den konservativ wirkenden älteren Herren vor einem Herzinfarkt zu bewahren. Endlich nimmt er den Mund von meinem Hals und grinst mich an.

Beschämt löse ich mich von Greg, dem die Situation nicht das Geringste auszumachen scheint. Im Gegenteil, ich habe viel mehr das Gefühl, er genießt die peinliche Szene auch noch. Greg lässt mich vorsichtig los, bis ich wieder festen Boden unter den Füßen spüre, und ich ziehe den Pullover herunter. Mein Sexgott wendet sich dem Mann zu und grinst ihn an, während er mich in den Arm nimmt.

»Tja, was soll ich machen, sie bezahlt verdammt gut. Und irgendwie muss man ja sein Geld verdienen.«

Ich reiße die Augen auf. Das habe ich jetzt nicht gehört. Peinlich berührt drehe ich mich weg. Ich schüttle nur sprachlos den Kopf, doch Greg zieht mich lachend hinter sich her Richtung Parkplatz. Das Schimpfen des Mannes dringt nur noch undeutlich in mein Bewusstsein, während wir wie zwei Kinder, die bei etwas Verbotenem erwischt worden sind, die Straße hinunterrennen. Nun kann selbst ich nicht mehr an mich halten und pruste los, während die Schimpftirade in der dunklen Nacht verhallt. So habe ich Greg noch nie erlebt. Er ist immer der smarte Gentleman, der perfekte Geschäftsmann. Immer korrekt in seinem Verhalten. Aber in diese Seite von ihm könnte ich mich ohne Weiteres genauso verlieben, wie in sein strenges Gebaren.

Immer noch lachend stolpere ich mit Greg in die dunkle Nebenstraße. Unser Lachen hallt von den Hauswänden wider. Er bleibt stehen, zieht mich in seine Arme und küsst mich, als hinge sein Leben davon ab. Seine Hände in meinen Haaren vergraben, lasse ich mich willenlos von ihm führen.

»Ich liebe deine Lockenmähne«, presst er zwischen seinen Lippen hervor, die unablässig an meinen hängen. Er drückt mich gegen die Hauswand und setzt sein Spiel fort. Ich spüre den leichten Luftzug, als er meinen Pullover nach oben schiebt, seinen Mund über meine Nippel legt und zärtlich daran saugt.

Oh Gott, wenn er so weitermacht, wird das mein erster Orgasmus in der Öffentlichkeit. Und verdammt, ich hätte nichts dagegen. Zwei Scheinwerfer, die auf uns zukommen und mich blenden, beenden allerdings unser Spiel auf offener Straße. Greg löst sich von mir, zieht mir heute schon zum dritten Mal den Pullover herunter und nimmt mich in den Arm, als wenn nichts gewesen wäre. Der Parkplatz liegt dunkel da. Nur noch wenige Autos stehen hier. Gregs teurer Sportwagen ragt aus den anderen Fahrzeugen heraus. Ich bin immer noch völlig außer Atem und stolpere mit ihm über den Parkplatz, als ich plötzlich von der Seite angerempelt werde und jemand wie aus dem Nichts auftaucht und versucht, mir meine Handtasche aus der Hand zu reißen.

Erschrocken schreie ich auf, drehe mich völlig überrumpelt zu dem Unbekannten um, der mit einem kräftigen Ruck meinen Arm nach hinten zerrt, mir die Tasche von der Schulter nimmt und mich gegen Greg schubst. Alles geschieht fast gleichzeitig, in Sekunden. Sofort fährt mir ein stechender Schmerz in die Schulter und ich lasse meine Tasche reflexartig los, stolpere und stoße mit Greg zusammen, bevor er mich auffängt.

»Joyce!«, höre ich ihn noch erschrocken ausrufen. Dann geht alles furchtbar schnell. Greg schiebt mich zur Seite und läuft dem Taschendieb hinterher. »Du bleibst, wo du bist«, ruft er mir noch zu, bevor er die Verfolgung aufnimmt.

Der Unbekannte stolpert, sodass Greg sich an der Straßenecke auf meinen Angreifer stürzen und ihn von hinten auf den harten Asphalt reißen kann. Alles, was ich in der Dunkelheit sehe, sind zwei dunkle Gestalten. Einer der beiden liegt auf dem Boden, während der andere gerade dabei ist, ihm seine Faust ins Gesicht zu rammen. Ich halte kurz die Luft an, in der Hoffnung, dass Greg der Mann in der dominanten Position ist.

Verdammt, ich kann hier nicht einfach rumstehen. Also laufe ich auf die beiden zu. Erleichtert stelle ich fest, dass Greg die Situation im Griff hat, als ein zweiter Typ in dunkler Kleidung auftaucht. Ich höre das Geräusch, das eine Faust verursacht, die auf den Unterkiefer trifft.

»Greg, pass auf, hinter dir! Sie sind zu zweit«, rufe ich panisch.

Greg reagiert sofort. Er schlägt den Mann auf dem Boden mit einem gekonnten Kinnhaken k.o., aber der zweite Angreifer ist schneller. Bevor Greg sich umdrehen kann, hat die dunkel gekleidete Person ihn bereits hinterrücks angegriffen und von seinem Partner heruntergezerrt. Ich sehe, wie mein Lover vergeblich versucht, sich aus dem Griff des Unbekannten zu befreien, der die Hände um seinen Hals geklammert hält.

Ich laufe auf die beiden Männer zu, warum, weiß ich nicht. Ich reagiere rein instinktiv und will den Angreifer von Greg wegzerren, aber er wehrt mich gekonnt ab, sodass ich nach hinten falle und hart auf dem kalten Asphalt lande, was wiederum Greg die Möglichkeit gibt, sich aus seiner misslichen Lage zu befreien. Mir entfährt ein Schrei.

»Joyce, verdammt, geh zum Auto zurück. Tu, was ich dir sage«, schreit er mich an. Die Wut in seinen Augen macht mir fast Angst.

»Nein, sie sind zu zweit«, verteidige ich mein Verhalten. Mittlerweile ist der zweite Mann wieder zu sich gekommen. Er schüttelt kurz den Kopf, um wieder klar zu werden. Als ich sehe, dass er ein Messer zückt, das er Greg in den Rücken rammen will, springe ich ihn an und klammere mich an ihm fest, sodass er völlig irritiert das Messer fallen lässt, bevor er mich schwungvoll von sich zieht. Wieder lande ich hart auf dem Boden.

»Joyce, verdammt, verschwinde endlich. Lauf zum Wagen«, höre ich Greg, der mich aufgebracht anbrüllt, während er seine Mühe hat, den zweiten Angreifer in Schach zu halten. Das Geräusch, als seine Faust auf das Gesicht des Angreifers prallt, lässt mich kurz zusammenzucken. Greg versetzt dem Mann noch ein paar gezielte Boxhiebe in die Magengegend, wobei dieser sich vor ihm krümmt und Blut auf den Boden spuckt. Den Anderen befördert er mit einem Tritt in die Magengegend wieder zu Boden. Dann schnappt er sich meine Handtasche, greift nach meinem Arm und wirft mir einen besorgten Blick zu, bevor er mich eilig zum Wagen zieht.

»Verdammt, Joyce, was sollte das? Wieso hast du dich in Gefahr begeben? Warum kannst du nicht einfach tun, was ich dir sage?«, schimpft er auf dem Weg zum Auto.

»Ein kurzes Danke hätte genügt«, fahre ich ihn an, bleibe abrupt stehen und winde mich aus seinem festen Griff, dabei funkle ich ihn wütend an.

»Ich wäre mit der Situation auch alleine fertig geworden. Danke. Hast du so wenig Vertrauen in mich?«, fragt er jetzt schon wieder etwas beruhigter.

Ich schüttle den Kopf. »Nein, das ist es nicht. Aber der eine hatte ein Messer.«

»Hättest du mich mit deinem bescheuerten Verhalten nicht abgelenkt, wäre es gar nicht so weit gekommen«, schreit er mich an.

Ich bin kurz davor, die Beherrschung zu verlieren, und wenn das passiert, fange ich an zu weinen. Ich kenne mich. Aber den Gefallen werde ich ihm nicht tun. Ich beiße die Zähne zusammen und presse die Lippen aufeinander. Doch das Zittern meiner Lippen ist Greg nicht entgangen. Er spürt, dass er zu weit gegangen ist.

»Komm her! Es tut mir leid. Ich habe die Beherrschung verloren«, entschuldigt er sich und zieht mich in seine Arme. Ich klammere mich an ihm fest, als hinge mein Leben davon ab.

»Lass uns zu dir fahren, ein paar Sachen einpacken und dann verwöhne ich dich. Einverstanden?«

Ich nicke, löse mich von ihm und wir steigen in den Wagen. Im Rückspiegel sehe ich die beiden Typen, wie sie sich die dunkle Gasse entlangschleppen, dann sind sie aus meinem Blickfeld verschwunden.

Die Fahrt zu meinem Haus verbringen wir schweigend. Greg fährt langsam, viel langsamer, als er es sonst tut. Er ist ein fantastischer Autofahrer, auch wenn er schnell fährt, fühle ich mich bei ihm sicher. Aber jetzt versucht er, Ruhe aufzubauen, damit ich mich wieder entspannen kann. Mir sitzt immer noch der Schreck in allen Gliedern, als Greg hinter meinem alten Mustang vor meinem Haus parkt.

»Das ist meiner«, sage ich ein wenig stolz.

»Der alte Mustang vor uns, das ist ...?« Doch dann stockt Greg. Er kneift die Augen zusammen und lehnt sich leicht nach vorne, bevor er den Motor abstellt.

»Was ist los?«, frage ich beunruhigt.

»Bleib im Wagen«, befiehlt er mir leise und steigt aus. Er wirkt beunruhigt.

Ich höre die Tür ins Schloss fallen und beobachte Greg, der vorsichtig zu meinem Wagen geht. Was ist denn jetzt schon wieder los? Ich widersetze mich erneut seiner Anweisung, reiße die Beifahrertür auf und folge ihm.

Und dann sehe ich, was ihn beschäftigt. Mein Auto ist über und über mit Farbe beschmiert. Als ich mich dem Wagen nähere, spucken mich die roten Buchstaben des Wortes *Hure* auf der Windschutzscheibe an. Ich schlage erschrocken die Hände vors Gesicht.

»Wer macht so etwas, Greg?« Völlig am Boden zerstört laufe ich um meinen Wagen herum. Alle vier Reifen sind plattgestochen. Greg zieht mich sofort in seine Arme, streichelt zärtlich immer wieder über meinen Rücken.

»Beruhige dich«, beschwört er mich. »Ich kann mir schon denken, wer so etwas tun würde.«

Ich löse mich ein Stück von ihm und schaue verständnislos in sein Gesicht. »Du glaubst doch nicht, dass Jonathan etwas damit zu tun hat?« Ich kann nicht glauben, dass Jonathan dazu fähig wäre.

»Er hätte einen Grund dazu. Egal, wer es war, wenn ich denjenigen in die Finger bekomme, wird er sich wünschen, noch im Bauch seiner Mutter zu sein«, spuckt er grimmig aus.

Bei dem Gedanken an die schrecklichen Szenen auf dem Parkplatz und Gregs Wut überzieht mich eine Gänsehaut. Greg wäre im Stande, Jonathan ernsthaft zu verletzen.

»Sollten wir nicht die Polizei rufen?«

»Ich werde mich darum kümmern, dann lasse ich den Wagen abschleppen und in meine Werkstatt bringen. Sie sollen ihn sich anschauen. Wer weiß, was noch alles beschädigt wurde. Geh und hol ein paar Sachen. Du bleibst die nächsten Tage bei mir.«

»Ich muss Margaret Bescheid sagen, sie macht sich sicher Sorgen.«

»Wer ist Margaret?«

»Meine Nachbarin, eine gute Freundin. Außerdem war sie früher Inhaberin eines Bordells. Aber ich mag sie sehr.« Greg zieht überrascht die Augenbrauen nach oben und grinst mich mit einem vielsagenden Blick an.

»Das ist ja interessant.«

»Was du schon wieder denkst. Margaret ist fast achtzig Jahre alt. So genau weiß ich es allerdings nicht. Über ihr Alter spricht sie nicht gerne. Sie ist für mich fast so etwas wie eine Mutter.«

»Wohl eher eine Puffmutter«, ruft er angeekelt aus.

»Urteile nicht über Menschen, die du nicht kennst«, maßregle ich ihn.

»Tut mir leid. Es war ein langer Tag. Aber jetzt hol bitte deine Sachen, ich will so schnell wie möglich mit dir nach Hause. Das alles heute muss dich sehr mitgenommen haben.«

Ich nicke. »Vielleicht hat das alles mit dem Überfall von vorhin zu tun«, sinniere ich.

»Nein, das glaube ich nicht. Das waren Amateure, Halbstarke. Aber das hier zielt auf dich ab, das ist persönlich.«

Plötzlich habe ich schreckliche Angst. Wer will mir etwas antun? Greg scheint es zu spüren, als ich leicht fröstele.

»Hab keine Angst, ich passe schon auf dich auf, versprochen. Ich werde den Schuldigen erwischen, das schwöre ich dir«, verspricht Greg und nimmt mich wieder in den Arm, während er die Nummer der Polizei in sein iPhone tippt. In einigen knappen Sätzen teilt er dem Beamten mit, was passiert ist, dann steckt er das Smartphone in seine Jackentasche.

»Du bist verdammt stark. Das passt gar nicht zu einem Anwalt. Ich hatte in der dunklen Gasse das Gefühl, du hast so etwas schon mal getan. Ich meine, wie du dich verteidigt hast. Ich bewundere deine Ausgeglichenheit. Du behältst in jeder Situation einen kühlen Kopf. Aber als du hinter diesen Kerlen hergelaufen bist, sie fertiggemacht hast, da dachte ich, das ist nichts Ungewöhnliches für dich. Woher kommt es, dass du dich so gut verteidigen kannst?«

Scheinbar habe ich seine Achillesferse erwischt, er zögert einen Moment, bevor er antwortet. »Habe ich dir nicht gesagt, dass Boxen zu meinen Hobbys gehört?«

»Nein, hast du nicht. Du erzählst überhaupt sehr wenig über dich und das vorhin hatte nichts mit einem Hobby zu tun. Das war professionell und berechnend. Als würdest du so etwas nicht zum ersten Mal tun.«

»Ich musste schon früh lernen, mich durchzusetzen«, sagt er ausweichend.

»Daher auch die Narbe über deinem Auge, nehme ich an.«

»Ja, das ist auch die Einzige. Danach habe ich gelernt, zurückzuschlagen.«

»Wie ist das passiert?«

»Auf dem Internat. Einer meiner Mitschüler dachte, er müsste mit einer Flasche auf mich losgehen. Sie waren zu dritt«, lässt er den Satz im Raum stehen.

»Du hast in einem Internat gelebt? Wann?«

Ich spüre an Gregs Anspannung, dass er sich bei dem Gespräch ganz und gar nicht wohlfühlt und trotzdem dringe ich weiter in ihn.

»Seit ich zwölf Jahre alt war. Das war immer noch besser, als weiter in diesem Haus zu leben«, erklärt er verächtlich.

»Welches Haus und warum erzählst du nie etwas über deine Familie?«

»Weil ich an meine Vergangenheit nicht erinnert werden will, das ist alles.« Seine Stimme ist emotionslos und doch spüre ich, wie sehr ihn das Thema berührt. Sein Körper versteift sich neben mir.

»War sie so schrecklich? Ich weiß nichts über deine Eltern, oder ob du Geschwister hast. Woher du kommst.«

»Zu viele Fragen auf einmal, Joyce.« Dabei schaut er auf den Boden zu seinen Füßen, als ob dort eine Zigarettenkippe liegt, die er austreten will. Sein Gesicht nimmt einen ernsten Zug an, und die Falte über seiner Stirn wird wieder sichtbar. Aber ich werde jetzt nicht aufgeben. Greg ist in einer Stimmung, in der ich ihn fragen muss. Ich spüre, dass er an dem Punkt steht, an dem er sich mir öffnen kann. Ich will mehr über sein Leben erfahren. Warum er nicht lieben kann oder will. Denn im Grunde tut er nichts anderes. Er liebt, auf seine Art. Er weiß es nur noch nicht.

»Beantworte mir wenigstens eine davon«, dringe ich weiter in ihn.

Er dreht sich kurz weg von mir, zieht die Unterlippe zwischen die Zähne, als er sich wieder mir zuwendet.

»Also schön, ich bin ein Einzelkind. Meine Eltern kamen bei einem Attentat ums Leben.« Dann stockt er kurz und ich halte den Atem an.

Wie in einem Zeitraffer schauen wir uns einfach nur an. Scheiße, was habe ich getan. Endlich unterbricht er das lähmende Schweigen zwischen uns.

»Mein Vater war Auslandskorrespondent. Seine Einsatzorte waren meist in Kriegsgebieten. Ein einträgliches Geschäft, wie er immer sagte. Es geschah kurz vor seinem vierzigsten Geburtstag, er sollte ihn nicht mehr erleben. Meine Mutter und ich wollten ihn überraschen und reisten zu ihm nach Afghanistan. Ich hielt mich im Hotel auf, als meine Mutter und mein Vater vor dem Hotel auf offener Straße erschossen wurden. Ich habe sie nie wiedergesehen und auch nicht die kleine Schwester, die ich hätte haben können.«

Ich schließe kurz die Augen. Mein Gott, was für ein tragisches Schicksal, und ich habe es wieder hervorgeholt. Habe die Büchse der Pandora geöffnet. Auch ich habe meine Mutter verloren, aber ich hatte zumindest noch meinen Vater, auch wenn er mir in der Zeit nach Moms Tod selten eine Stütze war. Aber gegen den Albtraum, den Greg durchleben musste, verblasst meine Vergangenheit.

»Wie alt warst du, als es passierte?«

Er atmet kurz ein, dann packt er mich an den Schultern, dreht mich zu sich und schaut er mir direkt in die Augen. Ich sehe nur Wut, unsagbare Wut auf Menschen, die sein Schicksal besiegelt haben. Ihm seine Kindheit geraubt haben.

»Zehn, ich war zehn Jahre alt, Joyce. Zu jung, um mit der Situation umzugehen, sie zu verstehen und zu alt, um sie jemals zu vergessen«, stößt er mit seinen Emotionen kämpfend aus. Sein Blick verdüstert sich noch mehr, er scheint weit weg zu sein. So viel Leid spiegelt sich in seinem Gesicht wider. Und erneut könnte ich mir in den Hintern treten, diese Wunde wieder aufgerissen zu haben.

»Hattest du keine Verwandten, die dich hätten aufnehmen können?«

Er lacht ironisch auf. »Verwandte? Ja, da waren schon Verwandte, meine Tante, die Schwester meiner Mutter und ihr Mann. Meine Eltern hatten keinen Kontakt zu ihnen. Sie waren sehr konservativ im Gegensatz zu meinen Eltern. Mein Dad und meine Mom haben das Leben geliebt. Sie waren sehr offene

Menschen. Die besten, die ich jemals kannte. Sie wollten einfach frei sein, sich in keine gesellschaftlichen Konventionen zwängen lassen. Mein Vater hat mir immer gesagt, stehe für deine Überzeugung ein, Junge. Als sie dann nicht mehr da waren, traf mich die Realität wie ein Schock. Das Einzige, was meine Tante interessierte, war das Geld, das sie bekamen, als sie das Sorgerecht für mich übernahmen. Geld, das meine Eltern verdient hatten, für das sich mein Vater in Gefahr begeben hatte. *Mein* Geld.«

Ich gehe einen Schritt auf ihn zu und drücke ihn ganz fest an mich. Ich will den Schmerz von ihm nehmen. »Greg, das tut mir so leid. Ich wusste ja nicht …«

»Ist schon gut«, unterbricht er mich und schiebt mich von sich. »Ich hatte Freunde, die McQueens. Matthew, seine kleine Schwester und seine Eltern waren in jener Zeit meine einzige Familie. Sie haben mich aufgenommen wie einen Sohn. Die Ferien habe ich mit ihnen verbracht. Das war eine schöne Zeit.« Dabei streichelt er beruhigend über meinen Arm.

Verflucht, jetzt tröstet er mich, dabei ist er derjenige, der Trost braucht, nachdem ich diese Wunde aufgerissen habe. Aber er nimmt mich in den Arm und beruhigt mich. Ich sollte mich schnellstens wieder unter Kontrolle bekommen.

Der Streifenwagen, der direkt hinter Gregs Sportwagen zum Halten kommt, holt Greg und mich aus unserer melancholischen Stimmung ins Hier und Jetzt.Er lächelt mich gequält an, streichelt mir liebevoll über die Wange, löst sich von mir und schaltet sofort in den smarten Geschäftsmann-Modus, als der Inspektor auf ihn zukommt. Ich höre gar nicht richtig hin und beantworte die Fragen des Polizisten mechanisch. Meine Gedanken kreisen um Greg und sein Schicksal. Und jetzt kann ich sehr gut verstehen, warum er keine tiefergehenden Gefühle zulassen will. Warum er nicht mehr lieben will, oder kann. Er wurde enttäuscht, von seinen Eltern auf die grausamste Weise fortgerissen. Und von Verwandten, die ihn nicht liebten, bitter enttäuscht. Gerade in einer Zeit, in der er Liebe und Zuneigung am nötigsten gebraucht hätte. Darum verschließt er sich, um nicht noch einmal diesen Verlust zu erleiden. Den Verlust, allein gelassen zu werden, von keinem Menschen geliebt zu werden. Ich möchte ihn am liebsten die ganze Nacht im Arm halten. Ich habe so viele Fragen. Aber der Moment ist vorbei. Nachdem der Inspektor meine Daten aufgenommen und den Wagen begutachtet hat, laufe ich ins Haus und packe einige Sachen ein. Schnell schreibe ich Margaret einen Zettel, dass ich die nächsten Tage bei Greg wohnen werde, und schiebe ihn unter ihrer Haustür durch.

Als ich den Bürgersteig wieder betrete, steht vor dem Haus bereits ein Abschleppwagen. Greg nimmt mir meine Sporttasche aus der Hand, stellt sie in den Kofferraum und öffnet mir die Wagentür.

»Steig ein. Es ist alles geregelt«, sagt er und ich bin froh, dass er da ist.

Ich bin furchtbar müde und fühle mich ausgelaugt. Die Erregung, die ich noch vor kurzer Zeit empfunden habe, ist wie weggewischt, hat einer Leere Platz gemacht. Ich will mich einfach nur an Greg kuscheln und schlafen. Ob er genauso denkt? Ich kann es nur hoffen, denn nach Spielchen, wie erregend und leidenschaftlich sie auch sein mögen, steht mir heute Nacht nicht mehr der Sinn. Die Regentropfen klatschen auf die Windschutzscheibe, als Greg das Schweigen zwischen uns bricht.

»Du bist die erste Frau, der ich von meiner Vergangenheit erzählt habe, Joyce«, sagt er leise zu mir.

In diesem Moment fühle ich mich ihm so nahe, dass es fast schmerzt, den Gedanken zuzulassen, mich womöglich eines Tages von ihm zu trennen. Schweigend, jeder in seine Gedanken vertieft, fahren wir durch die Dunkelheit der Stadt. Ich greife nach Gregs Hand, die locker auf seinem Oberschenkel liegt. Er drückt leicht zu, ein Zeichen, dass ich mir keine Sorgen mehr um ihn machen muss.

In dieser Nacht schlafe ich ruhelos. Immer wieder wache ich auf, aber nicht, weil ich durcheinander bin, sondern weil Greg ebenfalls einen unruhigen Schlaf hat. Er sagt im Schlaf unzusammenhängende Dinge, sein Körper ist schweißnass. Jedes Mal, wenn er wieder von einem Albtraum gepackt wird, greift er nach mir, drückt mich fest an sich, bevor er erneut in einen unruhigen Schlaf fällt. Ich versuche, ihn zu beruhigen, aber es gelingt mir nicht. Gegen Morgen schläft er endlich entspannt und auch ich komme erschöpft zur Ruhe.

13

Greg sitzt im Büro an seinem Schreibtisch. Seine Gedanken sind bei Joyce, deren Gesicht ihn vom Bildschirmhintergrund seines PCs anlächelt. Das Bild ist ein Schnappschuss, den er vor ein paar Tagen nach dem Joggen von ihr gemacht hat. Er muss jetzt noch lächeln, wenn er daran denkt, wie sie sich gegen das Foto gewehrt hatte, da sie meinte, sie würde schrecklich verschwitzt aussehen. *Was für ein Unsinn, hat sie denn noch nie in den Spiegel gesehen? Joyce ist in jeder Situation hinreißend.* Diese Frau hat ihn verändert. Sie hat in ihm Gefühle geweckt, die er glaubte, nie wieder empfinden zu können, und doch wehrt er sich immer noch dagegen. Die letzten Tage mit ihr, die Nächte, in denen sie in seinen Armen gelegen hat, kann er nicht vergessen. Sie schleichen sich wie eine unaufhaltsame Flutwelle in seine Gedanken. Beherrschen ihn regelrecht. Und doch hat er ihr heute Morgen angeboten, dass sie wieder in ihrer eigenen Wohnung übernachten kann. Die Nähe zu Joyce bringt ihn total aus dem Konzept.

Eine Beziehung, die nur einem Zweck dienen sollte, ihm und ihr sexuelle Befriedigung zu verschaffen, gerät zusehends aus dem Gleichgewicht. Es ist keine Spielbeziehung, die sie beide führen. War es nie. Es ist mehr, viel mehr. Es ist eine Verbindung, die auf tiefgehenden Gefühlen basiert. Zumindest, was Greg betrifft.

»Greg, Matthew ist am Telefon, kann ich durchstellen?«, dringt die Stimme seiner Sekretärin durch die offene Tür an sein Ohr und reißt ihn aus seinen Überlegungen.

»Stellen Sie durch, Anne. Matthew, was gibt es? Ich dachte, ihr kommt erst morgen wieder zurück.«

»Tun wir auch. Wie weit bist du mit dem Waterfront-Projekt?«

»Du kannst es nicht lassen, was? Genieß lieber den letzten Tag eurer Hochzeitsreise mit deiner Frau. Über geschäftliche Dinge reden wir morgen.«

»Vivien ist im Spa. Das kann dauern, bis sie wieder hier ist. Also lass uns kurz über das Geschäft sprechen. Sind die Verträge unterschrieben?«

»Darüber sollten wir noch einmal nachdenken. Mir schwirrt da so ein Gedanke durch den Kopf, die Gebäude zu erhalten und zu sanieren. Aber lass uns das alles besprechen, wenn ihr wieder da seid. Wie geht es Vivien?«

»Frag sie selbst. Da kommt sie gerade«, sagt Matthew verblüfft.

»Hm, von wegen, das kann dauern«, stichelt Greg seinen Freund lachend auf. Dann wechselt er noch einige Worte mit Vivien, legt auf und wendet sich den Kalkulationen des Waterfront-Projektes zu.

»Greg, da ist ein Anruf von einer Terry Gibbson«, wird er erneut von seiner Sekretärin unterbrochen. Er seufzt genervt und ruft ihr zu, das Gespräch durchzustellen.

»Terry, wie geht es dir?«, fragt er uninteressiert, immer noch mit seinen Zahlen beschäftigt.

»Greg, ich muss dich sprechen«, dringt die Stimme seiner Ex an sein Ohr.

»Was gibt es denn? Ich dachte, wir hätten alles besprochen.«

»Greg, kann ich dich sehen?«, bittet sie. Ihre Stimme klingt weinerlich.

»Wo bist du?«

»Noch in England.«

»Dann dürfte das etwas schwierig werden.«

»Ich kann zu dir kommen. Das ist kein Problem«, beschwört sie ihn.

Greg schaut ungeduldig zur Decke. Terry war es, die sich getrennt hat, nicht er. *Was will sie von mir?*, geht es ihm durch den Kopf. Dabei erscheint wieder das Bild von Joyce vor seinem geistigen Auge.

»Terry, ich halte das für keine gute Idee. Außerdem bin ich sehr beschäftigt«, wiegelt er das Thema ab, da er die Befürchtung hat, Terry würde wieder zu ihm zurückkommen wollen.

»Greg, ich finde einen Weg«, lässt sie ihn wissen, dann ist das Gespräch abrupt beendet.

Greg schiebt die Gedanken an Terry zur Seite und widmet sich wieder seinen Zahlen, als er erneut gestört wird, dieses Mal ist es Joyce. Er greift nach seinem iPhone und ein Lächeln legt sich auf sein Gesicht.

»Joyce?«

»Hi, ich bin es. Was hast du heute Abend vor?«

»Ich habe viel zu tun und werde erst spät aus dem Büro kommen. Warum fragst du?«

»Ich dachte, wir könnten uns mit Victoria und Ash in der neuen Bar auf der Massachusetts Avenue treffen. Ich habe dir gestern davon erzählt. Was meinst du?«

Greg schaut auf seine Uhr. Es ist bereits Nachmittag. Den ganzen Tag hat er außer Kaffee und einem Bagel nichts gegessen. Er hatte heute wirklich vor, nach dem Büro nach Hause zu fahren, sich ein Steak in die Pfanne zu werfen und den Abend alleine zu verbringen. Er braucht Zeit für sich, um sich über seine Gefühle für Joyce Klarheit zu verschaffen. Aber im Grunde weiß er bereits, dass er ihr hilflos verfallen ist.

»Also gut, wann?«

»Wir dachten, so um zwanzig Uhr.«

»Okay, ich werde da sein.«

Dann beendet er das Gespräch, schaltet sein iPhone aus und weist Anne an, dass er nicht mehr gestört werden will.

Warum wollte Greg mich heute Abend nicht bei sich haben?, grüble ich, während ich auf Victoria und Ash warte, die gerade die Bar betreten. Ist er meiner bereits überdrüssig geworden? Schnell schiebe ich diesen deprimierenden Gedanken beiseite, als die beiden vor mir stehen.

»Hi Süße«, begrüßt Victoria mich und haucht mir einen angedeuteten Kuss auf die Wange. »Wo ist Greg?«

Auch Ash beugt sich zu mir herunter und gibt mir einen Kuss.

»Er wird gleich hier sein. Hat er mir zumindest versprochen.«

Ash winkt dem Kellner und bestellt für Victoria einen Cocktail und für sich wie immer Kaffee.

»Und, was gibt es Neues?«, will Victoria wissen, während sie sich neben mich auf die Bank setzt. »Hat man schon eine Spur von dem Typ, der deinen Wagen beschmiert hat?«

Ich schüttle den Kopf. »Leider nicht. Ich glaube auch kaum, dass man den Schuldigen noch finden wird. Keiner hat etwas Auffälliges gesehen, auch meine Nachbarn nicht.«

»Vielleicht war es doch Jonathan. Hast du noch mal was von ihm gehört?«

Ich verziehe genervt das Gesicht. »Er ruft fast täglich an. Aber ich ignoriere ihn.«

»Das ist vielleicht auch das Beste.«

In diesem Moment betritt Greg die Bar. Er sieht wieder fantastisch aus. Wenn ich es noch nicht wäre, würde ich mich glatt in diesem Moment in ihn verlieben. Sein Dreitagebart verleiht ihm dieses verruchte Aussehen, das mich an einen verwegenen Bad Boy erinnert. Greg zieht nicht nur meine Blicke und die von Victoria auf sich. Auch die beiden Frauen an dem Tisch direkt neben dem Eingang haben ihr Gespräch unterbrochen, als er stehen bleibt, um den Blick durch den Raum schweifen zu lassen, bis er auf mir haften bleibt. Sein verführerisches Grinsen gilt ganz allein mir. Er trägt noch immer seinen Anzug, der ihm dieses smarte Businessaussehen verleiht. Die Krawatte hat er bereits abgenommen und jetzt öffnet er den ersten Knopf seines Hemdes.

»Guten Abend, ich bin Greg«, begrüßt er erst Victoria, dann Ash, bevor er sich zu mir runterbeugt, seine Arme um meine Taille legt und mich von der Bank hochzieht, um mich leidenschaftlich zu küssen. Ich höre Victorias Bemühungen hinter mir, die laute Musik zu übertönen, die sich anhören wie: *Was für ein Mann*. Ich drehe mich zu ihr um und werfe ihr einen tadelnden Blick zu.

»Hast du schon gegessen?«, will ich von Greg wissen.

Er löst sich von mir, nimmt Ash gegenüber Platz und greift zur Karte. »Nein, du?«

»Ja, ich habe mir bei dem kleinen Deli auf der Washingtonstreet einen Salat mitgenommen.«

»Nicht sehr viel«, murmelt er. Der Kellner kommt mit den Getränken an unseren Tisch.

»Ich nehme das Clubsandwich und ein Mineralwasser«, gibt Greg seine Bestellung auf. Der Diskobeat wird lauter und ich spüre an Victorias unruhigem Zucken neben mir, dass sie gleich die Tanzfläche rocken wird. Da die Musik in diesem Teil der Bar jetzt jedes Gespräch fast unmöglich macht, hält Victoria nichts mehr auf ihrem Stuhl.

»Geht nur, ich setze mich mit Greg an die Bar, da ist es etwas ruhiger«, versucht Ash, sich gegen die Lautstärke durchzusetzen. Victoria nickt.

»Ist das okay für dich?«, wende ich mich an Greg und lehne mich ganz dicht an sein Ohr. Er lächelt mich an, gibt mir einen Kuss auf den Mund und folgt Ash an die Bar, von der die beiden einen guten Blick auf die Tanzfläche haben.

»Mein Gott, der Typ ist wirklich der Hammer, Joyce«, sagt Victoria, während wir uns unter die Leute mischen. Victoria winkt einer Freundin zu, die an der Bar sitzt, bevor wir die Tanzfläche betreten und uns von der Musik mitreißen lassen.

»Ich weiß.« Immer wieder fliegt mein Blick zu Greg, der lässig am Tresen sitzt, sich angeregt mit Ash unterhält und mich keinen Moment aus den Augen lässt. Er wirkt heute nachdenklich. Ash und Greg scheinen sich bestens zu verstehen. Wundert mich das etwa? Sie lieben den gleichen Lifestyle.

Als die ersten Takte von *King* von Years & Years durch die Boxen dröhnen, lasse ich mich endgültig gehen, schließe die Augen und gebe mich vollkommen meiner Lieblingsband hin. Ich schwinge die Hüften, nehme die Arme über den Kopf und vergesse alles um mich herum.

»Was meinst du? Soll ich Ash einen Grund geben, mich heute zu bestrafen?«, schreit Victoria mir ins Ohr und holt mich ins Hier und Jetzt zurück.

Meine Freundin blickt provozierend zu ihm herüber, aber Ash verzieht keine Miene. Ich weiß genau, was sie vorhat. Ich zucke die Achseln und schon dreht sie sich zu dem Tänzer hinter ihr um, der sie schon seit einer Weile im Auge hat. Ihr Lächeln könnte nicht einladender sein und ich schüttle belustigt den Kopf. Ash lässt sich immer noch keine Gefühlsregung anmerken. Er sitzt entspannt auf seinem Barhocker, beobachtet Victoria und lacht mit Greg über eine Äußerung, die der gerade von sich gegeben hat. Und ich könnte wetten, sie haben genau wie Victoria nur eines im Sinn: den Abend zu etwas Besonderem zu machen.

Plötzlich kommt mir ein verrückter Gedanke. Ob ich Greg auch eifersüchtig machen soll? Natürlich nur zum Spaß. Mein Blick fliegt zuerst zu ihm und dann in die Menschenmenge auf der Tanzfläche. Victoria hat mir den Rücken zugedreht und flirtet hemmungslos mit dem Typen, der sicher mehr erwartet als nur angedeuteten Körperkontakt auf der Tanzfläche. Aber das ist doch nichts für mich. Ich will nur ihn. Sehnsüchtig schaue ich Greg an, als könnte ich ihn mit meinen Blicken zu mir herüberbeamen.

Aber er macht keine Anstalten, seinen Platz an der Bar zu verlassen, im Gegenteil, er prostet Ash zu, als wären sie alte Bekannte und lacht mit ihm, der sich ebenfalls ein Schmunzeln nicht verkneifen kann. Wahrscheinlich lachen sie uns sogar aus. Mit einem Hochziehen seiner Augenbraue und einem Nicken in meine Richtung ermuntert Greg mich regelrecht, es Victoria gleichzutun. Es ist erschreckend, wie gut er meine Gedanken lesen und wie genau ich ihn einschätzen kann. Ich zögere noch kurz, beobachte ihn, bis er sich wieder Ash zuwendet, als wäre ich gar nicht da. Na gut, Mr. Loverboy, warum nicht? Ich dränge mich zwischen zwei jungen Frauen durch, zu Victoria in die Mitte der Tanzfläche.

»Hi, Süße« schreit sie mir zu, während ich mich neben sie schiebe. Der Typ an ihrer Seite grinst mich an, als wollte er sagen: *Ich nehme es auch mit euch beiden auf*, und ohne, dass ich ihn animiert habe, drängt er sich schon beunruhigend nah an meinen Körper heran. Zu nah für mich, um es nicht als provozierend zu empfinden. Ich bewege mich ein Stück von ihm weg, was ihn nur ermutigt, mir zu folgen. Er schwingt die Hüften, nimmt die Arme über den Kopf und grinst mich mit einem Blick an, der nur eines ausdrückt: *Ich will dich!* Wenn er wüsste, dass der Mann, den ich liebe, an der Bar sitzt und mich ganz genau beobachtet, würde er sich sicher nicht so ins Zeug legen, um mich anzubaggern. Aber ich lasse ihn gewähren. Noch. Solange er mich nicht berührt, habe ich kein wirkliches Problem damit und im Grunde spielt er mir genau in die Karten. Ich wollte es so. Greg wollte es so, zumindest hoffe ich das. Jetzt wird mein Tänzer forscher, dreht Victoria den Rücken zu, sodass er seinen knackigen Arsch an ihrem reiben kann, während seine Aufmerksamkeit auf mich gerichtet ist. Mein Gott, was wird Ash davon halten? Ein bisschen flirten, okay, aber das geht selbst mir zu weit.

Sprachlos fliegt mein Blick zu der Bar. Allerdings muss ich feststellen, dass die Barhocker, auf denen gerade noch unsere beiden wahnsinnig gutaussehenden Männer gesessen haben, leer sind. Der Barkeeper räumt das leere Wasserglas, den Teller und die Kaffeetasse weg, bevor er noch schnell über die Theke wischt, während bereits andere Gäste die Plätze ansteuern. Verdammt, wo sind Greg und Ash. Sind wir zu weit gegangen?

»Victoria«, rufe ich meiner Freundin zu, aber sie scheint mich nicht zu hören.

Mein Blick fliegt suchend durch die Bar, aber ich kann weder Greg noch Ash entdecken. Sollte ich seine Zeichen doch falsch interpretiert haben? Als sich zwei Arme von hinten um meine Taille legen und ich besitzergreifend an einen muskulösen Oberkörper gezogen werde, schreie ich erschrocken auf. Aber der vertraute Duft, der sich sofort in meine Nase schleicht, bestätigt mir, dass es Greg ist, der unbemerkt auf die Tanzfläche gekommen ist. Ich lege meinen Kopf an seine Schulter und lasse mich von ihm in verführerischen Bewegungen über den Dancefloor führen. Mein unbekannter Tänzer ist vergessen und auch Victoria. Ich schließe die Augen. Sein Schwanz, der sich hart gegen meine Hüfte drückt, beweist, dass er das Spiel genauso genießt wie ich. Ich spüre seine Hände, die vielversprechend über meine Hüfte streichen, und seinen Mund, der sich einen Weg zu meinem Hals bahnt, um mir spielerisch einen Knutschfleck zu verpassen. Ich winde mich aus seinem Griff, drehe mich zu ihm um und sehe nur Verlangen in seinem Blick.

»Wo ist Ash?«

Ich folge Gregs Finger, der belustigt auf Ash zeigt, der soeben grinsend die Tanzfläche betritt. Was hat er vor? Bevor ich die Frage auch nur ausgesprochen habe, tippt Ash den Mann hinter Victoria an und ruft ihm etwas zu, das ich nicht verstehen kann. Victorias Flirt zieht sich daraufhin tanzend zurück und hat schon wieder sein nächstes Opfer im Visier. Victoria hat von alledem nichts mitbekommen, sie lässt sich weiter von der Musik anheizen und schwingt die Hüften im Takt des Basses. Erst als Ash Victoria die Hände um die Taille legt, dreht sie sich zu ihm um. Mein Gott ist sie vernarrt in ihn. Ihr Lächeln könnte strahlender nicht sein. Sofort schlingt sie ihre Arme um seinen Hals, zieht ihn ein Stück zu sich herunter und küsst ihn hemmungslos, bis Ash sich von ihr löst, Victoria schnappt und sie sich über die Schulter legt. Einfach so und das in einem vollbesetzten Lokal mitten auf der Tanzfläche. Und spätestens jetzt haben die beiden die Aufmerksamkeit von sämtlichen Leuten auf sich gezogen. Provozierend lässt er eine Hand auf Victorias Hintern liegen, nur um kurz darauf seine andere darauf klatschen zu lassen. Empört drehe ich mich zu Greg um, der die Szene amüsiert beobachtet. Ashs schelmisches Lachen dringt noch kurz zu mir, bevor er mit Victoria über der Schulter schnellen Schrittes die Tanzfläche verlässt, um den Ausgang anzusteuern.

»Was sollte das?«, schreie ich Greg zu. Greg schüttelt nur belustigt den Kopf und drängt mich ebenfalls aus der Menschenmenge Richtung Toiletten.

»Das würde ich dir niemals antun«, verspricht er mir, als die Tür zur Bar hinter uns zufällt. Das kann ich ihm auch nur empfehlen. Ich bin zwar bereit, mit ihm Sex an den ausgefallensten Orten zu haben, aber diese peinliche Szene geht dann doch zu weit. Hier ist es hell und ruhiger. Nur der Bass dringt noch dumpf durch die geschlossene Tür. Ein langer Gang führt zu den Toiletten. Auf der anderen Seite befindet sich die Küche. Was hat Greg vor?

»Komm.« Er führt mich an der Küche vorbei zu einer Tür am Ende des Korridors, die in ein Treppenhaus führt. Ich will das Licht einschalten, aber Greg hält mich zurück.

»Nein. Ich brauche kein Licht, um dich zu verführen.«

Unsere Silhouetten zeichnen sich durch das Licht, das durch eines der Fenster fällt, im Dunkeln ab. Mein Herz setzt einen

Schlag aus. Das hat er also vor. Aber hier? Es könnte jederzeit ein Angestellter reinkommen. Vielleicht das Küchenpersonal, das aus dem Vorratskeller Nachschub benötigt, oder irgendjemand, der die falsche Tür erwischt hat.

Dennoch reizt es mich, von Greg genau hier, in diesem tristen, düsteren Treppenhaus, verführt zu werden. Ich höre undeutlich die Stimmen aus der Küche, mein Herz schlägt schneller, wenn ich daran denke, von Greg hier genommen zu werden. An einem Ort, an dem sich viele Menschen aufhalten und der nur durch eine Tür und einen Gang getrennt ist. Der Gedanke, etwas Unerlaubtes zu tun, erregt mich. Greg kommt einen Schritt auf mich zu, greift meine Handgelenke, fixiert sie mit einer Hand über meinem Kopf und drückt mich gegen die kalte Wand. Ich keuche.

»Öffne deine Bluse, dann schieb sie zur Seite und zieh die Schalen deines Büstenhalters runter. Dann schiebst du deinen Rock bis über die Hüften und ziehst dein Höschen bis zu den Knien herunter.«

Seine Worte erregen mich. Nein, es sind nicht nur seine Worte, der Gedanke daran, mich Greg hier schamlos zu präsentieren, heizt mich an. Ich spüre, wie das leichte Pochen in meiner Scham zunimmt, wie ich bereits feucht werde.

»Du bist verrückt, völlig verrückt.«

»Ich will dich sehen, verrucht und sexy. Das wolltest du doch, verrucht sein. Du wolltest mich reizen, mich eifersüchtig machen. Und jetzt will ich dich so sehen. Zeig mir, wie verdorben du sein kannst«, knurrt er an meinem Ohr, während er meine Arme loslässt.

Wollte ich das wirklich? Ich greife zu meiner Bluse und öffne die Knöpfe, meinen Blick immer auf seine Augen gerichtet. Dann streife ich die Bluse zur Seite, sodass mein roter Büstenhalter in sein Blickfeld rückt, bevor ich die Schalen herunterziehe, meine Brüste sich nach oben drücken und meine Nippel ihm flehend entgegenschreien: *Nimm mich!* Ja, er hat recht, jetzt fühle ich mich dekadent und schamlos. Meine Atmung wird schneller und unkontrollierter, als ich meine Hände zu meinen Hüften gleiten lasse und verführerisch langsam meinen Rock bis zur Taille hochschiebe. Mich ihm wie ein Flittchen zeige, das nur eines im Sinn hat: Von ihm gefickt zu werden.

Jetzt stehe ich in halterlosen schwarzen Strümpfen und einem Stringtanga, der mehr zeigt als verhüllt, vor ihm und fühle mich erregt. Meine Finger finden den Weg zum Rand meines Höschens, das ich - wie Greg es von mir verlangt hat - bis zu den Knien nach unten ziehe. Ich befeuchte mit der Zunge meine Lippe, die sich trocken anfühlt. Ein Blick zu Gregs Hose genügt mir, um zu wissen, dass auch er erregt ist. Mehr noch, sein gieriger Blick ist Bestätigung für mich, dass er mich hier und jetzt nehmen wird. Seine Brust hebt und senkt sich.

»Ich will dich, schnell und hart«, keucht er mir ins Ohr, während seine Hand den Weg zu meiner Pussy findet, meine Schamlippen spreizt und in rhythmischen Bewegungen meine Klit massiert, um mich damit in einen Taumel der Lust zu manövrieren. Seine Lippen gleiten von meinem Hals zu meinen Brüsten und weiter zu meinen Nippeln, an denen er abwechselnd saugt. Ich presse ihm mein Becken entgegen, da ich weiß, dass wir nicht viel Zeit haben werden, bevor uns irgendjemand hier überrascht.

Meine Pussy ist bereits feucht und ich bin bereit für ihn. Ich greife zu seinem Reißverschluss und ziehe ihn herunter. Führe meine Hand in seine Hose und natürlich, er trägt wieder keine Boxershorts. Er ist nackt darunter. Sein harter Schwanz liegt in meinen Fingern und ich streiche einige Male darüber, bis er an meinem Ohr leise stöhnt, sich aufrichtet, mein Bein über seine Hüfte legt, während ich ihm erneut mein Becken entgegen schiebe, damit er leichter in mich eindringen kann. Als er mich ganz ausfüllt, greift er auch noch mein zweites Bein und schlingt es sich um die Hüften. Er legt seine Hände unter meinen Po und drückt mich fest gegen die Wand, während er unablässig in mich hinein hämmert. Mein unkontrolliertes Stöhnen erstickt er mit seinem Mund auf meinen Lippen. Immer wieder zieht er sich aus mir zurück, nur um mich gleich darauf erneut in den siebten Himmel zu katapultieren.

»Wie nah, Joyce?«, höre ich ihn stöhnen.

»Noch nicht.« Greg drückt mich fester gegen die Wand, führt seine Hand zwischen unsere Körper und massiert in schnellen Bewegungen meine Klit. Sein Schwanz steckt weiter fest in mir, während die Wellen der Erregung immer höher schlagen.

»Jetzt«, stoße ich aus. Er packt mich mit beiden Armen und hämmert jetzt in schnellen Stößen in mich. Ich spüre an seinen Zuckungen, wie der Höhepunkt ihn überkommt und mich nur Sekunden später ebenfalls mitreißt.

Sein Schwanz steckt immer noch tief in mir, als ich Stimmen aus dem Keller höre. Das grelle Licht des Treppenhauses, das uns kurz darauf blendet, lässt uns aus unserer Einsamkeit erwachen.

»Da kommt jemand«, flüstere ich.

»Ich könnte sagen, du bezahlst mich dafür, und dass du nur an außergewöhnlichen Orten zum Orgasmus kommst«, schlägt er belustigt vor.

»Untersteh dich«, zische ich.

Greg löst sich von mir, zieht ein Taschentuch aus der Hosentasche und entfernt sämtliche Spuren unseres heimlichen Liebesspiels, bevor er schnell mein Höschen nach oben zieht, den Rock heruntergleiten lässt, während ich zu den Schalen des Büstenhalters greife und sie wieder in die richtige Form ziehe. Greg hilft mir, die Knöpfe meiner Bluse zu schließen, bevor er noch seine Kleidung in Ordnung bringt. Keine Sekunde zu früh kommen uns zwei Handwerker aus dem unteren Stockwerk entgegen, die sich furchtbar über die maroden Wasserleitungen in diesem Haus aufregen. Ich muss kichern und drehe schnell den Kopf zur Seite.

»Guten Abend«, grüßt Greg die beiden übertrieben freundlich, die ihm und besonders mir, da ich immer noch mit erhitztem Gesicht und leise kichernd hinter Greg stehe, nur einen misstrauischen Blick zuwerfen und dann ihren Weg in die oberen Stockwerke fortsetzen. Zum Glück legt Greg endlich seinen Arm um meine Taille und wir verlassen das Treppenhaus Richtung Bar.

Die letzten beiden Wochen sind wie im Flug vergangen. Ich habe das Gefühl, Greg nähergekommen zu sein, viel näher, als er es gerne zulassen würde.

James hat sich vor wenigen Minuten von mir verabschiedet und sein Küchenteam ist bereits vor einer Stunde gegangen. Nachdenklich blicke ich aus dem Fenster meines kleinen Büros auf die regennasse Straße. Für fast drei Jahre war das hier mein Arbeitsplatz. Wie sehr ich das kleine Büro vermissen werde. Die Überraschungsparty, die James und sein Team für mich vorbereitet haben, hat mir den Abschied noch schwerer gemacht, als er ohnehin schon ist. Ich habe darauf bestanden, hier alles erledigt zurückzulassen. Deshalb bin ich jetzt noch hier. Aber ich wollte auch die Zeit allein hier. Ich wollte für mich Abschied nehmen.

Die Buchhaltung ist abgeschlossen, alle Rechnungen sind bezahlt, Mahnungen verschickt und die laufenden Projekte liegen ordentlich abgeheftet in dem roten Ordner. Über einen Mangel an Aufträgen kann James sich mittlerweile nicht mehr beschweren. Es wird Zeit zu gehen. Zum letzten Mal fahre ich meinen PC herunter, lege die Schlüssel auf den Schreibtisch und packe noch ein paar persönliche Dinge ein, als ein Klingeln an der Tür mich aufschrecken lässt.

Wer ist das, um diese Zeit? Ich werfe einen kurzen Blick auf meine Armbanduhr, stehe auf und gehe zur Tür.

»Wer ist da?«, frage ich misstrauisch.

»Kurierservice«, höre ich die männliche Stimme, die mir bereits vertraut ist. Ich atme erleichtert auf und öffne die Tür. Vor mir steht der kleine Mann, der mir vor zwei Wochen die teuren Dessous vorbeigebracht hat. Er reicht mir einen großen Umschlag und ich unterschreibe wie gewohnt den Lieferzettel. Ungeduldig reiße ich das Kuvert auf. Zwei Konzertkarten meiner Lieblingsband fallen mir entgegen, als mein Handy klingelt.

»Joyce?«, höre ich die dominante Stimme von Greg.

»Hi. Hast du mir die Konzertkarten geschickt?«

Sein leises Lachen ist Musik in meinen Ohren. Natürlich war es Greg. Wer sonst würde mir Konzertkarten schenken und sie auch noch per Kurierboten schicken?

»Woher weißt du das?«, frage ich überrascht.

»Woher ich weiß, dass Years & Years deine Lieblingsband ist?« Ich kann ihn förmlich vor mir sehen, wie er den Kopf schüttelt über meine Frage.

»An dem Abend, als ich dich das erste Mal im Club getroffen, oder sollte ich eher sagen, aus einer misslichen Situation befreit habe, hat dir später im Auto ein Song der Band gefallen. Du hast das Autoradio lauter gedreht. Erinnerst du dich nicht mehr?«

Ich versuche vergeblich, meine grauen Zellen zu aktivieren, aber ich kann mich beim besten Willen nicht mehr daran erinnern.

»Nein, an dem Abend ist so viel passiert.«

»Ich habe nichts vergessen«, höre ich seine sanften Worte. »Und als ich mit Ash an der Bar saß, konnte ich dich beobachten, wie du bei *King* geradezu ausgeflippt bist.«

Ich muss unwillkürlich lächeln. Daran *kann* ich mich erinnern. Dann fällt mein Blick auf den Ort des Konzerts und ich reiße sprachlos die Augen auf.

»Greg! Das Konzert ist in Deutschland, in Frankfurt.«

»Ja, hast du ein Problem damit?« Wieder dringt sein sympathisches Lachen an mein Ohr. »Ich kann dich natürlich nach dem Konzert nicht nach Hause bringen, aber ich habe ein Hotelzimmer reserviert und außerdem muss ich noch etwas erledigen, da hätte ich dich gerne dabei.«

»Was denn?«

»Verrate ich dir, wenn es so weit ist. Du wirst begeistert sein. Und jetzt komm endlich raus und lass mich nicht noch länger auf dich warten.«

»Was?« Ich drehe mich um und schaue aus dem Fenster. Gregs heißer Schlitten parkt direkt vor dem Gebäude und er lehnt lässig an der Beifahrertür und lächelt mich mit seinem unverschämt sexy Grinsen an. Ich schüttle den Kopf, schnappe mir meine Tasche und verlasse das Gebäude.

Greg kommt mir entgegen und zieht mich in seine Arme. Er nimmt mir die Tasche ab und stellt sie in den Mercedes. Sein Blick ist verhangen, während sein Mund meine Lippen fordernd in Besitz nimmt. Er schiebt mich in die kleine Seitenstraße und drückt mich gegen die Hauswand, wo ich keuchend vor Lust zulasse, dass seine Hände sich unter meinen Rock schieben. Zum Glück habe ich eine Aversion gegen Strumpfhosen.

Gregs Hände gleiten erregend langsam an meinem Oberschenkel entlang, bis er das Ende meiner halterlosen Strümpfe erreicht. Er grinst mich zufrieden an und ich spüre, wie ich bei dem Gedanken, hier von ihm vernascht zu werden, feucht werde. Als er das Höschen erreicht, ziehe ich scharf die Luft ein. Ich will seine Finger auf meiner Pussy spüren. Alles ist ruhig und dunkel, genau wie in der Nacht vor zwei Wochen. Nur die kalte Wand in meinem Rücken führt mir vor Augen, wo wir uns befinden. Endlich schiebt er seine Hand in meinen Slip und ich spüre seine Finger auf meinem Venushügel. Woraufhin ich mich ihm schamlos entgegen biege.

»Mein Mädchen ist schon wieder so bereit für mich«, knurrt er mich an, dabei schiebt er mir mit einem festen Stoß zwei Finger in meine Pussy, sodass ich vor Erregung fast aufgeschrien hätte. Mit seiner freien Hand greift er mir an den Hals und ich lege den Kopf in den Nacken. Diese Geste, mit der er signalisiert, dass ich ihm gehöre, lässt mich leise stöhnen.

Sein Daumen findet meine Klit und heiße Wellen der Lust überschwemmen mich. Ich liebe es, wenn er mich so nimmt. Wenn er seine Dominanz zeigt, dann fühle ich mich sicher und geborgen, dann kann ich mich fallen lassen, egal wo wir uns befinden. Ich schließe die Augen und klammere mich an ihn. Meinen Mund fest an seiner Schulter vergraben, um nicht laut aufzustöhnen. Denn dass ich beim Sex mit Greg jemals leise sein werde, ist für mich unvorstellbar geworden. Immer wieder stößt er hart zu und bei jedem Stoß seiner Finger verkrampfe ich die Hände an seinen Schultern. Wenn er so weiter macht, werde ich in wenigen Augenblicken kommen.

»Nicht so schnell, Honey«, flüstert er mir ins Ohr und zieht seine Finger aus mir heraus. Enttäuscht schaue ich ihn an. Was habe ich falsch gemacht? Ist das wieder eine seiner Bestrafungsmethoden? Dabei hat er mir doch versprochen, mich nicht mehr mit Sexentzug zu bestrafen. Bevor ich noch darüber nachdenken kann, dreht er mich mit dem Gesicht zu der Backsteinwand, schiebt meinen Rock noch ein Stückchen höher und zieht mir den Slip nach unten, sodass ich mit nacktem Hintern vor ihm stehe.

»Ich liebe es, wenn du mir deinen süßen Po entgegenstreckst. Weiß du, dass er die Form eines Apfels hat? Bitte mich darum.«

Ich spreize die Beine, so gut das mit an den Oberschenkeln hängendem Slip möglich ist, und strecke ihm schamlos meinen Hintern entgegen. Natürlich weiß ich, was Greg von mir hören will und die Form meines Hintern interessiert mich in diesem Moment rein gar nicht. Meine Gedanken sind nur auf ihn fixiert. Als ich nicht reagiere, antwortet er auf mein Schweigen. Der Schlag auf meinen Po lässt mich keuchen und die Erregung ist wieder da. Das leichte Brennen ignoriere ich vollkommen.

»Ich höre nichts«, knurrt Greg hinter mir. Aber wieder sage ich kein Wort, hoffe nur, dass er endlich das zu Ende bringt, was er angefangen hat. Ich war so kurz davor, verdammt, manchmal hasse ich seine Spielchen. Der nächste Schlag lässt mich wieder aufkeuchen und dann sage ich es: »Bitte besorg es mir«, flehe ich ihn förmlich an.

»Na also, warum ich dich immer erst bestrafen muss, bevor du nachgibst.« Gregs leises Lachen und seine Finger, die zwischen meine Pobacken wandern, sich ihren Weg zu meiner Pussy bahnen, sind wie eine erlösende Regendusche nach einem heißen Sommertag. Seine andere Hand greift um mich herum, spreizt meine Schamlippen und massiert in gleichem Tempo meine Klit, wie er mich mit zwei Fingern seiner anderen Hand im wahrsten Sinne des Wortes durchvögelt.

Ich stöhne laut auf. Ermutige ihn damit, mich härter zu nehmen, um mich endlich fallen lassen zu können.

»Joyce, sei still.«

Erschrocken öffne ich die Augen. Ich habe ganz vergessen, wo wir uns hier befinden, und presse die Lippen fest aufeinander. Immer wieder dringt er mit seinen Fingern hart in mich ein, bis sich alles in mir zusammenzieht und der erlösende Höhepunkt mich überkommt. Die Mauer liegt kalt unter meinen Händen, aber das nehme ich nur am Rande wahr. Ich bin erhitzt und spüre die kühle Luft auf meiner feuchten, sensiblen Haut.

Das Geräusch eines vorbeifahrenden Polizeiwagens auf der anderen Straßenseite bringt mich wieder ins Hier und Jetzt. Greg dreht mich zu sich herum und erstickt meine letzten Schreie mit einem innigen Kuss. Ich lasse mich erschöpft gegen seine Schulter fallen. Liebevoll drückt er meinen Kopf näher an sich und haucht mir kleine Küsse auf die Schläfe.

»Was hättest du getan, wenn uns jemand gesehen hätte?«, frage ich noch immer atemlos und ziehe meinen Slip wieder nach oben.

»Es hat uns aber niemand gesehen. Glaubst du, der Sex, den wir im Treppenhaus hatten, war weniger öffentlich? Ich habe dir Sex an ausgefallenen Orten versprochen. Aber niemals im Bett. Lass uns fahren.«

Ich nicke, er greift meine Hand und ich folge ihm still. Ich kann es immer noch nicht glauben: Ich hatte tatsächlich Sex in einer Seitenstraße, in aller Öffentlichkeit. Peinlich berührt schaue ich mich um, aber in der Gasse ist alles ruhig. Die einzige Zeugin unseres Liebesspiels war eine schwarze Katze, deren Augen noch in der Dunkelheit aufleuchten, dann ist sie hinter der nächsten Mauer verschwunden.

»Wir fahren zu dir, dann kannst du ein paar Sachen einpacken. Unser Flug geht übermorgen früh. Du hast noch gar nichts dazu gesagt«, sagt Greg zu mir, als ob nichts passiert wäre.

»Wann hast du mir denn Gelegenheit gegeben, etwas zu sagen?« Mein Blick fliegt zurück in die dunkle Gasse, die jetzt verlassen und düster daliegt. Nichts erinnert mehr daran, dass noch vor wenigen Minuten dieser Ort zum Schauplatz meiner Lust geworden ist. »Ich kann doch nicht einfach mit dir nach Europa fliegen.«

Greg hält mir die Wagentür auf und ich steige ein. Dann beugt er sich zu mir herunter. »Was spricht dagegen? Du hast noch Urlaub, bevor du deine neue Stelle antrittst. Es sind doch nur vier Tage. Vier Tage, sechsundneunzig Stunden, in denen du mir gehörst.«

Er hat recht, es spricht wirklich nichts dagegen. Ich liebe Greg, ich vertraue ihm. Ich will bei ihm sein. »Also gut.«

Er geht um den Wagen herum und steigt ein. Vier Tage mit Greg allein. In Kürze werde ich meinen neuen Job antreten. Ich habe den Mann meiner Träume gefunden, alles läuft in den richtigen Bahnen. Nur eins fehlt mir noch: Gregs Liebe. Aber vielleicht wird sich das in den Tagen, in denen wir weit weg von Boston zusammen sind, ändern. Das leise Vibrieren von seinem Handy reißt mich aus meinen Gedanken. Es ist Matthew.

»Greg? Kannst du heute Abend vorbeikommen? Wir veranstalten eine kleine Party. Nichts Großes, nur die Familie und die engsten Freunde«, höre ich die tiefe Stimme durch die

Freisprecheinrichtung. Greg schaut fragend zu mir herüber, bevor er sich zügig in den Abendverkehr einordnet. Ich zucke die Schultern und nicke.

»Klar, wir kommen. Gibt es was zu feiern?«

Matthews leises Lachen erfüllt das Wageninnere.

»Lass dich überraschen.«

»Ach übrigens, ich bringe jemanden mit. Du kennst Joyce noch nicht. Ich habe dir von ihr erzählt. Sie sitzt neben mir im Auto. Also halt dich zurück mit deinen Reden«, teilt Greg seinem Freund lachend mit. Ich rolle die Augen. Männer!

»Vivien und ich freuen uns auf dich, Joyce. Also dann, bis später.« Damit ist das Gespräch beendet.

»Ich möchte wissen, was Matthew so Wichtiges zu feiern hat? Seine Hochzeit ist gerade mal zwei Wochen her«, überlegt Greg angestrengt, bevor er vor meinem Haus vorfährt. »Geh schon rein und pack ein paar Sachen ein, ich komme gleich nach.«

Ich nicke gut gelaunt und steige aus dem Wagen, während Greg noch ein Telefongespräch führt. Heute werde ich seinen besten Freund und dessen Frau kennenlernen. Greg hat mir viel von den beiden erzählt, und ich freue mich auf sie. Beschwingt laufe ich die letzten Stufen zu meiner Haustür hoch, stecke den Schlüssel ins Schloss und öffne die Tür, als ich von hinten grob in den Eingang geschoben werde. Das Nächste, das ich mitbekomme, ist die Tür, die laut ins Schloss fällt und Jonathan, der mir mit grimmiger Miene gegenübersteht.

»Was soll das, Jonathan?«, zische ich.

»Warum gehst du nie ans Telefon?«

»Es gibt nichts mehr zu sagen.«

»Oh doch. Da ist tatsächlich noch eine Kleinigkeit. Warum hast du mir das angetan?«, spuckt er mir entgegen. »Wir hätten über alles reden können. Warum musstest du zu meinem Chef laufen und ihm diese Geschichte von mir und seiner Tochter auftischen?« Dabei kommt er näher und packt mich hart an der Schulter.

Ich bin sprachlos. Was will er von mir? Ich kann mich nicht erinnern, je mit seinem Chef gesprochen zu haben.

»Von was redest du? Und lass mich verdammt noch mal los«, fauche ich ihn an. »Wenn einer von uns beiden einen Grund hat, wütend zu sein, dann bin das ja wohl eher ich. Was hast du mit meinem Wagen gemacht?«, schreie ich ihn an.

»Ich weiß nicht, wovon du sprichst«, wehrt er ab. »Hier geht es um meine Existenz. Wer sollte es sonst getan haben? Du warst die Einzige, die über mich und Samantha Bescheid wusste«, kontert er, dabei zeigt er mit dem Finger auf mich und seine Augen sprühen Funken vor Zorn.

»Ach, Samantha heißt sie«, spucke ich ihm gereizt entgegen. »Und wenn du dich noch so sehr aufregst: Ich habe damit nichts zu tun. Und jetzt verschwinde von hier.«

»Ich glaub dir kein Wort. Nur wegen dir habe ich meinen Job verloren. Du schuldest mir was.«

Das wird ja immer besser. »Ich schulde dir gar nichts. *Du* hast *mich* betrogen, schon vergessen? Und jetzt geh.«

Ich versuche, mich an ihm vorbeizudrücken und die Tür zu erreichen, doch er hält mich fest. Ich winde mich aus seinem Griff, doch er zieht mich sofort zurück und drückt mich gegen die Wand.

»Joyce, die Jahre mit uns, willst du die einfach wegwerfen?« Er ist jetzt ruhiger und lässt mich los. In seinem Gesicht spiegelt sich die ganze Wut und Enttäuschung wider, alles, was er sich mühsam aufgebaut hat, scheint er mit einem Fingerschnippen verloren zu haben.

»Jonathan, wenn jemand etwas weggeworfen hat, dann warst du es. Nicht ich. In unserer Beziehung stimmte es doch schon lange nicht mehr. Ich war bereit, ihr noch eine Chance zu geben. Warum hast du mich betrogen?«

Er schüttelt resigniert den Kopf und fährt sich mit der Hand durch die Haare. »Ich weiß, dass ich Mist gebaut habe. Aber noch ist es nicht zu spät für uns. Wir können noch einmal von vorne anfangen.« Seine Worte sind fast flehend.

»Tu das nicht, Jonathan. Wir wissen doch beide, dass es aus ist. Wir empfinden nichts mehr füreinander. Und außerdem *ist* es zu spät. Ich bin nicht mehr allein.« Kaum habe ich diese Worte ausgesprochen, öffnet sich die Haustür und Greg steht hinter meinem Ex. Sein Blick fliegt zwischen mir und Jonathan hin und her.

»Guten Abend. Und Sie sind?«, höre ich Gregs arrogante Frage, während er Jonathan feindselig fixiert, als der sich zu ihm umdreht. Bevor die Situation noch unangenehmer wird, ergreife ich das Wort.

»Greg, das ist Jonathan. Jonathan, das ist Greg.«

Mein Ex ist völlig überrumpelt von der Situation und blickt Greg missbilligend an. Mein Sexgott, kein bisschen irritiert, macht einen Schritt nach vorne und reicht Jonathan die Hand, der nur widerwillig zugreift. Doch kaum hat Greg Jonathans Finger umklammert, sehe ich das schmerzverzogene Gesicht meines Ex und Gregs Worte schleichen sich in meinen Kopf. Ich sehe ihn in der dunklen Straße, wie er voller Wut auf den Mann am Boden einschlägt. Plötzlich habe ich fast Angst um Jonathan. Er wäre Greg niemals gewachsen.

»Jonathan, ich glaube, du gehst jetzt besser«, flüstere ich, dabei werfe ich Greg einen warnenden Blick zu, damit er endlich Jonathans Hand loslässt.

»Hat mich gefreut«, ist die einzige Äußerung, die Greg von sich gibt und fixiert sein Gegenüber weiter mit einer gehässigen Mischung aus Ironie und Arroganz. Jonathan reißt sich von ihm los, dreht sich noch mal zu mir um und sein schmerzverzerrtes Gesicht versetzt mir einen kleinen Stich. Es ist nicht der körperliche Schmerz, den ihm seine Hand verursacht, es ist der Schmerz in seiner Seele, der mich berührt. Er dreht sich um und geht zur Haustür. Mit der Hand am Griff wendet er sich noch einmal zu mir um. In seiner Miene sehe ich Wut, aber auch Resignation über den Verlust, den er erlitten hat.

»Ist es das, was du willst, Joyce? Fügt er dir auch Schmerzen zu? Ich hoffe, du weiß, was du tust«, sind die letzten Worte von Jonathan, dann fällt die Tür hinter ihm ins Schloss. Greg dreht sich zu mir um, schaut mich einfach nur an und ich lasse mich in seine Arme fallen. Dankbar, dass er hier ist, schließe ich für einen kurzen Moment die Augen und halte mich einfach nur an ihm fest.

»Wenn er dich noch einmal belästigt, sag mir Bescheid«, flüstert er in meine Haare und drückt mich fest an seinen Oberkörper. Seine Hand streichelt beruhigend über meinen Rücken.

»Er hat mich nicht belästigt. Lass ihn einfach in Ruhe. Er hat es schwer genug, okay?«

»Joyce, er ist ein Mistkerl, ohne Rückgrat.«

»Er hat einen Fehler gemacht. Aber er ist kein schlechter Mensch.«

Greg nickt. »Bitte, pack ein paar Sachen ein.«

Greg löst sich von mir, lächelt mich an und entlässt mich mit einem Klaps auf den Po in Richtung Schlafzimmer. Das Wiedersehen mit Jonathan ist mir doch schwergefallen. Es tut mir leid, dass er seinen Job verloren hat und seine Geliebte gleich mit. Ich weiß nicht einmal, wo er untergekommen ist. Aber damit sollte ich mich nicht länger belasten. Das ist ganz allein sein Problem.

Ich ziehe meinen Koffer unter dem Bett hervor und stehe unentschlossen vor dem geöffneten Schrank. »Greg, was soll ich einpacken?«, rufe ich ihm aus dem Schlafzimmer zu. »Wie ist das Wetter in Deutschland?«

Greg erscheint an der Tür, schiebt mich zur Seite, mustert kurz den Inhalt meines Schrankes. Dann legt er zwei Jeans, einen extrem kurzen Lederrock und einige T-Shirts, sowie zwei Sweatshirts hinein.

»Was du sonst noch brauchst, kaufe ich dir dort.«

»Was hältst du von Unterwäsche?«, frage ich süffisant.

Sein freches Grinsen ist Antwort genug. »Von mir aus kannst du darauf verzichten.«

Dann klappt er den Koffer zu, scheucht mich ins Badezimmer, um den Rest einzupacken und schon sitzen wir wieder in seinem Sportwagen auf dem Weg zu seinem Freund.

»Vielleicht hätte ich mir etwas anderes anziehen sollen?«, überlege ich, während er die Harvard Bridge Richtung Back Bay überquert. Greg wirft mir einen von seinen ganz bestimmten Blicken zu, die mich dahinschmelzen lassen.

»Nein, du bist perfekt. Ich werde den ganzen Abend daran denken, wie ich dir den Rock über die Hüften geschoben und es dir in der Seitenstraße besorgt habe. Ich weiß, dass es dir gefallen hat. Sag es!«

»Ja, verdammt, es hat mir gefallen. Sehr sogar, und trotzdem hatte ich eine Scheißangst, dass uns jemand dabei erwischen würde.«

»Den Eindruck hatte ich nicht. Genauso wenig wie in dem Treppenhaus. Dort hat es dir auch gefallen. Sehr sogar«, scherzt er.

»Blödmann«, sage ich grinsend und schubse ihn leicht an. »Oh Mist, ich sollte meinen Dad anrufen«, fällt es mir siedend heiß ein. Wir telefonieren meistens am Wochenende, um uns auf den neuesten Stand zu bringen.

»Ruf ihn von hier aus an.«

»Nein, er weiß doch noch nicht, dass ich mich von Jonathan getrennt habe. Ich habe es ihm noch nicht gesagt«, gestehe ich.

Greg zieht fragend die Augenbrauen hoch. Was denkt er gerade?

»Du hast es ihm noch nicht gesagt? Warum nicht?«

»Mein Dad wird sich fürchterlich aufregen. Jonathan und ich kennen uns schon lange. Dad mochte ihn, vermutlich ging er davon aus, dass wir irgendwann einmal heiraten werden. Außerdem macht er sich ständig Sorgen, seit diese Sache damals passiert ist und er seinen Dienst quittiert hat.«

»Dann solltest du mich ihm schnellstens vorstellen, damit ich ihm sagen kann, dass das jetzt nicht mehr nötig ist.«

»Lass uns das auf nächste Woche verschieben«, entscheide ich und wechsle das Thema. Aber im Hinterkopf messe ich seinen Worten doch mehr Bedeutung bei. Will er mich nur beschützen, oder ist da doch mehr? »Wieso hast du Konzertkarten in Frankfurt besorgt?«

»Ich sagte dir doch, ich habe noch etwas in Deutschland zu erledigen.« Er grinst mich wieder an und konzentriert sich auf die Straße vor uns. Dann biegt er ab und wir halten vor einem großen Haus, das im ähnlichen Stil erbaut wurde wie sein Anwesen, nur ist dieses hier noch ein wenig größer.

Die schmiedeeisernen Tore stehen offen und Greg fährt die Einfahrt hinauf bis vor eine große Garage. Dort parken bereits einige teure Wagen und das Grundstück ist hell erleuchtet. Er steigt aus und öffnet mir die Tür, dann reicht er mir seine Hand und ich steige aus. Die Haustür ist geöffnet und Stimmen dringen von drinnen heraus. Wir betreten das Haus und ich tauche ein in eine andere Welt.

Von wegen, kleine Party. Bereits in dem großen Foyer stehen einige Gäste, die sich bei einem Gläschen Champagner locker unterhalten und mich anlächeln. Dem Stimmengewirr nach zu urteilen, halten sich die meisten Gäste in dem großen Raum auf, der allem Anschein nach als Wohnzimmer fungiert. Greg begrüßt die Leute, stellt mich vor, aber ich habe die Namen bereits wieder vergessen, bevor wir die großen Flügeltüren zum Wohnbereich erreichen. Auf dem Sofa sitzt die Frau, die ich bereits auf der Hochzeit am Arm des unverschämt gutaussehenden Mister Loverboy gesehen habe, und sie strahlt ihren Mann an, der ihr ein Glas Orangensaft reicht. Sie scheint damit nicht einverstanden zu sein, denn sie verzieht ablehnend das Gesicht, doch Matthew nickt nur überzeugend und drückt ihr das Glas in die Hand. Dann dreht er sich zu uns um und ich muss zugeben, Matthew und Greg sind die beiden beeindruckendsten Männer, die ich bisher kennengelernt habe. Genau wie Greg umgibt Matthew eine Aura, die jeden in seinen Bann zieht.

»Greg, Joyce, da seid ihr ja. Wir warten nur auf euch«, höre ich Matthews kräftige Stimme, dann kommt er näher. Er begrüßt Greg mit einem Handschlag, bevor mein Sexgott mich seinem Geschäftspartner vorstellt. Gregs Arm ruht dabei besitzergreifend auf meiner Taille.

»Matthew, das ist Joyce.«

Matthew nimmt mich in die Arme und haucht angedeutete Küsse auf meine beiden Wangen. »Freut mich sehr.«

Dann dreht er sich zu seiner Frau um. »Liebling, Greg und Joyce sind hier.«

Die hübsche junge Frau unterbricht ihr Gespräch, steht vom Sofa auf und lächelt mich freundlich an. Sie muss nur wenige Jahre jünger sein als ich.

»Hi, ich bin Vivien«, begrüßt sie mich und drückt mich ebenfalls, bevor sie Greg begrüßt. »Gut, dass ihr endlich da seid, Matthew ist schon ganz unruhig. Er will endlich seine Rede halten«, flüstert mir Vivien hinter vorgehaltener Hand zu und in diesem Moment weiß ich, was sie meint und warum sie als einzige hier keinen Champagner in ihrem Glas hat. Sie strahlt über das ganze Gesicht, wie es nur eine Schwangere kann. Das Stimmengewirr wird leiser, als Matthew sein Glas erhebt und mit seinem Ring dagegen klopft.

»Vivien, komm her«, ruft Matthew nach seiner Frau, die sich sofort an seine Seite kuschelt. Greg schiebt mich zu dem Sofa und nimmt mich ebenfalls in den Arm, sodass ich gar nicht anders kann, als mich an ihn zu schmiegen. Eine ältere Frau kommt mit einem Tablett und reicht uns Gläser mit einem prickelnden Getränk.

»Ich mag deine Freunde, sie sind nett«, flüstere ich ihm zu.

»Hast du etwas anderes erwartet?«

Ich schüttle den Kopf, als auch schon das allgemeine Raunen durch die Gäste geht, als Matthew verkündet, dass er bald stolzer Vater wird.

»Da hat er sich ja nicht viel Zeit gelassen. Was wird Vivien jetzt durchmachen?«, flüstert Greg mehr zu sich selbst.

»Wieso?«, frage ich erstaunt.

Greg scheint mit seinen Gedanken weit weg von hier, als ich ihn anschubse. »Entschuldigung, was hast du gesagt?«, wendet er sich an mich und schenkt mir wieder seine volle Aufmerksamkeit.

»Ich fragte, warum ist Vivien zu bedauern?«

Greg lacht leise auf. »Matthew ist mein bester Freund. Ich würde niemals schlecht über ihn reden. Jeder von uns würde für den anderen durchs Feuer gehen. Außerdem ist er der liebevollste Mensch, den eine Frau sich wünschen kann, wenn er will, aber er ist auch ein verdammter Kontrollfreak, das war er schon immer. Doch ich bin mir sicher, Vivien wird schon mit ihm fertig werden«, setzt er noch hinzu.

Bevor ich etwas darauf erwidern kann, kommt Vivien auf mich zu. »Joyce? Ich möchte dich gerne mit ein paar Freunden von mir bekanntmachen. Du hast doch nichts dagegen, Greg? Ich entführe dir deine Joyce, dann kannst du mit Matthew ins Arbeitszimmer verschwinden. Aber nicht länger als eine halbe Stunde, alles klar?«, setzt sie gespielt verärgert hinzu.

Mein Sexgott nimmt den Arm von meiner Taille, sodass ich mich aus seiner Umarmung befreien kann und ich folge Vivien durch den Raum. Auf halbem Weg drehe ich mich noch mal zu Greg um. Er sitzt einfach nur da und verfolgt mich wie in Trance mit seinen Blicken. Als er jedoch meinen fragenden Gesichtsausdruck bemerkt, schenkt er mir schnell sein ganz besonderes Lächeln und verzieht die Lippen zu einem angedeuteten Kuss, sodass ich ihn am liebsten in die nächste Ecke gezogen und das

Spiel aus der dunklen Gasse fortgesetzt hätte. Anschließend steht auch er auf und folgt Matthew, der bereits auf ihn wartet, aus dem Raum.

Greg folgt Matthew in dessen Arbeitszimmer. Hier ist es still. Genau der richtige Ort, um in Ruhe über Dinge zu reden, die ihm schon einige Zeit auf der Seele liegen.

»Sie ist hübsch«, bemerkt Matthew, während er sich zu seinem Freund umdreht. Greg durchquert den Raum, bleibt vor dem bodentiefen Fenster stehen und starrt hinaus in die dunkle Nacht.

»Was ist los, Greg?«

Es vergehen einige Sekunden, bevor Greg sich langsam zu seinem Freund umdreht. »Es geht um Joyce. Diese Frau hat in mir Gefühle geweckt, die ich noch für keine andere Frau empfunden habe.«

Matthews Grinsen zieht sich von der einen Wange zur anderen. Er kennt seinen Freund genau. Gregs Beziehungen waren immer nur auf eines ausgelegt; Beziehungen ohne Verpflichtungen, oberflächliche Affären, die heiß und schnell waren. Auch Matthew hat seit dem Tod seiner ersten Frau keine tiefergehenden Gefühle mehr zugelassen, bis Vivien auf der Bildfläche erschienen ist. *Und jetzt könnte sich das ganze Spiel wiederholen*, sinniert er, als er Gregs nachdenklichen Gesichtsausdruck deutet.

»Sollte es dich dieses Mal ernsthaft erwischt haben?«

Greg atmet genervt ein und wirft Matthew einen warnenden Blick zu, ihn nicht weiter zu provozieren. »Was willst du jetzt von mir hören? Verdammt, ja, ich will eine richtige Beziehung mit Joyce. Ich will morgens neben ihr aufwachen und abends neben ihr einschlafen. Ich will sie spüren, und zwar an jedem verdammten Tag. Ich will, dass sie zu meinem Leben gehört.«

Matthew zuckt fragend mit den Schultern. »Und warum tust du es nicht?«

»Das ist nicht so einfach. Joyce ist an mehr nicht interessiert. Und ich habe ihr ganz klar zu verstehen gegeben, dass auch ich nicht mehr will. Als ich sie kennenlernte, hatten wir eine klare Absprache. Keine Gefühle. Nur eine Beziehung, die auf rein sexueller Basis stattfindet. Sie wollte es so, und als ich ihr erklärte, dass ich zu mehr nicht bereit bin, hat sie mir ohne Wenn und Aber zugestimmt. Sie war auf der Suche nach einer Spielbeziehung. Obwohl sie ganz und gar nicht der Typ dafür ist. Sie war einfach nur neugierig und ich wollte sehen, wie weit ich mit ihr gehen kann. Doch jetzt ist alles anders.«

»Das sah mir aber im Wohnzimmer ganz anders aus. Ich hatte nicht das Gefühl, als wäre sie nur an einer oberflächlichen Beziehung interessiert«, entgegnet Matthew überzeugt.

»Ach, das kannst du in so kurzer Zeit sehen? Du hast doch kaum ein Wort mit Joyce gewechselt.«

»Das brauche ich auch nicht. Ich habe Augen im Kopf. Greg, mach nicht den gleichen Fehler wie ich, rede mit ihr. Mehr kann ich dir nicht sagen. Vereinbarungen kann man ändern. Was hältst du davon, Morgen zum Essen zu kommen? Nur wir vier. Dann werde ich dir sagen, ob es sich lohnt.«

»Das brauchst du nicht, das weiß ich«, entgegnet Greg gereizt.

»Dann weiß ich nicht, wo dein Problem liegt.« Matthews durchdringender Blick trifft seinen Freund, bevor er weiterspricht. »Du hast Angst vor Gefühlen. Du hast Angst, enttäuscht und verletzt zu werden. Aber verdammt noch mal, im Leben bekommst du für nichts eine Garantie.«

»Ich bin nicht hierhergekommen, um mich von dir belehren zu lassen, also hör auf damit.«

»Tut mir leid, aber du wolltest eine ehrliche Meinung.«

»Ich fliege übermorgen mit Joyce nach Deutschland«, teilt Greg nun wieder beherrscht mit.

»Dann lass uns das Essen auf nächste Woche verschieben«, schlägt Matthew vor.

»Nein, morgen Abend ist gut.«

»Ist er schon fertig?«, will Matthew wissen und wechselt damit das Thema. Greg ist heute alles andere als entspannt.

»Ja, der Termin steht und ich werde Joyce mitnehmen.«

»Du willst sie mit auf die Rennstrecke nehmen?«

»Warum nicht? Sie weiß es nur noch nicht«, antwortet Greg leise lachend. Die Tür öffnet sich und Vivien steckt den Kopf herein.

»Matthew, Greg, die halbe Stunde ist um. Wir haben Gäste«, bemerkt sie eindringlich an Matthew gewandt. Der erhebt sich aus seinem Schreibtischstuhl, wirft Greg einen vielsagenden Blick zu und die beiden verlassen das Arbeitszimmer.

»Greg und Joyce kommen morgen zum Abendessen. Wir kochen«, teilt Matthew Vivien mit.

Greg dreht sich um. »Ihr kocht?«, fragt er und zieht skeptisch eine Augenbraue hoch. »Ich mache euch einen besseren Vorschlag. Ihr kommt zu uns und wir beide kochen für die Frauen«, bietet Greg an. »Vivien ist schwanger und kann nicht den ganzen Abend in der Küche stehen.«

»Jetzt fängst du auch schon an, Greg. Ich bin schwanger, aber nicht krank. Mir geht es fantastisch, alles klar!«

»Dir geht es gar nicht gut, jeden Morgen hängst du über der Kloschüssel. Du hast schon wieder abgenommen«, mischt Matthew sich sofort ein.

»Oh Gott, Greg, sag Matthew bitte, dass morgendliche Übelkeit nichts Ungewöhnliches ist. Viele Frauen leiden in den ersten Wochen ihrer Schwangerschaft darunter. Es geht vorbei«, lässt Vivien die beiden Männer wissen und geht kopfschüttelnd zu ihren Gästen ins Wohnzimmer.

»Überleg dir gut, was du tust. Gib nie die Verantwortung aus der Hand«, flüstert Matthew Greg zu. »Du siehst, wohin mich das gebracht hat.«

Greg kann nur belustigt den Kopf schütteln.

Es wird sich nie ändern zwischen den beiden, aber Vivien hat mittlerweile raus, wie sie Matthew nehmen muss und er lässt sich von ihr führen. *Genauso, wie er nie seinen Kontrolltick komplett ablegen kann, wird Vivien ihn für seine übertriebene Fürsorge lieben*, geht es Greg durch den Kopf.

»Was hältst du von Vivien?«, fragt Greg mich, als wir in seinem Wagen sitzen und das kurze Stück zu seinem Haus fahren.

»Ich mag sie. Sie ist sehr offen und jetzt kann ich auch verstehen, was du meintest, als du von Matthew gesprochen hast. Sie hat mir einige Geschichten erzählt. Er muss ja ein richtiger Kontrollfreak gewesen sein.«

»Wieso gewesen sein? Er ist es immer noch. Er weiß es nur gut zu verbergen, das ist alles«, klärt Greg mich lachend auf, als wir die Einfahrt zu seinem Grundstück erreichen.

Die Haustür fällt ins Schloss, Greg wirft in seiner gewohnten Art den Schlüsselbund auf die Konsole und zeigt mit dem Finger nach oben. Er sagt kein Wort, muss er auch nicht, denn ich weiß, was jetzt kommt.

Meine Sporttasche nimmt er mit und stellt sie auf einen Stuhl. Okay, also werde ich meine Sachen heute nicht brauchen. Langsam gehe ich nach oben ins Schlafzimmer, Greg folgt mir nicht, er dreht sich um und läuft Richtung Wohnzimmer. Ich weiß nicht, warum, aber immer, wenn Greg seine dominante Seite zeigt, erregt es mich, dabei hat er mich noch nicht einmal berührt.

Langsam gehe ich die Treppe weiter hinauf. Was wird mich erwarten? Was soll ich tun? Als ich die Schlafzimmertür öffne, liegen auf dem Bett ausgebreitet schwarze Spitzendessous, lange schwarze Lackstiefel, die bis über meine Knie reichen und eine Gerte, daneben ein Zettel, auf dem steht:

Zieh die Sachen an! Ich komme in zehn Minuten nach oben. Dann will ich dich in einer demütigen Position vorfinden! Greg

Verdammte Scheiße. Ich überlege, ob ich noch Zeit zum Duschen habe, und entscheide mich spontan dafür. Auf dem Weg zum Badezimmer entledige ich mich meiner Kleidungsstücke und lasse sie einfach auf den Boden fallen. Dann springe ich schnell unter die heiße Dusche. Das warme Wasser tut gut, aber ich kann mich nicht entspannen, im Gegenteil, ich bin aufgeregt und überlege angestrengt, in welcher aufreizenden Pose Greg mich sehen will. Schnell drehe ich das Wasser ab, schnappe mir ein Handtuch aus dem Regal und trockne mich ab. Zum Eincremen habe ich keine Zeit mehr.

Ich schließe den Strumpfhalter im Rücken und streife mir die schwarzen Strümpfe über die Beine. Umständlich befestige ich die Häkchen und ziehe die Strümpfe in die richtige Position. Dann schlüpfe ich rasch in den extrem sexy String und ziehe mir die Korsage an, was nicht einfach ist bei den vielen Häkchen und Schnüren. Als ich sie zurechtgerückt habe, muss ich über meinen Anblick lächeln. Die Korsage bedeckt praktisch nichts. Nur meinen Bauch, meine Brüste werden von den Metallstäben nach oben gedrückt und kein Stückchen Stoff bedeckt sie. Im Gegenteil, sie werden erst durch dieses unanständige Kleidungsstück so richtig in Szene gesetzt. Ich berühre meine Nippel, die sich sofort zusammenziehen und rosa hervorstechen, mich verrucht wirken lassen. Ebenso das Höschen, das nur aus Schnüren zu bestehen scheint und meine Pussy aufreizend zur Geltung bringt. Die einzelnen Satinbändchen liegen reizvoll fest zwischen meinen Schamlippen.

Ich betrachte mich im Spiegel. Es ist fesselnd, mich so zu sehen, provokant und irgendwie schamlos. Unbewusst gleitet meine Hand zu meinem Venushügel. Die Haut fühlt sich warm und leicht feucht an. Zum Glück habe ich mich gestern noch rasiert. Ich bin erregt. Mit der anderen Hand streiche ich über meine Nippel, die sich sofort wieder zusammenziehen. Das Knallen einer zufallenden Tür im Haus erinnert mich daran, dass ich unter Zeitdruck stehe.

Ein Blick auf mein Handy zeigt mir, dass ich bereits länger als zehn Minuten gebraucht habe. Aber ich höre keine Geräusche aus dem Schlafzimmer. Gut, Greg ist noch nicht da. Also schlüpfe ich schnell aus dem Bad. Im Schlafzimmer ist alles dunkel, nur die kleine Lampe auf der Fensterbank spendet ein warmes Licht, das dem Raum etwas Beruhigendes schenkt. Ich greife zu den Lederstiefeln, setze mich auf den Sessel und schließe jeweils die langen Reißverschlüsse. Fertig.

Aufreizende Position, geht mir durch den Kopf, als mir ein verruchter Gedanke in den Sinn kommt. Ich gehe zum Bett, schnappe mir die Gerte und stecke sie mir zwischen die Zähne, sodass beide Enden aus meinem Mund herausragen. Jetzt lasse ich mich auf dem weichen Teppich vor dem Bett auf die Knie sinken, als ich auch schon Gregs Schritte auf der Treppe höre. Geschafft.

Die Tür geht auf, ich konzentriere mich nur auf ihn, aber Greg beachtet mich gar nicht. Zumindest tut er so, als wäre ich Luft für ihn. Langsam betritt er den Raum, zieht seine Krawatte aus und legt sie auf den Sessel, als Nächstes folgen die Schuhe, die er achtlos auf den Boden fallen lässt. Sein Sakko muss er bereits im Wohnzimmer ausgezogen haben. Er öffnet die Knöpfe seines Hemdes und streift es sich über die Schultern. Ich könnte ihm stundenlang dabei zusehen. Sein Körper ist perfekt. Die Muskeln, die unter der Haut zum Vorschein kommen, drücken Stärke aus. Mein Blick folgt ihm, als er das Badezimmer betritt und die Dusche anstellt. Minuten vergehen und meine Position wird mir langsam zu unbequem. Ich rutsche unruhig auf den Knien hin und her, um eine angenehmere Stellung zu finden, und endlich kommt er nur mit einem Handtuch um die Hüften auf mich zu.

Sein Blick ist liebevoll und doch sehe ich auch Härte darin. Er nimmt mir die Gerte aus dem Mund und legt sie auf das Bett. Dann lässt er das Handtuch fallen und sein erigierter Schwanz springt mir entgegen.

»Mund auf!«, befiehlt er mir in seiner typischen dominanten Art und ich gehorche.

Ich lege den Kopf in den Nacken, seine Hand streicht zärtlich über meine Wange bis zu meinem Kinn. Langsam schiebt er seine Schwanzspitze in meinen Mund. Ich höre, wie er die Luft einzieht, als meine Lippen ihn berühren und meine Zunge das Spiel mit seiner Eichel aufnimmt. Seine Augen sind geschlossen, sein Kopf liegt im Nacken und ein leichtes Stöhnen entrinnt seinen Lippen. Seine Hand greift in meine Haare und drückt meinen Kopf näher an ihn, sodass ich seinen Schwanz bis zur Hälfte in meinem Mund spüre. Er ist warm und hart.

Immer wieder stößt er sanft zu und ich lasse meinen Mund, meine Lippen und meine Zunge spielerisch darüber gleiten. Als er das Tempo erhöht, überkommt mich ein leichter Würgereiz, und ich greife nach seinen Pobacken, um mich festzuhalten. Seine dominante Art mir zu zeigen, wie sehr er mich begehrt, erregt mich. Dann zieht er sich zurück. Ich lege den Kopf in den Nacken und schaue ihm sehnsüchtig in die Augen.

»Schachmatt«, sagt er emotionslos zu mir. »Du hast mich länger als zehn Minuten warten lassen. Du weißt, was das heißt?« Seine Stimme ist sanft und doch voller Stärke. Ich nicke erwartungsvoll.

»Dreh dich um! Auf die Knie, Hände auf den Boden. Streck mir deinen süßen Arsch entgegen.«

Ich gehorche und spüre das köstliche Gefühl der Lust zwischen meinen Beinen. Meine Nippel sind steif vor Erregung und meine Scham pocht bereits vor Verlangen, von ihm berührt zu werden. Langsam lasse ich mich nach vorne sinken und stütze mich auf den Händen auf. Ich drehe den Kopf nach hinten und sehe noch Gregs verheißungsvolles Lächeln, bevor er sich zum Bett umdreht, nach der Gerte greift und sie wie ein Versprechen in seine offene Hand klatschen lässt. Ich zucke unwillkürlich zusammen. Als er hinter mir steht, drückt er mich leicht nach unten, sodass ich den Kopf jetzt auf meine Ellenbogen legen kann. Ich bin ihm völlig ausgeliefert. Er schiebt seine Finger zwischen die Bändchen des Slips und zieht ihn von meinem Po.

Mit der Gerte tippt er mich leicht an den Oberschenkelinnenseiten an, damit ich die Beine weiter spreize. Verdammt, dieses Spiel ist unsagbar erregend. Ich zittere leicht, aber nicht vor Kälte, sondern vor unbefriedigter Begierde nach ihm und seiner Macht. Die er gekonnt anwendet, um mich in Ekstase versinken zu lassen. Langsam geht er um mich herum, einmal, zweimal und noch ein drittes Mal, dabei lässt er die Gerte immer wieder zärtlich über meinen Körper wandern, streichelt damit meine empfindliche Haut. Meine Nerven sind zum Zerreißen angespannt. Verflucht, was hat er vor? Als er wieder hinter mir steht, spüre ich das harte Stück Leder zwischen meinen Pobacken, wie er es immer tiefer zu meiner Pussy gleiten lässt. Ich schreie vor Lust auf, als er damit zärtlich meine Klit berührt.

Seine Antwort darauf ist ein fester Schlag mit dem Objekt, das mir unendliche Lust, aber auch genauso Schmerz zufügen kann, auf meinen Po. Immer wieder lässt er die Gerte von meinem Steißbein zwischen meinen Pobacken bis zu meiner Pussy gleiten und weiter zwischen meinen mittlerweile hochsensiblen Schamlippen entlang, bis ich zusammenzucke vor Begierde, nur um mir sofort darauf zu beweisen, dass er die Macht über meine Lust hat. Dass er derjenige ist, der mein sexuelles Verlangen leitet.

Ich spüre die kleinen Schweißtropfen auf meinem Po, während er sein Spiel in die Länge zieht. Mich immer weiter dem Gipfel der Erfüllung entgegentreibt, nur um kurz vor dem Höhepunkt von mir abzulassen und mir mit seiner Gerte in der Hand und seinen kurzen Schlägen zu signalisieren, dass ich ihm gehöre, mich ihm bedingungslos hinzugeben habe. Es ist ruhig. Ich höre nur meinen Atem und meinen schnellen Herzschlag und dann das Geräusch, das die Gerte verursacht, als er sie auf den Parkettboden fallen lässt.

»Du bist wunderschön in deiner Erregung«, höre ich seine Stimme hinter mir.

Wieder umrundet er mich, beobachtet meine Reaktion. Ich hebe den Kopf und werfe ihm einen bittenden Blick zu, mir endlich das zu geben, was ich brauche. Aber er lächelt mich nur an, geht vor mir in die Hocke, greift unter mein Kinn und hebt meinen Kopf zu sich, um mir mit einem leidenschaftlichen Kuss zu zeigen, wir sehr er das Spiel genießt. Als er sich erhebt, atme ich erleichtert auf. Aber Greg entfernt sich von mir und lässt sich demonstrativ in den Sessel mir gegenüber fallen. Seine Hand liegt locker auf seiner erigierten Männlichkeit, die mir entgegenspringt und regelrecht schreit: *Nimm mich*. Ich will aufstehen, mich auf seinen Schoß setzen, doch Greg lässt mich mit einem scharfen Befehl am Boden verharren.

»Schau mich an«, dringt sein nächster Befehl an mein Ohr.

Ich könnte schreien. Ich will ihn. Und dann tue ich etwas, womit Greg nie gerechnet hätte. Ich drehe mich um, streife den Slip ganz von meinem Körper und strecke ihm schamlos meinen Hintern entgegen. Mein Kopf liegt auf dem weichen Teppich, während meine Hand zu meinen Schamlippen wandert und sie leicht spreizt. Alles, was ich höre, ist Gregs Lachen, das an mein Ohr dringt und dann spüre ich ihn hinter mir, wie er mich hart zu sich zieht, mir auf die Finger haut, sodass ich meine Hand wegziehe, und er ungehindert in mich eindringen kann.

Das Gefühl ist unbeschreiblich intensiv. Ich schreie auf, als er sich vollständig in mich bohrt. Immer wieder gleitet er aus mir heraus, nur um dann mit einem harten Stoß wieder in mich einzudringen, um mir zu zeigen, wer das Sagen hat. Seine Hand greift in meine Haare und zieht meinen Kopf zurück. Mein Keuchen wird lauter.

»Das wirst du nie wieder tun. Hast du mich verstanden, kleine Hexe«, dringt seine Stimme an mein Ohr.

»Ja, verdammt, nimm mich«, bringe ich unter Stöhnen hervor.

»Etwas anderes hatte ich gar nicht vor«, stößt er aus, als er sich wieder in mich bohrt. Das Klatschen seines Beckens auf meinem Po ist wie Musik in meinen Ohren. Immer wieder dringt er hart in mich ein.

»Du hast die Spielregeln nicht verstanden, Joyce. Ich bin derjenige, der die Macht hat.«

Dann zieht er sich aus mir zurück, greift um meine Taille und zieht mich zu sich hoch. Enttäuscht und atemlos lasse ich mich in seine Arme fallen. Greg hebt mich auf seine Arme und ich schlinge meine Beine um seinen muskulösen Körper. Er durchquert mit mir den Raum und drückt mich gegen die Schlafzimmertür, bevor er wieder seinen Schwanz in mir versenkt.

»Halt dich fest«, presst er hervor und legt seine Hände unter meinen Hintern. Ich drücke meine Beine fest um seinen Körper und verschränke meine Füße hinter seinem Po, ziehe seinen Kopf an meine Schulter, während er unablässig in mich hinein hämmert. Seine schweißnasse Haut glänzt in dem dämmrigen Licht. Ich komme mit einem Schrei. Greg folgt mir kurz danach. Unsere verschwitzen Körper kleben aneinander, während wir nach Atem ringen.

»Zufrieden?«, raunt er mir ins Ohr.

»Mehr als zufrieden. Aber sagtest du nicht, du würdest mich nicht in deinem Schlafzimmer lieben?«

»Ich sagte, ich werde dich nicht in meinem Bett nehmen.«

Dann gibt er mir einen Kuss auf den Mund und ich lasse mich langsam an ihm heruntergleiten. Er setzt mich auf dem Bett ab, bevor er sich selbst auf die andere Seite schwingt. Jetzt wieder liebevoll zieht er mich in seine Arme und ich kuschle mich erschöpft aber glücklich an seine Brust. Dabei versinke ich in meiner Traumwelt, in der es nur eines gibt: Greg.

14

Greg hat sich in die Küche zurückgezogen und packt die frischen Zutaten für unser Abendessen aus, die wir auf dem Markt erstanden haben, während ich schnell unter die Dusche springe.

Natürlich hat er darauf bestanden, dass ich mein Lauftraining auf keinen Fall unterbreche. Mindestens drei Mal die Woche hetzt er mich durch die Stadt und ab nächster Woche beginnt mein Krafttraining bei Arnie, auf das ich mich freue. Als ich nach unten komme, werde ich von meiner Lieblingsband empfangen, deren Sound aus den Lautsprechern im Wohnzimmer trällert. Gut gelaunt und mitsummend betrete ich die Küche. Mein Sexgott macht sich gerade an den Tellern zu schaffen.

»Lass mich das machen«, biete ich an und nehme ihm die Teller aus der Hand, um den Esstisch im Wohnzimmer zu decken.

Es ist ein langer Naturholztisch, der direkt vor den großen Fenstern steht. Passende moderne Sessel stehen darum verteilt und von der Decke spendet ein mit Tausenden von Swarovski-Kristallen bestückter Kronleuchter, der quer über den Tisch reicht, ein angenehmes Licht.

»Sehr schön«, lobt Greg mich, als er das Wohnzimmer betritt und den Tisch sieht, schlingt seine Arme um meinen Körper und küsst mich auf den Nacken.

»Greg, das kitzelt, außerdem werden Vivien und Matthew gleich hier sein«, versuche ich, ihn abzuwehren.

»Dann lass sie doch. Vivien hat damit kein Problem und Matthew erst recht nicht.«

Es klingelt an der Tür und ich winde mich aus seinem Griff.

»Ich mach auf«, rufe ich ihm noch zu und muss grinsen, als ich seinen Aufzug sehe. Er hat sich eine weiße Schürze um die Hüften gebunden und besitzt in diesem Moment so rein gar nichts von einem sexy Bad Boy.

»Du lachst mich aus?«, ruft er mir nach, während ich die Tür öffne und Vivien und Matthew begrüße. Er folgt mir.

»Kommt rein«, sage ich, immer noch lachend.

»Was ist los?«, will Matthew wissen und küsst mich auf beide Wangen. Ich drehe mich um und hinter mir steht Greg mit seiner Schürze und einem Kochlöffel in der Hand. Er hält ihn demonstrativ in die Luft und kommt sich scheinbar auch komisch vor, sodass auch Vivien jetzt sofort anfangen muss zu kichern.

»Alberne Hühner«, höre ich Greg hinter mir knurren. Matthew schüttelt nur belustigt den Kopf, bevor er Greg die Schürze abnimmt, die der ihm entgegenhält.

»Du glaubst doch nicht, dass ich dieses Monstrum anziehe«, fährt Matthew seinen Freund entrüstet an, stimmt aber sofort in Gregs Lachen ein.

»Die habe ich extra für uns gekauft. Lass den Frauen doch mal den Spaß, zu glauben, sie hätten die Oberhand.«

Matthew legt seine Jacke ab, bindet sich die Schürze um die Hüften und macht ein Gesicht, als wäre die Milch sauer geworden. Die beiden wirken einfach nur lächerlich in ihrer Küchenkluft und trotzdem umgibt sie eine Aura, der keine Frau widerstehen könnte. Greg und Matthew sind zwei Männer, die nichts entstellen kann. Vivien und ich kriegen uns kaum noch ein vor Lachen. Unsere Männer sehen aus wie aus einer Kochshow.

Ich ziehe mich mit Vivien ins Wohnzimmer zurück, während unsere beiden Superhelden ihre neue Wirkungsstätte für den heutigen Abend aufsuchen. Sie erzählt mir die Geschichte, wie sie und Matthew sich zum ersten Mal begegnet sind, was uns noch mehr zum Lachen bringt.

»Nein wirklich, ich hatte richtiggehend Angst vor ihm«, will sie mir einreden. »Okay, er hat mich eingeschüchtert, oder sollte ich sagen: Beeindruckt?«, gesteht sie mir immer noch kichernd. »Als er mir seine Hand entgegengestreckt hat, war ich wie hypnotisiert und habe mich in Grund und Boden geschämt, das kannst du dir nicht vorstellen. Und als ich ihm oben in seinem Konferenzzimmer gegenübersaß, puh …«, dabei wedelt sie mit der Hand in der Luft herum. »Ich glaube, ich war bereits zu diesem Zeitpunkt in ihn verliebt«, lacht sie in Erinnerungen schwelgend.

»Und er war sofort in dich vernarrt, nehme ich an.«

Vivien schüttelt nachdenklich den Kopf. »Nein, zu diesem Zeitpunkt noch nicht. Er wollte mich, zu seinen Bedingungen. Er wollte mich ficken, aber ich wollte mehr. Ich wollte seine Liebe«, erzählt sie mir, ohne wegen ihrer offenen Worte rot zu werden. Vielleicht sollte ich fragen, wie sie es angestellt hat, dass Matthew sich in sie verliebt hat. Ich zögere noch kurz, dann spreche ich sie geradeheraus darauf an.

»Wie hast du es geschafft, dass er sich in dich verliebt hat und dich nicht nur als Spielzeug ansieht?« Jetzt ist es raus. Ich kenne Vivien noch nicht lange, aber ich habe das Gefühl, ihr voll und ganz vertrauen zu können. Sie lächelt mich an.

»Er hat mich nie wie sein Spielzeug behandelt«, sagt sie ernst. »Ich habe ihn verlassen.«

»Einfach so?«

»Nein, nicht einfach so. Es war die Situation, er ist einen Schritt zu weit gegangen und ich habe die Konsequenzen gezogen«, erklärt sie mir schulterzuckend. »Glaub mir, es war nicht leicht. Aber es hat sich gelohnt. Zwei Wochen später stand er vor mir. Oh je, du kannst dir nicht vorstellen, welchen Kampf wir ausgefochten haben. Matthew ist ein verdammter Kontrollfreak. Er wird es immer sein, aber ich weiß, wie ich ihn nehmen muss. Zu Kreuze kriechen ist so gar nicht sein Ding. Aber ich habe ihn vor mir auf den Knien rutschen lassen«, erzählt sie zufrieden und unterstreicht ihre Worte noch mit einer Handbewegung, indem sie mit dem Zeigefinger zu Boden zeigt und ihn hin- und herbewegt.

Und in diesem Moment wird mir klar, dass ich Greg nur für mich gewinnen kann, wenn ich ihn in eine Situation bringe, in der es um alles geht.

Greg hat mittlerweile die Musikrichtung geändert und jetzt dringt das tiefe Timbre einer Soulsängerin an mein Ohr. Ich höre, wie die Männer in der Küche hantieren. Dann folgen einige Flüche und das scheppernde Geräusch einer Metallschüssel, die auf die Fliesen fällt. Vivien kann sich nicht zurückhalten und stichelt die beiden auch noch an.

»Hunger«, ruft sie in Richtung Küche, was Matthew veranlasst, mit einem Pfannenwender in der Hand im Wohnzimmer zu erscheinen und wild damit in der Luft herumzuwirbeln. An seinen Mundwinkeln klebt ein dunkelbraun glänzendes Etwas, was schwer nach Schokolade aussieht und in seinen Haaren kann ich einige weiße Mehlspuren entdecken. Er sieht einfach zu komisch aus.

»Pass auf, Kleines«, warnt er sie schmunzelnd und das Lächeln in seinen Augen könnte nicht liebevoller sein. »Wenn du nicht schwanger wärst, würde ich dich heute Abend übers Knie legen, dass dir Hören und Sehen vergeht«, droht er ihr ganz ungeniert in meinem Beisein. Vivien verzieht nur belustigt das Gesicht. »Hm, hm«, ist ihre Antwort darauf.

Daran sollte ich mich gewöhnen. Diesen beiden Männern ist rein gar nichts peinlich.

»Matt, würdest du deinen Arsch in die Küche bewegen und dich um die Steaks kümmern«, höre ich Greg aus der Küche rufen.

»Geduldet euch noch kurz. Wir sind gleich so weit.« Dann verschwindet er wieder Richtung Küche.

»Ich liebe ihn«, wendet Vivien sich jetzt an mich. »Auch wenn er der totale Kontrollfreak ist. Das wird er natürlich niemals zugeben. Er hat sich wirklich gebessert, seit ich ihn damals verlassen habe. Aber im Grunde möchte ich ihn gar nicht anders. Nicht, dass du denkst, Matthew würde mich schlagen«, setzt sie noch hinzu und greift nach meinem Unterarm, um ihren Worten noch mehr Gewicht zu verleihen. Als ob das nötig wäre. Jeder kann sehen, dass Matthew Vivien auf Händen trägt und trotzdem kann er seine Autorität nicht völlig von ihr untergraben lassen.

»Es ist mehr ein Spiel zwischen uns, wenn du verstehst, was ich meine«, erklärt sie verträumt. Ich lächle sie wissend an. Und ob ich weiß, was sie meint. Vivien und ich sind genau auf der gleichen Wellenlänge.

Kurze Zeit später sitzen wir am Esstisch. Unsere Männer haben wirklich alles gegeben, um ein Essen zu zaubern, das einem das Wasser im Mund zusammenlaufen lässt. Von der Vorspeise, die aus verschiedenen Antipasti besteht, ist nur noch ein kleiner Rest übrig, und die Steaks waren perfekt gebraten. Ich bin vollkommen satt, als Greg mit dem Dessert, einer Schokoladenmousse, hereinkommt.

Vivien winkt dankend ab und ich probiere nur einen winzigen Löffel der superleckeren Nachspeise von Greg, die er mir in den Mund schiebt. Unsere Blicke treffen sich. Ich sehe das Feuer in seinen Augen. Die Begierde, die er fühlen muss, wenn er meinen Körper und meine Gefühle beherrscht, wenn ich mich ihm vollkommen willenlos hingebe. Aber das muss warten.

Matthew lehnt sich über den Tisch und kommt noch einmal auf ein aktuelles Projekt zu sprechen. »Hast du die Zahlen mal durchgerechnet, Greg?« Greg nickt bejahend, während er sich noch einen Löffel von der Schokomasse einverleibt, was sonst so gar nicht sein Ding ist. Ich habe selten gesehen, dass er sich einen süßen, kalorienreichen Dickmacher gönnt.

»Wenn es lukrativ ist, sollten wir schnellstens mit dem Eigentürmer sprechen, bevor die Konkurrenz ihre Fühler ausstreckt«, überlegt Matthew weiter.

»Ich habe nächste Woche einen Termin mit den Investoren, mal sehen, wie sie darauf reagieren. Bis jetzt weiß noch keiner etwas von unseren Plänen, die Gebäude so zu erhalten, wie sie sind. Außerdem hatte ich ein Gespräch mit dem Leiter des Bauausschusses. Er hat mir einen Tipp gegeben«, dabei zieht er die Augenbraue hoch und grinst Matthew vielsagend an. »Es könnte sein, dass ein Abriss gar nicht in Frage kommt. Einige der Gebäude stehen unter Denkmalschutz. Aber davon weiß bis jetzt keiner etwas. Stell dir vor, was da für Kosten zusammenkommen, wenn die ganze Planung umgestellt werden müsste. Die alten Gebäude müssten an den Neubau integriert werden.« Er winkt ab. »Dann wären wir fein raus, wenn unsere Firma mit einer Alternative kommt. Die Eigentümer sind hoch verschuldet und müssen handeln. Ihnen bleibt nicht mehr viel Zeit. Die Angebote, die vorliegen, gehen alle in die Richtung, die Gebäude abzureißen«, teilt Greg mit.

»Wir sollten auf jeden Fall Stillschweigen darüber bewahren, bis das Geschäft über die Bühne ist. Wie verlässlich sind die Informationen des Leiters vom Bauausschuss?«, will Matthew wissen.

»Ich bekomme in den nächsten Tagen die endgültigen Fakten.«

Matthew nickt und beide gehen nicht weiter auf das Thema ein.

Insiderwissen, geht es mir durch den Kopf. Aber das kann mir egal sein, solange es nicht illegal ist.

Den Rest des Abends verbringen wir mit weniger brisanten Themen. Matthew und Vivien erzählen uns von dem Innenarchitekten, den sie beauftragt haben, einige Veränderungen in ihrem Haus vorzunehmen, um die vorhandenen Räume für ihr Baby umzubauen. Außerdem möchte Matthew Viviens Sportwagen verkaufen und ihr dafür einen großen SUV anschaffen, was sie mit Protest ablehnt. Sie ist der Meinung, eine Familienkutsche würde völlig ausreichen. Gegen zwölf verabschieden sich die beiden und wünschen uns einen guten Flug. Ich räume mit Greg noch schnell die Küche auf, die in einem einzigen Chaos daliegt, stelle die Spülmaschine an, während er uns noch ein letztes Gläschen Wein einschenkt und sich zu mir an die Küchentheke setzt.

»Lass den Rest einfach stehen. Meine Haushälterin kommt morgen. Sie erledigt den Rest. Komm her«, er streckt den Arm nach mir aus und ich lasse mich müde an seine Brust sinken.

Eine wohlige Wärme umgibt mich. Ich räkle mich im Traum auf dem dicken Fell, das vor dem Kamin liegt. Ich will meine Beine ausstrecken, aber irgendetwas hindert mich daran. Ich weiß, dass ich träume. Ich muss nur die Augen öffnen, dann bin ich wach, aber es gelingt mir nicht. Ich versuche, zu schreien, damit ich aufwache, aber auch das gelingt mir nicht. Als mir der vertraute Geruch in die Nase steigt, schwimme ich endlich aus der Traumwelt und wache auf. Greg liegt zwischen meinen gespreizten Beinen und grinst mich frech an.

»Guten Morgen, Prinzessin«, begrüßt er mich. Ich will mich schlaftrunken aufsetzen, doch er drückt mich in die weichen Kissen zurück.

»Bleib!«, befiehlt er mir in seinem liebenswerten Befehlston, bevor er seinen Kopf senkt und mit seiner Zunge meine

Schamlippen teilt. Ich ziehe scharf die Luft ein, bei dem Gefühl, das seine Berührung hinterlässt. Heiße Wellen der Lust durchströmen mich.

»So kannst du mich jeden Morgen wecken«, seufze ich. Er gibt nur ein undeutliches Knurren von sich und zieht mich mit einem Ruck ans Ende des Bettes. Sehnsüchtig schaue ich ihn an.

»Ich will dich ficken, aber nicht im Bett. Ich werde dich hart nehmen. Bist du bereit dazu?« Seine Stimme klingt rau und erregt. Sein Brustkorb hebt und senkt sich. Ein Blick auf seinen erigierten Schwanz sagt alles. Ich nicke, er greift meine Hand und zieht mich vom Bett hoch.

»Stell dich ans Fenster. Mit dem Rücken zu mir.«

Ich gehorche voller Erwartung. Die Fenster verdecken praktisch nichts von mir, aber das ist mir egal. Außerdem ist es noch dunkel draußen und hier im Raum spendet nur die kleine Lampe auf der Kommode ein dämmriges Licht. Vor dem Fenster steht ein hoher Baum, der seine Blätter noch nicht verloren hat, sodass ich vor neugierigen Blicken vorbeigehender Passanten weitestgehend geschützt bin.

Ich spüre Greg hinter mir. Seine Hände greifen in meine Haare. Er wickelt sie zu einem Zopf und zieht meinen Kopf zu sich nach hinten, sodass ich kurz aufstöhne. Dann legt er mir die Haarsträhne über meine Schulter. Seine Lippen streichen zärtlich über meine Halsschlagader und ich spüre, wie mir das Blut durch den Körper rauscht.

»Hände auf die Scheibe.«

Ich tue es ganz mechanisch. Mein Atem wird schneller, mein Herz pocht in meiner Brust und ich schließe die Augen. Seine Hände greifen um meine Taille und er zieht mich ein Stück zurück, sodass ich ihm meinen Po entgegenstrecken muss, dabei spüre ich, wie ich feucht werde. Es erregt mich, mich ihm so zu zeigen.

»Du bist wunderschön, weißt du das?« Ich weiß, dass er keine Antwort von mir erwartet. Seine Fingerspitzen ziehen eine Spur über meine Wirbelsäule bis zu meinem Steißbein. Der erste Schlag auf meinen Po lässt mich kurz aufstöhnen.

»Du weiß, wofür das ist?«, höre ich ihn hinter mir.

»Ja«, stoße ich aus. Allein bei dem Gedanken daran, wie ich Greg gestern Abend ausgelacht habe, könnte ich schmunzeln, aber die Erregung, die sich immer mehr zwischen meinen Beinen aufbaut, verdrängt meine Erinnerung und macht dem gierigen Gefühl Platz, das mich immer ergreift, wenn Greg mich in Besitz nimmt.

Beim zweiten Schlag merke ich, dass ich feucht werde. Ich will ihn in mir spüren, aber Greg wird das Spiel noch ausdehnen, da bin ich mir sicher. Wieder trifft mich seine flache Hand und wieder ziehe ich scharf die Luft ein, beiße mir auf die Lippen bei dem Schmerz, der sich sofort in Lust umwandelt. Ich stöhne leise auf und Greg drückt mich noch weiter nach unten, tippt meine Oberschenkel an, damit ich die Beine weiter spreize und tiefer ins Hohlkreuz gehe. Ich höre seine Schritte, wie er den Raum durchquert, vor der Kommode stehen bleibt und einen kleinen Gegenstand sowie einen Flogger herausnimmt. Schnell drehe ich den Kopf wieder zurück.

»Das wird dir gefallen«, verspricht er mir. Er zieht erneut mit seinem Finger eine Spur meinen Rücken hinunter bis zu meinem Steißbein und weiter zwischen meinen Pobacken hindurch, bis er meine Spalte berührt und leicht über meine Klit streicht. Ich zucke bei dem wohligen Gefühl zusammen, das Stromstößen gleich durch meine Pussy dringt, und strecke ihm meinen Po jetzt schamlos entgegen, um mehr von ihm zu spüren. Worauf Greg wieder mit zwei Schlägen reagiert. Rechts, links und noch einmal rechts, links.

Ich stehe vollkommen unter Strom und das weiß dieser Mistkerl. Immer wieder lässt er seinen Finger von meinem Steißbein durch meine Pospalte hinunter zu meiner Scham gleiten, sodass ich vor Wolllust in seinen Händen zerfließe. Meine Beine zittern und mein Atem kommt stoßweise. Greg greift um meine Taille und leitet mich zu dem Teppich, der mitten im Raum liegt.

»Auf die Knie! Kopf auf den Boden!«, lautet sein scharfer Befehl. Ich bin an einem Punkt angelangt, an dem ich alles tun würde, um Erlösung zu finden. Ich gehorche und bringe mich in Position. Er spreizt meine Beine, sodass ich ihm wieder schamlos ausgeliefert bin. Aber allein der Gedanke, mich ihm so zu zeigen, heizt mich noch mehr an. Meine hochsensible Klit steht zwischen meinen festen Schamlippen hervor, nur um von ihm berührt zu werden, um mich in den siebten Himmel zu katapultieren. Doch nichts dergleichen geschieht. Stattdessen höre ich Gregs nächsten Befehl an mein Ohr dringen. Er hat sich über mich gebeugt und liebkost mit seinen Lippen meinen Nacken, während er mir ins Ohr flüstert.

»Nimm deine Hände und spreize deine Pobacken für mich.« Verdammt, was verlangt er von mir? Ich zögere noch, und doch treibt mich meine ungestillte Lust dazu, seinen Befehlen nachzukommen. Ich fühle mich herrlich liederlich und sündhaft verdorben.

»Worauf wartest du noch?«, dringt Gregs Stimme wieder in mein Bewusstsein. »Du wirst tun müssen, was ich von dir verlange, wenn ich dich kommen lassen soll.«

Und dann tue ich es. Ich drehe meinen Kopf zur Seite und stütze mich mit den Schultern und der Wange auf dem weichen Teppich ab, dann schiebe ich meine Arme nach hinten und berühre meinen Po. Die Haut ist nass, vom Lustschweiß benetzt. Als ich meine Hände in Position bringe, fühle ich bereits, wie die Erregung zunimmt.

»Weiter, ich will alles sehen«, spornt er mich an, nicht zu zögerlich zu sein. Ich knie mit weit gespreizten Pobacken und einer vor Lust geschwollenen Pussy vor ihm und kann nur noch an eines denken: *Fick mich!*

Ganz sanft spüre ich die Lederseile des Floggers auf meiner Haut. Er lässt sie fast zärtlich über meinen Rücken gleiten, dann weiter über meine Hände, die sich fest in mein Fleisch bohren und weiter an meinen Oberschenkeln entlang. Wenn ich geglaubt habe, mit Greg schon den Gipfel der Lust erreicht zu haben, habe ich mich gründlich getäuscht. Das hier ist absolut heiß. Mein Herzschlag wird immer schneller, je häufiger er den Flogger über meine hochsensible Haut gleiten lässt.

»Greg, bitte«, bettle ich ihn an. Er legt den Flogger aus der Hand, direkt neben mein Gesicht und fährt mit seinem Finger über meine Pospalte. Ich zucke zusammen, bevor er seinen Finger ganz langsam in meinen Anus gleiten lässt. Er stößt mich ein paar Mal, bevor er ihn wieder herauszieht. Dann nimmt er ein kleines Fläschen von der Kommode und verteilt ein wenig von der kühlen Flüssigkeit zwischen meinen Pobacken, bevor ich einen kalten metallischen Gegenstand fühle, den er mir ganz vorsichtig hineinschiebt.

Ich atme tief ein und aus, bis er das Objekt, das meine Begierde noch steigert, mich aber nicht zum Höhepunkt bringt, in mir versenkt hat. Der kurze Schmerz verebbt sofort und Wellen der Lust breiten sich in meiner unteren Körperhälfte aus. Mein Herzschlag hämmert in meiner Brust und der Lustschweiß läuft mir an den Oberschenkeln herunter. Verdammter Mist. Wieder greift Greg zu dem Flogger und schiebt meine Hände etwas weiter auseinander, sodass er jetzt ungehinderten Zugang hat. Ich spüre die Schnüre, die er über meine Haut zieht, ganz sanft, als wollte er mich damit streicheln.

Als er mich endlich damit zwischen meinen Pobacken berührt, ist es um mich geschehen. Ich stöhne und winde mich auf dem Boden, aber Greg lässt nicht von mir ab. Immer wieder lässt er den Flogger meine Haut berühren. Als er meine Schamlippen und meine Klit streift, ist es vorbei. Ich breche zusammen, ziehe meine Hände nach vorne und schreie meinen Orgasmus hinaus, bis mir die Tränen die Wangen hinunterlaufen. Greg greift sofort nach meinem Becken, hebt mich wieder an, um seine Finger zwischen meine Schamlippen zu führen, und meinen Orgasmus köstlich in die Länge zu ziehen. Er befreit sich von seiner Hose, dreht mich auf den Rücken und spießt mich im wahrsten Sinne des Wortes auf. Durch den Plug in meinem Po bin ich eng und überempfindlich.

Immer wieder gleitet er kraftvoll in mich, bis sich der zweite Höhepunkt aufbaut. Meine Arme liegen über meinem Kopf. Er fixiert sie mit einer Hand, mit der anderen reibt er unaufhaltsam an meiner Klit, bis wir beide von dem erlösenden Höhepunkt davongetragen werden. Völlig erledigt liege ich unter ihm und spüre seinen schnellen Herzschlag. Meine Hände streicheln beruhigend über seinen Rücken bis hinunter zu seinem festen Po.

Dieser Mann macht mich glücklich. Warum sage ich es ihm nicht einfach?

Völlig erledigt betrete ich Gregs Haus. Er konnte es nicht lassen, mich wieder einmal quer durch die Stadt zu jagen. Aber ich bin stolz auf mich. Die Strecke, die mir noch vor einigen Tagen unmöglich erschien, bewältige ich mittlerweile schon viel entspannter als die ersten Male. Greg gibt mir das Gefühl, den Marathon laufen zu können und vor allen Dingen lebend das Ziel zu erreichen.

»Ich springe schnell unter die Dusche«, rufe ich ihm zu, während er bereits Richtung Küche verschwindet. Als ich nach unten komme, steht mein Koffer gepackt in der großen Diele, während Greg seinen daneben stellt, mir einen zärtlichen Kuss auf die Stirn haucht und mich in die Küche schiebt.

»Honey, das vorhin …«, lässt er seinen Satz unvollendet im Raum stehen.

»Ja?« Ich drehe mich zu ihm um.

Er zögert kurz, greift nach meinen Händen und lässt seine Daumen spielerisch auf meiner Handfläche entlanggleiten. Er wirkt nachdenklich, so, als hätte er Bedenken, mir seine Gefühle zu offenbaren.

»Was wolltest du sagen?«, dabei ziehe ich ihn provozierend an mich. Sein Grinsen, das mich so sehr in seinen Bann zieht, erscheint wieder auf seinem Gesicht und der Moment, in dem ich glaubte, in seine Seele blicken zu können, ist vorbei. »Das war einfach nur scharf«, beendet er stattdessen seinen Satz. »Kaffee?« Ich nicke.

»Lass uns unterwegs frühstücken.« Er wirft einen Blick auf seine Armbanduhr und schaut mich fragend an.

»Gerne, wo willst du hin?«

»Ich dachte am Flughafen?«

»Hört sich gut an.« Ich krame in meiner Tasche, kann das Päckchen aber nicht finden.

»Was suchst du denn?«, will Greg wissen und zieht mich von hinten in seine Arme.

»Ich kann meine Pille nicht finden.« Und dann fällt es mir ein, ich habe die letzte Pille vor einer Woche genommen und die neue Packung noch nicht rausgelegt. »Ich muss nochmal nach Hause. Ich habe sie im Bad vergessen.«

»Kein Problem. Nimm meinen Wagen, ich muss noch ein paar Telefonate führen. Sei aber spätestens in einer Stunde wieder hier, wenn wir noch frühstücken wollen.«

Ich schaue ihn entsetzt an. »Ich soll deinen Wagen nehmen?«

»Selbstverständlich sollst du das. Wo liegt das Problem?«, fragt er, während er die Tasse an seine Lippen führt.

Ich würde weiß Gott was darum geben, einmal mit diesem superschicken Auto zu fahren. Aber wenn ich einen Kratzer reinmache, oder ich einen Unfall habe? Greg scheint meine Gedanken zu erraten. Er lacht mich an, kommt einen Schritt auf mich zu und drückt mir einen Kuss auf den Mund. »Es ist nur ein Auto. Ein wenig Blech, weiter nichts.«

»Wenn du es so siehst. Aber ich sterbe vor Angst, wenn irgendetwas mit dem Wagen passiert«, setze ich doch noch hinzu, obwohl ich mich in Gedanken schon die Straße entlangfahren sehe.

»Hm, also gut, um die Sache etwas interessanter zu machen: Fährst du mir einen Kratzer in den Lack, werde ich dich mit Vergnügen bestrafen.«

»Ich werde dir keine Gelegenheit dazu geben«, antworte ich ihm im gleichen herablassenden Ton und grinse ihn an. »Ich bin eine gute Autofahrerin.«

»Die Schlüssel liegen auf der Theke. Also in einer Stunde. Jede Minute Verspätung wird bestraft, alles klar?«

»Alles klar, Sir!« Ich schnappe mir die Schlüssel und will die Küche verlassen, als er mich zurückpfeift.

»Honey, verabschiedet man sich so von seinem Herrn?«

Ich schüttle grinsend den Kopf.

»Komm her!«, befiehlt er, bevor ich nur einen Schritt auf ihn zugehen kann. Als ich direkt vor ihm stehe, fühle ich das verräterische Kribbeln in meiner Scham. Dieser Blick von ihm, der mir klarmacht, wer hier das Sagen hat, übertrifft alles.

»Auf die Knie!« Ich lasse mich ganz langsam vor ihm auf den Boden sinken, ohne den Blickkontakt mit ihm zu unterbrechen. Als ich vor ihm knie, greife ich zum Reißverschluss seiner Jeans, die sich eng um seine muskulösen Beine schmiegt. Ich ziehe ihn nach unten, öffne den Hosenknopf und schon springt mir sein Schwanz entgegen. Was hat er nur für ein Problem mit Unterwäsche? Sein Schrank ist voll davon.

Ich lecke mir genüsslich über die Lippen, was meinem Sexgott ein leises Knurren entlockt, bevor ich meine Lippen sanft um die Spitze seines Penis lege. Er saugt scharf die Luft ein, greift in meine Haare und drückt meinen Kopf an sich, sodass mir gar nichts anderes übrig bleibt, als ihn ganz in den Mund zu nehmen. Er fühlt sich so gut an.

»Das reicht«, ächzt er und ich bin entlassen.

Als ich den Wagen vor meinem Haus zum Stehen bringe, kommt mir mein Dad den schmalen Weg von meiner Haustür entgegen. Was will er hier? Er kommt doch sonst nicht vorbei, ohne sich vorher anzumelden. Völlig panisch steige ich aus dem Auto und laufe zu ihm.

»Dad? Was machst du hier? Ist etwas passiert?«

Er schaut erschrocken hoch, als er mich neben dem teuren Wagen sieht, der sich gerade mit einem Ping verriegelt.

»Joyce?! Gott sein Dank sehe ich dich noch. Jonathan war gestern Abend bei mir. Sag mal, was höre ich da? Du hast dich von ihm getrennt?« Mein Dad wirkt entsetzt.

Oh Gott, auch das noch. Das hätte ich mir ja fast denken können, dass Jonathan zu meinem Dad läuft und ihm irgendeine Geschichte auftischt, um mich bei meinem Vater in ein schlechtes Licht zu rücken. Er kennt meinen Dad und weiß, dass er sich immer Sorgen macht, auch wenn er gar keinen Grund dazu hat.

Ich hake mich bei ihm unter und versuche ihn erstmal zu beruhigen. »Dad, ich hätte dich die nächsten Tage angerufen. Mir geht es gut. Wirklich. Egal was Jonathan dir erzählt hat …«

Mein Dad unterbricht mich. »Joyce, Jonathan hat mir erzählt, du seist mit einem Playboy zusammen. Das kann doch nicht dein Ernst sein«, sagt er beunruhigt und bleibt stehen. Natürlich, Jonathan hat alle Register gezogen.

»Beruhige dich erstmal. Ich bin weder mit einem Playboy zusammen, noch hat Jonathan das Recht dazu, dir diese Lügen aufzutischen.« Ich könnte ihn dafür umbringen.

»Aber ich dachte, ihr würdet heiraten. Jonathan hat doch bereits bei mir um deine Hand angehalten«, eröffnet mein Dad mir.

»Was?« Das wird ja immer toller. »Wann denn?«, frage ich aufgebracht und schließe die Haustür hinter uns.

»Vor ein paar Wochen.«

»Dad, Jonathan hat mich betrogen. Und das nicht nur einmal. Deshalb habe ich mich von ihm getrennt. Ich wollte es dir nächste Woche sagen. Es tut mir leid, aber ich bin in Eile. Ich fliege heute nach Deutschland«, rufe ich ihm aus dem Badezimmer zu. Mein Dad steht wie ein begossener Pudel im Hausflur, als ich das Bad wieder verlasse.

»Er hat dich betrogen? Mit wem?«, fragt er fassungslos und jetzt merke ich, wie die Wut in ihm hochsteigt. »Davon hat er mir nichts gesagt.« Seine Stimme nimmt nun einen ärgerlichen Ton an.

Natürlich hat Jonathan diese Kleinigkeit diskret unter den Tisch fallen lassen. Ich gehe an meinem Dad vorbei Richtung Schlafzimmer.

»Das kann ich mir denken. Dad, lass uns in Ruhe darüber reden, wenn ich zurück bin, okay?«, rufe ich ihm aus dem Schlafzimmer zu.

»Du fliegst nach Deutschland? Allein?«

»Nein, mit Greg«, antworte ich, als ich den Flur wieder betrete.

»Wer ist Greg? Dieser Playboy, von dem Jonathan mir erzählt hat?«

»Dad, Greg ist kein Playboy. Wir kennen uns seit ein paar Wochen. Er ist einer der Geschäftsführer eines großen Unternehmens hier in Boston.«

Mein Dad gibt nur ein missbilligendes Grunzen von sich. »Geschäftsführer sagst du?«

Ich kann mir schon vorstellen, was mein Dad denkt. Seit er den Dienst bei der Polizei quittiert hat und bei einem privaten Personenschutzdienstleister arbeitet, ist er noch übervorsichtiger geworden.

»Greg gibt mir etwas, wozu Jonathan nicht in der Lage ist. Geborgenheit, Vertrauen. Bei ihm kann ich mich fallen lassen. Dad, du brauchst dir wirklich keine Sorgen zu machen.« Dad atmet schwer ein und schaut mich resigniert an. Ich gehe auf ihn zu und umarme ihn. »Greg ist ein fantastischer Mann. Er ist nicht einer von diesen reichen Schnöseln, wie du sie immer nennst. Er ist ganz anders«, versuche ich, ihm verträumt meinen Sexgott näherzubringen. »Ich verspreche dir, du wirst ihn kennenlernen, sobald wir wieder in Boston sind. Aber jetzt muss ich los.«

Wir verlassen gemeinsam das Haus. »Pass auf dich auf, Joyce. Wann seid ihr wieder hier?«

»Nächste Woche.«

»Dann komm vorbei und bring ihn mit. Wie war noch mal sein Name?«

»Greg, er heißt Greg. Du wist ihn mögen. Er ist ganz anders als Jonathan.«

Mein Dad nickt mir zu, dann gleitet sein Blick zu dem teuren Wagen. »Ist das seiner?«, gibt er missbilligend von sich.

Ich nicke, verabschiede mich von meinem Vater, steige in Gregs Auto und werfe ihm im Rückspiegel noch einen verstohlenen Blick hinterher. Es tut mir leid, ihn so kurz abzufertigen, aber unser Gespräch muss warten, bis ich wieder zurück bin.

Bis ich weiß, dass ich mehr für Greg bin, mehr als ein Objekt seiner Begierde. Etwas, das mein Dad niemals hinnehmen würde, wenn er wüsste, wie mein Verhältnis zu meinem Freund derzeit aussieht.

Als ich in Gregs Hofeinfahrt einbiege, steht er mit unserem Gepäck bereits draußen und bedeutet mir, den Wagen in der Garage zu parken, die so groß ist, dass locker noch zwei Autos Platz hätten. Als ich aussteige, kommt er auf mich zu. »Und, alles klar?«

Ich werfe ihm die Schlüssel zu und grinse ihn an. »Ich hoffe, es ist nicht so schlimm, wenn ich mit dem Hinterrad an einem von diesen Schwellern hängen geblieben bin und in einer kleinen Seitenstraße muss ich wohl den Bordstein übersehen haben und mit den Felgen dran gekommen sein«, gestehe ich schuldbewusst. »Außerdem ist die Kontrollleuchte für das Motorenmanagement ein paarmal aufgeleuchtet und beim Einparken muss ich wohl das Fahrrad übersehen haben, das hinter mir stand«, setze ich schulterzuckend hinzu. »Aber sonst ist nichts weiter passiert«, beende ich meinen Bericht. Dabei kann ich mir das Grinsen kaum verkneifen.

Gregs Gesichtszüge verziehen sich zu einem Grinsen und doch geht er auf mein Spiel ein. Er lässt mich stehen, geht um sein Fahrzeug herum, prüft seine Reifen mit akribischer Genauigkeit und lässt seinen Blick über die Stoßstange gleiten. Aufmerksam fährt er mit seiner Hand über den Lack, als würde er nach Spuren von Kratzern suchen. Als er nichts sieht, kommt er auf mich zu.

»Willst du mich verarschen?«

Ich kann nicht mehr und lache jetzt laut drauflos. Und jetzt kann auch er nicht mehr länger ernst bleiben, nimmt mich in den Arm und dreht sich mit mir einmal um die eigene Achse.

»Kleine Hexe, du legst es wirklich darauf an«, knurrt er mir ins Ohr und setzt mich wieder ab.

»Ich wollte nur sehen, wie du reagierst. Wie viel dir dieses Auto bedeutet«, lache ich immer noch.

»Wie viel mir dieser Haufen Blech bedeutet?«, frotzelt er und schnappt wieder nach meinem Arm, um mich besitzergreifend an sich zu ziehen. In diesem Augenblick ist die Atmosphäre wie elektrisiert. Ich spüre die Schwingungen zwischen uns, als er seinen Blick tief in meine Augen eintauchen lässt. Und ich habe nur den einen Gedanken: *Küss mich! Sag mir, dass du mich liebst!*

»Es ist spät, wir sollten fahren«, dringen seine leisen Worte an mein Ohr. Verdammt, was ist mit diesem Mann nur los?

»Ja, du hast recht. Ich habe Hunger. Lass uns frühstücken gehen.«

Greg wirft mir noch einen Blick zu, dann steckt er die Autoschlüssel ein, schließt das Garagentor und wir verlassen sein Grundstück. Das Taxi wartet bereits vor dem Haus.

»Ich habe gerade zu Hause meinen Dad getroffen. Jonathan war bei ihm und hat ihm eine tolle Geschichte aufgetischt.«

»Dieser Jonathan geht mir langsam auf die Nerven. Ich sollte mich mal um ihn kümmern.«

Ich werfe Greg einen warnenden Blick zu. »Lass es, okay?« Er nickt resigniert.

»Es wird Zeit, dass ich ihn mal kennenlerne, deinen Dad meine ich«, wechselt er das Thema.

Ich nicke. »Wenn wir wieder in Boston sind. Du wirst ihn mögen«, dabei lächle ich ihn an. Ich weiß genau, dass er und mein Dad die gleiche Sprache sprechen. Aber was wird Dad dazu sagen, wenn er erfährt, dass wir alles andere als ein Liebespaar sind? Dass unsere Beziehung nur auf eines ausgelegt ist: Heißen Sex und nichts weiter?

Am Logan international Airport in Boston ist wie immer viel Betrieb. Wir steigen aus dem Taxi und Greg zahlt die Rechnung, während ich mir schon einen von den Koffertrolleys schnappe. Greg hebt die Koffer auf den Wagen, dann dreht er sich zu mir um und breitet seine Hände aus. Ich sehe ihn nur fragend an. »Was ist?«

»Soll ich dich auch noch draufheben?«, grinst er mich an.

»Du spinnst ja«, dabei gebe ich ihm einen kleinen Schubs in die Seite, was meinem verrückten Sexgott nur ein Lachen entlockt, und wir betreten gemeinsam das Flughafengebäude, um den nächsten Starbucks anzusteuern.

15

Die Frau, die aussieht, als wäre sie einem Modemagazin entsprungen und sich für die imaginären Fotografen um sie herum ins beste Licht rückt, kommt direkt auf uns zu. Ihr Blick streift mich nur kurz, bevor sie den Mann an meiner Seite regelrecht zu hypnotisieren versucht. Wer ist das? Ich werfe Greg einen fragenden Blick zu, aber seine Miene bleibt ausdruckslos. Nur das Zucken seiner Mundwinkel verrät mir, dass er genau weiß, wer die Frau ist. Ihr Lächeln wird breiter, als sie direkt vor uns steht.

»Terry? Was machst du hier?«, fragt Greg.

»Ich bin auf dem Weg zu dir. Was sonst?« Sie hakt sich bei meinem Sexgott unter, ich scheine Luft für sie zu sein. Greg löst sich von ihr, schaut mich kurz an.

»Joyce, entschuldige mich einen Moment. Stell dich bitte schon mal in der Reihe an.«

Ich nicke völlig perplex. Dann zieht er die schlanke Größe-Vierunddreißig-Schönheit von mir weg und ich bleibe allein zurück. Verdammt, wer ist das? Und warum hat er mich nicht vorgestellt? Doch im Grunde weiß ich doch, warum er es nicht getan hat. Warum sollte er? Ich bin nur sein Spielzeug, mit dem er sich für eine Weile die Zeit vertreibt. Vielleicht ist diese eingebildete Zicke meine Vorgängerin oder vielleicht schon meine Nachfolgerin?

Die ausgelassene Stimmung ist dahin und ich könnte heulen. Jedes Mal, wenn ich glaube, zu ihm durchzudringen, kommt irgendetwas dazwischen. Diese Tage in Europa hätten mich ihm näherbringen sollen. Ich beobachte die beiden verstohlen von meinem Platz am Check-In-Schalter. Vor mir stehen noch drei Passagiere und Greg hat die Tickets, also wird er sich nicht viel Zeit lassen können. Ich sollte mich einfach nicht darum kümmern, aber ich kann nicht anders. Immer wieder fliegt mein Blick zu ihm und dieser dunkelhaarigen Frau, die viel zu nah bei ihm steht. Ihre Hand liegt liebevoll auf seinem Arm und sie schaut ihm schmachtend in die Augen. Sie wirkt verliebt. Dann nickt sie und wendet den Kopf kurz zu mir. Ich fühle mich ertappt und sehe weg.

Verflucht, was ist denn nur los mit mir? Ich bin eifersüchtig, ich bin entsetzlich eifersüchtig. Das ungute Gefühl in meiner Brust breitet sich immer mehr aus. Sie wird eine alte Bekannte sein, weiter nichts, sage ich mir unentwegt.

Als der letzte Passagier vor mir seinen Koffer auf das Band hievt, drehe ich mich wieder zu Greg um, der seine Arme um die Taille dieser Person gelegt hat. Er redet beruhigend auf sie ein, während sie nickt und sich ein verzücktes Lächeln in ihr Gesicht zaubert. Er küsst sie zum Abschied auf beide Wangen, dann dreht er sich um und kommt mir entgegen.

»Alles okay?«, frage ich gleichgültig und doch ist meine Stimme nicht so fest wie sonst.

»Natürlich«, antwortet Greg kurzangebunden. »Gibst du mir deinen Pass?«, wendet er sich an mich und hält die Hand auf, als wäre nichts gewesen.

»Wer war das?«, frage ich, während ich ihm meinen Pass reiche. Ich kann meine Neugier einfach nicht unterdrücken. Ich weiß, dass ich nicht fragen sollte, aber wenn ich es nicht tue, wird die Ungewissheit wie ein brennendes Feuer an mir nagen. Wenn Greg es mir erzählen will, wird er es tun. Er schaut mich nur mit leerem Blick an. »Nicht wichtig.« Und damit ist das Gespräch beendet.

Auf dem Weg zum Gate nimmt Greg meine Hand, sagt aber kein Wort. Ich laufe schweigend neben ihm her. Was geht gerade in seinem Kopf vor? Worüber denkt er nach? Und wer war diese Frau? Unser Flug wurde bereits aufgerufen, sodass wir direkt in die Maschine einsteigen können. Er hat natürlich Plätze in der Businessclass reserviert, in der ich noch nie geflogen bin. Die einladenden Sessel lassen keine Wünsche offen.

»Schnall dich bitte an.«

Das ist der einzige Satz, den Greg an mich richtet, seit wir den Check-In verlassen haben. Natürlich werde ich das tun, was denkt er denn. Diesen Satz hat er schon einmal gesagt, als er stocksauer auf mich war und mich zu sich nach Hause gefahren hat. Merkwürdig, dass mir diese Szene gerade jetzt wieder einfällt. Greg nimmt sich sofort das »Time Magazine«, das ihm die Stewardess reicht, und liest interessiert die Berichte darin. Na schön, schweigen wir uns an. Nach einiger Zeit merke ich, wie müde ich bin, und schlafe ein.

Ein sanftes Streicheln über meine Wange holt mich aus einem unruhigen Schlaf. Mein Kopf liegt entspannt an Gregs Schulter, offenbar habe ich mich im Schlaf an ihn gekuschelt. Als ich mich aufrichte, zieht er seinen Arm hinter meinem Körper hervor. »Wir landen bald«, teilt er mir mit und endlich ist der Mann meiner Träume wieder in ausgelassener Stimmung. Er küsst mich auf den Mund, bevor ich überhaupt richtig wach bin.

»Schon«, antworte ich verschlafen und strecke mich.

Ein Blick aus dem Fenster zeigt mir nur graues, dunkles Herbstwetter. Die Wolkendecke unter uns verspricht Regen. Greg lässt erst seinen und dann meinen Gurt wieder einrasten, stellt die Rückenlehne in eine aufrechte Position und klappt den kleinen Tisch hoch, als ich auch schon die Ansage der Stewardess wahrnehme, nicht mehr die Waschräume aufzusuchen. Das permanente Holpern der Maschine ist wohl der Grund dafür. Ein Blick aus dem Fenster zeigt mir, dass wir gerade dabei sind, die dicke Wolkendecke zu durchfliegen. Ganz unwillkürlich greife ich nach Gregs Hand, der zärtlich zudrückt und mir einen liebevollen Blick zuwirft.

Als wir den Internationalen Flughafen in Frankfurt verlassen, werden wir von einem trüben, nassen Herbsttag begrüßt. Die Wolkendecke ist so dick, dass man das Gefühl hat, von ihr erdrückt zu werden. Greg zieht mich an seine Seite, während er mit mir zu einem wartenden Taxi geht. Ich bin zum ersten Mal in Europa und bereits hier am Flughafen kommt mir das Leben hektisch und beengt vor. Ich fröstle leicht.

»Ist dir kalt?«

»Ein wenig.«

Aber es ist nicht die feuchte, kalte Luft, die mich frieren lässt. Es ist die Situation. Ich habe Angst, Greg zu verlieren. Greg zieht seine Jacke aus und legt sie mir über die Schultern. Wie immer ganz Gentleman. Der Fahrer steigt aus, öffnet den Kofferraum und lädt das Gepäck ein. Greg hält mir die Wagentür auf und ich steige schnell in den warmen Innenraum.

»Steigenberger Hotel«, ruft er dem Taxifahrer zu, dann setzt er sich zu mir in den Wagen.

»Es ist nicht weit bis zum Hotel. Es liegt mitten im Stadtzentrum«, erklärt Greg mir. Der Fahrer biegt auf die Autobahn, verlässt diese aber bald, um in Richtung Innenstadt zu fahren.

»Warst du schon öfter hier?«

»Ja, einige Male. Später zeige ich dir die Stadt«, sagt er, als das imposante Gebäude aus dem 19. Jahrhundert in Sicht kommt. Ich bin beeindruckt.

Greg drückt dem Fahrer einige Geldscheine in die Hand, während sich bereits ein Hotelangestellter um unser Gepäck kümmert.

»Gefällt es dir?«, fragt er mich, als wir die beeindruckende Hotellobby betreten.

»Es ist wunderschön.« Ich schaue mich in der feudalen Halle um, während Greg dem Angestellten an der Rezeption seine Kreditkarte über den Tresen schiebt.

»Greg, wo sind die Toiletten?«, flüstere ich ihm zu. Er lächelt mich an und deutet zu einem Gang auf der anderen Seite. »Bin gleich wieder da«, verspreche ich und verschwinde Richtung Toiletten, dabei wäre ich fast mit dem großen Mann zusammengestoßen, der hinter mir steht.

»Tut mir leid.« Er lächelt mich nur an, sagt aber kein Wort.

»Greg? Greg Montgomery?«

Greg dreht sich um, nimmt die Zimmerkarten und sieht in das Gesicht eines alten Bekannten.

»Phil! Was machst du hier?« Greg begrüßt ihn mit einem Schulterschlag.

»Ich habe geschäftlich in Frankfurt zu tun. Wir haben uns lange nicht gesehen. Was treibst du in Deutschland? Und wer ist die bildhübsche junge Frau, die mich fast umgerannt hätte?«

»Joyce, sie gehört zu mir.«

»Hm, deine derzeitige Gespielin?«

»So in der Richtung.«

»Dass wir uns das letzte Mal gesehen haben, muss mindestens zwei Jahre her sein. Es war bei Adrian im Club«, erinnert Phil sich. »Bist du immer noch Mitglied?« Greg nickt.

»Lass uns heute Abend zusammen was trinken gehen. Wieder mal über die alten Zeiten quatschen. Vielleicht gleich nebenan. Oscar's Bar soll sehr nett sein.«

»Tut mir leid, aber unser Zeitplan ist sehr eng«, entschuldigt sich Greg abwesend.

Es ist Joyce, die ihn nicht mehr loslässt, seine Gedanken beherrscht und Gefühle in ihm geweckt hat, die ihm fast fremd sind. Und gleichzeitig gibt es etwas, das Greg bedrückt. Er ist angespannt. Immer wieder schleicht sich die Idee einer weiteren Person, die er zu seinem Liebesspiel mit Joyce dazu bitten könnte, in seine Gedanken. Er ist fast versucht, diesen Weg zu gehen, um Klarheit zu finden.

Sein Gegenüber scheint zu spüren, dass der alte Freund wenig Interesse hat, den Abend mit ihm zu verbringen. »Auf einen Drink wirst du doch Zeit haben«, versucht Phil es dennoch noch einmal.

Wieder zögert Greg, er überlegt kurz, bevor er zustimmt.

»Also schön, nach dem Konzert. Aber nur auf einen Drink. So gegen halb zwölf drüben bei Oscar's?«

»Ich werde da sein«, verspricht Phil grinsend, dreht sich um und wäre beinahe zum zweiten Mal mit Joyce zusammengestoßen, die ihn mehr zu interessieren scheint, als es nötig wäre.

»Oh Verzeihung, ich werde es wiedergutmachen, versprochen.« Dabei zwinkert er ihr zu und verlässt eilig das Hotel.

Greg hat für uns eine von den Suiten gemietet. Das Gepäck steht bereits im Schlafzimmer, als wir die Räume betreten.

»Ruh dich ein wenig aus. Dann will ich mit dir einkaufen gehen. Du brauchst noch das passende Outfit für heute Abend.« Dabei schiebt er mich schon Richtung Bett.

Ich bin tatsächlich etwas müde, obwohl ich den Flug in der Businessclass genießen konnte und die meiste Zeit geschlafen habe.

»Ich möchte zuerst ein heißes Bad nehmen, und zwar mit dir«, antworte ich, greife nach seinem Sakko und ziehe ihn mit mir.

»Ich muss dich leider enttäuschen, aber ich habe noch einige Telefonate zu führen. Das müssen wir auf heute Nacht verschieben.«

Dann löst er sich von mir. Enttäuscht drehe ich mich um und verschwinde im Badezimmer und wieder schleicht sich diese Frau am Flughafen in meine Gedanken. Was wollte sie von Greg und warum redet er nicht über sie? Während ich mir Badewasser einlaufen lasse, höre ich ihn im Wohnzimmer telefonieren. Er hat mir immer noch nicht gesagt, was er hier Wichtiges zu erledigen hat. Als ich ins Schlafzimmer komme, liegt er auf dem Bett und sieht mich nachdenklich an.

»Zieh dich aus, genau hier. Aber langsam, Stück für Stück.«

Da ist er wieder, mein heißblütiger Sexgott. Das Funkeln in seinen Augen ist für mich Bestätigung genug, dass wir doch nicht bis heute Nacht warten werden. Greg türmt die Kissen, die auf dem Bett liegen, hinter sich auf und lehnt sich entspannt zurück. Ich weiß, was er jetzt sehen will und ja, verdammt, ich werde ihm so richtig einheizen.

Greg zieht sein iPhone aus der Hosentasche und leise Soulklänge durchdringen den Raum. Mehr Animation brauche ich nicht. Ich schaue ihn lasziv an, bevor ich mich langsam von meiner Strickjacke befreie und sie ihm zuwerfe. Er fängt sie auf und lacht. Dir wird das Lachen schon noch vergehen, Mister Loverboy. Ich streiche mit meinen Händen verführerisch über mein enges Langarmshirt. Als ich meine Brüste erreiche, stöhne ich leise auf und lege den Kopf in den Nacken, um ihn zu reizen. Meine Nippel drücken sich hart gegen meinen BH. Ein kurzer Blick zu ihm bestätigt mir, dass ich alles richtig mache. Seine lässige Haltung ist bereits einer angespannten Pose gewichen. Langsam lasse ich meine Hände unter das Shirt gleiten, streichle meine nackte Haut, ohne ihm einen Blick unter das Shirt zu gewähren. Seine Atmung wird schneller.

»Weiter!«, befiehlt er mir.

Was, schon so ungeduldig? Ich unterdrücke ein Lachen und lasse meine Hände jetzt zu meiner Jeans wandern, öffne den Knopf, sodass ich meine Finger in den Bund meines Höschens schieben kann, was meinen Sexgott auf dem Bett rasend macht, bevor ich den Reißverschluss öffne, meine Jeans aber bewusst nicht herunterziehe.

Stattdessen wende ich ihm den Rücken zu und lasse meine Hüften im Rhythmus der Musik kreisen, während ich in Zeitlupe die Hose über meinen Po streife. Ich höre ihn hinter mir schnauben. Verdammt, dieses Spiel fängt an, mir richtig Spaß zu machen. Ich drehe mich wieder zu ihm um. Schnell entledige ich mich der Hose und werfe auch diese zu ihm aufs Bett. Er fängt sie nicht auf, sondern schiebt sie wie ein lästiges Insekt zur Seite.

»Das Shirt!« Ich ziehe es mir über den Kopf und lasse es achtlos auf den Boden fallen. Jetzt stehe ich nur noch in einem weißen Spitzen-BH und einem passenden Höschen vor ihm. Meine Schuhe und Strümpfe habe ich bereits im Badezimmer ausgezogen. Ich greife in meine Haare und lege sie wie einen Schal über meine rechte Schulter, sodass sie meine Brust halb bedecken. Mit der einen Hand streiche ich gefühlvoll am Rand des Büstenhalters entlang und weiter über meinen flachen Bauch, bis ich den Rand meines Höschens erreiche. Greg folgt meinen Bewegungen mit seinen Blicken. Er lässt mich keinen Moment aus den Augen.

»Kleines Miststück«, knurrt er. »Was glaubst du eigentlich, was du da tust?«

»Ich verführe dich«, hauche ich ihm zu. Dann drehe ich ihm wieder den Rücken zu, greife nach hinten und öffne meinen BH, lasse ihn aber nicht herunterfallen, sondern verschränke die Arme vor der Brust, ich lächle ihn über die Schulter hinweg kokett an, bevor ich ihm das kleine Stückchen Stoff zuwerfe. Er fängt es auf und lässt es in aller Ruhe durch seine Finger gleiten. Langsam drehe ich mich um, streichle zärtlich mit meinen Händen über meine Brüste, bis meine Nippel sich hart zusammenziehen.

»Du bist wunderschön«, flüstert er mir zu. Die Beule in seiner Hose ist nicht zu übersehen. Schachmatt, Mr. Montgomery, würde ich ihm am liebsten entgegenrufen, aber ich tue es nicht. Stattdessen lasse ich meine Finger in den Bund meines Höschens gleiten und tiefer, bis ich meine Schamlippen berühre. Wieder stöhne ich leise auf, lege den Kopf in den Nacken und schließe für einen kurzen Moment die Augen. Ich stelle mir vor, wie Greg mich das erste Mal berührt hat, und werde allein beim Gedanken daran schon feucht.

»Joyce, nein!«, kommt auch schon sein kurzer Befehl.

Bevor ich die Augen wieder öffnen kann, steht er vor mir und zieht meine Hände fort von dem Objekt seiner Begierde.

»Ich bin der Einzige, der dir Lust bereitet. Wage es nie wieder, das selbst zu tun, außer ich verlange es von dir.«

»Und jetzt verlangst du es nicht?«

Ich weiß, dass ich nie die totale submissive Haltung einnehmen kann, die in diesem Spiel erwartet wird, dafür habe ich viel zu viel Stolz. Behutsam schiebe ich ihn wieder auf das Bett zurück und er lässt mich gewähren. Beobachtet jede meiner Bewegungen. Als ich meine Hände wieder in mein Höschen schiebe, will er mich zurückhalten, aber ich schüttle nur leicht den Kopf und lasse das Höschen unendlich langsam nach unten gleiten, bis es nur noch lose um meine Fußgelenke baumelt.

Mehr Animation braucht Greg nicht. Er springt auf wie ein Tiger, greift nach meinem Handgelenk und zieht mich mit sich auf das breite Bett. Ich liege unter ihm. Er küsst mich wie ein Ertrinkender, seine Hände streicheln über mein Gesicht und sein Blick drückt Furcht aus.

Aber vor was?

»Ich brauche dich«, haucht er zwischen seinen Küssen hervor.

»Ich brauche dich auch«, antworte ich keuchend. Aber eigentlich will ich sagen: *Ich liebe dich!*

Gegen Mittag hat es endlich aufgehört zu regnen. Greg hat uns ein Taxi bestellt und uns durch das Bankenviertel von Frankfurt mit seinen Wolkenkratzern fahren lassen. Er hat mir gezeigt, wo er nach seinem Studium für kurze Zeit gearbeitet hat, bevor er wieder nach Boston zurückgekehrt ist und später dann bei Matthew als Teilhaber in das Unternehmen eingestiegen ist. Als uns am Nachmittag die Sonne hinter den dicken Wolken doch noch begrüßt hat, ging es dann in die Innenstadt. Greg wollte mir unbedingt noch den Römer, das gleichnamige Rathaus mit seiner wunderschönen Treppengiebelfasssade zeigen, bevor wir wie zwei Frischverliebte Hand in Hand zum Mainufer geschlendert sind. Ich spüre jetzt noch das kalte Geländer im Rücken, als er mich stürmisch auf dem eisernen Steg geküsst hat, während Touristen in Ausflugsbooten unter uns die Mainmetropole genossen. Jetzt sitzen wir im Taxi und ich sehe noch das Kind vor mir, dass lästig am Ärmel seiner Mutter gezogen und gefragt hat, ob wir ein Liebespaar wären. Soviel konnte ich zumindest von der Sprache verstehen, als es mich dabei verstohlen angeschaut hat. Wie gerne hätte ich ja gesagt.

»Wir sind gleich da«, reißt Greg mich aus meinen Gedanken. Nach dem ausgiebigen Stadtbummel hält der Taxifahrer in einem der teuersten Viertel von Frankfurt. Greg schiebt mich zielstrebig in eine Boutique, die bis auf eine Kundin, die desinteressiert die Kleider an einem Ständer durchschaut, leer ist. Allein schon die teuren Auslagen in den Schaufenstern machen mich unruhig. Diese exklusiven Geschäfte habe ich immer gemieden. Hier fühle ich mich nicht wohl. Mir ist es fast unangenehm, ständig von einer Verkäuferin flankiert zu werden, die doch nur darauf aus ist, ihre teuren Klamotten zu verkaufen, um eine dicke Provision einzustreichen. Darum kaufe ich meine Kleidung auch lieber in größeren Geschäften. Und hier in Frankfurt ist es nicht anders als in anderen Städten. Kaum haben wir den Laden betreten, schwingt sich die Wasserstoffblondierte mit in einem strengen Dutt nach hinten gekämmten Haaren von ihrem Hocker hinter der Theke und kommt auf uns zu. Ihr Gesicht ist mit zu viel Make-up regelrecht zugekleistert und wirkt maskenhaft, als wäre sie gerade einem Hochglanzmagazin entsprungen, während ihr aufgesetztes Lächeln mehr dem Mann an meiner Seite gilt als mir.

Ich greife nach Gregs Hand und hoffe, ihr damit zu signalisieren, dass er mir gehört. Ich möchte am liebsten den Laden schnellstens wieder verlassen, aber mein Sexgott scheint davon keine Notiz zu nehmen. Im Gegenteil: Er schiebt mich weiter in den Verkaufsraum zu einem Regal mit sündhaft teuren Stiefeln.

»Guten Tag, kann ich Ihnen behilflich sein?«, wendet die Verkäuferin sich sofort an den Mann an meiner Seite.

»Vielleicht. Haben Sie etwas in Ihrem Laden, das genauso bezaubernd ist wie meine Begleitung?«

Sein arrogantes Grinsen lässt ihn unwiderstehlich wirken. Ich drehe mich zu ihm und funkle ihn an. Die Verkäuferin räuspert sich kurz.

»Woran haben Sie denn gedacht?«, antwortet sie, während ich sie gekünstelt anlächele.

Greg lässt seinen Blick durch den Laden schweifen. »Die schwarze Lederhose, die die Puppe im Schaufester trägt. Dazu passende Overkneestiefel und ein Oberteil. Wie wäre es damit?« Dabei nimmt er eine schwarz-transparente Seidenbluse aus dem Regal.

»Gute Wahl«, beglückwünscht ihn die Wasserstoffblonde. »Das hätte ich Ihrer Begleitung auch vorgeschlagen. Bei der Figur.«

Ich kann nur innerlich den Kopf schütteln über so viel Speichelleckerei. Selbst wenn Greg einen Kartoffelsack ausgesucht hätte, würde sie es empfehlen. Die Verkäuferin reicht mir die Kleidungsstücke in meiner Größe und ich ziehe mich in die Umkleidekabine zurück. Greg hat tatsächlich einen ausgesprochen exquisiten Geschmack. Die engen Lederleggings schmiegen sich perfekt um meine Beine. Die schwarze Bluse lässt meine Haut dezent durchschimmern und fühlt sich auf meiner Haut wunderbar weich an. Schnell schlüpfe ich noch in die Stiefel. Fertig. Ich betrachte mich im Spiegel, bevor ich aus der Kabine trete, und was ich sehe, gefällt mir außerordentlich gut. Ich sehe sexy und gleichzeitig elegant aus.

»Joyce?«, höre ich Greg von draußen rufen. Ich schiebe den Vorhang zur Seite und gehe einige Schritte auf ihn zu. Er unterbricht sofort seinen Smalltalk mit der Verkäuferin und sein Blick gleitet bewundernd über meinen Körper, so, als wollte er mich mit seinen Augen ausziehen. Die Verkäuferin ist vergessen, es existieren nur noch er und ich.

»Ich könnte Ihnen dazu noch eine passende lange Kaschmirstrickjacke bringen«, dringt ihre Stimme an mein Ohr. »Soll ich sie holen?«, fragt sie an Greg gewandt, der sie allerdings überhaupt nicht wahrzunehmen scheint. »Ja, ja, packen Sie sie ein«, antwortet er geistesabwesend. »Gefällt es dir, Honey?«

Ich nicke. Und dann ist es um Greg geschehen. Er kommt näher, fasst in meinen Nacken, zieht meinen Kopf zu sich und küsst mich mit einer solchen Leidenschaft, dass ich nur noch die Augen schließen und mich ihm vollkommen hingeben kann. Das leise Räuspern hinter ihm erinnert uns daran, wo wir uns befinden. Greg schiebt der Verkäuferin seine Kreditkarte über den Tresen, während sie lächelnd meine Sachen einpackt.

»Und jetzt noch die passende Unterwäsche«, flüstert Greg mir ins Ohr. »Schwarz«, befiehlt er, nimmt die edel wirkende Papiertüte vom Tresen und verlässt mit mir im Arm den Laden.

Der Dessousladen, den wir betreten, ist ebenfalls sehr exklusiv. Greg schiebt mich in die Umkleidekabine, während er sich den Spaß nicht nehmen lässt und verschiedene Kombinationen aussucht, die ihm gefallen. Dann reicht er mir die Dessous durch den Vorhang. Ich kann mich kaum entschließen, welches verführerischer auf meiner Haut liegt.

»Greg, ich kann mich nicht entscheiden«, rufe ich ihm durch die geschlossene Kabinentür zu.

Ich höre nur sein Lachen. »Beeil dich, wir sind spät«, antwortet er mir stattdessen.

Kurzentschlossen entscheide ich mich für die schwarze Spitzenunterwäsche mit den Strasssteinchen, die unter der neuen Bluse einen wunderschönen Kontrast abgeben wird und freue mich schon, ihm die Sachen heute noch vorführen zu können.

Statt in die neuen Sachen, in denen Greg mich aus dem ersten Laden gezerrt hat, schlüpfe ich nun wieder in meine eigenen Kleider.

»Würden Sie uns bitte ein Taxi rufen«, höre ich Gregs Stimme, während ich die Umkleidekabine verlasse, ihm die Teile reiche, die ich nicht nehmen werde und mich von den verführerischen Dessous verabschiede.

»Ich glaube, ich nehme das Schwarze«, sage ich zu ihm und lege den String mit dem passenden BH auf die Theke.

»Packen Sie alles ein«, ist Gregs Antwort darauf an die Verkäuferin.

»Greg«, schnaube ich ihn an.

»Regel Nummer drei«, knurrt er mir daraufhin nur ins Ohr und ich gebe kopfschüttelnd nach.

16

Der Laden, in dem heute Abend das Konzert stattfinden wird, ist ganz anders, als ich ihn mir vorgestellt habe. Vor uns liegt ein in die Jahre gekommenes, mit Graffiti besprühtes Gebäude, nicht besonders groß, um darin ein Konzert zu veranstalten. Wenn ich da an die Konzerthallen in Boston denke, wie zum Beispiel die Jordan Hall oder das Wilbur Theater, ist das hier lächerlich. Draußen auf dem Platz stehen bereits einige Leute, die sich mit Zigaretten bewaffnet in angeregte Gespräche vertieft haben.

Ihre Stimmen dringen zu mir, aber ich kann aus ihrer Sprache nur Gesprächsfetzen verstehen. Greg führt mich zum Eingang und wir betreten einen rechteckigen Innenraum, der schon gut besucht ist. Die Bühne ist für das Konzert vorbereitet und aus den Lautsprechern dringt laute Popmusik. Ich gehe einige Schritte in den Innenraum, während Greg zurückbleibt. Unabsichtlich werde ich von einem Fremden angerempelt. Er dreht sich um.

»Echt scharf, Baby«, spricht er mich an. Seine Blicke bleiben auf meinen engen Lederleggings hängen, bevor er die Augenbrauen hochzieht, als er meine Overkneestiefel sieht. Dann legt er seine Hand um meine Taille. »Heute Abend schon was vor? Ich könnte mir vorstellen, dass …« Weiter kommt er nicht. Sofort ist Greg an meiner Seite und gibt dem Unbekannten einen kräftigen Schubs, sodass er erschrocken zurücktaumelt.

»Hey, cool bleiben«, entschuldigt er sich und nimmt beide Hände nach oben, als Zeichen, dass er keine bösen Absichten hatte. Die Leute um uns herum drehen sich empört um. Ich will Greg am Ärmel wegziehen, aber er beachtet mich gar nicht.

»Ja, sie hat schon was vor. Das schließt dich Arschloch allerdings nicht ein. Und ich könnte mir vorstellen, meine Faust in deinem Gesicht zu sehen«, geht Greg den Unbekannten wutentbrannt an, während er auch noch provozierend mit dem Finger auf ihn zeigt.

»Greg, bist du verrückt?«, fahre ich jetzt doch energisch dazwischen.

Gregs Miene drückt Verärgerung aus. Sein Atem kommt stoßweise und seine Körperhaltung ist alles andere als entspannt. Ich sehe noch, wie er die Hände zu Fäusten ballt. Sein gelassenes Wesen habe ich immer bewundert. Er behält in jeder Situation die Ruhe. Das hier passt so gar nicht zu ihm. Wann ist diese Veränderung in ihm vorgegangen? Es ist doch gar nichts passiert.

Immer noch seinen Widersacher fixierend, greift Greg nach meinem Arm und führt mich zu der Treppe, die zu einer Art Galerie führt, die sich über den Innenraum erstreckt. Davor ist ein Geländer aus Glas und verwehrt den Zutritt. Greg gibt dem Securitymann seine Eintrittskarten und wir werden durch die Absperrung gelassen. Hier oben ist es nicht so eng wie unten. Eine lange Bar zieht sich von der einen Seite zur anderen. Wir zwängen uns an den Menschen vorbei, die sich auf der Treppe einen Platz gesucht haben, bevor ich Greg die passenden Worte sagen kann.

»Was sollte das?«, zische ich ihm zu. »Weißt du, dass du dich gerade wie ein komplettes Arschloch aufgeführt hast? Ich bin selbst in der Lage, mich zu verteidigen. Außerdem ist doch gar nichts passiert, was dein Verhalten rechtfertigen würde.«

»Tut mir leid.« Ist seine einzige Entschuldigung. Ich nicke und verdränge den Vorfall so schnell wie möglich. Ich will mir nicht den schönen Abend, auf den ich mich gefreut habe, vermiesen lassen.

»Was willst du trinken?«, fragt Greg jetzt wieder versöhnlich und ich folge ihm an die Bar.

»Was trinkt man denn hier?«

»Na ja, wenn du schon mal in Frankfurt bist, solltest du den Frankfurter Apfelwein probieren. Ihn gibt es in einer sauren oder süßen Variante.«

»Süß, bitte.«

Greg grinst mich an. »Ich habe nichts anderes erwartet.«

Er wendet sich an den Barkeeper und bestellt zwei Gläser von dieser Frankfurter Spezialität, bevor wir uns einen Platz direkt an der Glasbalustrade suchen.

»Und, wie schmeckt er dir?«

Ich trinke einen Schluck. »Köstlich. Ist da Alkohol drin?«

Greg lacht. »Ein wenig. Deshalb solltest du nicht zu schnell trinken.«

»Schmeckt aber gut, total erfrischend.« Wir trinken die Gläser schnell leer, da ich wirklich Durst habe. Ein Kellner kommt vorbei und nimmt uns die Gläser ab.

Jetzt steht Greg direkt hinter mir, schlingt seine Arme um meinen Körper und atmet den Duft meiner Haare ein. Ich kann ihm einfach nicht lange böse sein. Ich spüre seine Wange an meinem Hinterkopf und sein fester Griff ist Bestätigung genug für mich, dass Greg viel mehr für mich empfindet, als er zugeben will. Warum kauft er mir für Tausende von Euros Klamotten und tickt bei der kleinsten Anmache von einem völlig Fremden dermaßen aus, dass es schon peinlich wird? Und dann seine besitzergreifende Art, wie er mich in dem Designerladen geküsst hat und jetzt hier schon wieder. Das hat er so noch nie getan.

Hinten in meinem Kopf ist eine kleine Stimme, die mich an die Szene nach dem Restaurantbesuch erinnert. Da waren wir alleine, als Greg mich in der dunklen Gasse verführen wollte und auch später, als er mich von James' Cateringservice abgeholt hatte. Es war der Rausch des Verbotenen. Das hier hat nichts mit sexueller Begierde zu tun. Sein Platzhirschgehabe zielt auf ganz andere Dinge ab. Eifersucht? Oder ist es einfach nur Unsicherheit, die er überspielen will?

Als die Band auf die Bühne tritt, sind meine bohrenden Gedanken verschwunden und wir begrüßen die Musiker schreiend, genau wie alle anderen Fans. Selbst Greg hat seine schlechte Laune wieder in die Versenkung geschickt und singt mit mir fast jeden Song mit. Die sanfte Stimme des Sängers hüllt mich in einen Kokon ein und ich fühle mich leicht und beschwingt. Es ist mein erstes Konzert in dieser Art und ich erlebe es mit dem Mann, der meine Gefühle beherrscht, wie kein anderer es jemals könnte. Die Schatten von Hunderten von Händen unter uns zeichnen sich gegen die grellen Scheinwerfer, die die Bühne anstrahlen, ab. Ich werde mitgerissen von der angeheizten Stimmung, die den Saal rockt und bin froh, nicht in dem überfüllten Innenraum zu stehen. Obwohl ich mich trotz meiner Klaustrophobie selbst dort unten wohlfühlen würde, solange Greg an meiner Seite ist. Mir ist furchtbar heiß und die enge Lederhose klebt mir an den Beinen, aber das ist egal. Ich habe mich so sehr auf die Band gefreut und mit Greg das Konzert zu erleben, ist etwas ganz Besonderes für mich. Es ist eine Gemeinsamkeit, die uns verbindet. Eine Erinnerung, die nur uns beiden gehören wird. Die Band gibt noch eine Zugabe, dann ist es vorbei. Viel zu schnell. Ich habe gar nicht bemerkt, wie rasend die zwei Stunden vergangen sind.

Ich fühle mich noch immer vollkommen aufgewühlt von dem Konzert, als wir den Club verlassen. Draußen regnet es leicht und ich kuschle mich in meine Jacke. Ein junges Pärchen drängt sich an uns vorbei, um die letzte Straßenbahn zu erreichen. Er greift nach ihrer Hand und beide laufen schnell über die Straße, springen in die Bahn, bevor die Türen sich schließen. Ich sehe noch, wie er sie in die Arme nimmt und leidenschaftlich küsst.

Greg folgt meinem sehnsüchtigen Blick. Er greift, genau wie der Fremde es bei seiner Begleiterin getan hat, meine Hand und zieht mich die Straße ein Stück weiter, raus aus der Menschenmenge, die sich nach dem Konzert vor dem Gebäude gebildet hat.

»Wo willst du hin? Die Taxis stehen doch auf der anderen Seite.«

Greg schenkt mir nur sein sexy Lächeln und deutet mit dem Kopf auf ein leerstehendes Gebäude. Es hat keine Fensterscheiben mehr, nur Bretter verdecken die Öffnungen da, wo früher einmal Fenster gewesen waren. Das Haus ist in einem desolaten Zustand und hat, vielleicht gerade deswegen, etwas Geheimnisvolles. Ich folge Greg in den Hinterhof, laufe durch Regenpfützen und weiche Eimern, Baumaschinen und Containern aus, die darauf warten, gefüllt zu werden. Ich stolpere über Holzlatten, aber Greg fängt mich auf.

»Wo sind wir hier?«, will ich wissen.

»Das ist ein altes Fabrikgebäude, das grundsaniert wird. Komm.«

Ich folge Greg durch eine Tür, die nur noch lose in den Angeln hängt und in eine große Halle führt. Im Inneren riecht es leicht nach Holz und der staubige Geruch von Zement steigt mir in die Nase. Der Boden ist mit Staub und Mörtelresten bedeckt. Überall liegen Werkzeuge und Baumaterial herum.

»Pass auf, wo du hintrittst«, warnt mich Greg, bevor ich an einer Holzlatte hängen bleibe.

»Was willst du hier?« Doch im Grunde weiß ich ganz genau, was Greg hier will. Er will mich ficken, wie er es immer tut. Genau hier, an diesem Ort. Er hat es nie in seinem Bett getan, bis auf das erste Mal, als er mir versprochen hat, mich sanft zu lieben. Seine zärtlichen Berührungen fallen mir wieder ein.

Aber hier, das hat nichts mit sinnlicher Romantik zu tun. Hier geht es nur um Begierde, die er für mich empfindet, genau wie ich für ihn und doch will ich mehr. Ich brauche seine harten Ficks, wie eine Droge. Damit ich mich in ihm verlieren kann, aber genauso brauche ich auch seine Liebe, die er mir zu verwehren versucht.

Doch ich glaube, seine Fassade fängt langsam an zu bröckeln und er weiß es.

War es immer so in seinen Beziehungen, die nie lange gehalten haben? Hat er sich immer dann zurückgezogen, wenn es gefährlich für sein Gefühlsleben wurde und er seine Emotionen nicht mehr unter Kontrolle hatte? Wird er sich auch von mir trennen? Ist das der Grund für sein seltsames Verhalten mir gegenüber? Will er mit hartem Sex seine Gefühle ausschalten? Schnell schiebe ich diese negativen Gedanken beiseite. Greg ist hier und er will mich und ich will ihn.

Mir ist klar, dass wir uns hier nicht aufhalten dürfen. Und doch reizt mich der Gedanke, hier von Greg genommen zu werden. An diesem Ort, der kalt und düster wirkt. Es hat einen ganz besonderen Reiz, mich ihm genau an den Orten hinzugeben, die alles andere als gewöhnlich sind. Noch vor wenigen Wochen wäre diese Art von Sex für mich unvorstellbar gewesen. Allein der Gedanke, etwas Verbotenes zu tun, lässt mein Herz schneller schlagen.

Es ist ruhig, nur unsere Schritte auf dem Betonboden hallen an den Wänden wider. Ich schaue mich um. Eine provisorische Holztreppe führt in den zweiten Stock hinauf und überall liegen Holzteile und Kabel auf dem Boden. Durch die Fenster, die zur Rückseite zeigen und nicht vernagelt sind, fällt ein wenig Licht, sodass ich nicht über die Bauteile stolpere.

»Pass auf«, warnt mich Greg. Er geht einige Schritte durch den großen Raum, bis er an der Holztreppe angekommen ist. Ich bleibe einfach mitten im Zimmer stehen. Greg tritt mit dem Fuß gegen die Holzbalken, aber nichts rührt sich, dann dreht er sich zu mir um und winkt mich provozierend mit dem Zeigefinger zu sich. Eine Szene aus »Dirty Dancing« kommt mir in den Sinn, in der Patrick Swayze genau das gleiche tut. Gregs Grinsen, das sich sofort auf seinem Gesicht ausbreitet, lässt mich alles um mich herum vergessen. Langsam gehe ich auf ihn zu, bis ich vor ihm stehe.

»Ich will dich hier auf der Treppe«, höre ich ihn mit seiner weichen Stimme sagen.

»Dann nimm mich«, antworte ich leise.

Er nimmt mein Gesicht in beide Hände, streicht mit den Daumen über meine Lippen, die ich leicht öffne. »Du weißt gar nicht, wie sehr ich dich will«, sind die letzten Worte, bevor er meinen Mund mit seinen Lippen in Besitz nimmt.

Seine Zunge dringt tief in meinen Mund ein und vollführt einen erotischen Tanz. Ich lasse mich von den aufwallenden Gefühlen, die ich immer empfinde, sobald er mich auch nur berührt, davontragen. Er drängt mich Richtung Treppe, zieht seine Jacke aus und legt sie auf eine der Stufen, dann streift er mir die Strickjacke ab, schiebt meine Bluse nach oben, zieht mir den BH nach unten und streichelt meine Brüste. Ich stöhne leicht, lege meinen Kopf in den Nacken und gebe mich meiner Lust hin.

»Zieh die Hose aus, aber die Stiefel lässt du an. Genauso werde ich dich ficken.« Mit zittrigen Händen öffne ich die langen Overkneestiefel, die er mir heute in der Boutique förmlich aufdrängen musste, damit ich sie nehme. Jetzt weiß ich auch, warum. Er will mich in diesen Stiefel vögeln. Allein der Gedanke daran lässt mich erschaudern.

Greg hält mich am Arm fest, damit ich aus den Stiefeln steigen kann, um mir die enge Lederhose vom Körper zu streifen. Ich schaue fragend zu ihm auf. Er grinst.

»Nein, das Höschen lässt du an«. Dann hilft er mir wieder in die Stiefel, kniet sich vor mich und schließt die Reißverschlüsse.

Ich komme mir verrucht vor. Aber es ist auch unbeschreiblich erregend, mich ihm so zu zeigen.

»Ist dir kalt?« Ich schüttle nur verneinend den Kopf und Greg greift zu meiner Bluse und zieht sie mir über den Kopf. Jetzt stehe ich vor ihm, nur noch in einem unverschämt knappen Stringtanga, einem BH, der mehr zeigt als verdeckt und den hohen Stiefeln.

»Hände auf den Rücken«, höre ich seinen Befehl. Mein Herz schlägt schneller, ein Frösteln überzieht meine Haut, aber nicht, weil es in diesem Raum feucht und kühl ist. Ganz im Gegenteil, seit wir das Gebäude betreten haben, ist die Luft aufgeheizt von Leidenschaft und Lust.

Greg zieht aus seiner Hosentasche etwas hervor, das im Dunklen wie Metall leuchtet. Er tritt hinter mich, nimmt meinen Arm und ich spüre das kalte Metall an meinem Handgelenk. Das leise Klicken bestätigt mir, dass es sich um Handschellen handelt, die er mir um beide Handgelenke gelegt hat. Ich bin wehrlos. Das Nächste, das ich spüre, ist eine weiche, dunkle Maske, die er mir von hinten über die Augen schiebt und dann wird es dunkel. Ich keuche bei dem Gedanken, Greg jetzt vollkommen hilfslos ausgeliefert zu sein.

Aber bin ich das nicht jedes Mal, wenn er mich mit seinem Liebesspiel in Welten entführt, denen ich mich nicht mehr entziehen kann? Allein der Gedanke, mich ihm so ergeben zu zeigen, erregt mich. Ich spüre, wie er wieder vor mir in die Hocke geht und meine Oberschenkelinnenseiten antippt, damit ich die Beine weiter spreize. Ich tue es, lege den Kopf nach hinten und gebe mich seinen Berührungen hin, die ich jetzt, da ich nichts mehr sehe und nur noch fühle, viel intensiver wahrnehme.

Er steht jetzt ganz dicht vor mir. Ich rieche ihn, seinen herben Duft, der mich sofort in seinen Bann gezogen hat, als er mich zum ersten Mal auf seinen Armen aus dem Sexschloss getragen hat. Ich spüre seine Wärme, die mich einhüllt wie ein warmer

Mantel. Sein Atem, der leicht nach Minze riecht, streift mein Gesicht, bevor seine Lippen meinen Mund in Besitz nehmen.

»Du gehörst mir«, flüstert er an meinem Mund und zieht den BH jetzt endgültig von meinen Brüsten.

Ich kann nichts sagen, bin vollkommen in seinem Bann. Seine Lippen ziehen eine Spur von meinem Hals hinunter zu meinen Nippeln, die er abwechselnd zwischen seine Zähne gleiten lässt. Der leichte Schmerz schickt Wellen der Erregung in meine untere Körperhälfte. Liebevoll lässt er seine Zunge über meine Nippel kreisen, während mein Herzschlag sich von Sekunde zu Sekunde beschleunigt.

»Du weißt gar nicht, wie sehr es mich erregt, dich so wehrlos zu sehen«, flüstert er an meinem Ohr. »Willst du mehr?«

»Ja, ja«, keuche ich mit erstickter Stimme.

»Was willst du? Sag es mir«, höre ich seine arrogante und doch liebevolle Stimme.

»Ich will, dass du mich berührst.«

»Hier?«

Seine Zunge nimmt die Reise über meinen Körper wieder auf. Sie gleitet über meinen Bauchnabel bis an den Rand des Höschens. Immer wieder lässt er seine Zunge am Rand des Strings entlangwandern. Ich stöhne leise auf und drücke ihm meine Scham entgegen, bis er endlich seine Finger in das kleine Stück Stoff schiebt und es in Zeitlupentempo herunterzieht.

Ich höre das Knirschen unter seinen Schuhsohlen, als er sich von mir entfernt. Ich weiß ganz genau, was er jetzt tut. Er steht einfach nur vor mir und schaut mich an. Begutachtet sein Werk. Das Objekt seiner Begierde, denn genau das bin ich im Moment. Ich fühle mich verrucht und zügellos, wie eine Dirne, wie ich so vor ihm stehe. Mein Busen drückt sich aus den Schalen des BHs, den er mir nur so weit heruntergezogen hat, dass meine Brüste durch die Stäbe nach oben gedrückt werden und provozierend schreien: *Nimm mich!* Mein Slip spannt sich um meine

Oberschenkel und verbirgt nichts mehr von meiner Erregung, die er an meinen geschwollenen Schamlippen erkennen kann.

Kleine Lustschweißperlen sammeln sich bereits zwischen meinen Beinen und ich habe nur den einen Wunsch, hart von ihm genommen zu werden. Der Schmutz auf dem Betonboden knirscht wieder unter seinen Schuhsohlen, als er mir den String jetzt ganz vom Körper streift, mich am Arm packt und zur Treppe schiebt. Ich lasse mich vorsichtig auf seine Jacke gleiten.

»Spreiz die Beine und lehn dich zurück.«

Ich stelle meine Beine auf die Stufe unter mir und spreize sie weit. Meine Arme auf dem Rücken drücken an das harte Holz, aber das ist mir egal. Ich ignoriere den leichten Schmerz, konzentriere mich ganz auf Greg, der sich zwischen meine Beine kniet und mich mit seiner Zunge, die er gefühlvoll über meine Klit tanzen lässt, in den Wahnsinn treibt. Ich komme schnell und mit einem Aufschrei, der an den Wänden widerhallt, während Greg unablässig an meiner intimsten Stelle saugt, als wollte er jedes Quäntchen Gefühl aus mir herausziehen. Atemlos lasse ich mich nach vorne fallen und Greg fängt mich auf.

»War das gut?«, flüstert er an mein Ohr.

»Verteufelt gut«, antworte ich atemlos. Dann hebt er mich auf seine Schulter und trägt mich durch den Raum. Ich hänge kopfüber, während er seinen Arm um meine Beine geschlungen hat. Seine freie Hand liegt liebevoll auf meinem Po. Ich sehe nichts, lasse mich einfach von ihm führen. Die Maske verdeckt noch immer meine Augen und die Handschellen machen mich praktisch bewegungsunfähig.

»Was hast du vor?«

»Ich werde dich jetzt ficken, genau so wehrlos, wie du bist«, verspricht er und legt mich über einen Holzbock. Vorher schiebt er noch seine Jacke unter meinen Oberkörper, damit ich mich nicht an hervorstehenden Holzsplittern verletze. Wie rücksichtsvoll er immer ist.

Er drückt meinen Oberkörper auf den Holzbock, spreizt meine Beine und dringt hart in mich ein. Das Gefühl ist unbeschreiblich intensiv. Er füllt mich vollkommen aus und bei jedem seiner Stöße fühle ich, wie es mich erneut erregt. Aber das ist mir nicht genug. Ich brauche mehr, um ein zweites Mal zu kommen. Immer wieder dringt Greg in mich hinein, nur um kurz darauf seinen Schwanz aus mir herausziehen, um wieder kraftvoll zuzustoßen. Ich werde auf den Bock gepresst, während Greg in meine langen Haare greift und meinen Kopf zu sich zurückzieht.

»Mehr, Greg, ich brauche mehr«, keuche ich. Er lässt meine Haare los und seine Finger zu meinen Schamlippen gleiten, die er mit zwei Fingern spreizt, um mit seinem Daumen meine Klit zu massieren. Mein Stöhnen wird lauter und auch Greg höre ich hinter mir schwer atmen.

»Wie weit bist du?«, ächzt er hinter mir.

»Ich weiß nicht.« Die Antwort gefällt ihm scheinbar nicht, denn er muss kurz vor der Explosion stehen. Und schon spüre ich seinen Finger an meinem Anus. Er ist feucht und bohrt sich langsam in mich. Ich zucke kurz zusammen. Greg hat es schon zweimal getan, und der Höhepunkt, der mich jedes Mal überkam, war überdimensional. Als er den Muskel überwunden hat, lasse ich locker, sodass er seinen Finger jetzt problemlos im gleichen Tempo, wie sein Schwanz in mich hämmert, hinein und wieder hinausgleiten lassen kann.

Ich hätte nie gedacht, solche Dinge zu tun. Hätte nie gedacht, dass es mich erregen könnte, Analsex zu haben. Die Kombination, von seinem Schwanz und gleichzeitig seinem Finger gefickt zu werden, gibt mir den Rest, ganz zu schweigen von seiner Hand, die unablässig meine Schamlippen spreizt und meine Klit massiert. Ich spüre, wie ich kurz davor stehe, wie eine Rakete in die Luft zu gehen, wie sich meine Beckenbodenmuskeln zusammenziehen. Nur noch ein paar Stöße und es ist passiert. Ich fiebere dem Höhepunkt entgegen und schreie Gregs Namen, als er sich zum letzten Mal kraftvoll in mich bohrt.

»Oh mein Gott«, schreie ich, während Greg im gleichen Moment wie ich den Gipfel der Lust erreicht. Ich spüre seinen warmen Saft in mir, wie er an den Oberschenkeln herunterläuft, als er sich aus mir zurückzieht. Greg stöhnt leise, bevor er sich auf meinen Rücken sinken lässt und liebevolle Küsse in mein Haar haucht.

»Baby, das war verdammt heiß«, bringt er schwer atmend heraus. Er wischt die Spuren unseres Liebesspiels von meiner Haut, befreit mich von den Handschellen und der Augenmaske, dann zieht er mich von dem Arbeitstisch hoch. Ich lande in seinen Armen und drücke mich einfach nur an seine Brust.

»Wir sollten gehen, bevor uns noch jemand findet. Deine Schreie waren sicher bis auf die Straße zu hören«, sagt er lachend.

Peinlich berührt greife ich nach meiner Hose, die er mir reicht, ziehe schnell die Stiefel aus und schlüpfe in die engen Lederleggings. Greg zieht meinen BH wieder dorthin, wo er hingehört, und schließt den Reißverschluss meiner Stiefel, während ich mir die Bluse überstreife.

»War ich so laut?«, frage ich lächelnd, während er meinen String in seiner Hosentasche verschwinden lässt.

»Du warst fantastisch«, lobt er mich, küsst mich noch einmal auf den Mund, bevor wir heimlich, wie zwei Diebe, den Tatort unserer Lust verlassen. Niemals werde ich Fabrikgebäude wieder mit der Nüchternheit sehen, wie ich es sonst immer getan habe.

17

Greg blickt Joyce hinterher, als sich die Türen des Aufzugs schließen. Er ist unentschlossen und nicht so ausgeglichen wie früher, bevor er Joyce kennengelernt hat. Denn seit dem Tag, als er sie zum ersten Mal auf seinen Armen aus dem Zimmer ihrer Qualen getragen hat, ist eine Veränderung in ihm vorgegangen. Die intensiven Gefühle, die er für Joyce empfindet, verdrängt er immer mehr. Lässt sich stattdessen auf Sex an den unmöglichsten Stellen mit ihr ein, in der Hoffnung, seine Emotionen, die in ihm wüten, zu unterdrücken, denn dass er sie niemals wird ausschalten können, ist ihm schon lange bewusst. Noch keine Frau hat in ihm diese tiefen Gefühlsregungen geweckt, wie Joyce es tut.

Als er die Bar betritt, fällt sein Blick sofort auf den gutaussehenden Mann, der Joyce heute Morgen bereits fast zweimal umgerannt hätte. Und wieder hat er Zweifel, ob er Phil für seine Zwecke einsetzen soll. Denn er weiß genau, dass es so nicht mehr weitergehen kann. Er braucht Klarheit über seine Gefühle für Joyce und daher will er sie auf die Probe stellen. Er könnte mit diesem Schritt alles zerstören. Phil steht von seinem Tisch auf und kommt Greg entgegen.

»Wo hast du die hübsche Frau an deiner Seite gelassen?«, will Phil wissen und klopft Greg freundschaftlich auf die Schulter.

»Sie ist oben«, antwortet Greg verhalten und nimmt Phil gegenüber am Tisch Platz.

»Du trinkst doch ein Glas Champagner mit mir?«

»Für mich nicht, danke«, antwortet Greg, und ruft dem Kellner seine Bestellung zu.»Die Kleine ist heiß«, entfährt es Phil. Greg wirft ihm einen undefinierbaren Blick zu. »Seid ihr schon lange zusammen?«

»Ein paar Wochen, wieso fragst du?«

»Na ja, ich wollte nur wissen, ob es etwas Ernstes ist zwischen dir und der Kleinen«, erklärt Phil zwinkernd.

»Dazu ist es noch zu früh«, ist Gregs einsilbige Antwort.

»Wo habt Ihr euch kennengelernt?« Phil ist von dem Thema noch nicht abgekommen. Der Kellner stellt den Drink vor Greg auf dem Tisch ab und entfernt sich diskret, bevor Greg antwortet.

»In einer Bar.«

»Nein, jetzt sag nicht, Ihr habt euch bei Adrian im Club kennengelernt?«, dabei grinst er frech.

Greg zuckt die Schultern. »Ja, wir kennen uns von Adrian. Phil, wie geht es deiner Frau?« Ihm geht das Thema auf die Nerven. Fast bereut er es, sich heute noch mit Phil getroffen zu haben.

»Eve und ich sind seit einem Jahr geschieden, wusstest du das nicht?«

»Ich hatte keine Ahnung.«

»Ich lebe jetzt à la carte, du verstehst?«, dabei wird sein Grinsen breiter. »Ich bin nächste Woche in Boston, was hältst du von einer kleinen Session, wäre doch nicht das erste Mal?«

Gregs Hand, die sich unter dem Tisch zu einer Faust verkrampft, kann Phil nicht sehen und auch nicht die seelischen Schmerzen, die allein beim Gedanken daran, Joyce könnte sich einem anderen Mann hingeben, in Greg toben. Er atmet tief durch, bevor er seinem Gegenüber jetzt völlig beherrscht in seiner arroganten Art antwortet. »Wann?«

Phils Lächeln wird breiter. Er nimmt sein Glas in die Hand und prostet Greg zu. »Ich rufe dich an.«

Greg liegt wach im Bett und starrt zur Decke. Joyce, die neben ihm liegt, ein Bein über seinen Oberschenkel geschlungen, ihre Hand wie zufällig zwischen seinen Beinen, schläft tief. Als er nach der Verabredung mit Phil die Suite betreten hatte, schlief sie bereits.

Was hat er sich nur dabei gedacht, Phils Drängen nachzugeben? Verdammt, das Ganze ist kein Spiel mehr, geht es ihm durch den Kopf. Zumindest für ihn nicht mehr. Es war nie ein Spiel. Was will er Joyce damit beweisen?

Wenn es das ist, was sie will, dann wird er es ihr geben. Auch wenn es ihm das Herz zerreißt. Er hat Phil zu einer Ménage-à-trois zugestimmt und jetzt kann er es nicht mehr rückgängig machen. Beim Gedanken daran, dass ein anderer Mann Joyce berührt, verspürt er dieses schreckliche Gefühl in der Magengegend, das quälend seine Eingeweide zu erdrücken droht. Joyce gehört ihm, nur ihm.

Vorsichtig löst er sich von ihr, steht auf und legt liebevoll die Bettdecke über die Frau, die seine Gefühle so aus dem Gleichgewicht gebracht hat. Völlig aufgewühlt durchquert er das Schlafzimmer und bleibt dann am Fenster stehen. Es ist spät in der Nacht. Nur ein Penner läuft auf der Straße vorbei, in der Hoffnung, für den Rest der Nacht noch ein warmes Quartier zu finden. Greg wirft einen Blick auf seine Armbanduhr und greift dann kurzentschlossen zu seinem iPhone, während er den angrenzenden Wohnraum betritt und die Tür zum Schlafzimmer leise hinter sich zuzieht.

»Vivien? Ich bin's, Greg.«

»Hi Greg, falls du Matthew suchst, der hat einen Termin mit dem Innenarchitekten.«

»Nein, nein, ich wollte dich sprechen.«

»Was ist denn los? Du hörst dich so bedrückt an.«

Greg legt den Kopf in den Nacken, atmet gedehnt aus und wirft einen Blick zur Decke, bevor er Vivien antwortet. »Es geht mir gut. Aber, mein Gott, wie soll ich dir das nur sagen?«

»Ist etwas mit Joyce?«

»Ja, es geht um Joyce. Ich bin mir meiner Gefühle für sie nicht sicher oder besser gesagt, ich weiß nicht, was sie für mich empfindet, verstehst du?«

Für einige Sekunden herrscht Stille.

»Greg, ich kenne Joyce nicht besonders gut. Aber ich kann dir sagen, sie empfindet viel mehr für dich, als du annimmst. Warum redet ihr nicht offen über eure Gefühle? Du warst für mich immer der beste Freund, den man haben kann. Das bist du natürlich immer noch. Du warst es doch, der mir geraten hat, mit Matthew offen zu reden, und jetzt willst du den gleichen Fehler machen wie er und ich? Das verstehe ich nicht.«

»Ich verstehe mich ja selbst nicht.«

»Dann rede mit ihr. Was hast du zu verlieren?«

»Alles und nichts.«

»Ich würde eher sagen, alles. Wie kann man nur so verdammt stur sein? Aber ich kann dir keinen anderen Rat geben. Es tut mir leid, wenn ich dir nicht helfen kann.«

»Du hast mir schon geholfen. Du hast mir zugehört. Das ist viel mehr, als du denkst.«

Greg verabschiedet sich von Vivien und geht zurück ins Schlafzimmer. Vorsichtig zieht er Joyce in seine Arme und atmet den Duft ihrer Haut ein, der ihn sofort wieder gefangen nimmt.

Greg wirkt den ganzen Morgen schon unruhig, irgendwie gehetzt, als würde etwas seine Seele belasten. »Joyce?«

Er kommt auf mich zu, fasst mich an den Armen und schaut mich intensiv an. Was ist los? Was beschäftigt ihn?

»Vertraust du mir?«

Ich lege den Kopf auf die Seite und nicke. »Natürlich vertraue ich dir, warum fragst du?«

»Wir werden demnächst in den Club gehen. Aber nicht allein. Es wird eine dritte Person anwesend sein.«

Ich schlucke, verdammt. Darüber haben wir nie gesprochen. Oder doch? Ja, natürlich, jetzt erinnere ich mich dunkel. Er hat es erwähnt, als wir *Das Vertragliche,* wie er es nannte, besprochen haben. Damals habe ich nicht weiter darüber nachgedacht und einfach zugestimmt.

Aber jetzt? Ich will Greg und keinen anderen Mann. Vielleicht ist das ein Weg für ihn, sich seine Liebe zu mir einzugestehen. Vielleicht bedeutet es aber auch das Ende.

»Du brauchst keine Angst zu haben. Er wird nur das tun, was ich ihm erlaube. Es geht nur darum, dir Lust zu bereiten. Ich werde die ganze Zeit dabei sein. Er wird dich nur mit seinen Händen berühren und mehr nicht.« Gregs Miene bleibt ausdruckslos.

»Okay.« Ich könnte mir in den Hintern treten. Warum stimme ich zu? Warum offenbare ich Greg nicht endlich meine Gefühle für ihn?

Viviens Worte fallen mir wieder ein: *Er ist einen Schritt zu weit gegangen. Aber es war es wert.* Sollte auch ich diesen Schritt über die Klippe wagen? Und dann wird mir klar: Ich muss ihn gehen, auch wenn es das Ende bedeuten sollte.

Schließlich lässt er mich los, dreht sich um und verschwindet im Badezimmer.

Greg hat den ganzen restlichen Morgen die Verabredung mit dem Unbekannten kein einziges Mal erwähnt und auch ich habe den Gedanken daran einfach aus meinem Gedächtnis gestrichen. Jetzt sitzen wir im Restaurant und frühstücken, als ein Angestellter des Hotels an unseren Tisch kommt.

»Mr. Montgomery, da ist etwas für Sie abgegeben worden. Ich fürchte, Sie müssen den Empfang selbst bestätigen. Es steht draußen vor der Tür.«

Greg wischt sich mit der Serviette den Mund ab, springt von seinem Stuhl auf und zwinkert mir zu.

»Vielen Dank, ich werde mich sofort darum kümmern«, teilt er dem Angestellten mit. Dann greift er meinen Arm und ich folge ihm aus dem Restaurant.

»Was ist los?« Greg wirkt aufgeregt, wie ein kleiner Junge, der sich auf die Bescherung am Weihnachtsmorgen freut.

»Ich habe mir selbst ein Geschenk zum Geburtstag gemacht.«

»Du hattest Geburtstag? Wann?«, frage ich wie vor den Kopf gestoßen.

»Heute, mein Engel«, antwortet er und gibt mir einen Kuss auf den Mund. Ich könnte mich schon wieder ohrfeigen. Er hat es erwähnt, aber ich habe ihn nicht nach dem genauen Datum gefragt. Mist. Ich eile mit ihm durch die Halle und hinaus vor das Hotel.

»Warum hast du mir das nicht gesagt?«, werfe ich ihm vor. Er lächelt mich nur an.

»Weil ich es so wollte«, ist seine kurze Antwort darauf.

Typisch Greg, mich hat er mit Geschenken überhäuft und ich stehe mit leeren Händen da. Ich verziehe verärgert das Gesicht, bis mein Blick auf den silberfarbenen Sportwagen fällt, der quer vor dem Eingang parkt. Greg lässt meine Hand los und geht zielstrebig auf den Wagen zu. Er begrüßt den Mann, der ihm die Schlüssel überreicht und seine Laune war nie besser. Greg öffnet die Fahrertür, lässt sich hinter das Lenkrad gleiten und wirkt einfach nur glücklich und entspannt. Das war also seine Überraschung. Sein Mercedes AMC ist schon der reine Wahnsinn, aber dieses Gefährt stellt alles in den Schatten.

Der Mann, der den Wagen allem Anschein nach vorbeigebracht hat, öffnet jetzt die Beifahrertür und macht eine Geste in meine Richtung, einzusteigen.

Greg hat mittlerweile die Fahrzeugpapiere übernommen, sich einige technische Raffinessen, die der Wagen hat, erklären lassen und jetzt kann ihn nichts mehr aufhalten. Ich gehe lächelnd zu ihm und steige ein.

»Spezialanfertigung von Mercedes. Dieses Baby hat noch ein paar PS mehr als mein AMC«, lässt Greg mich wissen. »Schnall dich bitte an.«

Ich ziehe den Gurt über meinen Körper und kann nur den Kopf schütteln. Warum muss er das ständig erwähnen? Ich bin alt genug, um zu wissen, dass man sich anschnallt, noch dazu, wenn man mit einem Mann liiert ist, der eine Leidenschaft für schnelle Autos und hohe Geschwindigkeiten hat. Wir lassen das Hotel hinter uns, fahren ein Stück durch die belebten Straßen von Frankfurt, bis Greg auf die A3 Richtung Limburg auffährt.

Mein Sexgott hat sich den ganzen Vormittag in Schweigen gehüllt und jetzt weiß ich auch, warum. Ich bin immer noch müde nach der kurzen Nacht und rücke auf dem Sportsitz etwas nach unten, um eine bequemere Sitzposition zu finden. Die Autobahn ist zu dieser Zeit, im Gegensatz zu unserer ersten Fahrt nach unserer Ankunft in Frankfurt, extrem leer, sodass Greg ordentlich Gas geben kann. Schilder und Abfahrten fliegen nur so an uns vorbei. Ich drehe den Kopf zu ihm und beobachte ihn verstohlen. Seine Konzentration ist auf die Straße gerichtet, aber er scheint sofort gespürt zu haben, dass ich ihn anschaue.

»Geht es dir gut?«, will er wissen, greift nach meiner Hand und haucht einen zärtlichen Kuss darauf.

»Wann willst du mir endlich sagen, wohin wir fahren?«

Sein Grinsen wird breiter, als er mit dem Kopf nach vorne auf das Schild deutet, auf dem die Abfahrt Nürburg zu sehen ist. Ich bin kein Autofanatiker wie Greg, aber das Wort Nürburgring kommt selbst mir bekannt vor. Als ich noch zu Hause gewohnt habe, habe ich oft mit meinem Dad die Formel-1-Rennen im Fernsehen angeschaut. Das ist es also, was Greg vorhat: Er will selbst wie die Profis mit diesem Wagen über die Strecke fahren.

»Du willst doch nicht etwa …« Ich unterbreche mich selbst. Sein Lächeln könnte überzeugender nicht sein.

»Aber klar möchte ich das. Und du fährst als mein Copilot mit«, lässt er mich wissen. »Vorausgesetzt, du möchtest das«, setzt er noch hinterher.

»Du bist verrückt«, antworte ich ihm kopfschüttelnd. »Niemals, ausgeschlossen, kommt nicht Frage, keine Chance, dass ich mit dir mitfahre«, entgegne ich und doch ist der Gedanke aufregend, mit Greg im Rausch der Geschwindigkeit einmal selbst auf dieser Rennstrecke zu fahren.

»Vertraust du mir?« Seine Miene wird ernst.

»Schon«, sage ich leise und greife nach seiner Hand.

»Ich würde dich niemals in Gefahr bringen, das weißt du. Das ist nicht mein erstes Mal. Ich habe viele Sicherheits- und auch Rennstreckentrainings hinter mir. Ich beabsichtige keine Lizenz zu erwerben, die habe ich alle schon zu Hause absolviert«, erklärt er mir.

»Darum also das neue Auto«, stelle ich fest.

»Es wird per Schiff nach Boston gebracht. Aber die Möglichkeit, hier auf dem Nürburgring zu fahren, lasse ich mir natürlich nicht entgehen.«

»Bist du schon viele Rennen gefahren?«

»Sehr viele. Seit ich achtzehn bin, fahre ich, wann immer sich eine Gelegenheit ergibt. Aber du bist die Erste, die neben mir sitzen darf. Joyce, das würde mir sehr viel bedeuten, aber wenn du nicht möchtest, kann ich das verstehen.«

Bei seinen letzten Worten wirkt er in sich gekehrt. Ich antworte nicht auf seine Frage und lasse sie einfach im Raum stehen. Als wir auf das Gelände einbiegen, werden wir bereits von einem Mitarbeiter in einem Overall auf den Parkplatz eingewiesen. Greg steigt aus, öffnet die Tür und hält mir die Hand hin, sodass ich bequem aus dem tiefen Wagen aussteigen kann.

»Guten Morgen, Sie müssen Mr. Montgomery sein, richtig?« Der Mitarbeiter kommt uns entgegen und begrüßt erst Greg und dann mich.

»Guten Morgen«, antwortet Greg.

»Mein Name ist Steve. Ich werde Ihnen die nötigen Informationen geben.«

Er schaut auf seinen Plan. »Sie haben noch eine halbe Stunde Zeit, dann gehört Ihnen die Rennstrecke für eine Stunde. Haben Sie Ihre Papiere dabei?«

»Selbstverständlich«

Greg legt seinen Arm um meine Taille und wir folgen Steve ins Gebäude.

»Ich mache Sie zuerst mit der Theorie vertraut. Fahren Sie allein oder mit Begleitung?« Dabei gleitet sein Blick kurz zu mir. Von Frauen auf Rennstrecken scheint er nicht viel zu halten.

»Meine Freundin wird als Copilotin mitfahren«, dabei schaut Greg mich mit einem fragenden Blick an und zieht die Augenbrauen leicht hoch. Ich bin hin- und hergerissen und trotzdem möchte ich neben ihm sitzen. Also nicke ich, was sofort ein Lächeln in das Gesicht meines Sexgottes zaubert.

»Aha«, höre ich Steve brummen. Damit dürfte meine Befürchtung wohl bestätigt sein.

Greg und Steve gehen die Einzelheiten durch, während ich mich in dem großen Raum umschaue. Viele Bilder hängen hier, von vergangenen Rennen und auch ein Oldtimer steht zur Besichtigung aus. Greg kommt mit zwei Schutzanzügen und Helmen zurück.

»Du wirst verführerisch in diesem Anzug aussehen«, flüstert er mir ins Ohr. Ich nehme ihm die Sachen ab und folge ihm in den Umkleideraum. An der Tür flüstert er mir noch zu, dass ich darunter nichts tragen soll. Ich ziehe scharf die Luft ein und schon der Gedanke daran erregt mich. Der Anzug liegt eng an meiner Haut und ich trage tatsächlich nichts drunter. Ob Greg auch nackt ist? Gemeinsam gehen wir zu seinem neuen Wagen zurück. Steve begleitet uns und erklärt noch die eine oder andere Sache, dann sind wir allein.

»Hast du Angst?«, fragt Greg, als ich mich leicht verspannt in den Wagen setze. Er lehnt sich an der offenen Tür zu mir herunter. »Joyce, du muss das nicht für mich tun. Wenn du willst, kannst du auch zusehen, wie die anderen Frauen«, dabei deutet er mit dem Kopf zu dem Gebäude, vor dem einige Männer mit ihren Frauen stehen, die sich nicht mit Schutzanzügen und Helmen bewaffnet haben.

»Ich vertraue dir.«

»Das ist nicht die Antwort auf meine Frage.« Dabei schaut Greg mich ernst an. Ich schüttle nur stumm den Kopf. Denn ich vertraue Greg mehr als irgendeinem Menschen. Er ist der Mann, den ich liebe. Warum sage ich es ihm nicht endlich? Ist das hier der richtige Moment?

»Ich würde dich niemals in Gefahr bringen. Also schnall dich an.« Schon wieder hat er es gesagt.

Jetzt ist Greg der dominante Mann, der genau weiß, was er will, der keine Widerrede duldet. Wir ziehen beide den Helm über den Kopf und klappen das Visier herunter. Greg ist hochkonzentriert, als er auf die Strecke fährt. Ein letzter Blick in meine Richtung, zur Bestätigung, dass auch wirklich alles in Ordnung ist und ich es mir nicht anders überlegt habe, dann fährt er los. Meine Hände verkrampfen sich zu Fäusten, aber das ist vollkommen unnötig. Greg fährt zügig, aber nicht zu schnell. Er will erst ein Gefühl für die Strecke bekommen. Die ersten Runden fährt er für seine Verhältnisse relativ langsam. Immer wieder testet er die Beschaffenheit der Strecke, die Lenkung und das Verhalten der Bremsen. Das macht er über einige Runden, bis er langsam an die Startlinie rollt. Wieder dreht er den Kopf in meine Richtung. »Alles okay, Joyce? Und du bist dir wirklich sicher?«

»Ja, jetzt fahr schon. Zeig mal, was du kannst«, fordere ich ihn regelrecht heraus. Ich kann sein Lächeln unter dem Helm fast sehen und dann gibt er Gas. Das Adrenalin schießt in meine Venen, mein Herz schlägt schneller, meine Hände werden feucht, aber ich genieße es, mit ihm im wahrsten Sinne des Wortes über die Rennstrecke zu fliegen. Den Rausch zu spüren, frei zu sein. Als wir wieder an der Startlinie vorbeikommen, sehe ich Steve, der uns zuwinkt, als Zeichen, dass unsere Zeit abgelaufen ist und der nächste Fahrer auf die Rennstrecke möchte. Greg schaltet runter und bringt seinen Wagen neben Steve wieder zum Stehen.

Mir zittern tatsächlich die Hände, aber nicht, weil ich Angst hatte, im Gegenteil, dieses Erlebnis war einzigartig intensiv, und ich habe mich Greg nie näher gefühlt.

18

Kaum haben wir den International Airport in Boston hinter uns gelassen, klingelt mein iPhone. Ich werfe einen Blick auf die Telefonnummer.

»Es ist mein Dad«, teile ich Greg mit, der neben mir auf der Rückbank des Taxis sitzt. Er nickt. »Hi Dad.«

Ich erzähle meinem Vater kurz von unserem Trip nach Deutschland, und dass wir gerade wieder in Boston gelandet sind.

»Na, das passt doch prima. Ich habe deinen Lieblingskuchen gekauft. Kommt doch auf einen Sprung vorbei.«

»Jetzt?«, frage ich etwas ermüdet.

»Warum nicht? Dann lerne ich deinen, wie heißt er noch?«

Ich rolle mit den Augen. »Greg, er heißt Greg, Dad.«

Der Mann an meiner Seite schenkt mir sein sexy Lächeln.

»Was will er?«, formt Greg leise mit den Lippen, sodass nur ich es verstehen kann.

»Warte mal Dad, ich frage Greg, okay?«

»Mein Vater möchte, dass wir ihn jetzt besuchen, jetzt. Ich weiß, dass du …«

»Aber ja, sag ihm, dass wir gleich bei ihm sind«, unterbricht Greg mich.

»Okay. Dad? Ja, ist gut, wir sind in zwanzig Minuten bei dir.« Ich beende das Gespräch. »Greg, wir müssen da heute nicht hinfahren. Mein Vater wird das verstehen«, erkläre ich ihm, während ich das iPhone in meine Tasche gleiten lasse.

»Wie ist die Adresse Joyce?«, will er stattdessen von mir wissen, ohne auf meinen Einwand einzugehen. Ich teile sie dem Taxifahrer mit und gehe in Gedanken die erste Begegnung zwischen Greg und meinem Dad durch. Wie wird mein Vater ihn aufnehmen, besonders, wenn er erfährt, wie reich er ist? Als das Taxi vor dem Haus anhält, in dem ich die meiste Zeit meines Lebens verbracht habe, sehe ich meinen Vater die Haustür öffnen. Greg bezahlt den Taxifahrer, während ich meinen Dad begrüße.

»Joyce, schön, dass es noch geklappt hat. Jonathan war wieder hier, aber ich habe ihm gesagt, er soll sich zum Teufel scheren«, flüstert er mir zu, bevor Greg das Grundstück betritt und uns entgegenkommt.

»Dad, das ist Greg. Greg, mein Vater.«

Greg begrüßt meinen Vater und reicht ihm die Hand. Ich beobachte meinen Dad dabei, wie er Greg mit kritischem Blick mustert. Aber kurz darauf erscheint ein Lächeln in seinem Gesicht. Ein sicheres Zeichen dafür, dass er den Mann an meiner Seite akzeptiert hat.

Im Grunde war ich mir sicher, dass er ihn sympathisch finden wird, wenn er ihn erst richtig kennengelernt hat. Dann bittet er uns ins Haus.

»Ach Joyce, kannst du mal nach meinem Laptop schauen? Ich bekomme da ständig diese Hinweise. Du weißt doch, ich und Technik«, bittet Dad. Dabei zieht er entschuldigend die Schultern nach oben.

Ich schnaube kurz, aber nur, weil er einfach keine Lust hat, endlich diesen Computerlehrgang mitzumachen. Ich will den beiden ins Wohnzimmer folgen, als mein Vater sich zu mir umdreht.

»Joyce, der Laptop steht im Schlafzimmer. Greg und ich unterhalten uns so lange.«

Ich tausche einen genervten Blick mit Greg, dann drehe ich mich um, gehe Richtung Schlafzimmer und überlasse ihn meinem Dad. Ich höre die leisen Stimmen aus dem Nebenraum.

»Wie lange kennen Sie sich schon?«, will mein Dad wissen. Ich kann mir die beiden vorstellen, wie sie auf dem Sofa Platz nehmen.

»Seit einigen Wochen«, dringt Gregs angenehme Stimme leise zu mir herüber.

»Hm, hm. Und Sie arbeiten als Geschäftsführer für Ihr eigenes Unternehmen, hat Joyce mir erzählt. In welcher Branche sind Sie?«

Ich schüttle den Kopf über meinen Dad und seine Taktik, alles Wissenswerte aus Greg herauszuholen. Das Laptopproblem hat er doch nur vorgeschoben, um ein paar Minuten alleine mit meinem Freund zu sprechen. Aber wie ich Greg kenne, hat er ihn bereits durchschaut und schmunzelt sicher vor sich hin.

»Ich bin Anwalt. Wirtschaftsanwalt«, erklärt er bewusst einsilbig. Es scheint ihm unglaublichen Spaß zu machen, meinen Dad in die Offensive zu locken.

»Ich bin gleich fertig«, rufe ich den beiden zu.

»Lass dir nur Zeit, Schatz«, höre ich meinen Dad. »Wirtschaftsanwalt. Welches Spezialgebiet?«, versucht er noch einmal, Greg Informationen zu entlocken, und jetzt sollte ich wirklich ins Wohnzimmer gehen und einschreiten, denn wenn mein Dad erfährt, dass Greg einer der Geschäftsführer ist, der damals für die Entlassungswelle, die einige seiner Kollegen betroffen hatte, verantwortlich war, kann ich mir schon vorstellen, wie das Gespräch endet.

»Ich bin einer der Geschäftsführer von McQueen & Montgomery Consulting. Unternehmensberatung, Mr. Hamilton«, höre ich Greg antworten. Zu spät!

Ich sehe gerade noch, wie sämtliche Gesichtszüge meines Dads entgleisen, bevor er wieder das Wort ergreift. Er wirkt ernüchtert. »So, Sie sind das also«, stellt er fest.

»Was meinen Sie, Mr. Hamilton?«, fragt Greg ruhig.

»Soweit ich im Bilde bin, sind Sie, beziehungsweise Ihre Firma, doch für die Umgestaltung des Projektes an der Waterfront verantwortlich und Sie waren es doch auch, der BG Security neu geordnet hat? Sagt man das so, wenn fast ein Drittel der Belegschaft wegrationalisiert wird?«

»Dad, Greg bekommt nur den Auftrag. Wäre er es nicht gewesen, hätte ein anderer die Firma neu geordnet«, mische ich mich ein.

»Woher wissen Sie das?«, fragt Greg jetzt doch etwas erstaunt, da das Geschäft noch nicht endgültig abgeschlossen ist. Außerdem schaut er mich über meinen Einwand erstaunt an.

»Ich arbeite mehrere Tage in der Woche ehrenamtlich für das Gemeindezentrum, das an der Waterfront untergebracht ist. Wenn die Gebäude abgerissen werden, müssen wir das Gemeindezentrum schließen. Für die Menschen, die dort ihre Sportkurse besuchen können, weil sie sich teure Sportzentren nicht leisten können oder auch die Menschen, die einmal am Tag ein warmes Essen bekommen, wird es eine bittere Enttäuschung, wenn sie keinen Ort mehr haben, an dem sie sich treffen können.«

»Mr. Hamilton, noch ist nichts entschieden. Wenn wir einen Auftrag übernehmen, gehen wir sehr gewissenhaft damit um. Ich kann Ihnen versprechen, wir werden in erster Linie die Bedürfnisse und die Arbeitsplatzsicherung der Mitarbeiter im Auge haben. Natürlich werden wir auch das Gemeindezentrum berücksichtigen und eine geeignete Lösung finden. Wir sollten dieses Gespräch verschieben«, entscheidet Greg resolut. »Sie waren Detective Superintendent, hat mir Joyce erzählt? Warum haben Sie Ihren Beruf aufgegeben?«

»Das ist lange her. Nach dieser Sache«, dabei schaut mein Dad mit schmerzlichem Gesichtsausdruck zu mir, »habe ich den Dienst quittiert.«

»Was ist passiert?«, dringt Greg weiter in ihn.

Meinem Dad entweicht ein leises, sarkastisches Lachen. »Man hat mir vorgeworfen, einen Fehler begangen zu haben. Allerdings lagen die Indizien klar auf der Hand. Der Verurteilte beging Selbstmord. Es stellte sich heraus, dass er Steuern hinterzogen hatte. Zu diesem Zeitpunkt hatte ich allerdings meinen Dienst bereits quittiert.

Und dann die Sache mit Joyce. Sie wurde entführt, Mr. Montgomery«, nach den letzten Worten verstummt mein Dad, er greift meine Hand und drückt leicht zu. Warum musste er dieses Thema wieder erwähnen?

»Zum Glück wurde sie innerhalb von vierundzwanzig Stunden gefunden. Es war mir zu dieser Zeit ein Bedürfnis, schwächeren Menschen zu helfen. So kam ich zu dem Gemeindezentrum.«

Ein unangenehmes Schweigen tritt ein und ich sehe, dass mein Dad mit seinen Gedanken weit weg von hier ist. Es scheint fast, als sehe er durch mich hindurch. Das ganze Gespräch ist in die völlig falsche Richtung gelaufen. Ich sollte schnellstens das Thema wechseln.

»Wo steht der Kuchen, Dad?«, reiße ich ihn aus seinen Gedanken.

Er lächelt mich an und steht auf. »Natürlich, tut mir leid, ich bin kein guter Gastgeber, fürchte ich. Wir hatten keinen angenehmen Start, Mr. Montgomery. Ich werde es wiedergutmachen, kommen Sie.«

Auch Greg steht auf und wir folgen meinem Vater ins Esszimmer.

»Nennen Sie mich bitte Greg«, bietet der Mann, den ich über alles liebe, meinem Vater an.

»Sehr gerne.«

»Wie lange leben Sie schon hier?«, will Greg wissen, als ich mich zu ihm auf die Sofalehne setze. Dieses alte Sofa hat meine Mom geliebt, darum steht es immer noch im Esszimmer.

»Ich weiß, das Haus ist für mich zu groß, aber ich habe es nicht über das Herz gebracht, es zu verkaufen. Unsere Kinder wurden hier geboren und Joyces Mutter liebte es.«

»Wann ist Ihre Frau gestorben?«

»Vor acht Jahren. Ich weiß genau, was Sie jetzt denken! Aber nach Elisabeth gab es keine andere Frau mehr für mich. Ich habe sie geliebt. Sie war die Erfüllung meines Lebens.«

Mein Dad spricht diese Worte ganz melancholisch aus. Ich schaue zu Greg und sehe, wie sein Blick nachdenklich wird. Den Rest des Nachmittags verbringen wir mit belanglosen Themen. Wir berichten meinem Vater von Deutschland. Das Autorennen lassen wir bewusst aus, denn ich weiß, wie mein Vater darüber denkt, und er würde es weiß Gott nicht gutheißen, wenn er wüsste, dass ich als Gregs Copilotin mitgefahren bin. Greg scheint meinen Dad genau eingeschätzt zu haben. Denn ich brauche ihm keine stummen Blicke zuzuwerfen, damit er weiß, dass wir diesen Teil unserer Reise lieber für uns behalten sollten. Ich bin erleichtert, dass die beiden sich jetzt so gut verstehen. Die anfänglichen Schwierigkeiten sind wie in Luft aufgelöst. Jetzt lachen sie sogar über die eine oder andere Geschichte, die mein Dad aus meiner Kindheit preisgibt. Als es anfängt, dunkel zu werden, verabschieden wir uns. Ich bin furchtbar müde und will einfach nur noch ins Bett.

19

Bist du aufgeregt?« Greg kommt in die Küche und schmiegt sich von hinten an mich, während ich mit dem Kaffeeautomaten beschäftigt bin. Gestern war mein letzter Urlaubstag. Den Jetlag habe ich so langsam verarbeitet und jetzt freue ich mich auf meinen neuen Job.

»Nein, warum? Sollte ich?«

Er zuckt die Schultern. »Die meisten Frauen sind aufgeregt, wenn sie zum ersten Mal ihrem neuen Chef gegenüberstehen«, antwortet er mir, lässt mich los und nimmt sich ebenfalls eine Tasse aus dem Schrank. »Ich kann mich noch gut an Vivien erinnern, als sie neu in unserer Firma war. Die erste Begegnung mit Matthew hat sie glatt umgehauen und ihm einen großen Kaffeefleck auf seinem Hemd eingebracht. Ich wusste bereits, als Matthew mir von ihr erzählt hat: Diese beiden fantastischen Menschen gehören zusammen.«

»Vivien hat mir die Geschichte erzählt. Jetzt lacht sie darüber, aber damals hat sie sich alles andere als wohlgefühlt.«

»Wie schön, dass zwischen uns alles klar ist«, dabei schaut er auf die Uhr. »Wann musst du im Büro sein?«

»Ich habe noch ein wenig Zeit.« *Ist denn wirklich alles klar zwischen uns?*, frage ich mich nachdenklich.

»Soll ich dich fahren?«, bietet Greg mir an. Ich schüttle den Kopf. »Nein, das brauchst du nicht.«

Ich nippe an meinem Kaffee, während Greg sich die Zeitung schnappt und schnell die Schlagzeilen überfliegt, bevor er sie auf die Theke zurücklegt.

»Ich muss los. Na gut, dann hole ich dich ab. Ruf mich an, wenn du fertig bist, und hab einen schönen Tag. Widersprich dem Chef nicht gleich am ersten Tag.« Mit diesen Worten verabschiedet er sich von mir, haucht mir noch einen Kuss auf den Mund und verlässt die Küche.

»Greg, mein Dad hat heute Morgen angerufen. Ich habe ihm gesagt, dass wir morgen Abend vorbeikommen« rufe ich ihm hinterher.

Er dreht sich in der Tür noch einmal um. »Ich freue mich, ihn wiederzusehen. Ich mag deinen Dad, weil er sich Sorgen um dich macht. Also, ciao Honey.«

Ja, mein Dad macht sich ständig Sorgen. Greg weiß gar nicht, wie nervig so etwas sein kann. Aber ich kann auch Greg verstehen. Er hat schon lange keinen Dad mehr. Aber diese Gedanken schiebe ich schnell zur Seite und konzentriere mich auf den heutigen Tag. Mein erster Arbeitstag in der neuen Firma.

Draußen ist es für die Jahreszeit noch angenehm warm. Deshalb habe mich heute für eine weiße Baumwollhose und meinen geliebten Kaschmirpullover entschieden. Dazu trage ich leichte Sommerboots, die farblich perfekt zu meinem Outfit passen. Ich bin bereit für meine neue Aufgabe. Es gibt nichts Schlimmeres, als mich in Kleidung zu zwängen, in der ich mich nicht wohlfühle, ich der ich nicht ich selbst sein kann.

Meine wilde Lockenmähne habe ich heute Morgen mit einem Glätteisen in Form gebracht, sodass mir die langen Wellen locker über die Schultern und den Rücken fallen. Auf Make-up habe ich größtenteils verzichtet, nur Wimperntuche und ein dezenter rosa Lippenstift zieren mein Gesicht. Ich werfe noch einen letzten Blick in den großen Spiegel, der in der Diele hängt, und bin äußerst zufrieden mit meinem Aussehen.

Auf dem Weg zur Arbeit flitze ich noch schnell bei Starbucks rein und hole mir meinen Lieblingskaffee, als ich Vivien an der Theke stehen sehe.

»Vivien?« Sie dreht sich um.

»Jocye! Hi«, begrüßt sie mich. »Wie war euer Urlaub?«, will sie wissen, während wir uns einen angedeuteten Kuss auf die Wange hauchen.

»Aufregend.«

Sie schaut auf ihre teure Armbanduhr. »Ich bin spät dran, lass uns doch die nächsten Tage essen gehen. Was meinst du?«

»Gerne, wann du willst.«

»Ich rufe dich an, okay? Matthew wartet im Wagen draußen, ich muss zur Uni. Er nimmt mich mit. Ciao.«

Ich verabschiede mich von ihr und stelle mich in der Reihe an. Draußen vor dem Gebäude sitzt Matthew in seinem Oldtimer und lächelt Vivien an, die ihm seinen Becher rüber reicht. Dann reiht er sich schnell in den fließenden Verkehr ein. Ich mag die beiden sehr. Auch wenn mich Matthews Kontrollsucht auf die Palme bringen würde. Für Vivien scheint das vollkommen okay zu sein. Ich habe selten zwei Menschen gesehen, die sich so sehr lieben, wie die beiden.

Warum kann es zwischen Greg und mir nicht so sein? So einfach und unkompliziert. Die Stimme des Starbucksmitarbeiters dringt an mein Ohr, als er mir meinen Kaffee über die Theke reicht. Ich bezahle und verlasse gut gelaunt den Laden.

Nach zwanzig Minuten Fußweg habe ich mein Ziel erreicht. Die Büroräume von Boston Consulting befinden sich wie Gregs Firma im Financial District. Nur ist das Gebäude hier längst nicht so modern und attraktiv wie das, in dem die Büros von McQueen & Montgomery untergebracht sind.

In diesem Bürokomplex gibt es keinen Empfangsbereich, nur Fahrstühle, die die Besucher in die jeweiligen Büros bringen. Da ich es allerdings hasse, mich in engen Räumen aufzuhalten, entscheide ich mich spontan für das Treppenhaus. Vier Stockwerke sind nun wirklich kein Problem. Außerdem habe ich mein Training die letzten Tage sträflich vernachlässigt. Zwei Frauen und einige Herren drehen sich verwundert um, als ich zielstrebig das Treppenhaus ansteuere. Im vierten Stock weisen Glastüren mit der Aufschrift des Unternehmens auf den Eingangsbereich.

Vielleicht kann ich heute Mittag mit Greg essen gehen?, sinniere ich.

»Guten Morgen, Miss Hamilton«, begrüßt mich die Sekretärin, der ich bereits beim Einstellungsgespräch gegenübergesessen habe, als ich die Büroräume von Boston Consulting betrete.

»Guten Morgen.«

Mist, ich habe ihren Namen vergessen. Krampfhaft versuche ich, in meinen grauen Zellen ihren Namen hervorzugraben. Vergeblich. Was ist nur los mit mir?

»Miss Parker, bestätigen Sie bitte den Termin mit Mr. Swan«, höre ich die Stimme ihres Chefs aus dem Nebenraum. Parker, natürlich! Jenny Parker.

»Kommen Sie, Mr. Armstrong erwartet Sie bereits.« Ms. Parker steht hinter ihrem Schreibtisch auf und lächelt mich freundlich an. Völlig irritiert schaue ich auf meine Armbanduhr. Wieso erwartet er mich? Ich bin immerhin noch zehn Minuten zu früh dran. Dennoch halte ich meinen Mund und folge ihr in die hinteren Büros. Gregs Worte fallen mir wieder ein. *Widersprich dem Chef nicht gleich am ersten Tag.* Ich muss innerlich grinsen.

»Ich mache Sie erst einmal mit Mr. Armstrong bekannt. Bei Ihrem Einstellungsgespräch war das leider nicht möglich, da er verreist war. Aber Sie werden sehen, er ist ein angenehmer Chef«, sprudelt sie schon los, während ich neben ihr den Gang hinuntergehe.

In meinen Gedanken erscheint ein Mann Mitte vierzig, leicht untersetzt, der die Bilder seiner Frau und seiner beiden niedlichen Kinder auf dem Schreibtisch stehen hat.

»Später zeige ich Ihnen dann alle Räumlichkeiten hier«,

verspricht Ms. Parker. Ich nicke. An der letzten Tür klopft sie an, dann tritt sie ein.

»Darren, Miss Hamilton ist da«, kündigt sie mich an. Sie tritt ein Stück zur Seite und mein Blick trifft genau auf den Mann, den ich mein ganzes Leben nicht mehr wiedersehen wollte. Darren! Verdammt, mein neuer Chef ist Darren. Der Darren aus dem Nachtclub. Der Mann, der mich nicht nur körperlich, sondern auch emotional total fertiggemacht hat. Er sitzt hinter seinem Schreibtisch und lächelt mich an.

Das Bild des leicht untersetzten Familienvaters ist sofort ausgelöscht. Stattdessen erscheint vor meinem geistigen Auge das arrogante Grinsen des Mannes, der mich im Club erniedrigt hat. Der einzige Gedanke, der mir in diesem Moment durch den Kopf geht, ist: Vielleicht tritt James' neue Bürokraft ihren Job nicht an und ich kann wieder zurück. Aber um darüber nachzudenken lässt mein neuer Chef mir keine Zeit. Er grinst mich scheinheilig an, oder will er einfach nur die unangenehme Situation zwischen uns überspielen?

»Danke, Jenny«, wendet er sich jetzt an Ms. Parker. Die Sekretärin nickt mir noch kurz zu, dann tritt sie hinter mich und verlässt das Büro.

Darren steht hinter seinem supermodernen Schreibtisch auf, schließt sein Sakko und kommt auf mich zu.

»Miss Hamilton. Willkommen im Team«, begrüßt er mich und reicht mir die Hand. Ich schlucke und weiß im ersten Moment nicht, was ich sagen soll. Wie ein Film läuft die Szene im Club vor meinem geistigen Auge ab, während ich mich fühle, als würde mir jemand die Kehle zudrücken. Ich verkrampfe die Finger um meine Handtasche und zähle innerlich bis zehn, bevor ich mich umdrehe und nur noch den einen Wunsch habe: diesen Raum und das Gebäude so schnell wie möglich zu verlassen.

»Miss Hamilton, bitte bleiben Sie«, dringt seine Stimme an mein Ohr. Ich drehe mich um und lasse den Türknauf los. Was ist nur mit mir los, mich wie ein verblendeter Teenager zu benehmen? Ich schaue ihm mit festem Blick in die Augen.

»Mr. Armstrong, ich wusste nicht, dass …«

Er unterbricht mich sofort. »… dass ich Ihr neuer Chef bin?«, beendet er meinen unausgesprochenen Satz. Ich nicke.

»Unter diesen Umständen sollte ich meinen Arbeitsvertrag widerrufen.«

»Warum?« Seine Stimme ist emotionslos.

»Mr. Armstrong, das liegt doch wohl klar auf der Hand. Wenn ich gewusst hätte, für wen ich arbeiten soll, hätte ich mich niemals auf die Stelle beworben.«

»Sie wussten es aber nicht. Woher auch. Und ich wusste anfangs auch nicht, wer Sie sind. Erst, als ich Ihr Bild gesehen habe. Und doch habe ich mich für Sie entschieden.«

»Sie können unmöglich von mir verlangen, dass wir als Team zusammenarbeiten, nach allem, was in diesem Club vorgefallen ist. Sie können froh sein, dass ich Sie nicht angezeigt habe.« Bei den letzten Worten stocke ich kurz.

Er schüttelt leicht den Kopf. »Jetzt wollen wir mal nicht übertreiben. Aber trotz alledem ist wohl jetzt der richtige Moment, mich für mein Benehmen zu entschuldigen.«

Für eine Entschuldigung sollte es wohl zu spät sein. Außerdem möchte ich nicht mehr an diesen Abend erinnert werden. »Es tut mir leid«, spricht er schon weiter. »Ich habe wohl etwas über die Stränge geschlagen. Sagen wir, es war ein Missverständnis«, beendet er seinen Satz.

»Ein Missverständnis?«, stoße ich aus. Er zuckt entschuldigend die Schultern, deutet auf die Sitzecke und wir nehmen Platz.

»Ich musste doch davon ausgehen, dass du weißt, worauf du dich einlässt, wenn du mir in einen Raum folgst, in dem BDSM praktiziert wird. Ich kann mich nur noch einmal dafür entschuldigen.«

Er wirkt schuldbewusst. Wieso duzt er mich jetzt? Und warum habe ich das Gefühl, dass ich selbst an allem Schuld war?

»Ich habe mich für dich entschieden, weil ich davon überzeugt bin, dass wir gut miteinander auskommen. Vergiss die Sache im Club. Ich trenne Beruf und Privates. Ich wusste selbstverständlich, wer du bist, als ich deine Unterlagen auf dem Tisch liegen hatte. Ich war auch etwas aufgeregt, als du gerade eben mein Büro betreten hast«, gesteht er. Dabei enthüllt er mit einem Lächeln eine strahlend weiße Zahnreihe. Seine Miene nimmt einen weichen Zug an, während ich meinen Blick auf meine verschränkten Hände richte. »Wollen wir es nicht miteinander versuchen?«

Ich bin immer noch unschlüssig und zögere mit meiner Antwort. Verdammt, der Tag hat so gut angefangen und jetzt sitze ich hier und weiß nicht, wie ich mich verhalten soll. Freundschaftlich reicht er mir noch einmal die Hand und dieses Mal ergreife ich sie.

»Also bleiben wir weiter beim Du?«

»Okay.« Ich drücke seine Hand, die mir bereits Schmerzen zugefügt hat, und fühle mich gerade überhaupt nicht wohl in meiner Haut. Das Bild von ihm und mir in diesem Club taucht vor meinem inneren Auge auf. Ich kann es einfach nicht wegschieben.

»Wir sollten die kleine Geschichte wirklich vergessen. Also, ich für meinen Teil kann mich schon gar nicht mehr daran erinnern. Du vielleicht?«

Wieder zucke ich mit den Schultern. Mir fällt im Moment wirklich kein Argument mehr ein, das ich ihm entgegnen kann und doch sagt mir mein Bauchgefühl, dass es besser wäre, sein Büro zu verlassen.

»Ich zeige dir jetzt erst mal dein Büro. Jenny kann dich dann rumführen und dir alles zeigen und heute Mittag lade ich dich als Wiedergutmachung zum Essen ein, einverstanden?«, bietet er mir großzügig an.

Warum eigentlich nicht? Der Job ist genau das, was ich haben wollte. Die Bezahlung ist ausgesprochen gut und Darren scheint auch ganz umgänglich zu sein, zumindest im Berufsleben. Was Greg wohl davon halten wird? Ich werde es ihm einfach nicht erzählen, entscheide ich. Zumindest nicht gleich.

Nachdem mich Jenny in der Firma herumgeführt hat und ich mein kleines Büro direkt neben Darren bezogen habe, klingelt mein iPhone. Es ist Greg.

»Hi Honey, wie läuft es bei dir?«

Ich überlege noch kurz, ihm von Darren zu erzählen, entscheide mich aber endgültig dagegen. Warum, weiß ich eigentlich gar nicht.

»Bestens, wenn ich aus dem Fenster schaue, kann ich dein Büro sehen.« Ich stelle mich vor das große Fenster und blicke auf die Skyline von Boston, während ich an meinem Kaffee nippe.

»Wann hast du Mittagspause? Ich könnte dich abholen und wir essen zusammen eine Kleinigkeit.«

»Tut mir leid, aber mein neuer Chef hat mich schon eingeladen«, entschuldige ich mich mit einem schlechten Gewissen.

»Das ist doch kein Problem. Ist er nett?«

»Ja, sehr«, antworte ich stockend. Verdammt, warum sage ich Greg nicht einfach, wer es ist?

»Muss ich eifersüchtig sein?« Er lacht dabei leise.

»Hör auf mit dem Blödsinn, natürlich nicht. Was ist mit dir? Du bist doch sicher umgeben von gutaussehenden Frauen«, verteidige ich mich und in diesem Moment schleicht sich die attraktive Frau, die Greg am Flughafen begegnet ist, in mein Gedächtnis. Wieder höre ich ihn lachen, dann verabschieden wir uns.

Greg betritt das Büro seines Geschäftspartners. »Matt, ich muss mit dir über das Waterfront-Projekt sprechen«, kommt er sofort auf den Punkt. Matthew hebt die Augenbrauen.

»Setz dich«, bietet er mit einer Geste an, auf seinem alten Sofa Platz zu nehmen, bevor er selbst hinter seinem Schreibtisch aufsteht und sich neben Greg niederlässt.

»Worum geht es?«

»Wir sollten unseren Plan ändern und die Gebäude nicht abreißen lassen«, eröffnet er Matthew.

»Was? Du hast mir doch noch vor Kurzem gesagt, dass nichts dagegenspricht. Haben die Leute vom Bauaufsichtsamt jetzt doch Bedenken eingeräumt?«

»Das ist es nicht, was mir Sorgen bereitet. Ich denke vielmehr an die kleinen Unternehmen, die auf die Gebäude angewiesen sind.«

»Greg, wir haben schon zu viel in das Projekt investiert. Warum willst du jetzt einen Rückzieher machen? Das ist ein todsicheres Geschäft.« Matthew lehnt sich lässig auf dem Sofa zurück und legt den Arm auf die Rückenlehne. Interessiert mustert er seinen Geschäftspartner.

»Ich will keinen Rückzieher machen. Im Gegenteil. Ich will die Gebäude erhalten und dem ganzen einen neuen Touch geben«, erklärt Greg. »Als ich mit Joyce dort in einem der Restaurants essen war, sah ich bereits alles vor mir. Die Gegend braucht einfach einen neuen Anstrich, wenn du so willst. Joyce hat mich auf die Idee gebracht. Stell dir doch vor, was aus dem Viertel wird, wenn dort große Bürokomplexe die Waterfront verunstalten.«

Jetzt steht er auf und geht einige Schritte durch den Raum, dann bleibt er an den großen Fenstern stehen und schaut über die Skyline. Matthew beobachtet seinen Freund nachdenklich. »Vielleicht hast du recht. Wir sollten das Ganze mal durchrechnen. Aber ich werde auf keinen Fall mit einem Verlust da rausgehen.«

»Das wird nicht passieren, im Gegenteil, es wird unseren Ruf noch um einiges verbessern«, verspricht Greg.

Matthew schaut auf seine teure Armbanduhr. »Ich habe jetzt gleich einige Geschäftspartner hier. Komm die nächsten Tage mit

Joyce zum Essen vorbei. Dann können wir alles besprechen«, bietet er an. Greg nickt.

»Ach übrigens, ich habe Joyce heute Mittag mit Darren bei Roberto's gesehen. Was hat sie mit ihm zu tun?«

Jetzt ist es Greg, der mit einem ungläubigen Gesichtsausdruck auf Matthew zukommt. »Was sagst du da?«

»Hat sie dir nichts davon erzählt?«

»Nein, hat sie nicht.«

»Glaubst du, sie hintergeht dich?«, sinniert Matthew.

»Inwiefern?«

»Darren arbeitet bei Boston Consulting. Und soweit ich weiß, haben die ihre Fühler auch nach dem Waterfront-Projekt ausgestreckt. Es würde mich nicht wundern, wenn Darren da seine Finger im Spiel hätte.«

»Ich wusste nicht mal, dass Darren bei Boston Consulting beschäftigt ist. Verdammt, Joyce hat kein Wort darüber verloren.«

»Ich dachte, du wüsstest es. Er ist uns letztes Jahr schon einmal in die Quere gekommen.« Greg schüttelt verneinend den Kopf. Seine Miene nimmt einen strengen, nachdenklichen Zug an. »Stell sie auf die Probe, dann weißt du Bescheid.«

Greg atmet hörbar aus, dann geht er einige Schritte durch den Raum, bevor er sich zu Matthew umdreht.

»Verdammt, Matthew, ich liebe Joyce. Heute Abend wollte ich es ihr sagen«, bricht es aus Greg hervor. Er wirkt verletzt und ruhelos. »Warum sollte sie so etwas tun?«

»Vielleicht war die ganze Sache damals im Club bereits geplant und vorbereitet?«, sinniert Matthew weiter.

»Deine Fantasie geht mit dir durch. Das kann ich nicht glauben.« Bestürzt lässt Greg sich wieder auf das Sofa sinken. Und doch kann er den Gedanken nicht ganz zurückweisen. Das Gespräch mit ihrem Dad kommt ihm wieder in den Sinn. Woher wusste Mr. Hamilton von dem Projekt?

20

Joyce?« Darren steckt den Kopf in mein Büro, während ich mich immer noch mit der Excel-Aufstellung abmühe. Seit zwei Wochen arbeite ich jetzt mit Darren zusammen und die Sache im Club ist vollkommen in den Hintergrund getreten. Ich kann nicht behaupten, dass ich nicht gerne für ihn arbeite. Er ist höflich, sympathisch und immer gut gelaunt. Selbst wenn es stressig wird, was häufig vorkommt, bleibt er gelassen. Greg habe ich immer noch nichts von ihm erzählt, er hat mich auch nicht weiter danach gefragt. Doch seit ein paar Tagen wirkt er zurückhaltend, seine spontane, dominante Art hat sich vollkommenen verflüchtigt. Ob das etwas mit dem Clubbesuch zu tun hat, der morgen Abend bevorsteht?

Greg hat es mir erst gestern Abend gesagt, als ich in seinen Armen gelegen habe. Oder sollte ich eher sagen, gestanden? Denn seine Anspannung, die in jedem Muskel seiner Arme zu spüren war, konnte er nicht verbergen. Warum tut er das? Ich fühle doch ganz deutlich, dass auch ihn irgendetwas belastet. Seine Worte waren sanft und verführerisch, als er mir ins Ohr geflüstert hat, und doch lag ich wie in einer Schockstarre neben ihm. Ich weiß nicht, ob ich dazu bereit bin, ob ich es ertragen kann, von einem fremden Mann berührt zu werden. Als Greg am Anfang unserer Beziehung davon gesprochen hat, fand ich die Vorstellung vielleicht noch erregend, aber jetzt macht sie mir Angst. Ich kann mich noch gut an den Abend vor ein paar Tagen erinnern, als er sich in sein Büro zurückgezogen und ein langes Telefongespräch geführt hat, während ich uns in der Küche das Abendessen zubereitete. Greg schließt nie seine Bürotür und doch hat er es an jenem Abend getan. Es war auch der Tag, als ich ihn im Büro besuchen wollte. Wie hypnotisiert blieb ich auf dem Bürgersteig stehen, als ich ihn mit dieser Frau aus dem Firmengebäude kommen sah. Sie stiegen beide eilig in seinen Wagen, der auf der Straße stand. Es war dieselbe Frau, die wir bereits am Flughafen in Boston getroffen haben.

Ich schiebe den Gedanken an den Club weit fort, wie ich es ständig tue, anstatt Greg endlich meine Liebe zu gestehen.

Wie ich diese langen Auflistungen von Zahlen hasse! Ich hebe den Kopf und lächle Darren an.

»Kannst du heute Überstunden machen? Wir müssen das Projekt in Cleveland morgen früh abliefern. Deadline ist zwar erst Freitag, aber sie haben das Projekt vorgezogen.«

»Ja, klar, warum denn nicht.«

»Schön, dann komm doch gleich rüber in mein Büro.« Ich nicke, froh mich von dieser Arbeit an meinem PC zu drücken.

»Trinkst du auch noch einen Kaffee?«, frage ich Darren, als er bereits mein Büro verlässt.

»Gerne, bringst du mir einen mit?«

»Klar, mit Milch und Zucker?«

»Wie immer. Du kennst mich.«

Ich fahre meinen PC herunter und gehe in die kleine Teeküche am Ende des Flures. Jenny ist gerade im Begriff, ihre Jacke aus dem Schrank zu nehmen und in ihren wohlverdienten Feierabend abzuschwirren. Und auch die anderen Büros liegen bereits verwaist da.

»Schönen Abend, Jenny«, rufe ich ihr noch zu. Sie ist im gleichen Alter wie ich und hat mir sofort das Du angeboten. Die meisten Angestellten duzen sich. Selbst in der Führungsebene herrscht ein legeres Betriebsklima, sodass ich mittlerweile froh darüber bin, Darrens Büro nicht fluchtartig verlassen zu haben.

»Dir auch, Joyce. Gehst du nicht nach Hause?«, fragt sie stirnrunzelnd und wirft dabei einen Blick auf die große Uhr an der Wand.

»Das Cleveland-Projekt muss morgen früh fertig sein. Ich werde mit Darren noch ein paar Überstunden machen. Wir sehen uns morgen.«

»Du Arme. Ich gehe mit einigen Leuten aus der Buchhaltung in die Oyster Bar«, ruft sie mir augenzwinkernd zu. »Wenn du Lust hast, komm doch später einfach nach. Eddy ist auch dabei«, dabei grinst sie mich hintergründig an.

Eddy ist ein heißer Typ, auf den sie es abgesehen hat, aber bis jetzt hat sich für sie noch keine Gelegenheit ergeben, ihm näherzukommen. Ich wünsche ihr noch viel Spaß, und halte ihr meine gedrückten Daumen entgegen. Sie wirft mir einen angedeuteten Kuss nach und dann ist sie auch schon verschwunden.

Mit zwei Tassen dampfendem Kaffee betrete ich Darrens Büro. Er sitzt bereits geschäftig an seinem PC und hat alle Kalkulationen und sonstigen Unterlagen auf seinem Schreibtisch ausgebreitet, als ich die beiden Kaffeetassen abstelle.

»Was glaubst du, wie lange werden wir brauchen?«, frage ich.

»Vielleicht ein oder zwei Stunden«, antwortet er mir in Gedanken schon ganz in das Projekt vertieft.

»Okay, dann rufe ich schnell Greg an. Er wollte mich abholen.« Jetzt blickt er auf.

»Ich kann dich später auch fahren. Das ist doch kein Problem«, bietet er mir an.

»Okay, dann rufe ich schnell noch an und sage Bescheid.«

»Ist dein Wagen schon wieder außer Gefecht?«

»Ja, er steht seit gestern in der Werkstatt. Ich kann mich einfach nicht von ihm trennen. Es war ein Geschenk meiner Mutter. Meistens nimmt Greg mich ohnehin mit.«

Als ich Gregs Namen erwähne, huscht ein grimmiger Gesichtsausdruck über Darrens Miene. Mir ist natürlich klar, dass die beiden eine Abneigung füreinander empfinden. Das ist ja auch der Grund, warum ich Greg immer noch nichts von Darren erzählt habe. Aber ich muss dringend mit ihm darüber reden.

Nach zweieinhalb Stunden sind wir endlich fertig. Ich strecke mich müde. Meine Glieder sind steif vom langen Sitzen. Darren fährt seinen PC runter und lächelt mich an. »Danke, dass du dir die Zeit genommen hast.«

»Dafür komme ich morgen früh etwas später.«

»Meinen Segen hast du.«

Ich hole meine Jacke und meine Tasche aus meinem Büro und wir verlassen gemeinsam die Büroräume Richtung Aufzüge. Alles ist ruhig. Die Büros liegen dunkel da. Nur die Putzfrau, die jeden Abend kommt, wischt eilig über die letzten Schreibtische.

»Wir sind dann auch fertig, Mrs. Fletscher«, lässt Darren sie wissen. »Einen schönen Abend noch«, rufe ich ihr zu, dann verlassen wir das Foyer Richtung Aufzüge.

»Ich nehme die Treppe«, sage ich entschlossen zu ihm.

Darren lächelt mich an. »Wieso denn? Der Aufzug ist doch schon da.«

Ohne, dass ich etwas einwenden kann, schiebt er mich in den offenen Fahrstuhl. Dann schließen sich die Türen und ich bin mit Darren allein. Ich lächle ihn an und mein Blick gleitet zu der Leuchtanzeige. Wenn ich es vermeiden kann, benutze ich nie Aufzüge, besonders nicht, wenn sie extrem klein sind. Als das zweite Stockwerk aufblinkt, bleibt der Aufzug mit einem Ruck stehen. Sofort macht sich Panik in mir breit.

»Scheiße, was ist los?« Meine Hand gleitet zu dem roten Knopf, aber Darren hält mich zurück. Er greift nach meinem Arm und ich drehe mich entsetzt zu ihm um.

»Keine Panik. Der Aufzug wird gleich weiterfahren. Das passiert hier öfter mal.«

»Das passiert hier öfter mal?«, schreie ich aufgebracht. »Verdammt, ich leide unter Klaustrophobie. Das hier ist mein schlimmster Albtraum.«

»Ich weiß«, dringt Darrens ruhige Stimme an mein Ohr. Woher weiß er, dass ich unter Klaustrophobie leide? Was ist denn hier eigentlich los?

»Woher weißt du das?«, stoße ich entsetzt aus.

»Dein Vater war der leitende Inspektor im Fall Armstrong. Erinnerst du dich?«

Ich schüttle verwirrt den Kopf. Was hat denn mein Dad damit zu tun? »Welcher Fall Armstrong? Ich weiß nicht, wovon du sprichst. Mein Vater hat nie über seine Fälle gesprochen.«

»Armstrong«, spricht Darren seinen Nachnamen langsam und gedehnt aus. »Denk nach!«

Armstrong, Armstrong, sage ich mir immer wieder in Gedanken. Was meint er? Und jetzt fällt es mir wie Schuppen von den Augen. Armstrong! Der Mann, der Selbstmord beging. Der Fall wurde in der Presse aufgeputscht.

»Du meinst den Selbstmord des Hauptverdächtigen vor dem Gerichtssaal, der damals durch die Presse ging. Hattest du etwas mit der Sache zu tun?«

»Das kann man wohl sagen. Denk nach!«, fordert er mich wieder auf.

Dabei stützt er seine Hände seitlich neben meinem Gesicht auf das Metall der Aufzugwand. Ich schüttle verwirrt den Kopf, während die Panik mir immer mehr die Kehle zuschnürt. »Ich war damals erst zwölf. Ein Kind, woher soll ich wissen, was passiert ist?«

»Also schön, dann werde ich es dir sagen: Es war mein Vater, der Selbstmord beging.«

Mir wird schlecht. Und jetzt fügt sich alles Stück für Stück zusammen. Wie in einem Zeitraffer werde ich in die Vergangenheit zurückkatapultiert. Der Mann, der mich entführt hat, war das am Ende Darren?

»Du warst es, der mich entführt hat?«, flüstere ich leise.

»Nein, damit hatte ich nichts zu tun. Ich bin kein Verbrecher. Was mein Vater getan hat, war gegen das Gesetz, aber er hat niemanden verletzt.«

»Er hat Steuern hinterzogen.«

»Dein Vater hat ihn in den Selbstmord getrieben.«

»Mein Vater hat nur seine Pflicht getan und mehr nicht. Den Freitod hat dein Vater selbst gewählt. Vielleicht war er zu feige, sich der Verantwortung zu stellen.«

»Wage es nicht, ihn auch noch zu beleidigen.« Dabei kommt Darren noch näher. Seine Augen sprühen Funken und eine eisige Kälte kriecht in mir hoch. Ich sollte ihn nicht weiter reizen.

»Was willst du von mir?«

»Nur ein kleines Geschäft zwischen uns beiden«, kommt er zum Punkt.

»Was für ein Geschäft?« Meine Stimme wird immer panischer. Ich spüre, wie das Adrenalin durch meine Venen pumpt. Mein Herz hämmert in meiner Brust und ich habe das Gefühl, ohnmächtig zu werden.

Der kalte Schweiß läuft mir den Rücken herunter. Entsetzt starre ich Darren an. Er war es auch, der meinen Wagen beschädigt hat, da bin ich mir jetzt ganz sicher. Jonathan mag ein verdammter Idiot sein, er würde mich betrügen, ja, aber so etwas würde er nie tun.

»Ich brauche Informationen«, eröffnet er mir.

»Welche Informationen denn, verdammt?«

Der Mann, der mir gegenübersteht, ist nicht der Darren, mit dem ich seit zwei Wochen harmonisch zusammenarbeite. Es ist der Mann aus dem Club. Sein kalter Blick lässt mich frösteln. Endlich löst er das erstickende Schweigen zwischen uns.

»Beschaff mir alles über das Waterfront-Projekt«, stößt er aus. »Soweit ich weiß, ist das Geschäft noch nicht gelaufen und unsere Firma kann hier noch ein Angebot abgeben. Wenn wir McQueen und Montgomery unterbieten, bekommen wir den Zuschlag, alles klar?«

Also darum geht es ihm. Darum war er die ganzen letzten Tage so freundlich zu mir. Darum wurde ich eingestellt, weil er mich erpressen wollte. Das gehässige Grinsen, das sich nun auf seinem Mund ausbreitet, ist Bestätigung genug für mich. Ich könnte heulen und fühle ein grässliches Gefühl in mir aufsteigen, das ich seit vielen Jahren nicht mehr empfunden habe. Es ist eine negative Energie, die von mir Besitz nimmt, genau wie damals, als ich in diesem Keller eingeschlossen war. Diese Angst, die mich von innen auffressen will. Ich versuche, ruhig zu atmen, um nicht zu schreien.

»Ich will diese Daten von dir«, droht Darren und kommt näher.

Endlich erwache ich aus meiner Schockstarre. »Warum sollte ich dir diese Informationen geben? Und wie soll ich überhaupt an die Daten herankommen?«

»Du wirst einen Weg finden. Und wenn du es nicht tust, werde ich jedem erzählen, was du so nach Feierabend tust. Greg würde das ganz sicher nicht gefallen, er wäre bloßgestellt. Er ist ein bedeutender Mann hier Boston und bis jetzt hat er noch eine reine Weste, auf die er sehr stolz ist. Ich weiß nicht, wie sein Geschäftspartner die Neuigkeiten aufnehmen würde. Die Firma wäre ruiniert, wenn ich an die Öffentlichkeit gehen und mitteilen würde, dass du für McQueen und Montgomery Insiderwissen unserer Firma weitergeben würdest. Und soweit ich weiß, ist die Frau von McQueen schwanger. Wäre doch schlimm, wenn ihr oder dem ungeborenen Kind etwas zustoßen würde, oder?«

»Du Schwein«, stoße ich angeekelt aus. Ich kneife die Augen zusammen und schüttle nur verständnislos den Kopf. Was muss in so einem kranken Gehirn nur vor sich gehen?

»Damit kommst du nicht durch«, schleudere ich ihm entgegen.

Sein dreckiges Lachen dringt an mein Ohr, als er sich näher zu mir beugt. Mir wird speiübel bei dem Gedanken daran, dass er mich anfassen könnte. Warum habe ich nicht auf mein Bauchgefühl gehört und sein Büro verlassen, als Jenny ihn mir vorgestellt hat? Warum habe ich Greg nichts gesagt? Warum habe ich nicht mit ihm darüber gesprochen?

»Was glaubst du wohl, wem man mehr Glauben schenken wird? Dir, einer Mitarbeiterin, die neu in der Firma und zufällig mit dem Firmeninhaber unseres größten Konkurrenten zusammen ist – oder sollte ich eher sagen: die sich von ihm ficken lässt? Denn mehr wirst du von ihm nie bekommen! Oder einem angesehenen Mitarbeiter, der schon über zehn Jahre hier in der Firma arbeitet? Überlege dir gut, was du tust«, droht er mir.

Mir wird schlecht, alles dreht sich um mich herum. Was soll ich tun? Ich muss Zeit gewinnen. Aber als Erstes muss ich aus diesem verfluchten, engen Raum raus. Mein Blick fliegt auf die Leuchtanzeige, die jetzt anfängt zu blinken, ich strecke meinen Arm aus und drücke den Knopf für das Erdgeschoss. Der Aufzug setzt sich mit einem Ruck in Bewegung, und ich atme erleichtert aus.

»Ich brauche die Informationen bis morgen Abend«, bedrängt er mich noch einmal.

»Warum?«

»Um Greg endlich das zu geben, was er verdient. Er ist mir zum letzten Mal in die Quere gekommen. Außerdem ist eine Stelle in der Geschäftsführung vakant. Was glaubst du, wen sie dort sehen wollen? Meine Chancen stehen nicht schlecht, wenn ich dieses Geschäft an Land ziehen kann.«

Er will sich an Greg rächen. Was soll ich nur tun? Ich schließe die Augen und atme durch, um mich einigermaßen zu beruhigen, und endlich erreichen wir das Erdgeschoss. Als die Türen sich öffnen, hält Darren mich noch einmal am Oberarm fest.

»Morgen Abend.« Ich reiße mich los und renne aus dem Gebäude. Draußen atme ich kurz durch, greife nach meinem Handy und rufe Greg an. Meine Hände zittern, als ich mit dem Finger zu Gregs Namen herunterscrolle und Tränen laufen mir die Wangen hinunter. Ich muss mich beruhigen. Wenn Greg mich so aufgelöst sieht, wird er sofort wissen, dass etwas nicht in Ordnung ist.

Aber ich kann nicht riskieren, dass er Vivien etwas antut. Ich muss eine Lösung finden, ohne dass Greg, Matthew oder Vivien in die Sache mit reingezogen werden.

Ich muss nicht lange warten, bis Gregs Sportwagen um die Ecke biegt. Ich reiße die Beifahrertür auf und springe buchstäblich in den Wagen, bevor Greg sich in den Verkehr einfädelt. Ein Blick in meine Richtung zeigt ihm sofort meinen Gemütszustand. »Was ist los, Honey? Du siehst blass aus. Ist alles in Ordnung mit dir?«

»Aber ja doch, war nur ein langer Tag, weiter nichts. Außerdem habe ich meine Tage«, lüge ich ihn auch noch an.

»Warum hat dein Chef dich nicht gefahren?«

»Ihm ist eingefallen, dass er noch einen wichtigen Termin hat«, versuche ich, die Angelegenheit abzutun.

Er nickt. »Vivien und Matthew kommen gleich noch vorbei«, teilt er mir mit. »Matthew und ich werden noch einmal die Kalkulationen für das Waterfront-Projekt durchgehen.«

»Okay.« Mehr fällt mir dazu nicht ein. Vielleicht die perfekte Möglichkeit, um an die Daten zu kommen. Ich schließe kurz die Augen, allein bei dem Gedanken daran, Greg zu hintergehen, zerreißt es mir das Herz. Ich brauche Zeit. Zeit, um nachdenken zu können, aber die habe ich nicht. Morgen will Darren die Fakten von mir. Den Rest der Fahrt verbringen wir schweigend.

Greg parkt seinen Wagen in der Garage und ich laufe schnell nach oben, um unter einer heißen Dusche meine aufgewühlten Gefühle wieder einigermaßen unter Kontrolle zu bekommen. Mein Gott, was soll ich nur tun? Matthew und Vivien werden mir sofort ansehen, dass etwas nicht in Ordnung ist. Matthew hat ein Gespür dafür, wenn ihm jemand etwas vorspielt. Als das

Badezimmer in Dampf versinkt und meine Haut sich von dem heißen Wasser leicht rötet, drehe ich die Brause aus, trockne mich ab und schlüpfe in meine Lieblingsjeans und einen weichen Pullover. Aber entspannt hat es mich nicht. Ich stehe wie unter Strom. Was soll ich tun? Mich Greg anvertrauen? Wird er unsere Beziehung dann beenden? Denn etwas anderes kann ich kaum annehmen.

Ich bringe ihn ständig in Schwierigkeiten. Mein Leben, das sich noch vor wenigen Tagen wie ein Rausch angefühlt hat, zerbricht immer mehr. Ich bin gerade dabei, die Menschen, die mir vertrauen, die mich in ihr Leben aufgenommen haben, zu hintergehen. Vivien und Matthew sind zu zwei wirklichen Freunden geworden. Verdammt, ich will niemanden hintergehen. Greg ist noch nicht nach oben gekommen. Er hat sich sofort in sein Arbeitszimmer zurückgezogen.

Als es an der Haustür klingelt, laufe ich schnell die Treppe hinunter.

»Ich mach schon auf, Greg«, rufe ich ihm in sein Büro zu. Entschlossen öffne ich. Es sind Vivien und Matthew. Ich setze mein schönstes Lächeln auf und begrüße die beiden.

»Greg ist im Büro«, sage ich zu Matthew, der sich sofort auf den Weg zu seinem Freund macht. »Ihr entschuldigt uns für eine halbe Stunde?«, ruft er uns noch zu, dann schließt sich die Tür zum Büro.

Vivien folgt mir in die Küche. »Und, wie läuft es in deinem neuen Job?«, will sie wissen und lässt sich auf den Hocker an der Theke gleiten. Sollte ich mich Vivien anvertrauen? Ich zögere noch kurz und räume unruhig einige Gegenstände in die Schränke, um mich abzulenken. Vivien beobachtet mich nachdenklich. Ich wusste doch, dass ich ihr nichts vormachen kann.

»Joyce, was ist denn los?«

Jetzt kommt sie auf mich zu. Ich senke den Kopf und beiße mir auf die Lippen. Verdammt, ich kann sie nicht anlügen. Und ich will auch Greg nicht weiter anlügen. Ich muss mit irgendjemandem darüber reden.

»Es geht um Greg und mich und …«, stocke ich. Tränen brennen mir in den Augen, aber ich blinzle sie weg.

»Wenn du jemanden zum Reden brauchst, dann würde ich gerne diejenige sein. Lass uns ins Wohnzimmer gehen.«

Sie nimmt mich am Arm und wir verlassen die Küche. Auf dem Weg dorthin kommen wir an Gregs Büro vorbei. Ich höre leise Stimmen von drinnen, aber Vivien schiebt mich weiter. Wir nehmen beide auf dem Sofa Platz. Sie schaut mich erwartungsvoll an und zieht, genau wie Matthew es tut, fragend eine Augenbraue nach oben.

»Ich werde erpresst«, stoße ich leise aus.

»Was? Von wem?« Vivien wirkt entsetzt.

»Von meinem neuen Chef. Es ist Darren.«

»Darren?«

»Ich dachte, du kennst die Geschichte, wie Greg und ich uns kennengelernt haben?«

Vivien schüttelt verneinend den Kopf. Ich berichte ihr in kurzen Sätzen von meiner ersten Begegnung mit Greg, was ihr ein Lächeln aufs Gesicht zaubert.

»Typisch für Greg. Sein Beschützerinstinkt ist einfach unschlagbar«, ist ihre Antwort. »Greg ist der beste Freund, den man haben kann. Auch mir hat er schon aus einer unangenehmen Situation geholfen. Man wollte mich verhaften, weil ich angeblich den Wagen von Matthew gestohlen habe. Aber das erzähle ich dir später einmal.« Sie winkt ab. »Mir kommt es vor, als erlebe ich gerade ein Déjà-vu, nur dieses Mal als Zuschauer.« Vivien wirkt jetzt nachdenklich.

»Was meinst du?«

»Ich wurde auch erpresst«, gesteht sie. »Das bleibt uns Frauen wohl nicht erspart, wenn wir mit erfolgreichen Männern liiert sind.«

»*Du* wurdest erpresst?«, frage ich ungläubig.

Vivien winkt ab. »Ja, und das Ganze fand auch in diesem ominösen Club statt. Aber das ist vorbei. Jetzt sollten wir uns lieber um dein Problem kümmern«, bestimmt sie und ich spüre, dass sie nicht locker lassen wird.

»Darren will von mir Informationen über das Waterfront-Projekt, an dem Matthew und Greg interessiert sind, sonst wird er dafür sorgen, dass Greg ruiniert ist«, erkläre ich ihr. Dass er noch weiter gehen würde, um sein Ziel zu erreichen, verschweige ich. »Du kannst dir sicher denken, dass er die Geschichte, wie Greg und ich uns im Club kennengelernt haben, überall herumerzählen wird. Außerdem hat er mir gedroht, die Angelegenheit so hinzustellen, als würde ich Insiderwissen weitergeben.«

»Dieser miese Kerl. Und Greg hast du davon nichts gesagt?«

Ich schaue zu Boden und schüttle verneinend den Kopf. »Nein, noch nicht. Vivien, ich weiß nicht, was ich tun soll.«

Vivien greift meine Hände und ich schaue ihr in die Augen. »Mach nicht den gleichen Fehler wie ich. Geh zu Greg und sprich mit ihm«, redet sie mir ins Gewissen. »Du musst es ihm sagen. Stark zu sein führt doch zu nichts.«

Ich stehe vom Sofa auf und gehe einige Schritte durch den Raum. Ordne Unterlagen auf dem Sideboard, schiebe eine Skulptur daneben gerade, bevor ich mich zu ihr umdrehe. »Vivien, ich liebe Greg. Ich will ihn nicht verlieren.«

»Du wirst ihn nicht verlieren. Wie kommst du darauf?«

»Weil das mit uns für Greg nur eine Spielbeziehung ist und nicht mehr, verstehst du?«

»Nein«, ruft sie aufgebracht. Dann beruhigt sie sich sofort, als sie merkt, dass sie die Stimme erhoben hat. »Nein, ich verstehe es nicht.«

»Greg hat ein Problem zu lieben, das hat er mir selbst gestanden. Vom Anfang unserer Beziehung an war klar, dass wir nur Spaß miteinander haben werden. Vertrauen ja, aber mehr nicht.

Und jetzt kann ich ihm nicht einmal das mehr geben.« Meine Stimme wird brüchig. Verzweiflung macht sich in mir breit. Vivien steht auf und kommt auf mich zu.

»Was redest du denn da? Du liebst ihn. Das ist das Größte, was du ihm geben kannst und Greg liebt dich. Das weiß ich. Das spürt man doch, wenn man kein gefühlloser Vollidiot ist. Joyce, ich kenne Greg. Ich weiß, dass er in der Vergangenheit keine festen Beziehungen hatte. Ich kenne auch den Grund dafür. Er hat Angst vor Gefühlen. Aber zwischen dir und ihm ist das doch etwas völlig anderes. Greg liebt dich.«

Ich schaue sie ungläubig an. »Nein, Vivien. Wenn er mich lieben würde, würde er mich nicht mit anderen teilen wollen.«

»Was meinst du, mit anderen teilen?«

Oh Gott, sollte ich Vivien wirklich alles erzählen? Aber jetzt kann ich nicht mehr zurück. Und im Grunde ist es auch egal. Denn morgen ist sowieso alles anders. Greg will mich nicht mehr. Das ist der Grund, warum er in den letzten Tagen in sich versunken war, warum wir keinen Sex mehr hatten.

»Morgen Abend werden Greg und ich in den Club gehen. Er hat bereits einen anderen Mann ausgesucht, der …« Ich stocke.

»Der was?«, will sie wissen und ich spüre an ihrer Anspannung, dass sie das, was ich ihr jetzt sagen werde, ganz und gar nicht verstehen wird.

»Er hat eine Ménage-à-trois geplant.«

»Und du machst da mit?«, stößt sie entsetzt aus.

»Dieser Abend wird eine Entscheidung bringen«, sage ich ganz in Gedanken versunken.

»Ich kann es nicht glauben«, stößt Vivien aus. »Das kann doch unmöglich dein Ernst sein.«

»Doch, Vivien. Ich muss es tun. Denn nur so weiß ich, ob Greg mehr für mich empfindet. Ob das zwischen uns mehr als nur Sex ist. Ich will sein Herz, seine Seele. Denn das ist es, was ich ihm geben werde, wenn er mich will. Hast du mir nicht gesagt, dass es genau diese Situation war, die dich und Matthew wieder zusammengebracht hat?«

»Das war doch etwas völlig anderes. Du bist verrückt … Aber auch wieder nicht. Ich würde wahrscheinlich genauso handeln. Im Grund habe ich nichts anderes getan als du. Es hat geklappt. Aber frag mich nicht, durch welche Hölle ich gegangen bin. Kannst du dir vorstellen, wie Matthew ausgeflippt ist, als er erfahren hat, dass ich mich in Gefahr begeben habe?«, dabei lässt sie ihre Hand locker vor ihrem Körper hin- und herschwingen.

Ich lächle gequält. Und wie ich mir das vorstellen kann. Aber Greg ist ganz anders als Matthew. Er gibt mir Freiraum, er zieht sich zurück, anstatt die offene Konfrontation zu suchen, genau wie ich.

»Was wirst du wegen Darren unternehmen?«

»Ich werde ihm falsche Zahlen unterjubeln und am Montag kündigen. Danach werde ich mit Greg reden, ihm alles gestehen.«

»Warum sprichst du nicht jetzt mit ihm? Ich werde Matthew einfach sagen, mir ginge es nicht so gut. Dann habt ihr beide Zeit zum Reden.«

Ich schüttle entschlossen den Kopf. »Ich denke, so ist es am besten. Danke, dass du mir zugehört hast.«

»Joyce, Freunde sind füreinander da«, lässt Vivien mich wissen. Ich bin froh, ihr alles erzählt zu haben.

»Bitte sag Matthew noch nichts davon.«

»Natürlich, wenn du es nicht willst, werde ich nichts sagen. Aber ich denke immer noch, dass du einen Fehler machst.«

In diesem Moment betreten unsere Männer den Raum. Ich tausche noch einen vertraulichen Blick mit Vivien, bevor wir uns alle in die Küche zurückziehen. Gregs Haushälterin hat ein kaltes Abendessen vorbereitet und ich bin froh, dass die Gespräche sich jetzt auf aktuelle Themen beziehen.

An diesem Abend verführt Greg mich nicht. Nachdem Vivien und Matthew sich verabschiedet haben, geht er noch einmal in sein Arbeitszimmer und führt ein Telefongespräch. Ich höre nur Gesprächsfetzen. Aber ich bin sicher, dass es diese Frau ist, mit der ich ihn bereits zweimal gesehen habe. Er gibt mir zu verstehen, schon nach oben ins Schlafzimmer zu gehen. Ich liege eingerollt auf der Seite und schaue zu den bodentiefen Fenstern. Als Greg zu mir ins Bett steigt, zieht er mich in seinen Arm, sagt aber kein Wort. Nur sein fester Griff zeigt mir, wie auch in ihm die Gefühle wüten müssen.

Was ist nur mit uns los? Warum können wir nicht miteinander reden? Ich nehme mir fest vor, ihm nach dem morgigen Abend meine Gefühle für ihn zu gestehen. So kann ich nicht mehr weitermachen.

21

Ein kühler Wind weht mir das leichte Tuch von der Schulter. Ich greife danach und ziehe die beiden Enden über dem Dekolleté zusammen. Greg läuft neben mir zum Auto, er ist still, sein Blick streift mich nachdenklich. Was geht wohl gerade in ihm vor? Hat er jetzt etwa Gewissensbisse? Es war schließlich ganz allein seine Idee.

Im ersten Moment fand ich die Vorstellung, von einem anderen Mann berührt zu werden, prickelnd. Aber jetzt fühle ich mich irgendwie im Stich gelassen, verraten von Greg. Meine hohen Schuhe klackern auf dem kalten Asphalt, während ich stumm neben ihm hergehe. Ich habe widerstandslos eingewilligt. Warum auch nicht? Ich habe mich von Anfang an bereit erklärt, mit ihm diesen Weg zu gehen. Der heutige Abend wird über unsere weitere Beziehung entscheiden. Er wird das Ende oder ein Neuanfang sein.

Während Greg mir die Autotür aufhält, ist er mir ganz nah. Ich schaue auf und sein Blick streift mich kurz, bevor er schnell wegschaut. Und ich bin mir sicher, auch bei ihm Unsicherheit gespürt zu haben. Aber es ist nicht nur Unsicherheit, die er mir mit seiner Körpersprache signalisiert. Er ist angespannt, etwas, das ich bei Greg nicht kenne. Sein ungezwungenes Lächeln ist verschwunden. Seine Selbstsicherheit schwankt ganz nah am Abgrund. Ich kann seinen Atem hören, als ich mich an ihm vorbeischiebe und mich so elegant, wie es mir in diesem kurzen Kleid möglich ist, auf den Beifahrersitz gleiten lasse. Mein fragender Blick fliegt zu ihm hoch, aber ich kann keine Regung in seinem Gesicht erkennen, bevor er die Wagentür sanft zufallen lässt.

Auch als er sich hinter das Steuer setzt, spricht er kein Wort. Er ist tief in Gedanken versunken. Ich stelle das Autoradio an, drücke auf die Taste für CD und die tiefe, rauchige Stimme einer Soulsängerin erfüllt das Wageninnere. Als ich die erdrückende Atmosphäre nicht mehr ertragen kann, frage ich ihn geradeheraus.

»Wer ist der Mann?«, dabei schaue ich zu ihm herüber, versuche, irgendeine Reaktion zu erkennen.

»Es ist belanglos. Du kennst ihn nicht«, sagt er leise, ohne mich dabei anzuschauen. Seine Augen sind auf die Straße vor ihm gerichtet, nur das leichte Zucken um seine Mundwinkel verrät mir, dass er innerlich aufgewühlt sein muss.

»Was wird er mit mir tun?«, versuche ich, das Gespräch nicht abreißen zu lassen. Endlich wendet Greg sich mir zu.

»Er tut nur das, was ich ihm erlaube.« Seine Stimme ist fest.

Ich muss schlucken. Wie weit wird Greg gehen? Er ist heute in so einer merkwürdig melancholischen Stimmung. Den ganzen Tag über war er äußerst still, in sich gekehrt und ich kann ihn nicht einschätzen. Will er unsere Beziehung beenden? Will er mich einem anderen Mann überlassen?

Wir fahren aus der hellerleuchteten Stadt heraus, es ist dunkel, nur die Scheinwerfer der uns entgegenkommenden Autos blenden mich. Ich greife unwillkürlich nach Gregs Hand, die er auf seinem Oberschenkel liegen hat, und endlich lächelt er mich an, drückt kurz meine Finger, bevor er seine Aufmerksamkeit wieder auf die Straße richtet. Nach einigen Metern biegt er in die lange Auffahrt, die mir so vertraut ist. Ist es wirklich erst ein paar Wochen her, als ich zum ersten Mal allein dieses

Etablissement betreten habe? Das war wirklich die blödeste Idee, die ich jemals hatte. Aber heute bin ich mit Greg hier. Mit ihm ist es ganz einfach. Mit ihm könnte ich mich auf jedes Abenteuer einlassen.

Aber werde ich auch mit Greg den Club wieder verlassen? Eine eisige Kälte macht sich in meinem Inneren breit und jetzt merke ich erst, wie sehr ich ihn liebe. Ich kann ihn nicht verlieren. Greg ist mein Leben. Warum habe ich nicht auf Vivien gehört und ihm alles gestanden? Jetzt ist es zu spät.

Ich schiebe die quälenden Fragen und Gedanken beiseite, atme tief durch und schlüpfe wieder in mein gelassenes, selbstbewusstes Ich.

Eine Eigenschaft, die ich perfekt beherrsche. Einfach den Hebel umlegen und lächeln, keine Gefühle zeigen.

Seite an Seite betrete ich mit Greg die große Halle. Lächle den Mann am Eingang überlegen an, während er mein dünnes Schultertuch in Empfang nimmt. Greg legt sofort besitzergreifend seinen Arm um meine Taille und führt mich in einen der unteren Räume. Wir werden von einigen Herren begrüßt, die ihm anerkennende Blicke zuwerfen.

»Was möchtest du trinken?«, fragt Greg und dreht sich schon Richtung Bar.

»Einen doppelten Scotch«, rutscht es mir heraus. Er schaut mich fragend an. »Tut mir leid, war ein Scherz. Champagner, bitte.«

Greg nickt. Ich schaue mich in dem großen Raum um. Es hat sich nichts verändert. Überall stehen die teuren Clubsofas aus Leder. Zur Beleuchtung dienen nur ein großer Kronleuchter mit vielen Swarovski-Kristallen und einige kleine Lampen, die für eine angenehme Atmosphäre sorgen. Ich lasse mich auf eines der Sofas fallen und sehe mich um. Leise Musik dringt an mein Ohr, sodass ich mich zurücklehne und für einen Moment die Augen schließe.

»Joyce«, höre ich Gregs vertraute Stimme. Er lächelt mich an und reicht mir ein Glas Champagner. Dankend nehme ich ihm das Getränk aus der Hand und proste ihm zu.

»Auf einen Abend der Entscheidungen«, sage ich mit fester Stimme. Greg hält in seiner Bewegung inne, schaut mich nachdenklich an, bevor auch er sein Glas in einem Zug leert.

»Guten Abend, Greg«, vernehme ich hinter mir eine Stimme, die mir äußerst bekannt vorkommt. Ich drehe mich um und schaue in das Gesicht des Clubbesitzers. Als er mich erkennt, zieht er die Augenbrauen hoch. »Joyce! Schön dich wiederzusehen. Wie ich sehe, bist du heute in Begleitung hier«, dabei lächelt er Greg freundlich an. Mein Sexgott kommt auf mich zu, fasst meinen Arm und zieht mich vom Sofa hoch.

»Joyce, wir sind verabredet. Du entschuldigst uns.« Dabei legt er besitzergreifend seinen Arm um meine Taille und begleitet mich aus dem Raum Richtung Treppe, die nach oben führt.

Ich werfe Adrian nur einen entschuldigenden Blick zu, mehr kann ich nicht tun. So unhöflich habe ich Greg selten erlebt. Er wirkt gehetzt, als wollte er eine unangenehme Sache schnell hinter sich bringen. An der Treppe bleibt er kurz stehen, schaut mich nachdenklich an und ich ziehe überheblich fragend die Augenbrauen hoch. Vielleicht hätte ich das nicht tun sollen. Vielleicht hätte ich einfach eine ängstliche Miene aufsetzen und Greg meine Gefühle für ihn endlich gestehen sollen. Ich hätte ihm damit demonstriert, dass ich nicht bereit bin für dieses Spiel. Dass ich mich nur ihm hingeben möchte. Aber so bin ich nun mal. Bloß keine Schwäche zeigen. Vielleicht hätte Greg an dieser Stelle dem Ganzen vorzeitig ein Ende bereitet. Aber jetzt ist der Augenblick verpasst und das Spiel kann beginnen.

Mit erhobenem Kopf schreite ich selbstsicher die Treppe nach oben. Süßer Parfümgeruch liegt in der Luft und die indirekte Beleuchtung verleiht dem Gang mit der roten Tapete ein mystisches Aussehen.

»Hier herein«, höre ich Gregs Stimme hinter mir. Er öffnet eine Tür und führt mich in einen Raum, der beherrscht wird von einem überdimensionalen, runden Bett, das mit rotem Satin bezogen ist. *Wie klischeehaft*, denke ich mir, als ich den Mann in dem großen Ohrensessel am Fenster bemerke. Ich kann ihn nicht erkennen, ein Schatten liegt über seinem Gesicht. Er hält einen Cognacschwenker in der Hand und beobachtet jeden meiner Schritte, bis ich vor ihm stehe. Jetzt erinnere ich mich, wo ich ihn bereits gesehen habe. Es ist der Mann, mit dem ich in Frankfurt im Hotel zweimal beinahe zusammengestoßen wäre.

Ich drehe mich mit fragendem Blick zu Greg um. Aber er zeigt keine Regung. Der Fremde trägt einen dunklen Anzug und eine rote Krawatte. Er sieht sehr attraktiv aus. Ich fühle mich unsicher, weiß nicht, was ich sagen oder tun soll. Endlich erhebt sich der Mann und ich trete ängstlich einen Schritt zurück und spüre, wie ich mit Greg zusammenstoße, der die ganze Zeit direkt hinter mir gestanden haben muss. Ich zucke kurz zusammen, beruhige mich aber sofort, als ich Gregs Hand auf meinem Rücken spüre.

Der Mann entledigt sich seines Sakkos und lässt es nachlässig auf die Lehne des Ohrensessels fallen, dann lockert er die Krawatte und legt sie ebenfalls dazu. Er nimmt seinen Blick keinen Moment von mir und ich kann ihm nur wie hypnotisiert in die Augen blicken. Ich bin aufgeregt, mein Herzschlag beschleunigt sich, aber ich empfinde keine Erregung. Als der Fremde die Manschettenknöpfe abnimmt und demonstrativ seine Hemdsärmel hochkrempelt, drehe ich mich zu Greg um, der immer noch hinter mir steht und keine Gefühlsregung zeigt. Greg greift hinter sich auf den kleinen Tisch und nimmt die schwarze Augenmaske in die Hand, die mit einigen anderen Sachen bereitliegt.

Bevor ich dazu komme, mir die Toys und anderen Dinge auf dem Tisch anzusehen, legt Greg mir schon die Augenmaske über das Gesicht und es wird dunkel. Ich spüre Gregs Hand, die meinen Arm fasst und mich in die Mitte des Raumes führt. Ein Frösteln überzieht meine Haut, als Greg mich loslässt und ich stattdessen die Hände des Fremden auf meinem Körper spüre.

Ich höre Schritte im Raum und dann das sanfte Quietschen des Ohrensessels, in dem Greg sich niedergelassen haben muss. Ich hoffe, dass er noch im Raum ist und mich nicht allein gelassen hat.

Die Hände des Fremden streicheln zärtlich über meine Schultern. Er steht direkt hinter mir. Ich kann seinen Atem auf meinem Nacken spüren, sodass sich sofort die kleinen, feinen Härchen dort aufstellen. Sein Aftershave ist nicht das, was ich als anregend empfinde. Es ist ein süßer, schwerer Duft, zu aufdringlich für meine Begriffe. Wie sehr vermisse ich den frischen Geruch von Gregs Parfum.

Ich versuche, mir vorzustellen, dass es Greg ist, der mich berührt. Dass es seine Hände sind, die mich in den Taumel der Lust versetzen, aber es gelingt mir nicht. Als ich die Lippen und die Zunge des Mannes auf meinem Nacken spüre, zucke ich kurz zusammen. Scheinbar hat er diese Regung falsch interpretiert, den jetzt wird er äußerst forsch, schiebt seine Finger unter die dünnen Träger meines Kleides und zieht es mir mit festem Griff vom Körper. Ich schreie kurz auf vor Schreck. Meine Nervosität beantwortet er nur mir einem leisen Lachen. Dann greift er zu meinem Stringtanga, schiebt beide Hände zwischen die dünnen Bändchen, ich höre Stoff reißen und mit einem kräftigen Ruck hat er mir das bisschen Stoff vom Körper gerissen. Ich stehe jetzt nur noch mit meinen halterlosen Strümpfen und den hohen Pumps vor ihm.

Ich höre, wie er einen Schritt zurücktritt und mich dann umrundet. Er mustert mich wie eine Ware, die er gerade gekauft hat, geht es mir durch den Kopf. Ich stehe einfach nur da und verstehe mich selbst nicht. Meine Hände sind zu Fäusten verkrampft. Warum reiße ich mir nicht einfach die Maske von den Augen?

Ich sollte diesem arroganten Typ ins Gesicht spucken, aber ich tue es nicht. Solange Greg hier ist, ist alles gut. Bevor ich noch weiter meinen Gedanken nachhängen kann, spüre ich die Hand des Fremden auf meinem Oberarm. Er führt mich zum Bett. Als ich den Samt an meinen Kniekehlen fühle, lasse ich mich langsam auf die Matratze sinken. Meine Hände verkrampfen sich wieder. Mit einem Ruck werde ich auf dem Bett nach oben gezogen, meine Arme hinter meinen Kopf gelegt und dann höre ich das Einrasten des kühlen Metalls an den Gitterstäben. Er hat mich mit Handschellen daran festgekettet. Verdammte Scheiße, ich möchte mir nur noch die Maske von den Augen reißen und Greg anflehen, mich von hier fortzubringen, aber ich tue es nicht.

Ich bleibe weiter reglos liegen und konzentriere mich jetzt nur noch auf meinen Atem, der sich in den letzten Minuten um einiges beschleunigt hat. Mein Herz pocht wild in meiner Brust und das Blut rauscht mir durch die Ohren. Der Fremde kneift mir in die Brustwarzen, sodass ich schmerzerfüllt aufkeuche. Es ist nicht dasselbe, als wenn Greg es tut. Bei Greg verspüre ich keinen Schmerz. Wenn Greg es tut, verspüre ich nur unstillbare Lust. Aber dieser Mann hier ist einfach nur grob. Seine Hände, die sich feucht anfühlen, streifen weiter zu meiner Pussy und ich drücke vor lauter Abscheu die Beine zusammen. Ich höre sein verstimmtes Knurren, während er mir die Oberschenkel auseinander drückt.

Ich fange an zu zittern, als er seine Daumen in meine Oberschenkel bohrt und meine Beine spreizt. Das einzige Gefühl, das er mir entlockt, ist Angst.

»Du hast mir nicht zu viel versprochen, Greg«, höre ich seine tiefe Stimme. »Die Kleine ist nur ein wenig störrisch. Die hast du nicht richtig erzogen«, höre ich ihn lachend sagen.

Ich spüre, wie er zwischen meinen Beinen kniet, und fühle mich benutzt, begutachtet wie ein Stück Fleisch in der Theke. Sein Unterarm, der in immer schneller werdenden Bewegungen meinen Oberschenkel streift, projiziert in meinen Gedanken das widerliche Bild, wie er gerade dabei ist, sich einen runterzuholen. Seinem Stöhnen nach zu urteilen, dauert es nicht mehr lange und er wird seinen Saft über meinen Körper verteilen. Ich empfinde immer mehr Ekel bei dem Gedanken daran. Mein Anblick, wie ich mit gespreizten Beinen vor ihm liege, ist scheinbar Ansporn genug für ihn. Als er seine Hand über meine Schamlippen gleiten lässt und sie auseinanderzieht, um mir seinen Penis einzuführen, ist es um meine Selbstbeherrschung geschehen. Ich zerre an meinen Fesseln und verziehe angewidert das Gesicht. Ich keuche und winde mich auf dem Bett, will schreien, aber Tränen ersticken meine Stimme. Greg hat mir doch versprochen, dass er mich nur mit seinen Händen berühren wird und mehr nicht. Eine Träne läuft mir jetzt die Wange hinunter. Aber ich will nicht weinen. Ich will stark sein. Ich öffne die Lippen, aber bevor ich Gregs Namen aussprechen kann, ist er bei mir.

»Nein!«, dringt seine schmerzverzerrte Stimme wie ein Peitschenknall an mein Ohr und ich sinke zurück. Sofort lässt der Unbekannte von mir ab und ich spüre, wie er vom Bett aufsteht.

»Die Anweisungen waren ganz klar. Ich habe nur ausgeführt, was in deinem Sinne lag«, rechtfertigt er sich.

»Du solltest ihr keine Angst machen«, höre ich Greg aufgebracht antworten. »Meine Anweisungen waren allerdings ganz klar, nur anfassen und ihr Lust bereiten. Außerdem hatte ich deutlich gesagt, dass dein Schwanz in der Hose bleibt und nicht den Weg in ihre Pussy findet, was hast du daran nicht verstanden, verdammt.«

Seine Stimme wird immer lauter. Warum nimmt er mir denn nicht endlich diese verdammte Maske ab und befreit mich? »Ich habe es mir anders überlegt. Niemand wird Joyce mehr berühren. Joyce gehört nur mir allein. Nur mir. Hast du verstanden? Verschwinde endlich.«

An Gregs Wutausbruch spüre ich, dass etwas in ihm zerbrochen ist. Sollte es mir wirklich gelungen sein, die Mauer, die er um sich herum errichtet hat, niederzureißen?

Ich höre ein aufgebrachtes Schnauben, ehe Greg an meiner Seite ist und dann fällt die Tür laut ins Schloss. Er löst behutsam die Bänder der Maske, während ich vorsichtig den Kopf hebe. Seine Finger zittern leicht. Dann greift er zu den Handschellen und befreit mich auch davon.

Ich schaue ihn in Tränen aufgelöst an. In seinen Augen liegt ein unbeschreiblicher Schmerz, in seinem Gesichtsausdruck der ganze Kampf, den er mit sich ausgefochten haben muss, um zu begreifen, dass er mich liebt, bedingungslos liebt und mich mit keinem anderen Mann teilen will. Warum sagt er es nicht endlich? Mein Mund ist trocken, meine Zunge klebt unangenehm an meinem Gaumen. Greg legt seine Hände um meinen Kopf und schaut mir so tief in die Augen, als wollte er darin versinken. Ich will etwas sagen, irgendetwas, aber er schüttelt nur den Kopf und endlich küsst er mich, zieht mich dabei in seine Arme. Er drückt mich fest an seinen Körper. So fest, dass ich das Gefühl habe, eins mit ihm zu sein.

Dieser Kuss ist anders als alles, was er mir bisher gegeben hat. Greg bebt am ganzen Körper. Seine Zunge fühlt sich in meinem Mund warm und sanft an. Es ist nicht das erotische Spiel, das er gewöhnlich mit mir spielt. Hier geht es um Emotionen, große Gefühle, die in uns beiden wüten, die wir in unserem Inneren eingeschlossen hatten. Und jetzt endlich brechen sie wie Lava aus einem Vulkan hervor. Gregs Atem an meinem Ohr, seine Hände und seine Arme, die mich so fest an ihn drücken, dass ich glaube, kaum noch atmen zu können, sind genau das, was ich jetzt brauche. In diesem Moment habe ich nur den einen Gedanken: *Lass mich nie wieder los*. Ich spüre seine Stärke, in die ich mich hineinfallen lassen kann. Endlich!

»Joyce, es tut mir so leid. So leid. Ich hätte niemals zulassen sollen, dass es so weit kommt«, flüstert er mir ins Ohr. »Glaube mir, ich liebe dich. Ich habe dich immer geliebt. Du bist die einzige Frau, für die ich das je empfunden habe.«

Ich löse mich ein kleines Stück, um ihm ins Gesicht sehen zu können.

»Greg, ich weiß. Nur darum habe ich eingewilligt, dieses Spiel mitzuspielen. Ich wollte eine Entscheidung. Ich wollte dich ganz oder gar nicht. Ich bin ein großes Risiko eingegangen, aber ich habe gehofft, dass du so reagierst, wie du es getan hast. Ich liebe dich auch. Ich liebe dich so unsagbar. Schon an dem schrecklichen Abend, als ich dich das erste Mal gesehen habe, wusste ich, dass ich dich liebe. Die Gefühle, die ich für dich empfinde, sind so stark, so etwas habe ich noch nie erlebt.«

»Oh mein Gott, mir geht es nicht anders. Warum hast du mir das nie gesagt?«, stößt er gequält aus.

Ich senke den Blick und streichle zärtlich mit den Fingerspitzen über seine Brust. »Du warst zu mehr nicht bereit und ich dachte, wenn ich dir meine Liebe erkläre, wirst du mich verlassen«, gestehe ich.

Wieder drückt er mich an sich. Sein Blick ist dabei zur Decke gerichtet. »So ein Unsinn. Himmel, was war ich doch für ein gottverdammter Idiot, nicht zu sehen, was in dir vorgeht.«

»Es war nicht nur deine Schuld«, versuche ich, ihn zu beruhigen.

Endlich schenkt er mir wieder sein verführerisches Grinsen. »Wir waren beide zu stolz, um unsere Gefühle füreinander einzugestehen. Aber damit ist jetzt Schluss.«

Er streicht mir liebevoll das Haar aus dem Gesicht, bevor er vom Bett aufsteht, mein Kleid aufhebt, den zerrissenen Slip in seine Hosentasche steckt und mir die Hand entgegenstreckt.

»Kein Mann wird dich jemals wieder berühren. Du gehörst mir allein. Ich werde der Einzige sein, der dich vor Lust zum Schreien bringt«, verspricht er mir mit ernstem Gesichtsausdruck.

Etwas anderes als seine Liebe und seine Sehnsucht nach mir brauche ich nicht. Ich stehe vom Bett auf und kann meinen Blick nicht von ihm nehmen. Ich bin so unsagbar glücklich. Schnell hilft er mir in das Kleid, und bevor ich auch nur in meine hohen Pumps schlüpfen kann, hat er mich schon auf seine Arme gehoben. Ich vergrabe mein Gesicht an seiner Schulter, während er mich die geschwungene Treppe hinunter ins Foyer trägt.

Es zählt nur Greg, der mich wieder einmal auf seinen Armen aus dem Sexschloss bringt. Und dieses Mal ist es für immer. Ich blicke nicht auf. Ich möchte dieses Etablissement nie wieder sehen. Ich höre Stimmen um mich herum, leises Lachen, von Menschen, die einen entspannten, vergnüglichen Abend verbringen. Aber im Grunde nehme ich nichts davon wahr. Ich spüre nur Gregs starke Arme, die mir Halt geben. Einen Halt, der mir im Leben oft gefehlt hat. Und endlich bin ich angekommen.

Angekommen in meinem Leben.

Als wir im Auto sitzen, fühle ich mich, als wäre ich aus einem Albtraum erwacht und von einer Last befreit, aber ich habe Greg noch immer nichts von Darren erzählt. Wie ein Verräter, der auf frischer Tat ertappt wurde, schaue ich nach unten zu meinen Füßen. Ich muss es ihm jetzt sagen. Jetzt ist der richtige Augenblick dafür. Nichts, aber auch gar nichts, darf mehr zwischen uns stehen.

»Greg«, spreche ich ihn an. Greg hält schon die ganze Zeit meine Hand. Er hat mich nur kurz losgelassen, als er ins Auto gestiegen ist. Jetzt schaut er mich liebevoll an und da ist auch wieder sein arrogantes Grinsen, das ich so sehr an ihm liebe, bevor er sich wieder auf die Straße konzentriert. Er nickt mir zu, als Zeichen ihm zu sagen, was mich bedrückt.

»Greg, ich habe dir etwas verschwiegen. Es geht um meinen Chef.«

Er gibt nur ein Brummen von sich. Himmel, jetzt, wo alles geklärt zu sein scheint, steht immer noch diese Sache zwischen uns. Warum habe ich nicht auf Vivien gehört und ihm alles sofort erzählt? Jetzt kann ich mich selbst nicht mehr verstehen. Aber scheinbar muss es bei uns immer erst zum Äußersten kommen.

»Warum sprichst du nicht weiter?«, ermuntert er mich.

Augen zu und durch, sage ich mir. »Du hast mich nie nach dem Namen meines neuen Chefs gefragt«, fange ich an.

»Nein, warum sollte ich?«, antwortet er gleichgültig.

»Ich hatte einen Grund, ihn dir nicht zu sagen.« Wieder warte ich auf seine Reaktion, aber er bleibt gelassen.

Verdammt, was will ich eigentlich? Will ich ihn aus der Reserve locken? Ich bewundere seine ruhige Art, die Dinge anzugehen und doch kann er auch unglaublich explosiv sein und bei der kleinsten Gelegenheit ausflippen. Aber jetzt gibt er sich beherrscht und ausgeglichen, genau so, wie ich ihn liebe.

»Du wirst ihn mir sicher gleich sagen.«

Ich nicke und schaue wieder zu meinen Füßen, mit denen ich ein kleines Stück Papier, das auf dem Boden liegt, hin- und herschiebe.

»Es ist Darren«, stoße ich aus.

Mein Kopf fliegt zu ihm hoch und jetzt schaue ich Greg von der Seite ins Gesicht, das keine Regung zeigt. Kein Zucken seiner Mundwinkel, kein Knirschen mit den Zähnen, einfach nichts. Selbst seine Haltung bleibt leidenschaftslos. Seine Hand liegt locker auf dem Lenkrad. Er konzentriert sich auf die dunkle Straße vor ihm. Warum müssen wir solche ernsten Gespräche immer im Auto führen? Er wirkt fast so gelassen, als wüsste er es bereits.

»Warum sagst du nichts? Bitte, Greg, sag doch was, irgendetwas«, flehe ich ihn an. Endlich fährt er an den Straßenrand und parkt den Wagen, dann dreht er sich zu mir um und schaut mich einfach nur an. Er tastet mein Gesicht mit seinen Augen ab, als wollte er sich jede Einzelheit einprägen. Das kann nicht das Ende sein, rede ich mir ein.

»Ich liebe dich«, forme ich lautlos mit den Lippen, wie ein Hilfeschrei.

Seine Gesichtszüge nehmen einen weichen Zug an. Das Lächeln, das sich auf seinen Lippen ausbreitet, dringt bis zu seinen

Augen, die mich anstrahlen und endlich bricht er das angespannte Schweigen zwischen uns. Er streckt seine Finger nach mir aus und berührt zärtlich mein Gesicht, sodass ich nichts anderes tun kann, als meine Wange in seine offene Hand zu schmiegen. Ich schließe kurz die Augen und gebe mich dem beruhigenden Gefühl hin, das er mir mit dieser Geste vermittelt.

»Joyce, ich weiß es«, eröffnet er mir.

Ich reiße die Augen auf und bin wie vor den Kopf gestoßen. Er weiß es! Woher? Von wem?

»Du weißt es? Seit wann?«

»Seit deinem ersten Tag bei Boston Consulting. Matthew hat dich mit Darren in dem Bistro gesehen, in dem ihr zu Mittag gegessen habt. Hast du ihn nicht gesehen? Er ist öfter dort.«

Ich schüttle nur den Kopf. »Warum hast du geschwiegen?«

»Weil ich es von dir hören wollte. Vertrauen, erinnerst du dich?«

Ich nicke beschämt. »Es tut mir leid, aber ich wusste nicht, wie ich dir das alles sagen sollte. Ich war mir deiner Gefühle für mich nicht sicher. Und dann war da diese Frau am Flughafen. Du hast dich vor mir verschlossen. Ich dachte natürlich, dass du unsere Beziehung auf kurz oder lang beendet würdest. Das konnte ich nicht riskieren.«

»Die Frau am Flughafen war Terry. Eine Exgeliebte. Sie hatte Probleme mit ihrem derzeitigen Freund und hat jemanden zum Reden gesucht, das war alles. Du siehst, es war nicht wichtig. Es hatte nichts, aber auch rein gar nichts mit uns zu tun«, dabei streicht er mir liebevoll über die Wange.

»Ich habe euch gesehen. Sie ist in deinen Wagen eingestiegen, weißt du, wie ich mich da gefühlt habe?«, sage ich leise.

»Wann hast du uns gesehen?«

»Vor ein paar Tagen. Du bist mit ihr aus dem Firmengebäude gekommen. Ich wollte dich überraschen und zum Mittagessen abholen.«

Greg dreht gequält das Gesicht zur Decke. »Mein Gott, was musst du nur gedacht haben? Ja, ich habe mich mit ihr getroffen, aber nur, um sie wieder zum Flughafen zu bringen. Ich wollte dich mit ihren Problemen nicht belasten. Es war nicht wichtig und hatte überhaupt nichts mit uns zu tun. Aber ich fürchte, mit meinem Schweigen habe ich alles nur noch schlimmer gemacht.«

»Ja, das hast du«, werfe ich ihm vor.

»Ich verspreche dir, keine Geheimnisse mehr«, versichert er mir.

»Wenn du schon davon sprichst. Da ist noch etwas, was du nicht weißt.« Aber mit größter Sicherheit weiß er das auch schon. Er legt den Kopf zur Seite und zieht eine Augenbraue nach oben, als Zeichen, dass ich weitersprechen soll. »Ich habe Darren heute Nachmittag einige Informationen zugespielt, die das Waterfront-Projekt betreffen. Es waren allerdings völlig aus der Luft gegriffene Zahlen. Er wird euch sicher nicht unterbieten. Ich wollte es dir sagen, aber er hat gedroht, dich und Matthew zu ruinieren, wenn ich ihm die Informationen nicht gebe. Außerdem wollte er überall herumerzählen, wie wir uns kennengelernt haben und dich damit unmöglich dastehen lassen. Das konnte ich doch nicht zulassen«, erzähle ich ihm aufgebracht.

»Joyce, bitte beruhige dich. Ich hatte so eine Ahnung. Er kann kein Angebot mehr abgeben. Das Geschäft ist gelaufen. Wir werden die Gebäude erhalten und nur auf dem freien Gelände den Neubau planen. Dein Vater war es, der mich zum Entschluss gebracht hat, dass es manchmal wichtiger ist, die Menschen in den Vordergrund zu stellen statt des Profits.«

Ich bin sprachlos, aber auch mächtig stolz auf ihn.

»Ich muss dir auch etwas gestehen.« Jetzt bin ich es, die ihn überrascht anstarrt. »Als du mir verschwiegen hast, dass Darren dein neuer Chef ist, hatte ich kurze Zeit den Verdacht, dass du mit ihm unter einer Decke stecken würdest«, eröffnet er. Er zuckt entschuldigend die Schultern. Aber ich sollte mich nicht wundern, ich bin selbst schuld daran.

»Inwiefern?«

»Boston Consulting ist ein Konkurrent für uns. Kein wirklich großer, aber einmal im Jahr kommen sie uns zuvor. Und als Matthew dich mit Darren in dem Bistro gesehen hat, bin ich natürlich misstrauisch geworden. Besonders, da du keine feste Beziehung eingehen wolltest. Du hättest mich tatsächlich in der Öffentlichkeit unmöglich dastehen lassen können.«

»Habe ich aber nicht. Und außerdem warst du es, der keine feste Beziehung wollte. Erinnerst du dich nicht mehr, als wir in deiner Badewanne gesessen haben? Ich saß mit dem Rücken zu dir, als du mir sagtest, dass du lediglich eine Beziehung suchst, die auf Vertrauen basiert und ich Liebe von dir nicht erwarten könnte.« Jetzt kneift er kurz die Augen zusammen, als würde er scharf nachdenken. Dann nickt er wissend. »Ich war in diesem Moment froh, dass du mir nicht in die Augen sehen konntest.«

»Warum?«

»Sonst hättest du die Tränen meiner Enttäuschung gesehen und das konnte ich nicht zulassen.«

»Baby, vielleicht hätte es uns einiges erspart.« Seine Hand streichelt zärtlich über meine Wange und jetzt muss ich wirklich weinen, aber aus Freude. Er nimmt mein Gesicht in beide Hände und küsst mir die Tränen weg.

»Weißt du, was wir jetzt tun?«, fragt Greg. Ich schüttle den Kopf. »Ich werde dich lieben. Ich unserem Bett, ganz zärtlich«, bestimmt er, schaut in den Rückspiegel und fädelt sich wieder in den Verkehr ein.

Ich bin so glücklich.

Epilog

Ich sitze im Schlafzimmer auf Gregs Bett, binde mir meine Turnschuhe schon zum zweiten Mal innerhalb der letzten halben Stunde zu und überprüfe noch mal die Knoten, damit sie nur ja während des Laufens nicht aufgehen. Ich überlege, ob ich nicht doch noch einmal zur Toilette muss, auf der ich in der letzten Stunde ebenfalls bereits zweimal war. Aber ich empfinde keinen Drang danach. Ich bin bereit. Das waren Gregs Worte, als er vor wenigen Minuten das Zimmer verlassen hat. Und ich sollte ihm jetzt endlich folgen. Matthew und Vivien sind bereits unten und warten auf mich. Ich glaube, sie haben irgendetwas geplant. Aber aus beiden war kein Wort herauszubekommen.

Ich stehe auf, atme noch einmal durch, dann verlasse ich, fest entschlossen, mein Bestes zu geben, das Schlafzimmer mit einem Blick auf das Bett, in dem Greg mich gestern Nacht wieder hingebungsvoll geliebt hat. Wir werden sicher noch öfter an den verrücktesten Orten Sex haben, das ist klar. Greg wäre nicht Greg, wenn er sich jetzt nur noch auf das Bett beschränken würde. Aber es war für mich einer der schönsten Momente, als er mich nach dem schrecklichen Abend in dem Sexschloss auf seinen Armen ins Schlafzimmer getragen, mich auf sein großes Bett gelegt und mir verheißungsvoll versprochen hat, mich ganz sanft zu lieben.

Ich liebe ihn so sehr.

Ich ziehe auf dem Weg nach unten meine Baseballkappe auf, die Greg extra für mich gekauft hat. Darauf steht in schwarzer Schrift: *Honey, I love you, you're the best!*

Unten höre ich schon Viviens Stimme, wie sie wieder mit Matthew in eines ihrer liebevollen Streitgespräche vertieft ist. Als sie mich sehen, wird es ruhig.

»Sei still, Matthew«, bringt sie ihren Mann zum Schweigen. Ich muss lächeln.

»Na, bist du bereit?«, fragt Matthew, kommt auf mich zu und drückt mich liebevoll.

»Mehr als bereit. Ich kann es kaum noch erwarten«, antworte ich überzeugt.

»Ich werde dir die Daumen drücken. Du schaffst das«, verspricht mir Vivien, die jetzt schon eine kleine Rundung vor sich herträgt.

»Was macht eure Kleine?« Dabei zeige ich auf ihren Bauch. Vivien rollt nur die Augen. Seit sie und Matthew wissen, dass es ein Mädchen wird, ist Matthew total aus dem Häuschen, was seine Fürsorge für Vivien und seine ungeborene Tochter betrifft.

»Du brauchst gar nicht mit den Augen zu rollen, Kleines«, weist Matthew sie sofort in ihre Schranken. »Dr. Grand hat ausdrücklich angeordnet, dass du dich schonen musst, wenn du nicht willst, dass unsere Kleine frühzeitig auf die Welt kommt.«

»Können wir jetzt gehen?«, wendet sich Vivien an mich, um dem belehrenden Gespräch mit ihrem Mann aus dem Weg zu gehen, und hakt sich bei mir unter. Greg hat bereits das Auto aus der Garage gefahren. Sein neuer Sportwagen ist vor einer Woche angekommen, und ich steige gut gelaunt ein, froh darüber, dass Greg nicht so ein verdammter Kontrollfreak wie Matthew ist. Und trotzdem rührt mich die Fürsorge, die Matthew Vivien entgegenbringt, sehr. Er liebt seine Frau abgöttisch und sein ungeborenes Kind nicht weniger. Er wird sicher einen wundervollen Vater abgeben.

Greg fährt aus seiner Ausfahrt durch die Stadt und biegt auf den Massachusetts Turnpike Richtung North Brighton ab. Matthew folgt uns in seinem schwarzen SUV. Victoria und James hatten leider keine Zeit, mir noch viel Glück zu wünschen, und auch mein Dad hat sich rargemacht und eine Erkältung vorgeschoben, die ihn seit gestern quält, wie er mir am Telefon mitgeteilt hat. Selbst Margaret, die mich immer unterstützt, kann ich seit einigen Tagen nicht erreichen. Es scheint fast so, als hätten sich alle gegen mich verschworen.

Ich lasse die letzten Wochen Revue passieren. Greg hat darauf bestanden, dass ich Darren anzeige, aber das war nicht mehr nötig. Als ich am Montag die Räume von Boston Consulting betreten hatte, kam mir schon unser Chef entgegen und teilte mir mit, dass Darren fristlos gekündigt hätte und ob ich nicht seinen Posten zumindest provisorisch übernehmen möchte. Ich war wie vor den Kopf gestoßen, habe aber mit Freude angenommen.

Greg drückt liebevoll meine Hand, als er meinen nachdenklichen Gesichtsausdruck wieder mal richtig deutet. Ich bin doch aufgeregt, auch wenn ich es nicht zugeben will.

»Du schaffst das, Schatz. Wir haben immer und immer wieder trainiert«, muntert er mich auf.

»Ich bin nur etwas enttäuscht, dass meine Freunde nicht dabei sind. Selbst mein Dad hat mich heute Morgen angerufen, um mir zu sagen, dass er mit einer dicken Erkältung im Bett liegt«, sagte ich resigniert.

Greg lächelt nur vor sich hin und konzentriert sich wieder auf den Verkehr. Endlich erreichen wir unser Ziel. Greg lässt mich aus dem Wagen aussteigen und sucht sich mit Matthew und Vivien einen Parkplatz. Ich laufe die Straße hinunter, um mich anzumelden und meine Startnummer zu holen. Viele Läuferinnen und Läufer sind bereits da und bereiten sich vor. Am Straßenrand wurden Stände mit Getränken aufgebaut und überall werden Bananen verteilt. Ich stelle mich in der Schlange an und warte, bis ich drankomme, als mein Handy summt. Es ist eine Nachricht von Greg.

Sorry Süße, kein Parkplatz. Wir sehen uns am Ziel. Greg.

Mist. Enttäuscht laufe ich zum Start, suche mir zwischen den vielen Läufern einen Platz entsprechend meiner Laufzeit und warte ungeduldig, dass es losgeht. Ich lockere meine Muskeln, dehne mich, wie Greg es mir gezeigt hat, und habe nur noch einen Gedanken: das Ziel zu erreichen. Eine Läuferin in meinem Alter kommt auf mich zu und lächelt mich an. Sie wirkt aufgewühlt.

»Ich bin zum ersten Mal dabei«, erklärt sie mir aufgeregt. Sie winkt ihrem Partner am Straßenrand. Er wirft ihr eine Kusshand zu und drückt beide Daumen, die er hoch über den Kopf hält. Diese Geste gibt mir einen kleinen Stich. Warum ist Greg nicht da? Verdammt.

Der Startschuss fällt und ich laufe langsam an, sobald die Menge vor mir sich in Bewegung gesetzt hat. Ich atme ruhig und konzentriere mich nur auf mich selbst, schalte alles um mich herum aus. Gregs Worte kommen mir in den Sinn. Ich kann das schaffen. Die junge Frau, die sich mir als Shelly vorgestellt hat, hält das Tempo und läuft neben mir im gleichen Schritt. Schnell hat sich das Feld um uns herum verteilt. Die schnellen Läufer haben sich an die Spitze abgesetzt und ich bewege mich im mittleren Sektor. Shelly läuft im stetigen Rhythmus neben mir her. Ich kenne sie nicht und doch empfinde ich es als tröstlich, sie bei mir zu wissen. Wir sind in diesem Moment wie ein Team, das nur den Wunsch hat, das Ziel zu erreichen.

Am Straßenrand stehen immer wieder Streckenposten, die uns kühle, mit Mineralstoffen angereicherte Getränke geben. Dankend greife ich nach dem Becher, der mir entgegengehalten wird, und leere ihn in einem Zug. Die Muskeln in meinen Beinen fangen langsam an zu schmerzen und meine Waden fühlen sich an, als hätte ich Gewichte daran gehängt. Aber das geht vorbei, einfach nicht darüber nachdenken. Ich werfe einen Blick auf die

Uhr, die Greg mir geschenkt hat, und muss zu meiner Verwunderung feststellen, dass ich einen Großteil der Strecke bereits hinter mich gebracht habe. Der Schweiß läuft mir an der Wirbelsäule herunter und mein Laufshirt klebt mir feucht auf der Haut.

Die stechenden Schmerzen im Zwerchfell werden heftiger. Ich bin kurz davor, aufzugeben. Ich schließe die Augen und stelle mir vor, Greg würde neben mir laufen. Ich höre seine Stimme, die mich immer wieder ermutigt, nicht aufzugeben. Ich höre, wie er mir zuruft, mich auf meine Atmung zu konzentrieren, und laufe einfach weiter. Immer weiter dem Ziel entgegen. Und auf einmal weiß ich, dass ich es schaffen werde. Es sind nur noch wenige Kilometer bis zu ihm, bis zu Greg, dem Mann, den ich über alles liebe.

Endlich kommt die Skyline von Boston in Sicht. Meine Zeit ist gut. Es ist die beste Zeit, die ich je gelaufen bin. Shelly keucht neben mir, aber ich ermuntere sie immer wieder, weiterzulaufen.

»Shelly, das schaffst du! Wir schaffen das beide«, rede ich ihr gut zu.

Sie nickt und ihr erhitztes Gesicht lächelt mich an. Die Menschenmenge, die am Straßenrand steht, wird immer dichter, je näher wir dem Ziel kommen. Sie feuern uns an, was mich melancholisch stimmt. Was würde ich dafür geben, wenn Greg am Straßenrand stehen würde, um mich anzufeuern. Aber er ist nicht da. Er wird mit Vivien und Matthew irgendwo hinter dem Ziel auf mich warten.

Wird er sehen, wenn ich ins Ziel einlaufe?, frage ich mich traurig. Ich würde mich so gerne in seine starken Arme fallen lassen. Aber so wird es nicht sein. Tränen schleichen sich in meine Augen. Verdammt, was ist nur mit mir los? Ich muss hier einen Marathon laufen und mich verdammt nochmal nicht von negativen Gedanken runterziehen lassen.

Und endlich biege ich um die letzte Ecke, sehe das Ziel schon ganz klar vor mir. Die vielen Menschen, die sich dahinter versammelt haben und laut die einlaufenden Sportler begrüßen. Über mir fliegt ganz tief ein Sportflugzeug, dreht eine Schleife und fliegt jetzt direkt in meinem Blickfeld von rechts nach links. Hinter sich zieht es ein langes Banner her. Ich versuche, mich nicht von dem Flieger ablenken zu lassen, der sicher als Werbemaßnahme für den Lauf fungiert, bis Shelly völlig erschöpft nach oben deutet.

»Das ist ja eine geniale Idee«, keucht sie.

Ich weiß nicht, was sie meint und werfe jetzt doch einen Blick nach oben. Ich kneife die Augen zusammen und versuche die Worte zu begreifen, die mich von oben anstarren.

Joyce, ich liebe dich. Willst du mich heiraten? Greg

Ich verstehe es immer noch nicht.

»Heißt du nicht auch Joyce?«, dringt wieder die gehetzte Stimme von Shelly an mein Ohr und jetzt wird mir bewusst, dass ich gemeint bin. Ich reiße den Kopf nach oben und sehe noch einmal die leuchtenden Buchstaben auf dem Banner, bevor der Flieger abdreht, um noch eine Runde zu drehen. Ein Freudenschrei entfährt mir. Das Adrenalin pusht durch meine Venen. Meine Schmerzen in den Beinen sind wie weggewischt und dann sehe ich ihn. Greg steht mit allen meinen Freunden und meinem Dad direkt an der Ziellinie. An der Hauswand hinter ihm blinkt eine Leuchtreklame mit vielen Herzchen und den Worten:

Ich liebe dich, Joyce, heirate mich!

Natürlich mit Ausrufezeichen. Den leisen Befehl konnte er sich nicht verkneifen. Ich laufe die letzten Meter völlig aufgelöst in Gregs ausgebreitete Arme und lasse mich erschöpft, aber unsagbar glücklich hineinfallen.

Eine Last fällt von mir ab, ich beginne zu weinen. Ich nehme sein Gesicht in beide Hände und drücke hungrige Küsse auf seinen Mund und das ganze Gesicht. Ich will ihn nie mehr loslassen.

»Ja, ja, du verrückter, unwiderstehlicher Mann meiner Träume.«

Laute Jubelrufe erklingen. Vivien schlingt ihren Arm um meinen verschwitzten Körper, aber das scheint ihr nichts auszumachen. Im Gegenteil, sie drückt sich so fest an mich, wie es ihr Bauch zulässt.

Ich sehe, wie Matthew Greg auf die Schulter klopft und ihm zwinkernd gratuliert. Selbst James freut sich für mich. Ich höre ihn »Gut gemacht!« zu Greg sagen.

Margaret drängt sich an meinem Dad vorbei und küsst mich auf beide Wangen. »Ich wusste doch gleich, als ich ihn in seinem Wagen gesehen habe, dass dieser Mann dich glücklich machen kann, Süße. Tut mir leid, dass wir dich so an der Nase herumgeführt haben. Aber du musst zugeben, die Überraschung ist uns gelungen«, sagt sie stolz.

Das ist sie wirklich. Hätte ich mir doch denken können, dass Greg mich nicht ohne Grund allein am Start stehen lässt. Als ich die Urkunde entgegennehme und darauf schaue, stelle ich fest, dass ich tatsächlich meine beste Zeit gelaufen bin. Stolz reiche ich das Stück Papier herum und Greg drückt mir einen dicken Schmatzer auf die Wange.

»Ich wusste doch, meine Süße schafft das«, lobt er mich noch einmal, bevor wir alle zu unseren Autos gehen.

Ich bin vollkommen erledigt und lasse mich in Gregs Sportwagen fallen. Er schwingt sich auf den Fahrersitz und reicht mir eine Flasche Mineralwasser, die ich in kürzester Zeit bis auf die Hälfte austrinke.

»Jetzt noch eine kühle Dusche und ein weiches Bett«, stöhne ich.

Greg lächelt hinterhältig. Er hat doch schon wieder etwas vor, das spüre ich genau.

»Oh nein, vergiss es, Mr. Montgomery. Nicht jetzt, das kannst du vergessen«, verspreche ich ihm, denn ich weiß genau, dass er nur das eine im Sinn hat: mich willenlos ihm ergeben in seinem Bett.

»Ich will dich nackt in unserem Bett, aber ich werde dich verwöhnen, nichts Anstrengendes. Heute geht es nur um dich. Ich will dich unsagbar glücklich sehen«, verspricht er mir auch gleich.

»Das bin ich doch schon. Das kannst du nicht mehr toppen.« Er lächelt nur und streicht mir zärtlich die Kinnlinie entlang.

»Und danach habe ich eine kleine Party organisiert. Nichts Großes, nur ein paar Freunde und Familie. Ich habe heute Abend die Lobby-Bar im W Boston gemietet«, teilt er mir ganz nebenbei mit.

Dabei weiß ich genau, dass er mich beeindrucken will. Und das tut er auch; als ob er das nötig hätte. Ich höre Matthew im Auto hinter uns hupen. Greg wirft ihm nur einen schelmischen Blick zu und reiht sich vor ihm in den Verkehr.

Jetzt sitze ich mit angezogenen Beinen und einer Tasse Kaffee in der Hand in Gregs großem Ohrensessel in seinem Schlafzimmer und beobachte meinen Sexgott, wie er auf dem Bauch in den zerwühlten Laken liegt. Ein Bein hat er um die Decke gewickelt. Sein perfekt geformter Po streckt sich mir entgegen und sein muskulöser Rücken schreit geradezu danach, von mir berührt zu werden. Ich muss mich verdammt zurückhalten, um nicht die Decke von ihm herunterzureißen und ihn einfach nur zu streicheln.

Aber ich will ihn nicht wecken, noch nicht. Stattdessen lasse ich den gestrigen Abend noch einmal Revue passieren. Kaum hatte ich die Dusche verlassen, hat Greg mich zum Bett getragen, um meine angespannten Muskeln zu massieren. Das war ein unbeschreibliches Erlebnis. Seine Hände auf meiner Haut haben mich sofort entspannt. Natürlich ist es nicht bei der Massage geblieben. Als er seine Hände zwischen meine Schenkel geschoben hat, wurde ich sofort Wachs in seinen Händen. Ich höre ihn noch das Wort flüstern, das er zu gerne gebraucht, wenn er sein Spiel gewonnen hat und ich mich von ihm verführen lasse: Schachmatt!

Die kleine Feier, die er am Abend organisiert hatte, war dann der Höhepunkt des Abends. Und als Greg von klein sprach, meinte er mindestens einhundert Leute, die zu unserer Verlobungsparty eingeladen waren. Die meisten davon kannte ich nicht. Der Champagner floss in Strömen. Selbst meine kleine Schwester, die seit einem Jahr an der Westküste wohnt, war da.

Ich werde nie den Moment vergessen, als Greg mich hochgehoben, mich einfach auf die Theke gesetzt und um Ruhe gebeten hatte. Mit einem Glas Champagner in der Hand hat er dann noch einmal in aller Form bei meinem Dad um meine Hand angehalten. Dieser Augenblick, als das Raunen und die Beifallsrufe durch die Menge gingen, hat sich als wunderschöne Erinnerung in meine Gedanken eingefressen. Selbst mein Dad hatte glasige Augen.

Jetzt schaue ich verliebt auf den großen Ring, der an meiner Hand glänzt. Er ist schlicht, mit einem Solitär, der sicher ein Vermögen gekostet hat. Greg dreht sich im Bett um, tastet auf meine Seite, die leer ist. Ich muss grinsen. Als er merkt, dass er alleine ist, öffnet er die Augen und schaut sich irritiert im Zimmer um, bis sein Blick zu mir gleitet. Sein Lächeln ist wie ein Aphrodisiakum für mich. Ich stelle die Tasse auf den Boden und lächle ihn an.

»Was machst du da?«, fragt er verschlafen.

»Ich schaue dich an, mehr nicht«, antworte ich verliebt.

»Komm sofort ins Bett. Ich bin so allein«, befiehlt er mir in seinem liebevoll dominanten Ton, dem ich nichts entgegenzusetzen weiß.

Du wirst nie wieder allein sein, mein Geliebter.

Die Reihe wird fortgesetzt in Band 4: Master of my Feelings

Danksagung

Ich danke dem Amrûn-Verlag für die Neuveröffentlichung und ASP Design für die tolle Neugestaltung der Master-Reihe. Ein weiterer Dank geht an meine fabelhafte Lektorin Simona Turini.

MASTER OF MY HEART

MASTER-REIHE BAND 1

Holly Summer

Taschenbuch
ISBN
978-3-95869-095-0
ca. 350 Seiten

12,90 €

Auch als E-Book erhältlich!

Vivien kann es kaum glauben: Sie hat es geschafft, eine Praktikantenstelle in einem Wirtschaftsunternehmen in Boston zu bekommen. Ihr neuer Boss, Matthew McQueen, ist ein charismatischer „Alphawolf" und der begehrteste Mann an der Ostküste. Was er will, das nimmt er sich – und er will Vivien. Vivien verfällt seinen erotischen Verlockungen und findet sich bald in einer ausweglosen Situation wieder, denn sie hat sich unsterblich in ihren Chef verliebt. Aber Matthew denkt gar nicht daran, ihr die gleichen Gefühle entgegenzubringen. Stattdessen beherrscht und kontrolliert er Vivien immer mehr.
Vivien hofft weiter, doch eine folgenschwere Intrige droht alles zu zerstören ...

AUF DIE ANDERE ART

Phoebe Ann Miller

Taschenbuch
ISBN
978-3-95869-082-0
ca. 360 Seiten

12,90 €

Auch als E-Book erhältlich!

„Nimm uns beide!“
Kann man zwei Männer lieben und auch mit beiden zusammen sein? Charlotte ist glücklich mit Jason verheiratet, steht mit beiden Beinen fest im Leben. Als ihr Chef in den Ruhestand geht, freundet sie sich mit seinem Nachfolger an, dem charmanten Dominic Webster. Doch aus Freundschaft wird mehr und plötzlich muss sie sich entscheiden. Soll sie ihr Leben weiterführen, einen Neuanfang wagen - oder gibt es eine andere Möglichkeit, glücklich zu werden?